"雪龙"纪实

Documentary on "Xue Long Ship"

殷允岭 著

山东人民出版社
国家一级出版社 全国百佳图书出版单位

图书在版编目（CIP）数据

“雪龙”纪实/殷允岭著. -- 济南：山东人民出版社，2016.11（2017.11重印）
ISBN 978-7-209-09861-8

Ⅰ. ①雪… Ⅱ. ①殷… Ⅲ. ①纪实文学－中国－当代 Ⅳ. ①I25

中国版本图书馆CIP数据核字(2016)第282347号

“雪龙”纪实
XUELONGJISHI
殷允岭 著

主管部门 山东出版传媒股份有限公司
出版发行 山东人民出版社
社　　址 济南市胜利大街39号
邮　　编 250001
电　　话 总编室（0531）82098914
　　　　 市场部（0531）82098027
网　　址 http://www.sd-book.com.cn
印　　装 山东省东营市新华印刷厂
经　　销 新华书店

规　　格 16开（169mm×239mm）
印　　张 25.25
字　　数 350千字
版　　次 2016年11月第1版
印　　次 2017年11月第3次
ISBN 978-7-209-09861-8
印　　数 3001-5000
定　　价 46.00元

谨以此作献给我同征南极的队友和关心极地科考大业的同志。

——作者

中国南极长城站
China Great Wall Station Baosteel
宝山钢铁股

序

许嘉璐

很久了，我告别了文学作品，当代的和古代的，中国的和外国的。虽然我是中国语言文学系出身，虽然我时时感觉到学习和研究传统文化——包括枯燥艰涩的训诂学和哲学——离不开文学，但是以老迈“半残”之身，既然要回应时代的急切呼唤，就只能拣客观最急需的东西狼吞虎咽地去吸吮，文学，先放到一边吧。

感谢山东籍作家殷允岭先生，是他“逼”我“闪回”文学爱好者的行列——他的新作《“雪龙”纪实》即将问世，命我为之序。我慨然而忐忑地接下了这突然而又非我所长的任务。应允之由，是因“雪龙”号、“向阳红”10号、南极、长城站，一直是我关注的神秘世界。我也曾有过聊发少年狂的想象：如果有一天，能乘坐中国人自己的航船，经历一次印度洋、南太平洋和大西洋狂涛恶浪的洗礼，在万年冰雪地上仰望纤尘不染的南半球星空，和南极海豹企鹅亲近亲近，该多惬意！尤其有一年夏天访问阿根廷和智利，进了宾馆即换上皮衣的时候，觉得南极已在咫尺，于是向着西南极目而眺，唯见茫茫大海与蓝天，原来离得还远。看来此想只成追忆了，不曾想，殷允岭先生以他的大作，把我的心带向了那个纯洁神圣的世界，一补我身不能至的遗憾。

《“雪龙”纪实》还没有开印，我看到的只是今年发表在山东文学期刊《时代文学》上的连载之章。

“雪龙”，多么好的名字！万千年来一直盘旋、升腾在东方温润的大地上，中国人图腾崇拜的神圣、亲切、尊严而活泼的中华之龙，如今飞到万里之外的冰雪世界去圆百年之梦，一显它的气度、胸怀、风采和活力了，怎能不让所有的中国人激动！从它试航那一刻起，多少人和我一样日日关注着它的动向。但是，媒体上所能搜寻的只是简短的消息，即便“雪龙”与惊涛骇浪的奋战，人与轮机故障的较量，也只寥寥数语。殷允岭先生所赐的《“雪龙”》，给我以详尽的纪实感受，真乃快哉！

甫一开卷，我就被作者所记述的，他多次巧逢的“幸遇”所吸引：他那些热情、豪放、憨厚、能干的小老乡“侄儿”们，似乎什么危险场景都经历过的摄影家郭广生，抛掉能“来”“千把万儿”生意却到南极日日操弄几十人四顿饭的小老板朱宗泉，巨野独生小伙儿邢豪，“引龙主角”吴军，以及聪敏、秀美、多才、敢于创新的科学家“慧敏女子”……都在作者质朴鲜活、轻松幽默、大江东去与小桥流水中无缝衔接、大起大落的笔锋下，一个既动又静的英豪群体栩栩如生。这是“雪龙”的灵魂，是《“雪龙”》的脊梁。一个个活泼、平凡而伟大的队员穿插于各个故事之中、故事与故事之间，让我们看到了一组“大丈夫”群雕——高大、亲切、鲜活；也让我们读到了一张比他家乡梁山泊好汉座次表更能激人自豪、钦羡的英雄谱。这些队员以责任的焦虑、疲惫、汗水和欢笑，书写着南极精神、中华民族精神、龙的精神。

始读《“雪龙”纪实》之时，我误以为作者要从头到尾写出他在“雪龙”号度过的日日夜夜、亲身经历的风风雨雨；因此也曾担心：那不就成航海日志了？虽然纪实文学不忌讳按照时序，款款道来。但这种写法难以充分施展对主人公们的记述、描绘，也不便突出欲着重墨的所在，易生枝杈，营构失衡，令读者感到沉闷乏味。但我卒读之后发现，我过虑了！允岭高！实在是高！他写“雪龙”，却超越了“雪龙”，从“雪龙”号的购置，归家，直到试航，考察船载着一心奉献、创造奇迹的年轻小伙儿们屡闯南极、扎根南极的全过程，乃至南极这个“小联合国”里显现的人类渴望和平、友爱的奇闻趣事，古怪而让人起敬的捷克老头，视人为友、可爱至极的动物精灵们，都尽收于笔下。他引用了多篇队员们的日记、诗歌，故事中套着故事，激情中蕴含温情，读来津津有味，不忍掩卷。

闭目自忖：作为一部文学作品，是什么吸引了我？没有貌似诡谲的情节，没有故设的悬念，没有无中生有的“三角”关系，一切皆是真实、真情、真诚、真话。噢，原来抓住我的是作者及时记下、如实叙述的冰雪、风暴，危险、拼搏，血性、豪迈和从容的互助！贯穿其中的是他和南极勇士们对祖国、对队友、对家人、对人类的深情和对大自然的由衷热爱与深刻理解，是在南极那个“小世界”里，弥漫着的孔孟“和而不同”“四海之内皆兄弟”伟大思想的实现。而他时而写意，时而工笔，时而雷霆万钧，时而柔情似水的笔法，也如游龙一样变化无穷，添我兴味。

一个时代有一个时代的精神。人们各自的解读，可见仁见智。而作者的解读，未见以文造情与硬贴的论述，故事自他的笔端涓涓流淌。30年来，他写微山湖，写焦裕禄，写雷锋，写孙家栋，讴歌了蕴涵在党的干部、农夫渔郎、普通士兵和科学精英身上那些充满大爱、永不言歇的高贵灵魂。据此，我懂得了他为什么千方百计要成为“雪龙”之一员，要去南极，要写“雪龙”之魂了。他要投身于一个为了崇高目标而不断与危难博弈、以探索宇宙奥秘为荣的英雄群体中体验“侄儿们”身上的时代精神。

《“雪龙”纪实》给了我许多启示，我想在这篇忝称为“序”的短文末尾注出其中的一点，就教于殷允岭先生和读者，这就是：在南极那个充满生死考验的特定情境里，大自然迫使国与国、人与人、人与自然之间产生了本该如此的关系；人，不管是个体还是群体，也许只有走到“穷途末路”时，才肯“静言思之”，才懂得自己和人类在大自然面前的渺小，才能领会到“同胞物与”的真谛，才可能愿意和仁者联起手来，寻找彼此的共性，尊重他人的异点，才能懂得，不如此，则灭亡。放眼全球，今天的人类，岂不是已经面临了这样的处境？环境的毁坏，就像冰山崩塌对考察者的威胁。人类的不平等，与13级暴风对探索者的狂袭并无以异。而塌天般袭来的巨浪，岂不似不知何时便会突至的核弹？为什么多数人还在安之若素？那只不过是因物欲诱惑的慢性宰割和侵蚀，麻痹了眼睛的神经。近年我在拼命地呼喊“构建世界共同伦理”，希望人类寻回古老的智慧，应之者固已渐多，但就全球嗡然的聒噪而言，这种声音还显软弱。或许应该在长城站，也举行一次这道课题的国际论坛：请各国的学者，在那严酷而美丽的大自然中少一些思辨，亲身感受一下人与人、人与自然、人身与心的密不可分，从中体悟时至今日的南极精神、“雪龙”精神之可贵，一起向五大洲发出强有力的理性声音？——一不小心，我又乱发少年狂了！就此止笔。

2015年1月2日于

日读一卷书屋

（许嘉璐，教授，中国著名语言学家、教育家、社会活动家，曾任全国人大常委会副委员长、民进中央主席）

目 录

引 子

这是一次蓄谋已久的行动，一种无从想象的目标。当我以建筑工序的奠基、支架、上梁、一砖一瓦构建本文时，那心底所感觉的，竟像是写罢了航天功勋《孙家栋》之后，又将那未了的激情融入时代精神，文以载道地顺理成章——世界已跨入海洋化时代，我的笔，本应在写过“孙大圣”大闹天宫之后，再续作这举国创造、世界颂扬的达摩跨海的神话：

弱冠便未少激情，
梦里非海即天宫。
航天写罢孙家栋，
两极科考撰“雪龙”……

如此，便要表达我感性显现的、咏诵族谱亮点的“航天精神”“南极精神”之章，乘龙放歌了。

说起南极精神，自有“爱国、求实、创新、拼搏”之格言高度概括：南极精神，是一种新兴的个人或全人类所向往的道德准则，在环境恶化日渐加剧的社会大背景下，在依旧是人类净土的南极尤为珍贵，而为了保护这片难能可贵的净土，人类自发地建立了保护南极环境默契的如今，南极精神已不仅仅代表

“保护南极”，人们从更深意义上将之提升为：对环境、对生态、对全人类的爱护……对于中国，它是民族复兴，科技赶超世界，进入海洋化大时代，实现中国梦的标志性象征！

崛起的中国破雾穿云，创建两极的科考大业。“南极精神”是强大的中国力及天外的证明。智勇双全的族人，在极地淬炼凝华文化科学的结晶、登峰造极的英雄集体。

海荡天摇，星移斗转，惊魂慑魄，冰解雪迸。在电闪雷鸣、极光烧照中，万千的气象、天象、海象烘托出了光彩熠熠的极地科考的众生相、群英图和南极精神的闪闪灵光！

一、随龙入海

骇浪惊涛赴壮游，龙飞凤舞驾神舟。

巨舰龙兵身心铁，俯仰飘萍鬼魅愁。

——殷宪恩

“幸遇”屡现

赴南极之前，我随“雪龙”号踏浪跨海，那是“雪龙”号远征前必须进行的一次“海试”。

2013 年 10 月 15 日，在上海外高桥“雪龙”号专用码头上，我无法一眼看懂这海上琼楼般的“雪龙”，它分层结构的甲板、通道、舱室、水密门，让你如入迷宫，晕头转向。立于“雪龙”甲板看码头，有一览众山小的优越感：好大的上海港区！小山样的塔吊，钢声铁气，群群集簇，片片林立，海湾沿岸，密密匝匝。一座座海市蜃楼样的巨轮，停靠在码头或黄浦江上，装货待发，排队进港。出发的海轮组成了一条钢铁的洪流，气势磅礴，威武雄壮地驶过黄水，闯入蓝水，跨过领海，走向世界。

祖国富有了，强大了，“雪龙”号加入铁流，如大象并入了驼队，船号一声，气冲霄汉。在这条令我充满敬畏感的巨轮上，又一次开启了我“出门逢贵”的命运密码——送我上船的海洋研究所小王姑娘是金乡乡亲，上船后又遇个金乡小伙。邻居的泗水小子彭帅，又领来个小老乡——枣庄峄城人许浩，距我微山湖边的老家二十华里。驾驶台上又有乡人，巨野青年邢豪，豪爽热情的驾驶员。他们以乡中礼俗唤我“大爷”，弄得我浑身舒服。我如刘姥姥进了大观园，一切鲜见，却无知无畏——有贾府焦大的辈分，可倚老卖老：一事不明，便打破砂锅璺到底。一有所需，便发号于侄辈，这是孔孟之乡老人特有之福分！

侄儿们送来几条信息：一、国家海洋局常务副局长陈连增率队试航，极地办公室主任曲探宙、副书记秦为稼，极地研究中心书记袁绍宏、主任杨惠根和副主任专家孙波参加；二、庆贺试航，晚餐有酒；三、晚餐后，杨惠根主任邀我喝咖啡；四、有最好的水果送我！

都是福音，你想：聚集这样多的领导和专家，一周之采访，怎一个丰富了得？

我走上甲板，对着茫茫大海，体味“海上生明月，天涯共此时”的诗意。透明的天顶，星影似要滴落下来，沁凉的海风冲净我肺腑的每一个细胞。海浪翻滚，光影跃动。白云丝丝缕缕，疏疏朗朗，意象空灵。那是怎样圆大的一轮月亮啊，初升之时，半边浸于海水，浮浮漫漫，游游移移。费很大力气才从黏稠的银液中跳脱，留下一长串淋漓的光斑。小侄们憨腔傻调地诵诗：“大海啊！你真酷！大海啊！你真厉害！你没治啦！明月啊！你真亮！你比秃二叔的脑瓜亮多啦！”

一艘游轮出现在前方，体量巨大，辉煌的灯火，从底舱直亮到九层。我猜想那豪华的厅内，正举行欢宴舞会，蹁跹的舞影里，迷醉的男女们正唱：“你说我潇洒，我说你漂亮”。我想起“泰坦尼克号”的影像，天涯极地的冰山、浮冰，凄婉的主题歌，我的意识飞快流动，汇入了南极的冰光雪影。

酒会丰盛热闹，陈局长与参加海试的科考专家、机修专家互相敬酒，杯斛交错。秦书记介绍我同大家认识，与陈局长、袁绍宏、孙波合影留念。而后是一连串预报的实现，色味俱全。待躺到舱室床上，在“雪龙”的轻摇里入睡的时候，感觉似卧在母亲的怀抱。翌日的晨光鲜亮，甲板上站满工作一夜的机修专家，他们来自驰名中外的“江南造船厂”，为“雪龙”号换上芬兰产发动机机芯，担负起一系列试验任务。一个身着红色工装的小伙子与我拉对了路子，侃起了“雪龙”五脏的机械结构。他想炫耀，却又话留三分地馋我：江南厂正担负着研制先进舰艇的重任，深潜的、隐形的、极速的、不依赖空气的、无声的……我问他：为什么造不出先进的发动机？他瞪起黑黑大眼小声说：“快了！真的快了！”

哦！面对着这个二十几岁的技工，这个生于浙江山里的神色坚定的独生子之许诺，我吞下了一颗定心丸：他没必要对我故弄玄虚。

驾驶员邢豪来了，二人争着向我描述稀奇的海趣：龙卷风在船前出来，却打个旋儿躲开。飞鱼飞来，像是玻璃制作，落上甲板又跳入海。气压低的天气，成团的红色梭子蟹漂浮海面。将猪肉挂于钢钩，可钓上有“海狼”恶名的鲨鱼。

在菲律宾附近平静的海面上，可见到漂浮着的一具具无盖的棺材，里面盛放着“木乃伊”或雪白的骨架……

邢豪告诉我：他是集美海洋学院毕业的学生。暑假里，与同学驾一小小机帆船闯入南海，遭遇了千奇百怪。如我愿意，下次带我去，就是淹死自己也不会淹死大爷……

我惊讶地望着这些90后的独生子，细究着这代人与我相差万里的人文心理和世界观：他们拥有超前的知识，奇特的见识。振翅一飞的平台便是乘龙的探极和先进军械的密造。坚强的后盾，是经济居二的世界强国，他们衡量外洋、遇触洋人之时有着背负青天朝下看的骄傲，我们有理由将对这辈人的担心变为自豪！

我的采访心理有了质的变化：可以跟邢豪登上六层的驾驶台，随小王下至船底的机舱，真乃“可上九天揽月，可下五洋捉鳖”！但缺少一个随我摄像拍照的人。在这条藏龙卧虎的巨轮上，我不敢随便指使任何人，侄儿们又在各司其职。终于发现了一个五十多岁的“闲人”，他穿着肥大的连体套装，站在甲板上卖呆，看我们神聊的热闹。我客气地请求：“师傅，请帮我拍个照！”他接过相机，咔嚓嚓横拍、竖拍，然后以眼神问我：还有事吗？我得寸进尺，请他录像，他按亮了机灯，跟随我下机舱，上甲板，进直升机库、咖啡厅、娱乐厅、健身房、室内泳池、食堂……气象发布室，最后登上驾驶台，拿起望远镜，走上船艏、集装箱甲板……我从惊奇变为了惊疑——该君在熟练的拍摄中加入解说，语言简练，用语专业，字正腔圆……

问君尊姓大名，答曰：郭广生。担当摄影录像，整理考察资料。啊！我不知考察队中还有此专职专家，即便有，也不一定参加海试。即使参加，也不一定好请，遑论碰到！即是碰到，也未必顺从地服役半日！我又一次被命运逗乐，为冥冥中的上苍关照而感动。

之后的神交中，我发现他堪称极地科考的活字典：他了解考察事业破雾耕云、流血牺牲和建功立业的全过程！他的叙述不是客观地再现生活，而是主观评判、艺术发现、审美地表现一切。我惊叹他对事物敏锐的观察力和洞开天目的感悟力，当我忘形地在他面前唱起京戏的时候，我们心气已通！

我唱“山东梆子”《两郎山》杨令公的一段唱词：

带领孩儿出都城，
在马上夸夸父子兵……

我感慨一句乡俗俚语：成事还是亲兄弟，上阵还是父子兵。在漂洋过海的“雪龙”号上，我尝到了乡亲、良友情味。再说说中国的“雪龙”号吧！它是中国科技进步的象征——中国从乌克兰购来的两艘巨舰，一艘“瓦良格”号，已改造成中国的第一艘航母，而这一艘“雷亚”，又成为承载中国极地梦想的科考船。三十年来，它经过三次大修，已面貌全新，铁骨铮铮，伟岸如山。机舱里的机械精密，拥有先进的导航通信系统和自动化控制系统，各类管线如人之脉络神经，网络繁密。它拥有容纳两架直升机的机库和配套系统……

船长王建忠正在驾驶台上，邢豪也值班在岗。“雪龙”游走了一天一夜，已越过舟山群岛外海的黄水区，进入公海，中国的渔船像鸭群一样密密匝匝，高频电话里传来充满中国情味的对话：“买鱼吗？用柴油换也可以……”我拿起望远镜，跟随郭广生走到驾驶台窗前，那是飘飘欲仙的感受：人悬在半空，像鸟儿向前滑翔。“泰坦尼克号”上相爱的一对，就是在此处展开双臂，体验着飞翔的！郭广生的拍照和录像，成为我曾经飞翔的证明。

天时、“海利”、人和，我的采访顺风顺水：会见了国家海洋局副局长陈连增、副书记秦为稼。在“雪龙”的大颠大荡中，发扬雷锋的“钉子”精神，又钻又挤地采访了“中国极地研究中心”杨惠根主任、袁绍宏书记和孙波“三仁”。

采访驭“龙”者船长王建忠、政委王硕仁、轮机长赵勇，我将书法家吕建德书写、我撰句的对联送给“雪龙”朋友。我像一只干枯的莲房，吮吸着清凉甘甜的新露，笔触了各行专家，真乃银镰金禾的收成。秦为稼却以反向的思维，对我说一句谶语：“还缺一场风暴。”

十一级大风暴

10月17日午夜，在我很浅的睡眠和隐幽的梦境里，像有繁杂的车流行进——我躺在马车上，坎坷的土路叩响马蹄！这是40年前的旧景：拉草的马车，凹凸的湖堤，马儿跑起，颠荡得云飞树倒。我滚下车来，落在蓬松的湖草上，呛吸了满鼻苇香。然而梦醒了，感觉床的大晃——船的大荡。海浪拍击“雪龙”，像万人阵阵哄笑。嗬！真起风啦！风暴果然来了。我愉快地抓住床柱，品尝着车马颠荡的梦味儿。多年没这梦啦！在微山湖姥姥家八尺小舟上，摘菱割苇的我一荡就是一天。我敢和邢豪一样，挑起一幅床单儿奔向湖对岸。记得起哪块苇荡淹死过同学的爷爷，哪块荷塘里淹死过湖人的亲戚。现在，秦为稼的谶语成真了！半小时之后，船的颠跳粗野起来，升上海空，掉入深谷。舱室内所有的东西都在滑移、奔突。船体发出“哐当、哐当”的巨响，开始了横向的跳荡。湖里的浪花细碎的，小船的晃荡急促。而海浪是大山的压顶，大船是大摇大摆，大摔大阖！船体在扭曲中发出呻吟。

我攀住舱室的小窗，看见黑色的大涌山一样压迫下来，倏忽间又举上天穹，完成一次悬空的摔落。我踉跄抓住铁扣，打开通向甲板的水密门，一股嗥叫的狂风吹进，又反冲出去，险些把我吹飞。惊惶地返回房间，政委王硕仁打来电话：“还好吗？吐了没有？”“几级风？”我问。他说：“九至十级，阵风十一级！”哦！我经历的是海上十一级的大风浪，真乃艺术的极致！让风暴再大一些吧！我幸灾乐祸地祈祷。隔壁的泗水小子来了：“大家都吐了，大爷为什么不吐？”

是啊！幼小的时日，在姥姥家的小船上，早已经过了风浪的洗礼，我无奈中苦练的“童子功”，竟是为五十年后的今日准备！

邢豪的电话对“大爷”的功夫称奇，却言之谆谆地警告：千万别开水密门，人会飞出去！我倒吸了一口冷气，偷偷地叽咕：这样的冒险，我一生玩得多啦！我不会让任何人知道！

有铁链蹭船的大响，“雪龙”号择锚地抛锚。这就说明，需要振荡试验的机器，也达到了“度”的极限。我所经历的人身体验，已达到至高的境界。

早晨被紧急叫醒：举行海上救生演练。我抓起救生衣飞奔甲板，海洋局、极地办与极地中心的同志早已来到。孙波帮我系好安全带的镜头，也被郭广生抢拍。秦为稼跳入了救生吊篮，由吊车吊起，放到了救生船上。我们进行了各类演习。到了相关的海域，还会有防海盗的战斗演习，“雪龙”配发包括机枪在内的几十支先进枪械，还有威力强大的水枪水炮。

风停了，锚地在东经128度。从海图上可见，此处距日本最近的 × 岛五十海里。离我国钓鱼岛则是很远。我走上船舷，欣赏这连天碧海的大景象。海上的夜晚，天景似一口透亮的铝锅。白天看来，海平线似乎更近，大锅呈莹明的水晶质地。与黄浦江出口和舟山群岛外的“船若鸭群”不同，海天一色中，不见一艘渔船，一只鸟儿。曈曈日光里，海水却大有文章：一块边沿清晰，图形奇怪的翠绿水体，镶嵌于蔚蓝的海面，不扩大也不缩小。我想到描绘大海的小说：《白鲸》《海底两万里》《老人与海》……那些人与自然、人与海之主人的交道，多么的壮美和充满善恶有报的意味！还有安徒生童话《海的女儿》！在蔚蓝的海面下，还生活着一个海神的世界。神仙们以最美的姿态跳舞，打发那永无天日的岁月。我想起海南岛三亚潜海的经历：幽深的海底，色彩斑斓的游鱼们，悠悠柔柔地游动于海草礁石间，一见有人，便围绕来，像老鼠戏猫一样蹭蹭碰碰、躲躲闪闪。你的抓握像放慢的镜头，慢且无力，它那摇尾点头的样子，便是分明的嘲弄。最美的风光在你头上：那些穿着泳衣、拖着美丽长发，因水光折射美腿更加修长的女人，在你头顶扮成飞天、仙女的姿态，飞来飘去，搅你神魂颠倒。还有更加神奇的场面，海上的“老手”告诉我：在“太阳造风”的原理下，赤道下的平静海面，使一只破油桶变成了不沉的航母，聪明的海鸟便扮演战机起起降降，飞飞落落。道行更深的夫妻鸟儿，干脆在桶内做窝、生儿育女，赤道安家，做了太阳公公的儿女。

我羡慕赤道下的鸟儿，它投靠了太阳，投靠了现代文明的铁甲舰。它们像辽宁舰上的战机，一心要演练出飞天掠海的本事。也正像我们的南极科考，为了子孙和世界的幸福!

日机如蝇

就在我凝望大海，做着这种种思考的时候，忽然听到了一声高喊：“飞机、飞机！”俄而有多处的多人同声叫道：“飞机，日本的飞机……”顺随指点，我确切地看见一个黑点，越来越大，越飞越近，隐约发出苍蝇样的嗡嗡声。当它飞到顶空的时候，好像是忽然加速的贼鸥飞过，旋即又飞回来。2006年，写过一部题名《大轰炸》的专著，纪念二战胜利60周年，控诉日寇轰炸我国的罪行。我问身边的广生君，能否开枪？他答不可，此处是公海。我问公海它为何骚扰？答曰常事，可能怀疑“雪龙”号长时间抛锚的目的。我问他：是否中国的飞机也跟踪日船？朋友叹气道：没见过。

日机离开了，像贼鸥，像乌鸦。2010年，我在日本的足利市看见过肥腻阴鸷的乌鸦。郭兄说这是P-3侦察机，我突然感觉到胸闷，有晕船欲呕的感觉。我在倚船上，写出这样一首泄愤的诗：

龙行东经一二八，
日机如蝇绕三匝。
此距彼岛五十浬，
撒尿可淹倭寇家。
小怒不可泄大气，
好赴南极写天涯！

诗的原句是写“倭人家”，我本善良，觉得改成“倭寇”理直。

二、“雪龙”出世

“雪龙”，“雪龙”，
神奇的象征。
你横空出世，“乌国”诞生。
你灵光闪闪，天马行空。
你浪里无形，云中隐踪。
救“院士”寻“马机”，
你天下美名！
你倚天的长吟啊，
是探极之歌的美声……

将中国南、北极科考的传记文学题为《“雪龙”纪实》，引发了文友与探极人的热议。仁者议：截至1990年年底，中国有4艘英雄之船先后到达南极洲及南大洋，从事过科学考察或承担运输任务，它们是：“向阳红10”号、“J121”号、“极地”号和“海洋四”号。都承当过中国越洋探极之载体，且都在“雪龙”号之前建功，为何不以它们命名?

而智者辩曰：“雪龙”号作为中国连续17次南极科考和6次勇闯北极之船，是我国唯一一艘专门从事南、北极考察的破冰船，大洋调查的科考平台，功勋盖世，享名世界。特别是承载笔者“三十次队”科考的神龙出海之役，冲冰破雪，勇救俄罗斯“绍卡利斯基院士”号，搜寻马航失联客机之善举，真乃义薄云天。“雪龙”，已成为中国两极科考的标志性圣物，遒劲俊逸的“龙”之象征。

笔者述龙，要述根底——“雪龙”号巨轮，总长：167米，最大航速：17.9节，型宽：22.6米，续航力：20000海里，型深：13.5米，主机一台：13200千瓦，满载吃水：9.0米，副机三台：3×1140千瓦，总吨：15332吨，净吨：4600吨，满载排水量：21025吨，载重量：8916吨。该船属B1*级破冰船，能以1.5节航速连续破厚度1.2米（含0.2米雪）的海冰。

“雪龙”船自1993年从乌克兰购进以来，先后完成了17次南极科学考察和6次北极科学考察任务，足迹遍布五大洋，安全航行2932天，500100海里，最北航行到北纬88° 22′，最南航行到南纬70° 21′，创下了中国航海史上多项新的记录，在国际上也是屈指可数。为探索极地科学、弘扬民族精神和维护国家权益，做出了突出的贡献。

2007年4月至2008年6月，“雪龙”船实施能力建设，进行全面改造，功能布局更趋合理，各种设施较为完善。新增了贵宾接待室、多功能学术报告厅、考察队会议室等场所，船舶的自动化程度、科考调查能力和工作生活条件等，得到了全面的提升。船上有120个床位，2个公用餐厅；实验室面积500多平方米，可进行多学科海洋调查；多功能学术报告厅，可满足科考队员在船上进行学术交流的需要。船上配备先进的通信导航设备、数据处理中心、安保监控中心、机舱自动化控制系统和科考调查设备，拥有能容纳两架直升机的机库和 1 个停机坪。

2013 年 4 月至 10 月，“雪龙”船进行了恢复性维修改造工程，完成了动力系统、甲板机械、环保系统、科考设备等恢复性修理和改造。改造后的“雪龙”船更新了主推进动力装置和辅助机械，配备了先进的船舶防污染设备，增强了穿越西风带和进行冰区作业的安全系数，提高了适航性、可靠性和环保水平，延长了整体性使用年限，进一步满足了极地考察和海洋调查的需要。

一张记载“雪龙”船历次极地考察功绩的表格，成为“雪龙”之诗的豪壮吟诵：

1994.10—1995.03	执行中国第十一次南极科学考察任务
1995.11—1996.04	执行中国第十二次南极科学考察任务
1996.11—1997.04	执行中国第十三次南极科学考察任务
1997.11—1998.04	执行中国第十四次南极科学考察任务
1998.11—1999.04	执行中国第十五次南极科学考察任务
1999.07—1999.09	执行中国首次北极科学考察任务
1999.11—2000.04	执行中国第十六次南极科学考察任务
2001.11—2002.04	执行中国第十八次南极科学考察任务
2002.11—2003.04	执行中国第十九次南极科学考察任务
2003.07—2003.09	执行中国第二次北极科学考察任务
2004.10—2005.03	执行中国第二十一次南极科学考察任务
2005.11—2006.03	执行中国第二十二次南极科学考察任务
2007.10—2008.03	执行中国第二十四次南极科学考察任务
2008.07—2008.09	执行中国第三次北极科学考察任务
2008.10—2009.04	执行中国第二十五次南极科学考察任务
2009.10—2010.04	执行中国第二十六次南极科学考察任务
2010.07—2010.09	执行中国第四次北极科学考察任务

2010.11—2011.04　执行中国第二十七次南极科学考察任务

2011.11—2012.04　执行中国第二十八次南极科学考察任务

2012.07—2012.09　执行中国第五次北极科学考察任务

2012.11—2013.04　执行中国第二十九次南极科学考察任务

2013.11—2013.04　执行中国第三十次南极科学考察任务

2014.07—2014.09　执行中国第六次北极科学考察任务……

早在未登龙船的夏月，我便在京城采访过引龙入门的国家海洋局极地办公室副主任吴军，我得知了“雪龙”的前世今生。

吴军，湖南人，51 岁。五次去南极、五次去北极考察，曾担任第 13 次南极考察队长城站助理站长，在长城站工作一年，其间，到过美国建于南极极点的科学考察站考察、学习。担任过第 4 次北极考察队领队、党委书记，也是中国大陆为数不多的同时到达地球南北两极地理极点的科考队员。能够让他引以为傲的，还是从乌克兰买来的这条原名“雷亚”号的“雪龙”船。

引龙主角

1990 年 8 月之前，吴军有过几年在船舶工业系统工作的经历。1990 年 11 月，吴军被派往澳大利亚，考察他们新建造的“南极光”号极地考察船的技术性能，对后来参与购买“雪龙”号提出正确的技术路线、思想方法有很大的帮助。后来他参与决定购买外国船，选定了在乌克兰赫尔松船厂建造的一条全新的北极供应船。

国家海洋局、国家南极考察委员会，在初步选定“雪龙”船目标后，于 1992 年 10 月 9 日到 18 日，派遣了一个由我国著名的科考船设计专家张炳炎院士带领的技术调研勘察小组，赴乌克兰对“雪龙”船进行实地调研，吴军是其中一员。他们向国家南极考察委员会提交了《北极破冰供应船技术考察报告》，结论是：“该船性能良好，价格便宜，应抓住时机下决心购买，机不可失。如不购买此船，在国内建造这样一艘船，1 亿元人民币是绝对造不出来的。”

经国家领导人批准，动用当年的总理备用金，连同国家计委配套的投资，1 亿元人民币到位。1992 年 10 月 27 日，时任国家南极考察委员会主任的武衡，正式对外宣布：我国购买“雪龙”船。

12 月 18 日，国家海洋局、国家南极考察委员会派出了监造验收小组，赴乌克兰赫尔松船厂，开展为期近 4 个月的现场监造验收工作。吴军推荐张炳炎作为监造验收组首席技术代表。吴军作为船东代表，又从中国船舶检验局聘请了两位高级验船师，共同组成了监造验收组。国家海洋局又派出以船舶飞机指挥中心领导带队的，由 30 名船员为主组成的接船工作组，分批进入乌克兰船厂。

近 4 个月时间里，在首席技术代表张炳炎的带领下，监造验收组在船舶技术方面，查看船舶各种图纸、技术资料、设备证书，参加各种设备的实验和船舶海上性能测试等，保证了“雪龙”船技术性能质量。

极地办公室翻译朱增新同志，成为吴军的得力助手。又聘请了在英国和俄罗斯两地的律师，为交接的各种法律问题，准备各种文件，并充分利用了乌方在那个特定时期内部各岗位人员的矛盾，为我方争取利益。

在技术检验和船舶性能的测试中，张炳炎这个“首席技术代表”起到了慧眼识珠、名医诊病的关键作用。他驻厂进行为期 4 个月的“雪龙”号破冰船的技术监造和验收，最终完成了“雪龙”号船的购买和监造。使满载排水量达 2.2 万吨级的我国第一艘极区航行的“雪龙”号破冰船，科技含量跃居世界极地考察船的前列。

张炳炎两组锦言曰：第一，“大胆设想，周密思考，仔细求证”；第二，“敢走自己的路，敢为天下先，敢承担风险”。

从七〇八研究所提供的文献中笔者得知，我的这位山东乡亲，为祖国的海洋事业和两极科考做出了巨大的、架海金梁般的贡献，以我国“向阳红 10”号船为代表的多艘科考船、海洋调查船，保卫海疆的军舰、电子侦察船，都出自他的设计。

张炳炎，1934 年 10 月出生在山东庆云县。1955 年 9 月，就读于苏联列宁格勒造船学院。1960 年回国，被分配到当时的三机部上海船舶产品设计院工作，历任技术员、工程师、高级工程师、研究员和博士生导师。1995 年当选为中国工程院院士。1999 年被评为全国优秀科技工作者，荣获国家科技进步特等奖……

主要“船东代表”之一的吴军，向笔者讲述在张炳炎院士指导下战胜种种困难的故事。

初次过招

刚从苏联解体分离出来的乌克兰经济一片萧条。“赫尔松”船厂面积很大，各种设备也较先进，有 1 万多人。该厂专门建造特种工作船、军辅船及大型油船等，和出产著名的“辽宁”号航空母舰的“里古拉耶夫”造船厂是邻居。

1992 年 10 月 10 日，“雪龙”船已经下水，吴军是第一次看到这种特种船舶，驾驶室在船艏，船舶的底部到顶层 33 米，有 10 多层楼高，给人的感觉是“粗壮结实”。艉部有装载直升机的机库和平台，中部右舷，有滚装门，能装载各种车辆。三个非常大的货舱分为上下两层，一条多么符合我们需求的多功能极地考察船啊！

尽管性能优良、价格便宜，我们也未马上表现出十分满意。船厂却表现出急于卖船的意愿，首席谈判代表问：“尊敬的中国朋友们，你们经过这几天的勘察了解，觉得这条船怎么样？我们造这种破冰船已有很丰富的经验了，实践证明质量很好，你们的选择肯定没错。”

我方首席代表张炳炎表示：“根据这几天的实地考察，查看图纸等，这条船总的来说比较符合我们的需求，但是对于一条2万多吨排水量的特殊用途的船舶，在这一个星期内弄清楚各种问题是不可能的，希望你们继续提供详细的资料，以便我们做出最终购买与否的决定。另外我们发现，该船设计说明书，与看到的图纸及实船有两处明显不同的地方，一是实机舱自动化程度、等级比说明书低，二是导航系统设备品牌，不是说明书上写的国际名牌。”

船厂首席谈判代表惊讶地说：“我们提供的说明书和实际情况怎么会不一致呢？”随后拿出了工厂俄文版的说明书。由于我方带来了英文版的说明书和全部的洽谈材料，吴军当面提交给船厂代表看，他们愣住了。

在长时间的交换意见后，船厂首席谈判代表尴尬地说：“从船厂的说明书和你们提供的材料看，应该是船厂方面委托的中介代表，在翻译给中方的说明书时搞错了。”

错了？怎么不把贵的产品搞成便宜的？第一次的过招，我们获胜。

张院士一夫当关

开始的一段时间，船厂对我方并不太重视：虽然那时他们很穷，但建造复杂的特种船舶要比我们强许多，从心里看不起我们。的确，直到现在，我们也没能建造出一条破冰船。“瘦死的骆驼比马大。”

张炳炎院士除了早年在俄罗斯著名的造船学院学习造船技术以外，毕业前又恰巧在赫尔松船厂实习过，在监造验收过程中起了关键作用。比如，在船厂进行的船舶稳性验收试验过程中，第一次试验后的数据，和技术规范的要求有差距，船厂方面试图用其他客观说辞让我们放行，张院士分析后，指出他们的数据可能存在差距的技术原因，指出俄罗斯规范为什么要这样制定的依据，这一下敲击了他们的麻骨，使船厂和俄罗斯验船师对他十分佩服。船厂还特别邀请当地的电视台专门采访了张院士，从此后，对我们监造验收组就另眼相看了，如在黑海进行的船舶试验、直升机支持系统和滚装门密封试验等，都进行得比较顺利了。

三角关系

购船还碰到合同的三角关系问题：我方与船厂方面指定的乌克兰境外代理人签订合同，船厂再与他签订合同，这就产生了我和船厂不是直接的买卖双方，这是当时乌方错误的出口政策所致。

1992年2月15日，船厂贸易公司经理突然通知吴军：2月底交船。吴军说：“根据协议，船方应提前1个月、15天、7天和3天四次预先通知交船日期，而我们没有接到任何通知，不符合合同条款。而且，这条船在海试以后，我们提出许多不完善的地方，你们也必须完善后，才可交船。”

乌方说：“我们已经提前通知乌克兰境外的中间代理人了。”

吴军说：“那我也应该得到中间人的预先通知！”乌方哑口无言。吴军马上报告验收组，提出三个建议：一是继续组织人员向船厂方面提出验收过程中新发现的技术问题，二是聘请律师，为交接过程中提供法律咨询服务和法律文件，三是尽快要求船厂，把他们指定的中间人请到船厂来，三国四方面对面洽谈，厘清重大问题。

3月12日和13日，我方与乌克兰的境外代理人，在船厂就有关重大问题，进行两天的磋商，达成了一致。尚未一致的是付款问题，中间人和船厂指定的接款银行，不是同一家。我方请来一位莫斯科的熟悉乌克兰法律的律师。虽然律师费用不菲，但实践证明，律师起到了关键作用。

利用矛盾

3月16日，船厂由贸易公司的副经理出面说事，他是一位70岁的犹太裔俄罗斯人，已在船厂工作了40多年，国际贸易知识和经验相当丰富，人也精明。

他对吴军说：“据合同规定，3天后举行交船签字仪式。”

吴军说：“一些关键的商务问题还没有达成一致，并且，船检证书也还没有签发完成呢。”

他说：“根据俄罗斯、乌克兰法律，只有钱到我们指定的银行，我们才能签字交船。并且，我有了授权书，有乌克兰境外代理人的签字。我们也请了律师，与你们所请的律师一起商量各种法律文件，能够在三天内完成。”

吴军说：“问题解决后，我们会马上付款，办理交接手续。另外我告诉你，我们还请了一位俄罗斯律师，后天就到船厂与你谈相关细节问题。”

吴军看到他愣了一下，眼珠儿打转，神情不安。而口中却说：“那好吧，等着和你们的律师谈。”

实际上，由于进入了“雪龙”船验收的最后阶段，我们的船员、接船的领导和极地办的郭琨主任，都已到达了船厂，僵持不下两方都难。

在吴军几个月与他们的接触中，观察到厂内一些人的伎俩，决定利用他们的矛盾维护国家利益：一是原来计划不去机场接莫斯科来的律师，但在与副经理谈完后，他对朱增新说：“我觉得我们应该去机场接律师，因为可能船厂会派人去接他。”

朱增新说：“不会吧，他又不是船厂聘请的律师。”

当吴军和朱增新去了机场，船厂果真已派人先去机场，还表示要安排他住船厂的招待所。吴军当即表示，他是我们聘请的律师，必须服从我们安排，吴军有理由担心：狡猾的副经理一定会给律师以贿赂，危害我们的利益。在吴军向律师交代了我们的原则后，律师心无旁骛地与我们同出同入。

时至3月21日，我方人员心里也着急，但能确信，他们会比我们更急！吴军提出兵分两路，由朱增新陪郭琨主任，和船厂的主管副厂长谈，吴军和律师与副经理谈；郭主任与主管副厂长的谈话，结果最重要。因为按乌克兰的计划经济体制，厂领导是绝对权威，而且发现主管厂长与副经理关系并不融洽。

3月22日，两场谈判同时进行，副经理并不知道我在和主管副厂长谈，仍在唇枪舌剑，据谬力争，绝不退让。律师和副经理就乌克兰、俄罗斯法律条款各自解读。多谋的吴军却在等待那边的谈判结果，火烤般熬过了一小时，朱增新的电话来了，报告“主管厂长痛快让步”的好消息，吴军笑笑地告诉副经理：“我们别谈了，厂长已经同意付款银行的问题了。”副经理惊愕非常，金黄的胡须抖动起来，马上打电话核实，然后表露出失望的表情，讪讪离去。双方商定，三天后交接。

3月25日，“雪龙”船完成产权交接仪式，立刻升起了五星红旗。“雷亚”号变成了一条崭新的“雪龙”船，终于在4月6日踏上了驶往中国的航程。

当我们满装顺船捎回的大批廉价钢材、齐全的“雪龙”备用部件和成吨的“龙”图纸鸣号启航时，不约而同前来告别“雪龙”的“赫尔松”船厂工人突然一齐立正，向着他们不得不卖掉的亲生孩子，唰地举起了右手敬礼，那闪闪的泪光，令龙之传人动容动情。“赫尔松”的朋友们具有强烈的爱厂、爱国情怀。这是中国人除得到了“雪龙”，又一种宝贵所得！

胸怀全局的武衡，为这条横空出世的“洋娃娃”取了个中国血统的大名——“雪龙”号，如今昭示世人，使世界眼睛一亮的沉稳如山、藏锋不露、不骄不躁、不怒自威的“雪龙”楷书，正是该君所题，真有字若其人的气势！

武衡，徐州人士，与我乡相距不足百里。1953年前，徐州归山东所辖。武长官与我，既是乡情圈内人，又属文化圈内人。探极功勋评论：没有武衡，便没有中国两极科考的今日——是英雄率领勇士，创造了中国南北极科考历史！

大珠小珠落玉盘

“雪龙”归国途中，也有唐僧万里取经的艰辛。吴军和朱增新共同向笔者描述了故事的精彩。

滕州乡亲，长城站朱宗泉大厨语出惊人地告诉笔者，“朱增新是我堂兄，我来南极，就是他的促成！”

哦！又多了一个老乡，我于2014年7月上旬一天，在我一位族叔居住的同一栋楼上会见了他，他的父母，与叔是挨门邻居。细究下去，还算得上不近不远的亲戚。

朱增新祖父、父亲皆练长拳。到了朱增新、朱宗泉兄弟辈上，有长拳、少林拳、武当功、拳击等。朱宗泉在乔治王岛联欢会表演少林拳，有“功夫朱”之美称。

1985年，朱增新毕业于北京外国语学院英语系。1989年7月，入国家海洋局南极办外事处做“项目官员”和翻译工作。所学英语、西班牙语，有了广阔的用武之地。跟随初探两极的专家队伍，与多国极地考察队合作。后调至中国驻智利大使馆，主管国家海洋局驻智利圣地亚哥的“南极办事处”，主办极地事务。

他动员生意兴隆的小企业主、堂弟朱宗泉丢下金银，勇闯南极，到冰雪重围的中山站做大厨。

张国强站长告诉我，这个曾率领几十名员工的小老板，在南极捋起了袖子，没白没夜地在炊房里拼命，不摆大厨师谱儿，而像个小学徒的样儿，操弄着几十人的四顿饭。他说：“钱算王八孙子！南极的伙计要吃口好饭……”

在南极，这位初生牛犊所遇到的，并不是钱不钱的问题，而是命还要不要的难题：奔南极内陆中山站，坐在笨重的卡特车上，没黑、没白、没有参照地前行。白化的雪天，遍是地裂的雪地，还有冰粒雪、水晶雨，“像一头拱进了面缸里，摸不着天边地沿！”吃冷罐头，泡方便面，地裂把车陷住。下车解手，手僵了解不开裤带。和下到煤窑一样，不见天日！那时的朱宗泉想：天就没个边吗？就遇不上一只小老鼠，一只黄鼠狼吗？零下几十度能冻掉耳朵、鼻子，解小便冻掉棍儿怎么办？能接上吗？在中山站的冰场上，他与一帮战友精赤着身子裸奔。我被他的天真无邪、无私无畏又一次感动了。

1993年3月31日，“雪龙”船离开赫尔松船厂码头，途经黑海—博斯普鲁斯海峡—地中海—苏伊士运河—红海—印度洋—马六甲海峡—南海—台湾海峡，于7月15日开进上海港。8600海里的航程，海路漫漫，步履蹒跚，曲折无数。

吴军完成了“引龙”重任乘飞机回京，留下翻译朱增新随船返国，具体负责返航途中的翻译和对外联络工作。

关于这漫漫航途的步步艰辛，吴、朱二人叙述了“两个意外”：

“龙”困亚丁

亚丁是前南也门的首都，也是也门的最大海港，地位类似我国的上海。亚丁因其优越的地理位置，扼红海与印度洋出入口，是欧洲、红海至亚洲、太平洋之间的交通要冲。

“雪龙”船在红海航行，船上的一部避碰雷达出现了故障。代表赫尔松船厂随船执行保修任务的首席代表、船厂副总工程师马尔科夫几经努力，找到了症结所在，却无法修复：船上又没有备件！既然船舶的眼睛出现故障，“雪龙”船就停靠就近港口，待赫尔松船厂发来备件，“雪龙”船便来到了亚丁港。

吴军与赫尔松船厂联系，要求他们把配件及时发至亚丁湾。然而事情却令人哭笑不得。

因乌克兰船厂和俄罗斯的圣彼得堡雷达厂已分属两个国家，电话和传真已属国际业务，需要提前一天预约。新雷达从圣彼得堡发莫斯科，是铁路运输。我方一再要求空运，又多费一天时间。新雷达5月8日到莫斯科，本应搭9日的航班却因5月9日是俄罗斯二战胜利日，全国放假，而下一航班到了5月16日。在收到船厂明确的承诺后，仍然担心——吴军已和赫尔松船厂打过半年交道，他们的工作效率实在不敢恭维。

十天后，吴军询问情况，船上答复：仍未收到。与船厂核对发货信息，答复“已经发出”。又过三天，船上仍没收到配件，不得不做好到现场查询处理的准备。吴军抵莫斯科，立即问询赫尔松船厂，船厂却并没派人到莫斯科来，是委托了当地一人代理，但无论如何也联系不到该人。十分着急中，决定去机场查询下落。与贸促会的一个俄语翻译，一起来到机场货物查询处，仍无结果。吴军和翻译商量：须首先查到配件到达的准确位置。当时的俄罗斯、乌克兰人，工资很低，不足以维持生计，收受工资外的现金就成了普遍现象，他对翻译说：能否找一个查询处工作人员，帮忙后给予报酬？第二天翻译来电话说，他找的人已查到货物的确切地址，要我们带美元现金和她见面。在约定地点见到一年轻漂亮、金发碧眼的俄罗斯姑娘。吴军把美元给她，她灿烂地笑着，拿出了查询结果，吴军一看，叫了一声“天哪”！原来发往亚丁的配件，居然运往了遥远的埃塞俄比亚首都亚的斯亚贝巴！

惊定思惊，认为接下来最理想的办法，应是俄罗斯航班不让雷达下飞机，而在飞回亚丁时带回雷达。漂亮的俄罗斯小姐一再道歉，并表示会在下个航班，一定把雷达接回来。下个航班须待何时？漂亮的俄罗斯小姐微笑说，只能是一周后了——本周飞回莫斯科的航班不经停亚丁，而经停也门首都萨那。

立即找使馆帮忙，中国驻埃塞俄比亚使馆十分重视，特意安排科技参赞专门负责，确保新雷达在5月23日装上航班。吴军把中国驻埃塞俄比亚使馆传真件传给朱增新，朱火速前往亚丁机场。还怕新雷达再随俄航飞回莫斯科！在那般乱局中，一切笑话都可能发生！当朱增新摸到了硬实的雷达包装箱后，才真的高兴起来，“雪龙”有了眼睛，可以回家了！

“万宝路”运河

苏伊士运河是埃及的摇钱树。每年过往170公里苏伊士运河的船舶，约1.8万艘，为埃及带来约20亿美元的收入。1993年4月，“雪龙”船由此经过，当然也会留下买路银子。

苏伊士运河有个非常有意思的绰号——万宝路运河。万宝路本是美国生产的一种香烟，与河产生联系，皆因过往苏伊士运河的船方，不仅要缴给运河管理当局一笔不菲的通行费，还须以万宝路为代表的高级香烟，打点河上服务的各类人员。靠水吃水，靠苏伊士运河，就要吃万宝路香烟，世界之大，道理一般。到了万宝路运河，朱增新等人，果然在此增长了见识。

船抵苏伊士运河北端的塞得港，补充油料。履行过加油前的文件签署、交接和双方船上油料计量表的共同检查之后，加油工作顺利开始，埃及朋友的工作技能和服务效率不错。办理入港手续时，海关、边防、警察等各路神仙，纷纷索要纪念品或礼物造成的压抑心情，此时也烟消云散。

加油1小时，对方的负责人便走近朱增新，说：“纪念品，礼物？一共有20个人的。”埃及朋友所说的纪念品，就是“万宝路”。朱增新等人却感意外，供应油料已赚了钱，怎还要礼物？对方说：加油费都进了他妈老板的腰包，一线工人没有。读洋书过穷日子、孔孟之乡长大的朱增新认为，不可思议！礼品都是主动赠送，岂有开口索要之理？他婉拒了对方要求。然而，当加油结束，请他们安排引水员上船时，突然听到油料供应员在船尾大叫：“油料泄漏！”随声看去，果见轻质柴油，顺甲板侧面的排水孔向海里流淌。原来是油管从我甲板撤走时，加油员故意又泵了一下油，油料便从他们的油管流上甲板，又流到了海中。

这是他们非常成熟的、早就设计好了的、用来收拾不愿送礼船员的妙招：因为谁都知道，船在港口发生油料泄漏，对海洋环境造成污染，港口当局会进行海洋环境调查，而后处罚。若媒体再对泄漏事件加以报道评论，局面会更加复杂，而且百嘴难辩。即便上法庭能赢官司，谁知走完司法程序要多长时间？身处异国他乡去打洋官司，里里外外要动用多少人脉资源？最后能有几成获胜把握？如若失败，缴纳海洋环境污染费不是小数。海洋局、南极委的领导同志，以及我们的家人多担心。因此，吃哑巴亏，“赠送”对方1050美元，作为礼物，息事宁人。得逞之后，这些朋友离开了“雪龙”船，神情显得异常愉快。

加油船刚刚离开，运送引水员的小艇，就到了“雪龙”泊地。管理之高效，值得佩服。我们支付的过河费12万美元，也不是小数。我船给引水员放下左侧舷梯，但五六分钟没见引水员身影，却见小艇的甲板上，一人向我们伸开双手，比画什么。船长顾问说，又是要万宝路，10个指头，表示要10条。有了刚才“敬酒不吃、吃罚酒”的教训，给小艇扔去三条万宝路，对方十分娴熟地接住。此时，身着制服、看上去相当精干的引水员，才像主角登台般从小艇的休息室走出，和气地走到“雪龙”船驾驶厅。他接过我们捧上的咖啡，慢慢地品尝，一言不发，不发任何舵令，“雪龙”船原地不动。

朱增新看见小艇，速度很快地围绕“雪龙”转起圈儿，边转边鸣号。缴过学费的中国人意识到，对方对万宝路的数量不满。果然，小艇停在了引水员上船的地方，有人比画手指，由十个变成了五个。水手给他扔过去三条，其中一条落入水中。只见机灵的小兄弟飞快地从小艇里拿出一个钓鱼时才用的、带着长柄的抄子，干净利落地把落到水中的万宝路捞了起来。佩服啊，佩服！看来，接收万宝路的装备，已十分齐全！

引水员心情好起来，开始与船长商量发舵令的事情。又要了一杯咖啡慢饮。应该说，一干起活儿来，这个埃及朋友还是非常专业的。在他工作了约8个钟头下船时，我们自愿送给了他两条“万宝路”，以感谢他出色的工作。新换上来的引水员同样优秀，他工作了10个小时，协助我们把船开到了苏伊士运河南端的苏伊士港，完成了苏伊士运河的航程。我们还是以两条“万宝路”表示感谢，虽感觉到好气，也好笑，却称幸有了一个圆满结果。这也说明，我们已飞快地适应了异地奇俗——万宝路文化。

三、“长城”笔记

昂首天涯意气发，
热血一腔勇可嘉。
玉柱耿耿擎诗梦，
确认长城是我家。

——殷宪恩题

我跟随夏季队，未搭“雪龙”号去南极，而是乘飞机先到智利，然后转机赴长城站。同机的二十几人，是去纳尔逊岛的韩国考察队员。

飞机自智利蓬塔阿密纳斯机场起飞，掠过窗外的芳华。再无有圣地亚哥的红、白玫瑰，而是南大洋上空厚重的白云、璀璨的红霞。那是怎样奇妙的云啊！如雪坨，如乳酪，如丝团，如白玉的雕塑。它悬停于清亮的虚空，永远不化的样子！那又是怎样灼灼的霞啊？如金马，如花垛，如橘汁，如熔红的铁液，与白玉、雪坨的景致错落，重叠，交融了……

我极目北望，想看见那条据说已过了赤道的“雪龙”何在。10 月 15 日，我“乘龙”经过一周的海试，经历了十一级的惊涛骇浪。11 月 7 日，它载负着三十次科考队员踏浪南进，经历着海上的传奇与困苦。我跟随十多位夏季南极考察的队员，口念“雪龙”，遥望队友。天海茫茫中，只望见湛蓝的海面上，黑色的礁岩厚积着白雪。海与雪的光芒透过云霞反射上来，在飞机的翼下映现出奇妙的光环，连续不断。我向往的“雪龙”，还远在天边。

仿佛是梦幻的初醒，一千多公里的海峡飞过了。飞机快速冲向一块礁岩，却又稳稳落地，引发了中韩考察队员的一片掌声。我被机场边的冰天雪地、琼楼玉宇照晕了。海风像凉水倾泼而来，冷雾弥漫。海上的浮冰雪坨组成了千山万壑，放射出瑞气千条。这便是南极的乔治王岛、中国长城站坐落的宝地。一辆巨大的雪地车停在了面前，刚看清车上的“China”字样，一群红衣汉子便跳下车来：长城站的同胞热情地迎接了我们。

雪皑皑、路茫茫，冰雪在日光下银光闪闪，每一处都似火镜的焦点。雪地车翻转着银色的链滚板，像坦克一样嘎嘎怪叫，滑蹭颠跳。积雪的道路蜿蜒曲折。路旁间或竖起的木杆上，绳索被冰雪凝裹得粗壮如蛇。索边的雪坨冰堤参差凹凸，幽蓝的冰窟张着大口。坨后不远的地方，智利考察站低矮的钢结构房屋散布于雪坡冰崖。稍远的俄罗斯站，尖顶的教堂坐落于冰山之巅，肃穆地看守着这片上帝关照的小岛。

我入住的长城站生活楼 206 室，的确被晴雪照成了玉堂。窗外的景象，令我搜肠刮肚难寻描述的词语：水银泻地……银墙玉壁，琼楼玉宇，珠光宝气……窗子正对着长城湾，湛蓝的海水里，几座冰山破裂成的浮冰顺着海流、海风游走。它的上部被日光霞影映成五彩颜色，下部却呈翠蓝。几只海豹样的礁石边，大群的白燕鸥、黑贼鸥和长翅的巨海燕追逐嬉戏，正是乔治王岛盛夏的热闹。突然听见“啊啊”的鸟声来自身边，一对贼鸥正蹲在窗下的雪堆上，对我召唤。它生着全黑的羽毛，红红的脸蓝汪汪的眼，眼神里充满企求。

在先前的知识里，我听说企鹅的名字，是因它们翘首企望、长久等待的姿态所得。那名声并不美好的贼鸥，对我这位远来的陌客企求什么？终于得到的解释是：前任的屋主喂养过它们，它记住了窗子，错把我当成了原来的房主。我不能冷待小鸟的热望，偷空抛出从伙房拿来的火腿肠，它们噼啪啪腾飞起来，带着“啊啊”的欢呼，从半空吞接了它，以感恩的眼神长久地看我。

几日来，像娇宠娃儿一样，我将所有的糖块、蚕豆、花生米一粒粒抛撒去，它们信任了我，竟迎着美食飞上窗台。更惊奇的是在某日餐前，它们从背后跟上我，学家鸽的模样亦步亦趋。老队员审问我：是否喂饲了它们？我的矢口否认引来了哄笑：这是一个公开的秘密，队规上虽有不准喂饲的明令，大家却都有犯错的好心。

原来南极是我家

12 月的南极没有黑夜，只有白昼、白夜之分，也因而使我笔记的，是南极的日日日日。我看着长城湾浪涌鸟翔之时，想起杜甫吟咏泰山的诗句：“荡胸生层云，决眦入归鸟……”我的贼鸥又归窗下了，我现在唤它们就像唤我孙子一样亲昵：“我的小贼羔羔来……”

连续的七个日日日日全是晴朗天气，创造了南极气象史的奇迹。站长因势利导，安排我们先看本站全景，再到长城湾对面的企鹅岛考察。这令我想起我生来与各类动物的亲缘，也是我造化中猜不透的谜：在我早年居住的微山湖畔小院里，惯常的睦邻有刺猬、黄鼠狼和赤练蛇。晚八时，刺猬准来讨吃，饼干、糖果、稀饭，都要。炎夏日、赤练蛇爬上通风的窗棂，与儿子一同午睡。母亲说：小动物都通人性，懂人心。她还讲动物与人恩怨相报的故事。这四万里外的贼鸥也来认亲，加强了我对“出门逢亲”命相的坚信。

长城站的第一餐，我奇遇到菜品的家乡味儿——辣椒炒鸡蛋、白菜炖羊肉……忙问大厨为谁？答曰山东滕州人士，姓朱名宗泉，距我家二十里近邻。于是我想起采写《焦裕禄传》时，遇到了乡亲。采写《雷锋传》时，遇到近邻。采写《孙家栋》时，传主又是老乡。便是参加“雪龙”号海试，我遇到的船员、领导和考察者，竟有了6位近邻。妙谜还会继续下去：

在对面的205室，我看见了“殷赞”的名牌。“殷”为古老姓氏，《大唐通典》中有“殷微子葬于距彭城百里宋地，族人簇墓而居”之记载。问询这位二十九岁通信专家的根本，答曰：今居宁阳县城，祖籍微山湖郗山村。

我震惊了，这就是说：我在这四万里之外的天涯海角，巧遇了源于同村的族人！千山连万水，家书抵万金，我直接的获益，便是用他管理的卫星电话对家人喜报平安！

感慨的我，庆幸的我，开始检索一个个偶遇知近乡亲的密码。这不能以功利之心算计方便多少，却猜想这辽远的南极冥冥之中，也有了一种对我完成使命的期待与祝福。它使我亲近南极，万里有依，爱物及人。它使我这个年至六旬的天涯之客，产生了家的感觉与感情。这是一个明白的深夜，我写下了一首近乎觉悟的诗：

生来不问北朝哪，
寻芳亦爱向阳花。
问水无语冰有解，
原来南极是我家。

你想，多好的家味儿啊！清洌爽朗的南极空气，饱蕴企鹅海鸟的气息。夏季滩涂苔藓初生、新土敦化的芳馥。我热爱唱歌，就发现了一位近乎专业的歌者李航。想过一把乒乓球瘾，就碰到一位南极冠军。我还要到友好国家的考察站去联欢、看戏。到白雪封盖的玛瑙滩、碧玉滩、海豹滩……企鹅岛参观世间的珍奇，简单地说，这不是人过的日子！

但是，在第二日站内的考察中，我在距生活楼40米的平坦雪地里，将油亮的牛皮长靴陷进没膝的雪地，拔不出来。赤脚拔脱了，由队友帮挖靴子。我亲手触摸着雪窟的结构：它在日晒雪化时浸透了水，又凝成冰，那么一层一层地叠罗进雪中。如有慢镜头拍摄陷入过程，定是咔咔有声地层层下陷、一层层形成了“雪馅”冰饼儿。我一陷到底，拔脚时却是层层卡塞。可以想象，倘我多次的下陷，又不能自拔，或多次挖靴割伤、冻伤了手脚，便肯定走不出几里雪路。但是，那一日的看点，恰恰是三公里之外我梦寐以求的企鹅岛，自诩“明白人”的我又该如何决断？

企鹅乖乖儿

企鹅岛正对着我的窗口，冰封雪罩，玲珑剔透的样子。浮冰漂过、海鸟飞过海湾，都以它为背景。深谙人意的老天爷，以海浪潮汐的神力，在长城站与企鹅岛之间，筑起了一道沙坝。这一头接上海滩的雪崖，那一端正对着岛下礁岩。沙坝在落潮时显现，露出它卵石造就的鳞格。涨潮时完全淹没，像蛟龙潜入海底。乘雪地车开过沙坝，在对岸礁岩前下车，那不可行车的岛前海滩，厚铺着毛茸茸的积雪，行者的踏跋，超过六里。我望着乌龙般的沙坝，玉雕般的海岛，40米外那个深深的陷坑，泛起了隔河望金的醋意。

在这样的时刻里，新结识的同宗同族的殷赞来到我房间，问我能否登岛。我谈了渴望和担心，自然地问他：“你能否陪我去？”他说，按常理肯定不成，长城站与国内外的联络，都靠在岗的他。“但如果你和站长申请一下，要我帮助拍照、录像，也许……”

“也许……”使我的感觉突然变化，因为殷赞本人充满了积极的因素，一切都可以变为可能——站长同意！于是，年轻挺拔的殷赞手端着照相机，颈挂着摄影机，肩挎我的小皮包，扶起我踏上了雪地。

登雪崖需要提拔，滑雪坨需要坐地。我理解了“提拔”与“滑坡”的原意。柔软的雪，滑溜的雪，我惊异新雪会在我踹击下像鹅毛一样飞扬，也惊奇这呛鼻扑面的雪絮，会发出甜中加香的“极味儿”。雪崖挂下一排排晶亮的冰棒，我折下一根含化，味觉便穿越千年的时光隧道，回到古典的本真。董利队长高声警告：“不要靠近雪崖，塌下来会被埋住！”

我立即想象到被晶莹香雪埋藏的大快：在膨松香软的雪下唱一段京戏，队友们能听见吗？多孔的雪堆会消音吗？如果我雪藏了千年，人类科学进步了万里，解冻了的我还会活吗？死了的我有文物价值吗？在吱吱的跋雪声中，忽然有鸟声成喧，巨海燕张大双翅，从闪光的崖头飞掠过来，之后是贼鸥、燕鸥追逐的乱阵。蓝天的云絮被拽扯得很长。

冰凉的雪沫灌入靴口。再走上海滩卵石，朽烂的海藻又滑腻粘连，引发我不断地趔趄。我发现了美丽的石头，色彩斑斓地闪烁在水下。看见了一根根、一撮撮粘于石、漂于水、杂于雪、飘于空的鸟翎燕毛。倏忽之间，我发现了第一只企鹅、两只，在海湾的拐弯处，在卵石的闪光里。三三两两，闲庭信步，像一群娃娃的游闲。它们口中一动一动地咀嚼着什么。一个娃娃趔趄一下，站稳后直盯着我，转面对伙伴说了句私语。我仔细打量着这生平第一次看到的神奇：40 厘米的个头，白衬衫，黑披风，一条细细的带子盘过颈下，衬托它鲜红的尖尖的喙。并肩的两个昂首挺胸，洋娃娃般的气质，看我的眼神是斜睨。立在岸上的那位，神气活现地扭摆着脖子，看看同伴，再看看我。而一律的姿态是看我的嘴、我的手，听我说话，仔细地研究着殷赞手上的摄像机。我试图接近它们，它们侧一侧身子，让我过去，见我不过，便生疑惑，眼神里分明写着，你这笨人，让你路你怎不过？当发现我们不过是照相之时，它们相视而笑了。那是一种轻松的、善解人意的过来鹅的大度。我突然意识到，那只小个子却气派不小的鹅儿，也许是鹅族的首长，它有着沉稳的举止与眼神，像老站长董利。

董利在前面催促着我：“快走，快走，要赶在涨潮之前回营……”我扶着殷赞的肩膀，问他把刚才的一切拍下、摄入否？他轻松一笑：“岳父在青岛开照相馆，我学过拍照和摄像……”

哦！还有什么话说？他，连同他的技艺，都像是为我的今日所准备。先前，我了解不少企鹅的故事，习惯将动物拟人化理解，因而怀疑它们的叽叽咕咕，是议论我滑滑擦擦的丑态。因为它们看我的眼神从脸上移到脚下。有大群企鹅占领的雪坳上，一队企鹅歪歪扭扭地顺坡而下，领队者摇头晃脑，左顾右盼，盛气凌人。它在与我相遇时不但不躲，反而挺胸昂首、甩臂阔步，那种对我熟视无睹的傲气，那种漫不经心不屑理我的矫态，让我哭笑不得。然而，这群小精灵竟跟上了我，学我走路的样子，大秀蹒跚。我止步回身，未想这厮们乍翅跷腿，突然“定格”，做雕塑模样。再来一次突停、回首，这一二步紧跟的队伍，也即时刹车，无碰无撞，扮成好鸟标本：形态各异，造型精妙，垂看雪地，不惊不乍。做这套动作既无口令又无指挥，真不知它们靠何一律，也不解它们排序、列队之依据，而只能简单地猜测，小精灵在自家的门口，如我这般的笨汉见得多了！跟你几步玩儿玩儿并无稀罕！你那些惊奇、惊喜，只能说明你是初入南极的主儿。

殷赞的手指向雪岭顶端一幢木屋，说这是智利人建造的避难之所；他们担心考察企鹅岛的各国朋友会被风雪、海潮阻住，回不到彼岸，故而在木屋里备放了火炉、睡袋、干肉、奶酪。这种人性化的极地博爱精神，让我感慨，我无端地想象出一位皮衣沾雪的探险者，络腮的胡须连扯着墨镜和长毛帽子，疲乏饥饿地走进木屋，瞬间燃起的火炉，照亮一幅中国书法的楹联：“雪岭山上高士卧，明月林下美人来。”我期望困顿中的探险者有这样的运遇，南极女神关照着这里的一切。

我凭着想象询问老队员，却听得一个完整的、比之我想象更奇特更精彩的故事，它包含了这片雪岭山，又牵涉了“美人来”。这个故事的名字叫作《捷克老头》。因为“戏要成块”的要求，我会在后边的章节中集中描述。现在，我必须先写心爱的企鹅。在海岸的转弯处，仿佛突现的一道雪岭上，蓦然出现了大群的企鹅。它们密集簇拥，铺天盖地，喧而不乱地群聚，一律昂首向上，无骄无躁，秉持着象征其名的“企盼”姿态，然而，因鹅多而呈现的“势众”气氛，仍然威压着我们这群外来人。

一块方形岩石上，各姿的企鹅有唱有舞，有主有次，如台上的演员表演节目，并不因人的接近而变态。我靠近了照相，那边的张正旺教授又发警告：“作家，不许靠近，有国际公约，有站上规定！”我慢慢离去，却分明看见，那恣情于台上的企鹅也有憾意。教授并不知道，我在工厂曾是宣传队长，吹拉弹唱，与鹅同妙，应是“票友”关系啊！前方鹅友主动接近，侧目瞟人。正眼看人者，视点皆落人脸人眼。小精灵对人之结构如庖丁解牛。还有可怜可爱的馋娃呢！女队员含了口香糖，小企鹅闻见，歪头看嘴时，竟滴下了涎水，全是人的性情！

我对鹅的举止上升到了“理解”。长城站设“南极大学”，授课人里便有这位视企鹅如亲人的张教授。他说企鹅种类起源于6500万年前，有6属18种，流线体型，上体蓝灰，下腹雪白，不同种类的区分在于头部。按图索骥，我们知道颈部有黄斑，喙上有花纹，形体巨大的叫作帝企鹅。这种重达40余公斤的大个儿绅士，可在南极最寒冷的区域生存。漂亮的王企鹅，脑后的黄斑一直延伸至颌下，体重10公斤左右。大众化的金图企鹅在南极保持38.7万个繁殖对。帽带企鹅的颌下生成一条黑纹，形同帽带，拥有150万只的大种群。阿德利企鹅的命名源于一位来南极考察的法国船长夫人，它的头长成方形，群体在南极达到522万只。还有美丽的阿德雷企鹅，头部饰有金黄如菊的冠羽，红嘴、白脚丫，在南极岛上有100万个繁殖对。那种名叫非洲企鹅的，脚是黑的，颈下生有黑环。还有以“麦哲伦”命名的企鹅，单体迁移可达2400英里。后肢三趾发达、踇趾退化。其他禽类，骨皆如竹中空，然企鹅骨骼盈实如玉，生鳍状前肢和腿，脚皮下脂肪厚重，可忍受零下几十度低温，因食磷虾与南极优质鱼类而健壮非常……

以“理解”之眼光再看鹅群，“爱鹅”情结比王羲之更甚。而张正旺分明比我更爱万分。

我们痛苦体验爱莫能助的尴尬：我亲眼看见两只健硕凶顽的贼鸥，大步大步地围绕着一个企鹅转悠：企鹅的腹下掩护着几颗鹅卵，贼鸥以黑光一闪的疾速抢啄一口。企鹅怒目圆睁，甩头格斗之时，另一贼鸥却乘机抢啄，洞穿了鹅卵。企鹅眼光里满是悲伤与无奈，它的孩子没有了，人们只能同情它失子之痛，而不能拔剑相助——这是一种弱肉强食的自然规律，它维持着南极亿万年物种的平衡。企鹅、贼鸥、磷虾或海豹的子孙，都是南极大自然生物链、食物链天然的一环，不可有杀强救弱或英雄救美的仁义之心。南极就是南极，你必须给这块上天恩赐的唯一的无瑕宝地以完全的自由。

11 次和 12 次南极考察队的“队花”周慧敏讲给我一个悲剧故事：她在海边看见一只受伤的企鹅，想抱到站上救治，但未得允许。第二天探视，见海滩留下一堆血毛。这是大自然优胜劣汰的法则。

海　豹

企鹅岛的海滩上躺着肥腻腻的海豹，每群七八只的样子。据朱宗泉说：海豹滩上会有成千只。正是夏暖季节，海里鱼肥虾稠，腰粗肚圆的海豹吃饱喝足了，便上滩裸晒。科考队的朋友告诉我：海豹的时间是用来浪费的，它们 99% 的时间是睡觉！白雪柔柔，海风习习。鸥燕的啼声是最美的音乐。我们走至它们身边，咯吱吱踩响厚雪，它充耳不闻。与之合影留念，亦不抬眼皮，那劈腿晾裆的姿态实在不雅。熟知海豹脾性的队友说：它们已躺此多日，死猪不怕开水烫的样子，连身也不翻一下，又懒又赖的德行。

看着海豹的乖相，听张正旺讲述解剖死海豹、海鸥、企鹅的情节，觉得大千世界，总有个冥冥之中的大约。你可以为王，但不可为霸。眼望美丽的西海岸，红色的韩国站，恍惚于天光海冰之间的纳尔逊岛上，雾气虚浮缥缈。蓝天上的云卷云舒，随风作态，云下飘动着鸥燕的光影。冰山浮动，雪地上散布的星星点点，不是海豹便是企鹅或鸥燕。在这天涯海角里，你不可能只见树木不见森林！长城站的雪堆上，中国科学院生态环境研究中心的研究员张庆华解剖着鳕鱼。这是他冒着严寒，用极简单的垂钓方法钓捕的“憨鱼”——你甚至不用鱼饵，鱼也会咬住钩。在它们好奇的眼中，钓钩是好玩的秋千。我问张教授：“黑鱼放到雪上就叫鳕鱼？”他答：“放在石头上叫石鱼。”人问：“姓张的钓了就叫章鱼？”答曰：“姓李的钓了就叫鲤鱼！”用解剖后的鳕鱼熬了一锅鲜汤，我可以鼓吹一回：你不可能吃过这样莹白如雪的鱼，也不可能喝到同级的酽如奶汁的汤，因为此味只应天上有，人间哪得几回尝！

在这样的情景中，我们流连忘返，置身于“不知天上宫阙，今昔是何年”的妙境，并未感觉“琼楼玉宇，高处不胜寒”啊！

四海之内皆兄弟

乘飞机赴南极，在圣地亚哥下机之时，年龄最大的我讲了一句玩话：“圣地亚哥啊！我这圣地的大哥来啦！”我家居圣地，是因出了孔孟。孔子与他的儒学理念，是营造世界和谐，世界之大同。这甚至有点共产主义的味道！当各种论调宣讲世界和平、经济全球化的时候，2500年前的孔子已用“四海之内皆兄弟”的圣言概括了一切，而多极世界处成兄弟谈何容易！但是，在南极那个极端的世界，严酷的环境与生存的需要，让人心领神会地觉醒、觉悟、明白并默契了一切，包容了一切，他们拥抱在一起，同舟共济。

感谢上天的关爱，给了我们进入长城站连续一周的好天气！管气象的同志祝贺我们：你们之中肯定有了贵人，在南极、在乔治王岛，这样的黄道吉日创造了历史。今天又是好日子，心想的事儿都能成：站长乘天时组织我们访问乌拉圭站。该站位于长城站东北向的海湾，一条委曲的雪路婉转而至。站东的雪坨旁，有同胞立碑，镌刻“好汉石”字样，寓“不到长城非好汉”诗意。我们与之合影，做一回好汉。

福建大老徐开起了雪地车，使我想起了坦克冲锋的威势，铁马冰河的诗意。我们浮光掠影地经过了智利站、俄罗斯站，一直开到那处宁静的海湾：几块冰山破裂成的浮冰浸在海里，峻峭挺拔，形若玉雕。它的头顶被日光染红，腰肢被海浪冲刷细瘦，入水处呈蓝色，婀婀娜娜真乃虞美人的体态。几座红房子建于倾斜的海滩，与蓝天绿海、银色冰盖互为背景。在拥有会客室的站房前，大片的积雪化净，露出小卵石铺就的坪场。我沿着海滩寻觅，找到了好几块晶莹剔透、艳若鸡血石的小石头。朋友告诉我：这叫铁红玉，非常珍贵！队友还告诉我：别费心机吧！我们还在这里淘到了“木化石”宝贝，还在玛瑙滩捡到过玛瑙，都被智利的蓬塔机场检扣下来。现在，让我悄声地告诉知己：我安全地带回了它们，并由西泠印社的艺术家刻成了名章，珠光宝气。

游览智利的几座城市，我得了印象：仿佛这几万里外的南美人，与华人更加亲近。他们肤色微黑，但体格壮硕、皮实，浓眉大眼，五官端正，稍微发福的体态，形若我们的武林小子，非常可爱。我一路走来，无论是司机、警察、机场人员，直至乌拉圭站朋友，无一不热情礼貌。我想起游安第斯山脚下的瓦尔帕莱索市，那位祖籍山东的女导游讲起的故事：初来圣地亚哥，她满眼陌生，智利人却不欺生，亲近关照她，和其中的一家处成了“铁哥们儿”。但是，诚实的智利人一根肠子到底，误会来了：原因是请那家人吃饭时，菜里放了辣椒！

你无法估计他们对“辣椒事件”怎样上纲上线，他问：“我们是不是真朋友？”答：“是！”“那为什么要辣我们，连孩子也不放过？”她惊讶道：“没问你能否吃辣是粗心，但绝无伤害孩子之心！”但是，智利好友义正词严地质问：“你们中国人制造的毒奶粉，不是直接残害孩子吗？我们被辣哭辣怕的孩子，心灵上受到多重的创伤？你能在小事上欺骗我，就能在大事上害我们！”

一家人齐刷刷离席：从此绝交！在我们愕然之时，导游又告诉我们，后来两家又重归于好了。

我没法笑出来，像水晶一样清纯莹明的南美朋友多么可爱啊！我们能够做到的：哪怕是一点点，也不要欺骗、污染他们的无瑕，包括此次访问乌拉圭站的举止。

热情的朋友围过来了，拥抱！臂展得很开，力用得很大，脸贴得很紧，不管是男人还是女子。美丽健壮的女主人脸上，竟有了艳红的羞色，更加可爱！水果、奶酪、烤肉、蛋糕、葡萄酒，还有滚热的咖啡，我们边吃边喝，欢声不断，然后欣赏墙上风光。

优质的木板墙上，挂满了乌拉圭的国旗、国徽、队旗、奖旗，还有各国各方朋友赠送的纪念品、艺术品。最多的还是一队队的考察队员照片。那些表情丰富的各类男女们，留下了肖像、名字和赠言，留下了他们的期望和故事。那是 12 月上旬，距离圣诞节还有些时辰，想家的南极人，却像中国娃儿般盼年慌年了。乌拉圭人将大叠的明信封盖上站章、纪念章，送给我们。我们拿它到智利站上去邮寄——那里有一个冰雪覆盖、各国人填满的绿色的邮局小屋，它作为一个发射情感与友谊的平台，将一只只温馨博爱的鸟儿放飞出去，让整个世界回荡福音！

我 3 次去智利站，那所挨着邮局的大厅，仿佛联合国的公共场所。在温馨气氛的邮局买邮票、明信片，坐进宽敞温暖的大厅里写邮址。通过大厅，走向各办公室的智利朋友都会热情地打招呼。大概发现了我是个新客，便有一鸟进林、百鸟雅静的瞬间。队友介绍我是随 30 次队采访的作家，洋朋友便过来拍肩膀，握手拥抱，还有人端来了咖啡，礼貌周全。大厅的四壁上也挂照片、锦旗，还有国旗、山明水秀或描绘静物的小幅油画。我对于西画的色彩应用和造型能力一贯称奇。一位游孔府、孔庙的俄国朋友为我造像，几笔就勾勒出我的特征。这位也叫戈尔巴乔夫的美学教授告诉我：西人就光线和颜色绘出了世界。邮局的小厅兼卖南极纪念品：运动服、牛皮画、纪念牌、T 恤衫、小包之类。我买的绒毛小企鹅 30 美元一个，在智利只售 8 元。但这是冰穹下的南极店——

是月亮的桂树下。

邮资涨了一倍，达到 3 美元。舒心的是女邮员十分热情，以极慢的速度算钱、贴票，再花细功夫找零。如有闲暇，帮贴邮票；轻拿慢贴，面带微笑，不但不会哭喊“我的时间哪里去啦……”还用很悦耳的汉语问候“您好”！

但是，到了圣诞将至，整个乔治王岛的人都来发信。到下班时间了，我们的邮票仍未贴完。在这里，你想说服和蔼的女服务员晚下班几分钟那是上天揽月！想起在智利的蓬塔街上，我们看中了一个小店的羊皮画，说好了回程来买。来到小店，女店主正要锁门，30 美元一幅的画，我们要买 20 幅，一宗不小的买卖，但她强调下班了。无奈中问她哪里还有？她领走在前，耐心指点去处，不算计这功夫早成了生意，令这群明白人啼笑皆非。

我们的人群里有能人张国强：第二十九次队的副站长兼管理员，这位精干聪敏的上海人胸有成竹，他说：信寄不出去是幸运，他的经验证明，100% 寄不成功——明信片不受保护，南极的邮戳又太珍贵，几万公里邮走，像小溪想要流过“塔克拉玛干”大沙漠！成功的办法是在南极盖上邮戳，带回家再盖“落地戳”。我们只需在长城站内填好邮址，其余的事情由他来办！你不得不佩服上海人的聪明和国强的强势，他运用英语、西班牙语的神通，把后门走到了南极，找到他的“铁哥们儿”，智利空军的一名军官——女邮政局长的丈夫，告诉他长城站的中国朋友，必须在圣诞节前寄出这批明信片儿，因为呈寄的对象不光是凡常亲友，还包括国家领导人们。我们在这遥远的南天之涯向他们汇报吉祥，如同月中的嫦娥发回天宫的信息。而恰在此后的时辰里，第三十次考察队的主力队员，正驾驶“雪龙”号破冰前进，为援救俄罗斯院士号科考船而身陷冰围。

邮局侧后的智利医院，像半个油桶埋进雪坨，低矮而坚固，很合时宜、地宜。内有医技了得的医生四名，是乔治王岛各国队员身体健康的依仗。如有此处不治的伤病，皆由空军飞机送往智利。智利空军的两排营房也建于雪地，齐脊的矮房，如我国油田工人的宿舍。得知那位空军军官和局长（或所长）妻子也住是处，我感到一种由衷的亲近。我们在站长的带领下参观了智利站的所有设施：科研楼、综合楼、仓库、车库、站长楼。和我站建筑不同的是，他们的建筑皆是低层，在风雪肆虐的南极环境里，这似乎更近合理。比我们多出来的设施便是机场和军营，这个临近南极的国家，更具“地主”意味。在南极大陆出现的多次灾害、事故救援中，智利空军都发挥了神兵天将的作用。我们的南极考察活动得到智利朋友多回帮助。

1984 年我们在乔治王岛建站的时候，选择这块依山傍湖的风水宝地并不容易；它离智利站太近，比智利站距离企鹅岛、玛瑙滩、碧玉滩更近。站前的长城湾，正好建成码头，友好的智利人心中纠结但仍然同意，并帮我建站，不得不承认是大义之举。反观稍晚于我们建站的韩国，就不得不到遥远的西海岸落户，那里没有淡水。今日的智利朋友借睦邻之便，来我站喝喝小酒，过过洋节也是随随便便、大大咧咧，一付亲不讲理、近不讲礼的劲头儿。

一首智利科考队诗人琼斯·古哈·罗德古斯的《白色的少女》诗歌，以他细腻的审美心理，不动声色的比兴手法，描写他所依恋的南极，似可看出智利人对人对物的一片纯情：

你如此美白
低声絮语令我连连叹息
我满目春色
已成了你的俘虏

噢！白色的梦境
地球上的人们
渴望你的温存
你的风韵

轻风拂面
你白如羊毛的山峦

藏着神秘

你的娴静，令我心醉……

12 月 10 日，阿根廷来了一个美国的金属乐队，四位长相扮相皆酷的乐手，在世界上弄出过很大的动静。全乔治王岛都群情振奋，大开洋荤。智利站请我站派代表参加晚会，第二十九次队尚未撤离的老站长俞勇，带领 30 次队度夏女队员于海宁观看演出，回来手舞足蹈地讲述一番，我十分眼红。

12 月 8 日晚，我们预先得知：法国“恒众”旅游公司的一艘豪华游轮，携百余游客来站参观。9 日晨，我便从临海的小窗看见一艘白轮船，穿过闪亮的浮冰泊进长城湾内。你不得不承认法国公司对高格旅游团安全保护的细心；大船放下了六艘汽艇，驶向长城码头，艇上皆无乘员。到岸即有三五人下艇，上岸观察后又涉入海中，两边把住汽艇，另有三二人扮乘客，由人搀接下艇。一番演习之后，六艇皆返，这才载满了六艇男女，满湾欢笑地驶来。

我来到码头，才发现那涉水下海者皆穿胶皮衩裤，裤腰齐胸，与胶靴粘结一起。细观面目，皆是蓝眼白皮的纯种法人，长鼻被寒气冻成胡萝卜模样。再看船上贵宾，一色中华儿女，皆着红色套服，蹬高鞡皮靴，皮帽檐下，口罩、墨镜遮脸盖腮，由法人搀扶上岸之后，才露真容。果然是男子潇洒，如青松翠竹，大大方方，福相富态。女子雍容华贵，花容月貌。一端庄大方的中年女子，含笑问我是否站长？我说不是。她恭敬道：“我们为科考队带来了水果、食品，请问交谁？”我答交站长，她转而问我职务，海洋局朋友答曰：随队采访的作家，那女子更加激动，引来了一群青年与我合照。从简短的问答中得知：这是一个富豪旅游团体，从澳大利亚上船，游过了阿根廷、智利，又游南极诸岛，但一定要看看祖国的长城站。上船的起步价是 10 万元、豪华舱每位 20 万元，还有其他开销，吃住皆在船上。法国旅游管理很好，同胞皆言满意。

我虽不是嫌富爱贫之人，但仍不爱被问东问西。又来了一对青岛男女，谦恭地叫我“大爷”。我吞下这颗甜枣儿，只得供他们问询。好感是在他们匍匐于雪地，拥抱“长城站”立石的时候产生的。孩子们蹲跪在长城石前、国旗下照相。有人自带了国旗，一团团、一伙伙以长城站为背景，拍个没完，赞扬长城站，赞扬祖国的探极事业。又蜂拥到综合楼，规规矩矩地排队，以便在纪念册上盖一枚长城站章。

我心中产生了一层觉悟；在这个相对有知识、有教养、有力量、懂规矩的团体中，爱祖国有奉献的青年一定是多数。我希望他们花费的十万、二十万大洋来自正道，是力气、智慧换来的。如此，爱这些爱国、爱考察队，并尊我“大爷”的孩子们便顺理成章了，愿他们旅途平安！一世幸福！

无论从历史文化还是以现实意识形态、地缘政治考量，俄罗斯都是最值得重视的国家。在智利忙于发信，兼顾俄站的过程未免匆忙。热心的张国强愿帮我消除遗憾，再访俄站。

中苏在珍宝岛打过一仗，那时，我姨母携我妹妹，和本家的二舅一家，就在战场边的虎林县农场工作，我曾踟蹰于姨家山后的烈士墓地，辨认着那次战斗牺牲而镌于水泥碑上的人名：牺牲者有县领导和部队的连级军官。我遥望着乌苏里江对岸“馒头山”上高高的瞭望塔，忧思和这个强邻的关系，心潮澎湃。

张国强副站长就是一位极地外交家，他的智利公关打入了军界，情缘也是男女皆佳。我羡慕他拥抱外籍女子的热烈，也钦佩他在热烈之时的挥洒自如。他似乎熟悉每个人和每一种语言，而又能风趣地使用它。俄罗斯站站长迎出来，与国强拥抱，四蹄溅雪的表演令人捧腹。客厅的小桌上摆满了伏特加、葡萄酒、啤酒、咖啡、红茶、水果、饼干、蛋糕、巧克力。张国强却狼声大叫：“烤肉，烤肉。”看来，他是吃惯了这口巧食。一个大胡子厨师跑出厨房，拉我们参观烤肉过程。那是一个巨大的长方形烤箱。铁板厚重，火力旺盛。穿了铁条的牛肉羊排密倚铁板，毕剥爆响，哗哗流油。灶台上放置一排瓷碟，酱醋、芥末、料酒、孜然粉等调料一应俱全，戏弄得我们馋涎欲滴。

我们围桌坐定，站长拿来他珍藏的伏特加酒：祝圣诞快乐！祝中俄友谊像南极冰山一样纯洁！祝三十次科考队取得佳绩！我们祝福俄罗斯人民幸福，并祝越冬度夏年余的朋友快快回到俄国和亲人怀抱！他们高兴了，一个个表态说：一回到俄国，就搂着老婆天天睡觉！站长做了个搂人睡觉的姿势，逗得我们笑出泪水。大厨送肉来了，灌了一气白酒，又入厨房。我努力搜寻着学过一年俄语的零碎记忆：飞机是“萨木了特”，电灯是“拉木巴”，书包放在桌上是“苏木嘎那斯达列”，还背了一小段俄语对话，他们竟竖起了拇指，大杯地敬酒。酒长光棍胆，我唱起了《喀秋莎》《山楂树》《红莓花儿开》和《莫斯科郊外的晚上》，他们与我合唱，并且跳起了舞蹈。能歌善舞的民族，舞步阳刚强健。五六十年代的中国人，无不被“老大哥”健康的文化风范折服!

站长的脸红了，抓住我左拇指并在他右拇指上，高声地叫道：“中国这个！俄罗斯这个！中俄团结起来，世界上没人能比！”

张国强叫起来，我拼命鼓掌。俄国朋友是有担当精神的汉子。我们走出俄站的时辰，正有一个俄罗斯旅游团上岸。他们在国旗下，在教堂前留影，爱国的情怀，犹如南极冰雪的纯净。他们友好地招呼我们，与我们合影留念，亲近之情溢于言表。

四、慧敏女子

我要讲一个真实的女子，
她的家隐于泉城的绿柳。
因这角儿玲珑剔透，
谁和她都可能交成挚友。

她坐在省政协会议主席台上，“瓷娃娃”一样晶亮。她是科技界，我是文化界，隔行如隔山的距离。这是十年前的慧敏，青春洋溢，意气盎发，惹起台下人阵阵热议：好厉害啊！刚从南极回来，她发明的高氯化油漆，装饰得中国长城站、中山站，像她一样光鲜靓丽了！

但是，我与她的接触碰上了一百次的不巧，直到去年 3 月，我才在省九三学社常委会上与她并肩而坐。当她得知我的《焦裕禄》新改成 30 集电视剧的时候，竟然大惊小怪地问我：“为什么不写‘雪龙’号？不写中国 30 年极地科考？”

之后的一切像好马遇到草地一样幸运，2013 年 5 月，我采访国家海洋局，专家说：“先采访你的乡亲慧敏吧！”6 月，杭州海洋研究所的所长说：一定要采访慧敏。7 月，我采访了她。

从她提供的材料中，我读到了她富有诗人浪漫气质的、文采飞扬的日记，也读到了《中国冶金报》那篇用语准确、简约、字字珠玑，却不乏由衷自豪情感的《编者按》：

> 继 1993 年米克尔森夫人成功地登上南极大陆，成为第一个征服那块神秘土地的女性之后，女性在进军极地中渐露头角。在我们冶金系统就有这样一位女性，山东省冶金科学研究院高级工程师周慧敏连续两年赴南极考察，并成功地设计、组织、指挥完成了建站以来两次最大的防腐工程，创造了我国女性参加南极考察的又一项纪录，填补了我国冶金系统在南极考察中的空白。
>
> 周慧敏两赴南极，历尽艰险，不辱使命，她的南极日记摘抄，把我们带入她曾经历过的神奇世界。

这个有文采的慧敏女子也是懂真情的人，她的一篇篇日记，把人们带入情感的世界。

2014 年 5 月 15 日，是慧敏这个可人的小精灵引领笔者跨过命运的金桥——

外高桥的日子。我登上“雪龙”号参加海试，她随船两赴南极的故事，仍在“雪龙”号上流光闪亮。

“雪龙”号的红珊瑚

1995年11月18日，第12次南极考察的“雪龙”号在上海码头起航。当送行的人群渐渐淡远，激烈的情潮慢慢冷却的时候，有人突然发现：船上还呆立着一位女子。清冽的海风吹拂她的长发和红风衣，袅袅婷婷。长长的睫毛和口唇在海光中眨闪、翕动，泪珠在滚落。人们和着她的情绪，想着天涯的寂寥、妻儿的温柔、父母的难舍……惹人怜爱的女子，成了征人倾情赋诗的载体。

能够佐证她那时心情的东西很多，可以排上头条的，应该是这一篇日记：

1995年9月12日　周二

国家海洋局已经同意我去南极了，查体合格，但还须家属签署一份同意协议。我小心翼翼地把协议书拿给爱人时，他看后久久不语，然后收了起来。我知道他的心情，这是一种什么样的签字啊！它意味着什么？（这就是一张生死状啊！）南极考察是一项带有探险性的事，它要求所有的队员和家属要有为祖国献身的精神，对于随时而来的不测，要有充分的思想准备。今天，南极办来电话催要，晚上，他对着协议书愣了许久，终于颤抖着签上了他的名字。

思念随同海的岸线远去了，却牵着心肠。倏忽间美女转过面来，惊讶地望着看她的人们，飞快地擦一把眼泪：“你们好，战友们！”她竟然朗笑，甩飞两滴眼泪。

“你好！”男子们错落回答。

“你是……”总领队王胜利想问她大名，她快口抢答：“慧敏啊……”

群人便露出早知道的神态：“山东好汉啊！女科学家。你也会流泪？”她眨着水汪汪的大眼答道：“知道山东的风俗吗？闺女出嫁流泪，是给娘家掉金豆豆！”

故意的山东土话逗乐了大家，齐夸她的“鲁普”动听！她反唇相讥：“孔子是我乡邻。春秋时期的普通话，由他的三千弟子推广到各国！”群人笑她的谬论如此有据，夸她还没演出，就已经贡献了快乐。

天苍苍，海茫茫，原本艰辛寂寞的漫漫日月，因慧敏的戏演而热闹了。她成了《林海雪原》中“千军万马一枝花”的白茹，慰藉着二百名离家男子的心田。在伙房面点间，她灵巧的手中飞出一只只小鸟，鸟肚里包上糖、苹果、小橘子。吃它的人分别得到的是幸福、平安和吉祥。她说出蹊跷的谜语，使一个个自恃聪明的坏小子上当，她说：“因为你，打了我，破了你的肚皮，淌了我的血！”看看没人能解，她揭底道：“蚊子啊！”在不同年龄的人前，她扮出大姐、小妹、侄女或小阿姨的样子，总是那么适宜。使她激动万分的是妈妈生下她的那个日子，她把自己的快乐和幸福分给了每一位战友！谁能有这样的幸运，谁能有这样的荣光，能够像女神一样，到赤道上过生日？

1995 年 11 月 29 日　周三　晴

今天将是我永生难忘的日子，我在赤道上度过了我 40 周岁生日。

赤道的海，如缎面一样在船下柔动着，垂直照射的太阳吝啬地没给甲板上的人留下一寸影子。上午 9：30 船到达纬度零度，随着汽笛的长鸣停下了。按照惯例，人们穿草裙、戴上面具，举行狂欢仪式。我也穿上草裙，跳起了迪斯科，在欢乐的气氛中，他们向我表示生日祝贺，东方女性不惑之年生日在赤道上度过！

她不小心泄露了年庚：“不惑”之年！但我负责地告诉你，那时，她看上去只像“而立”芳龄。她模仿北科大老教授刘树林敲着拐棍夸她的南方话：

“小慧敏！我们的技术，不管花多大代价，都要申报世界专利！”

“雪龙”号成立起一所“海洋大学”，各方的专家都讲出自己学问的经典：气象、海洋、生物、环境、水产、冰雪，真乃层次最高、专业知识最为密集、丰富的科技盛宴。潇洒倜傥的慧敏声情并茂地演讲“涂刷型钢铁表面磷化技术在极地环境防固化应用”的课程，并在欢呼声中招兵买马，求各方大仙、各路君子、各位好人，学山东英雄秦琼为友两肋插刀的义举，为她的工程队帮工。人们纷纷应征，并承诺动员十一次队战友在撤离之前助战，慧敏的眼前似乎柳暗花明！但是，波诡云谲的大海，正为“雪龙”号设计着一场严峻考验。

“雪龙”一进入可怕的西风带，便遭遇13级的台风。2万余吨级的巨轮顿成沧海中的一片树叶，大浪像卷云一样，直扑六层楼的驾驶台。大涌像山岭奔驰，将“雪龙”举上阴云，摔进浪谷。“雪龙”号关封所有水密门，各就各位的船长、大副、驾驶员、轮机长如临大敌，扬声器里呼出各种命令，船体单摆达到30多度。

慧敏的床在滑动奔突。透过飞掠的舷窗，一眼是压顶的乌云，一眼是森森的黑水。盆花被发射过来，砸到慧敏刚离的枕上。假如击中目标，定会血花灿烂！她躲闪着翻滚的箱包，爬出舱室，要去看集装箱里的宝贝油漆如何。她忘了一切规定，学一只猫儿钻进机舱底层通道。在可以仰望货舱的小窗里，她发现一只集装箱的钢筋绊扣被狂风撕断，一只红色漆桶被发射出去，击中六米外的箱体后爆裂，喷涂出一朵怒放的焰火，烧得昏天黑海花里胡哨！

在这个概念模糊的日子里，这个命定的翻天覆地的时辰，她的日记记述了精彩：

1995年12月16、15日　周六、五　阴

今天白过了一天，19:00以前1995年12月16日，19:00以后又成了12月15日，按照船上的惯例，每进入一个新时区，都在这天19:00拨表，昨天船已穿越国际日期变更线，却忘了变更，今天补上。

半夜风12级，海上的涌浪高达10米多。船大幅地摇摆，单摆近

40°。房间里所有没有固定的东西就像过筛子一样，横冲直撞。船处于险情之中。难道我的生命就要在这里终结吗？我有一个美满的家庭，善解人意的丈夫，聪明伶俐的儿子，疼爱我的公婆，还有与我共同度过艰难岁月的哥哥姐姐，我的朋友们，还有我的事业……

清晨6点电话铃响了，是刘书燕站长。他用急促的、听了让人发毛的声音告诉我：防腐工程涂料洒了……是啊！没有了涂料，活就无法干，他能不急吗？我急忙套上衣服和鞋子……

她攀上了甲板，踩踏着满地溜滑的油漆奔向集装箱，假如她在风中滑倒或被吹飘，我们唱出的歌便不再是《红珊瑚》。当时的她的确将红漆焰火看成一棵红珊瑚，连此后屡现的梦境里，她都常见一棵粗枝大叶的珊瑚，燃烧着洇染开来，大写意的狂放。她自己被风吹飘，像那一夜的实景：不是落入大海而是飞上货舱，握住钢筋的绊扣，借助风力关上铁门，学着秋千的浪荡锁严绊扣。那时刻，她在秋千上美到了极致：红队服被吹鼓成灯笼的饱满鲜亮！在好几支强光灯的直射里，艳红的灯笼湍急旋转、飘扬。无数人奔涌过来，无数双手将她捧托下舱，歌颂着她。她成了王杰、雷锋、赵一曼。

台风的中心是平静的，慧敏夸张地啃着一只鸡腿，以山东快书的腔韵，和徐剑英一起唱起战友们集体创作的描写人在风浪的段子：“一言难发、两眼无神、三餐不进、四肢乏力、五脏翻腾、六神无主、七上八下、九翻九覆、十分煎熬！好香的烧鸡腿喽！”

苦笑、苦撑、苦吐、苦吃、苦干，学慧敏女子振作起来。那时节，“雪龙”的每一块骨头鳞片，都因刚刚遭受过狂摔狂荡、大扭大摆、猛冲猛撞和强震强颠的折磨，使主机、齿轮、变速箱、离合器经历了超强多倍的挫折。当它带伤终于进入南极长城站的时候，辅助发电机组输油管破裂的漏油，与电缆接头溅起的火花相遇了，引发机舱的冲天大火。

这是不幸中的万幸，十一次队的勇士带上长城站的灭火器，和十二次队战友合成一支灭火铁军。临阵不乱的沈阿坤船长下达了最英明的命令：密闭机舱的全部门窗，喷射大量二氧化碳，使大火缺氧窒息自灭。

大火救下了，“雪龙”却因电信系统的全毁，需开到智利大修。原先宣誓帮她涂漆的人，此时只得怀着悲壮心情离去。善良女子谈起此节，凄婉之情仍溢于言表。

南极情结

2013 年 12 月 2 日，笔者自北京飞往智利，转南极长城站。这曾是慧敏赴南极的路线。7 月访她、10 月的船上和飞行中闻知的她，逐渐丰满成大枝的红珊瑚。

初入南极的我像慧敏一样，被冰天雪地、琼楼玉宇照晕。海风像凉水一样倾来，浮冰的寒光刺目耀眼。这便是南极的乔治王岛，俄罗斯考察站的尖顶的教堂分立于两处冰盖，神态肃穆。

雪皑皑、路茫茫，世界银光闪闪。蓝色的长城湾里，冰山破裂的浮冰顺着海流冉冉漂过。上部被日光霞影映红，下部却是海洋的绿蓝。有海豹或企鹅乘冰游乐，好不惬儿！这便是丹麦童话中的仙境。神魂飘忽的慧敏，被这奇异美景或别的灵怪弄得哭起来。像初嫁新娘，她穿上缀有国旗的红队服，率她的精兵爬上吊塔，开始为长城站的钢骨铁瓦除锈刷漆。她将暖调的红色装扮生活楼，宝蓝色配给科研楼，翠绿色搽抹发电楼，加上金黄的车库、储油罐，玉宇镶嵌了五色宝石。在最美的遐想里干最苦的活儿——且须在 12 月至 3 月前的夏季完工，以保证使用“涂刷型钢铁表面磷化技术”油漆的温度不低于零上 5 度，避免“固化”或“成膜”现象。为此，高空作业便成为高寒、高危、高强度、高粉尘的玩命活儿！

承负重担的人一旦挑上了担子，则无论多美的景观已不在胸中，正所谓，看景不走路、走路不看景。经受过一路折磨的慧敏已将天真和浪漫抛入了大海，她的日记是一篇恨铁不成钢、恨家不发起的焦心的惆怅诗行：

1995年12月27日　周三　雨

凌晨两点多，在小雨的暮色中，我终于登上了魂牵梦萦的长城站。破旧的建筑使我兴奋的心情一下变得沉重起来，抚摸着满目疮痍、千疮百孔的房屋，我的眼睛模糊了，心都快碎了，它怎和我心中那让我自豪了多少年的祖国的南极考察站相应啊！它怎和我们一个12亿人口的泱泱大国相称啊！它比我接到任务时想象的还要破啊！房屋外墙上布满了腐蚀空洞，积水从洞中流出，支架被厚厚的锈皮覆盖着，屋下的小梁三个厚的钢板都穿透了。油罐大面积溃疡腐蚀，特别是罐下积水的地方，更硬的锈皮达5mm厚，等待着我们的将是一场恶战！

她率领自己的部将，像花木兰、穆桂英一样披挂上阵了。但是，纯真的女子立刻感觉到，这儿不是柳暗花明的泉城，不是一呼百诺的大本营，这里的一切都在欺生，连鸟儿也耍起偏狭的种族意识的性子！更加措手不及的是：油漆卸不下船……

1995年12月29日　周五　雨

海面上的风很大，“雪龙”船脱锚了，无法卸货。油漆班的几个人都来到油罐区除锈。雪燕一个劲地在我们头顶上盘旋，不时俯冲下来啄我们一口。这是它们的领地，怎能容忍我们侵犯？油漆的怪味儿、榔头的敲击声破坏了它们的宁静，能怪它们动怒？干活休息时，我捡了几块石头包在手帕中，转身的工夫，听见身后有动静，回头一看，贼鸥正故意往上拉屎，令我哭笑不得，贼鸥啊，真不怪别人喊你贼……

由于环保要求导致使用的工具和方法受到限制，我们只好用榔头敲，海洋腐蚀形成的氧化物很坚硬，一榔头敲下去只是一小块松动。几个小时下来，我的胳膊已经抬不起来了。

由于“雪龙”船因事故提前离开，原本可以参加前期工程的随船人员走了。留在站上的36名考察队员除2名做饭，1名管理员和3位发电的外，还有3名要完成全站所有上下水道改装。剩下的27名要完成一座600平方米二层楼的建造，完成5栋楼房、8个油罐的防腐工程，还有房屋堵漏，清理站区建筑垃圾，还要完成正常的科考测试任务等，真是天难！最后分给防腐工程的只有4个人，包括我这个当初被允诺当现场指导的指挥者。这活没法干，就这几个人不可能完成这么大的工作量！我去找老刘要人，他说，等科考的人交接完了，让他们来帮忙。算了一下，最多再有五六个人能部分时间参加工程，比在国内讲好的14个人差多了：我急了，老刘也急。吵归吵，任务还得完成，看来得拼了！

决定要拼的女帅爬上脚手架，登上了长城大楼的顶层，在这一览众山小的高处，她的境界也得到了飞跃的提升，不怕虎、不知死的小女子啊，她相信干一切事业都要有点“二杆子”气！她写道：

1996年1月9日　周二　风雪

风雪中涂装磷化不行了，除锈还是可以的。为了节省时间，我们不搭脚手架了，侧墙下边踩着油桶或在两个油桶上搭块架板干，上边踩着梯子干。大风把衣服吹得鼓鼓的，像一只只大灯笼在架板上移动；雪片借助风力，像刀片一样刮在人的脸上。为了争取时间，大家坚持着，角磨机的马达声与呼啸的风声汇成一部快节奏的交响曲……风越刮越大，人已无法站立，只好回撤。

晚上风更大，刮得整栋房屋发颤，房顶作响，真有些恐怖。

1996年1月25日　周四　雨

连续几天雨雾，我们只好转移到房下干活了。大家戏称：开始搞地下工作了。这里的房屋由钢架支起来，人在底下，站，站不起来；蹲下又够不着。有的地面还积着雪水，大家只好半蹲半站，就像练功的“马步蹲裆”。练功能蹲 1 个小时就不错了，而我们一蹲就是几个小时。全站的房屋和油罐都要搞，我们要蹲多少小时？

这话问得太稚气！你揽了这一份瓷器活儿，就要有钻瓷的金刚钻。党和人民需要你蹲多长时间，你就蹲多长时间！说不定你还要像八路军打鬼子一样卧倒，这不是命令而是命定！令你想象不到的是，这个“二杆子”女子一旦上了天，便要抓龙玩儿了。

天空是她的舞台，她想起老家爷儿们充满豪气的民歌：

老汉今年七十三，
踩着麦垛上了天。
撕片白云擦擦汗，
凑着太阳弄袋烟……

哈！咱怕谁？谁怕咱？无数的燕鸥、贼鸥、巨海燕翱翔于头顶，来看这千年未见的稀罕，企鹅们列队来了，一律的黑风衣、白衬衫，挺胸凸肚、昂首阔步，十足的绅士派头。这群天真、好奇、玩心十足的孩子，观看并议论这群没有翅膀的动物怎样飞上屋顶？也奇怪像领队企鹅一样漂亮的慧敏女子，为什么戴上墨镜面罩？它们不承认紫外线会灼伤人脸，因为它们的祖祖辈辈都不怕这一套！看着小小的企鹅，慧敏眼圈儿微红：“我的小心肝小宝贝小乖儿哟！”她在一瞬间想起儿子……企鹅们拍开了短翅，叽叽地叫“姨”！大群的男子却说：“快叫姨父！”她指着哦哦叫的一只回击：“你听，是叫哥！大姨哥！”

吊车、房梁、钢瓦上都传来笑声。在天涯的孤男们，眼中心中，漂亮女角儿是盘好菜！多么赏心悦目，多么养活耳朵啊！人们看她像企鹅一样爬上爬下的样儿，认定她是可爱的企鹅托生。有人玩笑地震专家吴斌、王德胜像小羊一样听她的话，那二人就唱起“我愿做一只小羊，跟在她身旁”的歌。队医陈山白天干活，晚上发药，很多人都因手腕除锈累伤，储备几年的膏药全发空了。站长刘书燕成了大工头，到点就敲门，唤人干活儿。南极的夏季没有黑夜，只有日日日日的极昼，休息不好，腰酸腿痛的小伙就唤他“周扒皮”—— 一个半夜学鸡叫，骗长工早起干活的老地主。

老地主干上瘾忘了看表，一干十几个小时。慧敏的亲兵二宝哭了：“人不是机器，我想俺妈……”大家笑道：“别想妈啦！慧敏的表妹来看你了！”慧敏擦一把他的泪眼：“二宝，咱可不能哭，任务是咱的，别人是帮工。我们申请的专利，俄、日等四国都批准了，我们的明天更美好！”

她黑白分明的眸子放着光，分明的参禅之后的神采。慧敏公司对国家的贡献和美好前景，已使万众称奇了！

那一天下了雨夹雪，人们像杂技演员一样弄险于钢筋铁檩。狼狈不堪的慧敏站在一口吊起的箱子里，上下牵绳，左右晃荡，放风筝一样，防寒服遮盖了头脸。一工友误为吊顶的男伴，拿锤把戳她屁股玩儿，说像一头母海豹。她一笑露了馅儿，工友一看真是母的，不敢笑了。然而，危险不在天上，而在海上，去码头取料的小女子一脚陷进海面上雪盖的冰裂，可以说，一旦进入裂隙，生还的可能便是“零”下。等挣扎上来，已是海水浸润，汗水淋淋。惊惶的人群又一次捧起了红珊瑚，她却抹抹满脸的雨汗，唱出一段《回娘家》：

一阵大风起，一阵大雨下，
脸上的胭脂变成红泥巴。
左手跑了鸡，右手跑了鸭，
摔哭了怀里的胖娃娃，
哎呀！俺怎么去见俺的妈……

这样的女英豪，别说见爹妈，见国家领导人也够了资格。小女子的忸怩，唤起人心生怜爱，就像山西一首民歌的朴素情感：

小妮儿河边洗衣裳，
两腿跪在石头上，
俺的小乖蛋……

山东大妞远比山西小妞可爱，她似幽似怨的日记透露出女子性情的另一面：

1996年2月23日 周五

这里的天气太无常了，一会儿晴，一会儿雾，一会雨雪，一会儿风。七级风我们照样爬油罐！工程在关键时刻，老队员讲：进入三月份就没有好天气了。大家都像上足了的发条。李宝才胃疼直不起腰，仍坚持上工；站长老刘患有肾病，专挑重活，现在他的手已经疼得握不住机器了，高速旋转着的角磨机几次从他手中掉落……尽管所有的人胳膊都疼，手疼，但没有一个退却的，在这里我真正体会到了南极精神——一种融爱国主义、集体主义、革命英雄主义在一起的科学、团结、拼搏的精神。

今天下午到了吃饭的时间，大家都浑然不知，餐厅的钟声特意又为我们敲了二遍，也未能把我们唤回——今天刮的东南风，逆向，听不到。

下午上工时，我一人走在海边的小路上，忽然，脚下猛的一声闷叫，吓了我一跳，原来有一头足有两吨重的大海豹。如不是它的吼叫，我就踩到它的鼻子了！我的心怦怦直跳，但见海豹的屎尿也流出来了，哇！我也吓了它一跳！

山下的女人是老虎，谁不害怕？两吨重的胖小伙子绝对怕美妞儿！远离媳妇的帅小子们，在这天涯海角，全凭嘴皮子泄火了，正像卖茶的小妞揶揄年轻茶客的唱词儿：“你喝茶便喝茶，哪来那多的话？”哪里来的？心里出的。

人们似乎在整个的下午议论海豹，咒骂贼鸥，说它们肯定是男流氓。

对着这无畏的女子，青岛海洋所的吉鹏装哭，然后又学企鹅的声韵“啊啊”

大叫，四面八方的企鹅围拢过来，一看是人的恶作剧，那骂骂咧咧散去的神态，与人不二。小女子天上干活，不敢喝水，长城站雪野连天，一目千里，哪里小便？好容易找个僻地儿小解，企鹅却围拢来了，看稀罕的眼神，竟也与人无二，谁知哪只是男？说罢了，笑够了，晚间在日记中又成了真人儿：

> 晚饭后，我又到医务室找随队医生陈山要止痛膏。他告诉我："膏药都让你们油漆班要光了！"是啊！防腐工程是一项既单调又枯燥的工作，榔头敲——角磨机打——涂磷化液——谁胳膊上没有几块膏药？胳膊疼得不知往哪放才好，手指肿得又红又亮，夜里疼得睡不着，直想哭。
>
> 墙上儿子碰碰的照片一次又一次给我安慰，丈夫每周一封的家书给了我战胜困难的气力，每通一次电话，劳苦的情绪就得到一次安慰，感情的投入就是充电，就是动力。

蓝眼诗情

大概上天特想完美慧敏的人生传奇，才将神奇神妙，千奇万巧的戏眼都发生在她身上吧！一只漂亮，但声名不佳的贼鸥，与她合演了一场好戏！几只贼鸥来抢正入库的食物，叼跑了葡萄干牛肉干，慧敏边骂边赶，一只贼鸥却向她报复，叼起她的纱巾便飞，使整个的乔治王岛人，都看到一抹红霞飞翔高空的奇观。那是慧敏日记未及写足、无心情写美的故事，后来的品味细腻了，细到了艺术的、传奇的程度……这是她前头日记提过，笔者细访之后，须加描述的一段戏眼！

当时的慧敏惊惶了，为这感情的信物牵魂不舍，追逐着贼鸥边哭边骂："臭流氓，你给我放下！你人模狗样……为么做贼……"然后，她换了哭腔哀求："还给我吧小弟弟（她感觉它是男的），我给你糖……哎！香肠……"贼鸥心软了，还是笑了？在高空扔下纱巾，纱巾随风飘扬，竟落上了泊于长城湾的智利军舰。会来事儿的一群年轻军官送宝上门，讨一杯感谢酒吃。酒酣耳热了，便跳交谊舞，唱汉语、英语、西班牙语歌曲。一军官恰是诗人，喻舞中的慧敏“像风中的玫瑰”“长城站的小尤物”！并扯下领章赠她（不要军纪啦！），邀她回访军舰。

“周扒皮”站长很懂外交，但要派男士陪送上舰，还嘱咐再三。当智利朋友了解慧敏几何之时，他们颠覆了对中国妇女的固有看法，认为“小尤物”代表的中国妇女，是智慧、美丽、勇敢、高雅的化身。爱慕引发了乔岛九国对长城站“宝石图”的观赏。“都是贼鸥惹的祸啊！”俏皮的慧敏幽默感叹。她充满魅力的表现，如表妹的“喷嚏”活跃了这里的空气！

那一年，春节联欢会在长城站举办，慧敏女子的日记如此记述：

> 1996年2月18日　周日　雨
>
> 今天是大年三十，下午大雨，雨中智利站、俄罗斯站、乌拉圭站的站长都来与我们一起欢度春节。在南极过年，大家都很兴奋，卡拉OK每支歌都一齐唱；拍子，几个人一齐打；调都跑到姥姥家了，还扯着嗓子喊。当唱到“家中的老妈妈”时，许多人又流下眼泪，是啊，有谁不想家？……

2月的天，孩儿的脸，破涕为笑是家常便饭。

接下来的节目是动人、诱人的。无论是中国的公海豹还是外洋的男贼鸥，都想在慧敏和各国美女的面前显显能儿：舞蹈、歌唱、诗朗诵……大厨朱宗泉打起了少林拳，获得“功夫朱”美称。乒乓球手医生获“南极王”雅号。武汉女教授获“南极最佳主持人”称号，慧敏成了九国联欢会上的白雪公主。她朗笑着告诉我，当联欢散会，百鸟归林之时，一位年轻帅呆的智利军官塞给她一个“回家才可看”的纸团儿，上面赫然书写的竟是：“俺莱芜有”！

智利小贼鸥儿，莱芜在我们山东，你够得着吗？

让我们也想叫一声“俺莱芜有”的理由是：长城站壮丽的美化工程竣工了，

慧敏的日记如此感叹：

1996年3月14日

工程全部结束了。历经艰苦，我们换来的是超额完成任务，共进行了大小9栋房屋，15个油罐的防腐。长城站已焕然一新了。我们很快就要回国了，望着这整洁美丽的长城站，我真是恋恋不舍，这是我们经历了多么“艰苦卓绝”的努力换来的呀！太不容易了！

“艰苦卓绝”，可以去掉引号。何止不易？一首山东民歌唱出了硬硬的道理：

樱桃好吃树难栽，
不下苦功花不开，
幸福不会从天降，
社会主义等不来……

从春干到了秋，那“春种一粒粟，秋收万颗子”的诗句，分明地映照出远征女将的春华秋实：

1996年7月5日　周五

我们在长城站的工作得到国家海洋局领导的赞扬，评价我们是南极精神的再塑。在庆功会上一定请我到主宾席上，葛有信副局长亲自到我身边，举杯说向为国争光的巾帼英雄敬一杯。送给我院的一面锦旗上写着：“南极考察做贡献，长城旧貌变新颜”。并决定把中山站的防腐任务继续交给我院。

你看！这不叫好戏连台吗？

巾帼不让须眉，谁说女子不如男？看罢“长城”美景，听罢“长城”赞歌，笔者沿着她们交谊的足迹访问了智利、俄罗斯、乌拉圭站，发现美女子与科考英豪们所表现的南极精神、中华文明，不但感动中国，而且影响了世界！跨国的友情，似有着缠绵的韧力。

慧敏谈起与外国朋友的交往，眼神儿优柔。她对许多洋朋友充满了好感。人是感情动物，善恶可辨啊！暖流如苏，爽风贯林的友情，难道不值得永记吗？

她说要在她还不太老的时候，还会到智利、南美和南极去寻找那些朋友，和他们洋腔洋调、狼腔鬼调去唱那些曾唱过的歌：“人嘛——唉！”她说，眼神儿仍是优柔。

我发现了一个奇怪的现象，凡接触过智利人的同胞，不管是男友女胞，都觉得智利人温厚可亲，用山东人的话说：很是地道！个中的缘由，不得而解。直到请教了见多识广的朱增新，他于2014年8月11日，将一份《太平天国与智利》的资料发到我手中：

> 1945年，二战结束后，智利与当时的中华民国国民政府达成协议，两国建立大使级外交关系。1947年3月18日，智利驻中华民国大使奥斯卡·布朗克向中华民国总统蒋介石递交罢国书讲话时，代表智利政府承认，中国人在智利反抗秘鲁和玻利维亚联军侵略的太平洋战争中对智利人民的帮助，盛赞中国人在1869—1873年这场对智利而言意义重大的战争中的英勇表现。
>
> 这批中国威武之师源于哪里？原来他们是幸免于清政府屠杀，被流放到秘鲁充当硝矿契约劳工的一支太平天国部队，初始有三万人之多。工作环境之恶劣，工作强度之巨大，生活待遇之残酷，逼迫契约劳工病死和很多人自杀，同时也对秘鲁监工产生极大怨愤与仇恨。1869年，爆发于智利、秘鲁和玻利维亚之间的争夺硝矿和鸟粪的太平洋战争，让这支太平天国部队找到了翻身得解放的机遇，他们自成编制，加入智利部队，延续太平天国惯于制造假象、敲山震虎、诱敌深入、侧面伏击等战略战术，帮助智利军队扭转了战争局势，最后逼迫秘鲁和玻利维亚政府，签署划定今日智利与秘鲁、

智利与玻利维亚之间边界的《安孔条约》。这样，智利的北方疆土就从原先的科跟波上移到了伊基克。随后，为感谢中国朋友的帮助，智利政府把位于圣地亚哥市中心、距离智利总统府三四个街区的一套别墅赠送给了这批曾经的太平天国的军人，而这套珍贵的别墅，就是今天中华会馆的所在地。

正因为太平天国军人习练武术，骁勇善战，再加今天李小龙影视作品的影响，给智利朋友留下了中国人个个都是武术高手、侠肝义胆的印象……

哦！怪不得我见了圣地亚哥觉得亲切，说不定那三万同胞里，有我殷姓爷儿们、周慧敏的祖先呢！

中山五味录

大船多载，能人多劳。但凡爬山之人，一旦登上一个峰顶，便有这山望着那山高的比较。也正像有了蛋想孵鸡，有了鸡想多下蛋，循环往复。将一只蛋繁殖成鸡群，将一棵竹盎发成林，把长城站装扮成一颗明珠的慧敏，多么想好事成双，明珠成链呢！她向往中山站，想让那座建在冰盖上的水晶宫，像一朵雪莲花，开放在冰山上，把自己也凝华为美丽的雪莲。她会唱儿时唱过的歌：

我叫阿伊拉，
住在雪山下。
从小爱爬山，
采来雪莲花……

哭红过双眼的慧敏笑起来，真是变脸比翻书快啊！水样灵秀的俏女子，升华为汽，凝华为冰，人生的五味装在心底，还会闪现在脸上，那才叫女子。若不然，脸上的那 24 块肌肉作何用场？文人的笔如何描写女人？但是，此航不是彼航，对于“得一”而足的中国人心理定式，她的举动是一次不凡常的冲击——女人难得静！浪漫——或疯狂一回还不行吗？女子无才便是德啊！

在国家利益需要的时候，伯乐的眼睛紧盯着骏马。在众人如荃、不察全局的时候，独醒的男子或女人挥去浮尘，向天、向海而歌。省略去一切的描述，以“蒙太奇”手法直接切入的，是慧敏女子那文采奕奕、情商至高的日记：

1996 年 11 月 8 日　周一　晴

今天，我又一次踏上了远航南极的征程。船顺黄浦江而下，雄壮的杨浦大桥在头顶掠过，斜拉的一根根铁索，平直的桥身与桥上向我们招手的人影，在西斜的阳光下，构成一幅优美的画面。招手的人是我爱人和齐鲁电视台的记者们。夫送妻征——不合常规的悲壮啊！

当我决定再去南极时，得到的是一片反对声，亲友心疼，也不理解。朋友说，你明明知道那里艰苦、危险，为什么还要去啊！但我想，我对南极的情况了解，技术熟练。那里的组织协调工作很重要，尤其是在大家极度疲劳的时候，怎样把更多的人感召起来是一个关键的问题，我去是合适的。

我不知道多少人有如此的体验：当你借助潜海工具，潜入深深海底与鱼虾为伴的时候；当你随升降机深入千米之下的矿洞，在缠蛇般的曲径里摸索，感觉黑暗无边的时候；当你航行于海天苍茫、无边无际的大洋，不见船影、不见飞鸟，发现乘船已变成沧海一粟，而又日日夜夜驶向虚空的时候，你的孤独、焦灼、恐惧感便会油然而生。所幸身为作者的我，这样的体验全经过了。当我写下“雪龙”号朋友以及文中慧敏的时候，我的感觉像她一样细腻和微妙超常。

也就在慧敏写罢那一篇日记之后，“雪龙”号进入了如今“马航飞机”失事的“南印度洋”。波涛汹涌，白浪滔天，波诡云谲，一片汪洋都不见。别说掉一架飞机，沉一条轮船，便是搬一座山填入，也不会冒出顶来。风暴来了，浪涌5—7米，白浪被扯成条状，饭碗从台上滑落，杯盏从台上发射，船头直至船尾，大颠大簸，像真的簸箕簸粮一样颠来倒去。这是偏顶风浪航行的效果，船体纵向和垂向的颠簸虽大，幅度要比横向小得多。如此，才能避免油漆集装箱，车辆、雪橇等体重货物挣脱铁链的束缚而移动。1993年，“雪龙”从乌克兰开回时途径南非外海，遇到了特大风浪，单侧摇摆幅度达到35度，一旦超过最大值的35度，船身将无力回摆，便有直接倾覆的可能。当笔者在2013年10月17日面对11级狂风，经历了排山倒海的大浪大涌，眼望着2万余吨的巨轮如沧海一粟的时候，我感觉人——连同他的所造，在大自然的面前真是太渺小了，渺小到掉入海中捞不着，像“马航”的失联飞机，杳无音讯一样……南极求索的女子，多宽的心量！

冰灵雪魂记

当“雪龙”跨越了西风带到达南冰洋的时刻，慧敏女子的脸色又泛起了绯红，有心思以散文的笔调写她的日记：

1996年12月18日　周二

冰山越来越多了。船舷两侧形状各异的冰山，列队欢迎我们来自北半球的客人。

晚11点钟了，太阳还不落。绸缎一样柔亮的海面上，漂浮着一座座冰山。子夜的太阳像耀眼的灯笼，高高地挂在天际，天海一片金色。考察队员们不约而同地来到甲板上，陶醉在迷人的景色中。

艳阳下的几座冰山泛着七彩的光华，美艳无比。它漂浮在“雪龙”的前头，再走几海里就会和它亲近。她备好了照相机、摄像机，找好了伙伴。终于更近一些，连冰坡上的海豹和企鹅也有模有样儿的时刻，“雪龙”却拐弯儿了。她愤怒地奔进了驾驶舱，质问驾驶员为什么避开这千载难逢的时机，年轻的驾驶员，却像老于世故的百岁老人一样宽厚地笑了：“你敢向冰山走？没看过泰坦尼克号吗？”

看热闹的同志也接腔道：“你唤个企鹅姑姑或海豹叔叔驮你到冰山上，我们等着拍照，没准能上了‘好莱坞’。”气急的她，退回了船屋去写日记。在冰清虹艳的安抚下，她的笔调渐趋平静：

1996年12月23日　周一

进入南纬60°后，遇到了九成冰。根据澳大利亚极光号科考船上发来的电报，“雪龙”船不得不改变航线，退出冰区。进入普里兹湾，有两道十几海里长的冰坝横挡在面前。“雪龙”以它巨大的身躯撞击着1.4米厚的坚冰，艰难地来到距中山站12海里的陆缘冰边缘。

周围分布着一座座四五十米高的板状冰山。日光和风暴在它们的脊背上刻下了一道道沟槽，远远看去就像一段段城垣。它们是从南极冰盖上分离下来的。

昨天是南极的夏至，子夜12点，太阳仍挂在天边，茫茫冰原一片灿烂。今天傍晚，天气骤变，一个强大的气旋袭来，天昏地暗。巨大的风力推着后面的冰山向船逼来，陆缘冰在暴风雪中迅速塌陷，夹在冰中的“雪龙”受到了威胁。船长沈阿坤下令破冰前进，我们又一次脱离了险境。

又一个叶公好龙的典故，盼望冰山的慧敏终于懂得了冰山的可怕。亲水爱水的人才知道水能覆舟！冲撞着玉莲叶般的陆缘冰，叮当作响的乐声也很短暂，再往前走，冰结成冰原，不见边际。“雪龙”开足马力冲上，只能撞破几米冰凌，后退一截再冲上前，船头却径直蹿上了冰面，冲撞力加上巨轮的压力，压塌一块厚冰。如此再冲，船体却卡在了冰缝中，动弹不得了！

船停下来，人走上甲板，这才发现，四镇八乡的企鹅们，都聚到船边来了。它们带着各种各样的神色欣赏这千年不见、万年未闻的稀奇，有新奇、好奇、惊奇、疑惑、迷惑的一类；有欣赏、闲议、激动、看热闹、看笑话的一类；也有替沈阿坤等人焦急、遗憾、鼓动、支招的一类；还有类人的一群，带着怪笑、坏笑、嘲笑、鬼笑，专看红装的慧敏、白山杉，看得女同胞满面尿意，却不敢小解。

屈指算来，离到达伊丽莎白公主地的中山站距离只有几公里了，“雪龙”的破冰却只有 3000 余米。“马逢到夹道内难以回马”，假如能从夹缝脱身，再以船艏顶撞冰层，则无异于好马与牛抵架——保不住脸面。撞坏、割伤船体是不科学的举动。船长与站长联系协商：协调澳大利亚的直升机来助卸货。等待西风一起，荡裂了陆缘冰再作计较。在这样的情境中，少年不知愁滋味，生性如企鹅的慧敏又寻乐子了。就像农人嘲诮一位不安分的傻小子：“你把他锁进柜子里，他就找蛀木虫打扑克……”

热情奔放的慧敏突然发现，三头蓝鲸来了，喷出了冰柱！它们随船不知多少日子，趁着破冰的水道，有吃有喝，还终于有机会看这场热闹儿、看这群美女子了。她唤来了《人民日报》的记者孔晓宁、四川电视台记者白山杉，拍录像、拍照片。欣赏它们钻下去、浮出来，鼻孔儿张开来，又合上，像真正的蛟龙翻天倒海，兴风作浪，呼风唤雨，真真精彩至极！

她兴奋了，开始学企鹅叫唤。聪慧机敏的人儿，果然是一鸣惊人，那清脆温润的银声，比之青岛的小伙姬鹏的狼嗥更养活耳朵。远远近近的企鹅围拢来了，拖家带口，扶老携幼，美丑夹杂，几百只集齐之后，才发现它们也有“我的团长我的团”：它们聚群列队，头尾有序，晚间在船边休息休整，还派出几个岗哨，分立四围，眼观六路，耳听八方——因为它们已经发现了敌情，几只海豹游过来了。它们虽然不是冰上的灵物，想吃企鹅本是癞蛤蟆想吃天鹅肉，但卧于榻边的老虎，还需要提高警惕。

困在冰中，很晚才入舱房的慧敏才女拿起笔来，写下了这一段较长的文字：

1996年12月27日　周五

船停止了破冰前进，在原地等待30日澳大利亚的直升机来卸货。

我们没事就跑到船尾甲板上去看光景，这里不知耗掉我们多少胶卷！

三条鳍鲸已尾随我们多日，每隔一刻多钟，它就会一连数次把头从破开的碎冰中浮出换气，每次都要喷出一束水柱。

好奇的企鹅也来到船边，左瞧瞧，右看看，不时扇动几下翅膀，大大方方地仔细“参观”。企鹅“啊，啊”的叫声为空旷、寂静的白漠带来了活力，引得在船舱中憋了一个多月的考察队员们也“啊，啊”地叫起来。这叫声又唤来了远处的企鹅，它们从四面八方成群结队地，一个个腆着大肚子，就像幼儿带着白肚兜，急急忙忙、摇摇晃晃、步履蹒跚地奔来，样子非常可爱。嚯，这一回又有130多只，和我们船上的人数差不多！不好，企鹅一阵骚乱，原来有几只贼鸥俯冲下来，不知想吃船上的东西，还是袭击企鹅。企鹅群起而攻之，有几只特别勇敢，拍打着翅膀，尖叫着扑向贼鸥。贼鸥老实了，远远地躲在了一边。企鹅就得成群地生活，孤零的企鹅是敌不过贼鸥的。

水中的鲸鱼又出来换气了，噗的一声，几只在冰上集中精力看船的企鹅吓得几处逃散。

不知从哪儿游来几只海豹，它们在船侧的碎冰中嬉戏着，不怀好意……

站在“雪龙”船的楼顶，远眺远远近近的景观，发现是天上的世界。冰盖有多厚？天空有多高？甚时出极光？都是慧敏关心、等待的答案。长城站的太阳，盛夏子夜时分在东南，正午却在北方，永不落地。当年里唱毛主席是“鲜红的太阳永不落”，还以为是一种理想，现在看来，确实有这样的实景。还有中山站海蓝冰白的仙景，还有关心人的糜文明站长、陈立奇总队长。这些人在关心慧敏的时候，肯定没想到，她会将心得叙述给一位作家，那作家很懂情致，笨拙而诚实地记下这一切。倘若心理的写照也活了，那便帮她了却了心愿，还了人情之债呢！

第二天，澳大利亚直升机来了，开始卸货。天底下还有这样的憨差事吗？队长派她的任务是手拿一条竹竿，驱赶前来偷窃的贼鸥。那贼鸥与你前世无怨、后世无仇，偌大的个中山站，能被偷穷？你这实心眼儿的外地女子，专得罪当地恶鸟儿，被抢走纱巾岂不活该？

生命的元旦

1996年12月30日　周一

早饭后卸货，把站上急用的物资从船上吊下来，在冰上摆成堆堆，等待澳大利亚的直升机用网筐吊到站上去。大家忙得满头大汗，好不痛快！渐渐地，我一点劲都没了。就我一个女同志，大家让我负责赶贼鸥，因为贼鸥一个劲地捣乱，不是偷鱼，就是偷鸡蛋。

中午11点多钟，我们匆匆扒几口饭，乘直升机上站。越过茫茫冰原，一座座冰山点缀其间，前面是黑白相间的丘陵，暗的是陆地，白的是冰雪，啊“中山站！”一簇橘黄色集装箱群出现在眼前。

直升机一批批吊来货物，每次降落，螺旋桨造成的气流都会将地面的砂石吹飞，打得人缩脖子捂脸。飞机一离开，我们迅速冲上，把货物急速移开，另一架飞机又来了。

在紫外线强烈的极地阳光下，晒了十几个小时。由于防护不周，脸晒得黝黑，火辣辣地疼。12次队的医生戚勇把他的“鼻子”摘下来送给了我。

爱脸面又爱鼻子的美女子啊，下面的日记里竟写上一句“家中过新年了”的人话，真叫你的父母、丈夫、儿子哭笑不得。但是，有这样的一句，就足以证明“瓜子儿不大，是颗人心”：

1997年1月1日　周三

家中过新年了，而昨晚新年钟声就要敲响的那会儿，我们却在冰山丛中的海冰上拉油管。

趁陆缘冰尚未化裂，通过输油管输油，比冰化了用油驳子运油方便得多，经济得多，安全得多。船拱到了离中山站 3000 米的地方，站上的人，将这边的油管往船的方向拉，船上人往这边拉，对接起来。油管像条黑蛇，在礁石、冰山中蜿蜒前进。脚下的海冰有的已经松软了，不时有人陷下。冰下有水，水下还有冰。我前面的糜站长掉到水里，衣服湿透了。不好，我已陷下一只脚。躺下！减少压强！抽脚，角度不顺，又不敢太使劲，别别扭扭地把脚抽了出来！快滚！离开这薄冰，几个侧滚翻，我脱险了。对“如履薄冰”有了真真切切的体会。

又一次陷进去了！还练了侧滚翻。还知道：“快滚”不是骂人的话。这在家人、亲人、同志、朋友、队友的心中出现过一万遍，谁也不敢出口的一句最令人担心的事故，又轮到她了，她摊上了天塌地陷的大事儿了！那是 1997 年的元旦，全世界欢度新年的日子，假若……假如那绵软的海冰良心丧尽……岂不疼杀人也么哥？悔杀人也么哥？

南极是冰雪做的，中山站建在了冰盖上，没有那么多的纸短情长，没有那么多的哼哼牙疼、怜哥惜妹！她的日记写出了情节、人物、性格和形象。小心眼儿的我，庆幸她选择了科学，而未抢走我的饭碗。同在山东，同在政协，又同在九三，远交近攻的惨剧谁保不演？

周扒皮转世

1997 年 1 月 13 日　周一

今天开始搞发电栋侧墙的上部了，最上边离地八九米高，我们用吊车吊着铁筐，人站在筐里操作。这安全吗？在南极特殊的环境中，许多在国内违章的事，这里却是正常。看着他们一脸的疑惑，我第一个跳到筐里，小伙子们也上来了，吊车缓缓地把我们提起……

中山站纬度更高，比长城站寒冷，房下的冰终年不化，屋下头，我们不得不躺在冰上干活，由于紫外线的强烈照射，我们的脸皮剥了一层又一层，嘴上也起满了泡。

站长老糜几次跟我说，让我悠着点，别把大家拖垮了，要不，后面的活就没人干了。我说，只要我不倒，他们就没事，总工程量两万多平方米，容不得松一口气。我把在长城站从刘书燕那里学来的“中午不休息，下午干满点”的满负荷工作法用到这里。晚上加班的人多，充分利用“人才”，安排“整活”，使每个人充分发挥自己的“能力”！到2月中下旬就必须撤了，不争分夺秒，根本完不成！大家友好地叫我“周扒皮”，在长城站我们喊刘书燕“周扒皮”，到了中山站，我成了真正的“周扒皮”！

超负荷运转，把小伙子们都累趴下了，上工就挨个叫，还用托儿所阿姨般的口吻鼓励：“坚持住，顶住；再坚持一下，胜利就在眼前了。”别人告诉我，参加我们工程的人，一听见我的声音，就发颤。尽管十分温和，可大家真没力气了。不是我心狠，是南极环境的特殊，我也不是铁打的，中午打出饭来，尽管很饿，但胳膊疼得实在抬不起来。旁边的孔晓宁关切地问：怎么了？我说：“胳膊实在抬不起来了。”说着眼泪流下来。女记者白山杉也掉下了泪安慰我。她也很累啊！50多岁了，每天要拖着那瘦小的身躯，爬几十里的山路拍片，还要参加我们的工程劳动。我将胳膊撑在桌子上，费劲地吃下了这顿饭。一桌人望着我陷入了沉默。午后我又像阿姨一样，去叫醒他人。

12次队越冬队员一走，记者们帮了大忙，孔晓宁、白大姐、马中欣、薛冠超都出了大力，地质学家赵越更让人于心不忍。他每天翻山越岭几十里野外考察，晚上来工地加班，赶都赶不走……

除了共产主义思想、南极精神，慧敏女子的号召力、魅力可以忽略吗？“规定情景”可以忽视吗？

1997年2月2日 周日 晴

南极的冰障也是考察的一大险关，曾发生过“极地”号考察船被围困在普里滋湾长达22天的险情。在中山站下面的中山湾中，终年聚集着大大小小、奇形怪状的冰山。大量的站需物资，是靠小艇在陆缘冰与冰山的裂隙中，像走迷宫一样，艰难地穿插送到站的。冰山浮山的体积仅是水下体积的1/6，埋在水下的冰山对小艇是个很大的隐患。下降风与冰山间狭拐效应（就像过堂风）造成的涌浪，随时会将小艇推向冰山。

一场难得的西风把中山湾的冰吹散，一昼夜了，两艘小艇在“雪龙”船和中山站之间穿梭，把运来的货搬下，把运回国的物资装上。

凌晨5时许，当我们把最后一块运回国内的南极冰搬上小艇时，发生了可怕的一幕：一座长约0.7海里，宽约0.5海里，露出水面有40多米高（总高应有300米左右）的大冰山突然翻身。原来龇牙咧嘴凹凸不平的冰山，顷刻间变成了平滑光洁的馒头山。翻身引起的动荡，使普里兹湾就像发生了海啸一样，巨大的波涌在岸边形成几米高的大浪。在场的考察队员奋不顾身地紧紧拖住缆绳，摔倒在冰上，被巨大的冲力拖出好远。小艇终于没被回头浪卷走。我迅速录下了这惊险的场面。它成为我国南极考察史中又一组珍贵的资料镜头。

我由衷地钦佩慧敏了，在太多的危急关头，我们的男子汉多有失急慌忙，踢坏临门一脚，我的老乡、亲密同仁能在关键时刻里，随机抢拍下并不属于她专业的珍贵的一组镜头，真乃女中豪杰……所幸这位情商满满的才女日记越写越好：

雪莲并蒂的日子

1997年2月14日　周五　晴

中山站的防腐工程，昨天竣工了！三个男主力队员昨天高兴得喝醉了酒。站长同意我的建议，放假一天，我们几人一起去看看周围的风景，要不就没机会了。结果早晨三位先生的酒劲太大，起不来了。于是我一人随着“向导”赵越、“陪同”郝晓光一起上路了。

绕过纳拉湖，在纳拉半岛的一处山坡上，见到了赵越和生物学家们谈起的“植物园”。在一片沙石地上，长满了黄黄绿绿、高不过寸的蓝藻和苔藓、黑色的地衣。这在不见树木，没有半根小草的拉兹曼丘陵是多么珍稀：这绿色的生命，滋润着我久不见花草绿树干渴的心田。

翻过几道雪岭，来到我久闻并一直惦念的“大滑梯”——这是一处百多米高、非常陡的冰坡。赵越很熟练地坐在边缘，一伸脚，哧溜溜滑到了下边。看着赵越那越缩越小的身影，我胆怯了，浑身发软，往日的勇劲一下不知跑到哪里去了。身后的郝晓光冷不丁推了我一臂，啊……顺着陡坡，我坠了下去，越往下，感觉越好，开心极了！郝晓光也下来了。不过瘾，再爬上去，又来了一遍。带着孩子气的满足，我直想，如果我家碰碰能来，该多么开心啊！

山峰上，奇形怪状的岩石像奇石的展馆。有的像天狗，有的像大龟，有的像拱桥，像巨大的蜂巢。一个个孔穴布满了岩壁。许多洞穴是相通的，大大小小层层叠绕，有的洞壁薄如蝉翼，可以透光。这是南极大陆一种特有地貌——蜂巢岩，它是受强烈的极风侵蚀形成的。

这是一个冰川的入海口，巨大的冰舌以排山倒海之势，似万马奔腾，就要冲向冰海，我被这浩荡的气势震撼着，它卷走了我一路走来心中所有的苍凉。有幸饱览拉斯曼丘陵的壮丽风光，不会带着遗憾离去了。

这是一篇文气饱满的游记散文，她的思想性、高境界和写景状物，都有着高尚的尺度，这女子真是有才！

回 家

回家！我曾多回品赏过一支萨克斯管的独奏曲，吹奏出情软血柔的乐感。也亲耳听到过俄罗斯站站长，和会做烧烤的大胡子抱起张国强来，像饿狼一样铜声铁气地嗥叫：“回家啦！回家啦——回家……抱老婆睡觉！天天睡觉……”

我们的慧敏也从天涯回乡，也有梦中的温柔之乡……她以一位指挥员、工程师、科学家、外交家的结晶，完成了长城站、中山站并蒂莲工程的巾帼英雄的骄傲而衣锦还乡，柔情似水的她，将要回到母亲、丈夫、儿子的怀抱！她不能大声呼喊“回家了”，只能有贼鸥偷得纱巾那样的窃喜，孔孟之乡的女子！要装个文静，扮个矜持。还有几万里的惊涛骇浪，云月混沌的漫漫长路呢！

突如其来的警报声回响在大洋之上，人们火速地持枪上岗，一场老八路没见过、解放军没遇过、雪龙人首次摊上的大事儿来到眼前：海盗船出现了！当天晚上，全无怯意的小女子，以平心静气的笔调如此记叙：

1997 年 3 月 11 日　周二

昨晚再次穿过龙目海峡，防海盗值班又开始了，值班的小伙子们吵嚷着，一定抓个女海盗！他亲自夜审。随队医生说，要由他先行体检……两艘海盗船，其中一艘开得非常快，围着“雪龙”船绕圈，在对讲机问话不答，而且咄咄逼近的情况下，“雪龙”将船尾飞机库和飞机降落平台上的探照灯同时打开。海盗一看有飞机，慌忙逃窜了。其实飞机库是空的。

曾经沧海难为水，除却巫山不是云。经磨历险的慧敏女子，有着冰山的瑰丽与沉稳，最后的一篇的日记，亦有冰峰观景的从容：

1997 年 4 月 20 日　周日　上海

中国第 13 次南极考察结束了。

我们在中山站的工作，再次得到了考察队队员的赞扬和领导的好评。考察队总领队、国家海洋局极地办陈立奇主任拿着中山站涂装一新的照片说，他要带回北京去，给中央领导看看，给国家计委看看，在经费有限的情况下，把站装扮得多么好！临别了，他送给我一件精美的台历作纪念，上面写道：“作为女同志，两次赴南极，已是不易。承担两站改变站容站貌的重要任务，更使人感动。愿你把对南极的贡献和我国南极考察事业的深厚感情，在你的一生中永远发光发热。”

我将《慧敏女子》一文功利用之，参加了由中宣部牵头的“我的中国梦”征文大赛，幸获了奖励。文章在多处发表时，这爽朗妹子竟会腼腆：“哎呀——大哥哎！俺可不想出名儿啊……”她并不知道，我沾了她的光彩，也会出名。

日上三竿，慧敏的发光发热还在中途。我的描述却要打住。我相信，还会有别的作家更好地写她，抑或是她自己……

五、大概南极

笔者就读于微山湖畔的韩庄中学。老师教认七大洲、四大洋时，第一次听说冰雪南极。在五彩缤纷的想象里，我想学孙悟空驾云而去。

2013 年 12 月，探极之梦成真。阅南极洲大量资料，标题写作《大概南极》。

地球上愿意走远一些的人多着呢，唐僧、达摩、马可·波罗都做了哲学、人文精神的贡献！即便是李白、杜甫，亦写下千古成诵的美诗。由此，我自然想到了鲁滨孙、哥伦布、麦哲伦……想到了南极——那块人类幸福新的策源地……读万卷书行万里路，符合中国传统文人的心理定势。我浪漫或仗命疯狂一回，走得人间的沧桑正道！我开始捧起《当代中国的南极考察事业》宝典，寻查是谁第一个进入了南极……

南极洲

南极洲处在地球的最南端，是世界上唯一没有土著居民的大陆。由于它常年被冰雪所覆盖，气候严寒，其四周又被浩瀚的大洋所包围，远离其他各大陆，因此，长期以来人类无法接近。

南极洲，包括南极大陆及其周围岛屿，其面积约为 1400 万平方公里，是中国陆地面积的 1.45 倍。在地质意义的古代，南极洲是一个叫冈瓦纳的巨大的超级大陆的核心。大约 1.7 亿年前，这个大陆发生裂变，出现了由南美洲和非洲组成的西冈瓦纳大陆和包括南极洲、新西兰、澳大利亚和中南半岛的东冈瓦纳大陆。大约在 1.36 亿年前，西冈瓦纳大陆分裂为非洲和南美洲；中南半岛也可能在同期从东冈瓦纳大陆分离出来。大约在 2000 万年前，南美洲与南极半岛最后分离，形成现在的德雷克海峡，从此，南极大陆在地理上就完全独立了。

南极大陆的直径约为 4500 公里，它的海岸线大致呈圆形，但由于罗斯海和威德尔海这两个深海湾的出现，成 S 形弯曲的南极半岛延伸 1400 公里。

南极大陆的平均海拔高度为2000米，是地球上其他大陆平均高度的3倍。南极大陆98%的陆地常年被冰原所覆盖，冰盖的平均厚度为2450米，最大厚度可达4750米。冰雪总储量为2500—3000万立方公里，是全球冰雪总储量的90%，是全球淡水总储量的72%。如果南极冰盖全部融化，全球平均海平面将升高60米，沿海的许多大城市会被淹没。

许多大小不同的冰川伸向海洋，浮在海面上，形成冰架。每当南极夏季来临，气温升高，从冰架的边缘分离出南极洲特有的平台冰山，其厚度可达200米，其长度为几百米到几十公里，最大长度曾超过180公里。

在南极圈以内的地区，明显地分为冬夏两个季节。冬季出现连续的黑夜，而夏季则出现连续的白昼，其连续黑夜及连续白昼时间的长短与极圈内的纬度高低相一致，在南极点的持续时间最长，各为二分之一。

南极洲是全球最冷的大陆。在沿海地区，年平均气温约为零下17摄氏度，冬季最低气温很少低于零下40摄氏度，而夏季的最高气温是9摄氏度。从沿海向内陆，气温逐渐降低。1983年7月，苏联东方站（Vostok，南纬78° 27′，东经106° 52′）的气温曾降到零下89.2度，这是目前全球所测得气温的最低纪录。

南极大陆以多风暴著称，风暴频繁而且强烈。局部地区风速可达85米/秒以上。任一时刻都可能有6个以上的低压气旋环绕南极大陆自西向东移动，移动速度可达8.5公里/小时，其最大风速可达70米/秒以上。

南极大陆是世界上最干燥的大陆，有“白色沙漠”之称，其年平均降雪量为12厘米，在中央高原，年平均降雪量只有5厘米。

南极大陆没有土著居民，而且远离其他各大陆，大气比较纯净，受人为的污染很小。

南极大陆与其他大陆相比，动植物的种群数量较少。地衣是最常见的、分布最广的植被。藻类是南极大陆总生物量中最丰富的植物，显花植物在南极半岛只发现有3种。

南极大陆没有陆生的脊椎动物。昆虫和蜘蛛类，特别是蜱、虱、螨、蠓和尖尾虫是最高级的土著动物。在南极大陆的沿海地区，企鹅、海豹、贼鸥和海燕等数量很多，但它们大部分时间是在海上活动和摄食，陆缘只是它们暂时栖息和繁殖之地。

南大洋

南大洋由太平洋、大西洋、印度洋的南端部分组成。南大洋的北缘，现在比较公认的是以有海洋特征的南极辐合带为界。南大洋是唯一没有东西海岸的大洋，总面积约为 3800 万平方公里。

在南极的冬季，海冰面积可达 2000 万平方公里，完全封住整个大陆并向外延伸 300—400 公里。在南极的夏季，85% 的积冰流散到不冻海域融化掉，海冰面积则缩小为 400 万—500 万平方公里。

南极洲周围的大陆架，只有罗斯海和威德尔海比较宽，其余的陆架区都比较窄，只有十几公里。

南大洋生物与其他各大洋相比，其种类较为贫乏，但其生物量却丰富得多。大量的浮游植物是南大洋简单食物链的第一环，它是南大洋中个体微小的浮游生物，南极磷虾的主要食物。它直接维持着南大洋中其他高级动物——枪乌贼、鱼类、海鸟、企鹅、海豹和鲸等的生命。目前已知的海鸟只有 40 余种，海豹和鲸，有重要的经济价值。

15 世纪后半期，欧洲一些资本主义国家为了向海外扩张，寻找新的殖民地，开始派探险家乘帆船远渡重洋，从而揭开了南极考察历史的序幕。

笔者手中的一幅地图，可根据各地之命名按图索骥：阿蒙森海、哈康七世海、乔治六世海、四夫人浅滩、鲁滨孙角、爱德华七世半岛、彼得一世岛、伊丽莎白公主地、威廉二世地、乔治王岛、毛德皇后地……这一切地名，都是发现者以自己的姓名、国王或妻子姓名所命。一部厚重的《当代中国的南极考察事业》经典巨著，将200余年的南极探险、科考历史泾渭分明地划分成“发现时代”“英雄时代”“航空时代”和“科学时代”。这是对发现、开拓者的南极历史定位，也使每一件历史人文的典故，上升到了历史贡献的高度。

发现时代

1772—1775年，英国著名航海家詹姆斯·库克受英国政府的派遣，率“决心”号和“冒险”号两艘独桅帆船作环球航行，有三次穿过地处南纬66° 34′的南极圈，航行最高纬度是南纬71° 10′。此地距南极大陆还有240千米。

1821年1月22日和28日，俄国南极探险队队长法捷依·法捷耶维奇·别林斯高晋率领“东方”号与“和平”号两艘帆船，越过南极圈发现了南极半岛的彼得一世岛和亚历山大岛，就把彼得一世岛和亚历山大岛之间1100千米长的海域称为别林斯高晋海。

1819年2月19日，英国的海豹捕猎者、船长威廉·史密斯率“威廉斯”号船，发现了南设得兰群岛中的利文斯顿岛。

1821年12月6日，21岁的美国海豹捕猎者纳撒尼尔·帕尔默船长，率队友乘16米长的单桅帆船“英雄”号，发现南奥克尼群岛。

1823—1824年，英国探险家詹姆斯·威德尔在南极洲发现了第一个海，即威德尔海。

1831年，英国探险家约翰·比斯科经桑威奇群岛进入南极圈，先后发现了恩德比地、阿德莱德岛和比斯科群岛。

1839年，由迪蒙·迪维尔率领的法国探险队不仅发现了阿德利海岸，还采集了岩石标本。

1840年，由查尔斯·威尔克斯领导的美国探险队，沿东南极海岸航行2300千米，发现了沿途海岸和山脉，现已把东经100°—150°的广大陆地，命名为威尔克斯地。

1840年，英国探险家詹姆斯·克拉克·罗斯率领探险队，乘“埃尔伯斯”号和“恐怖”号帆船前往南极。

现在难以澄清的问题是，谁第一个发现了南极大陆？俄国人认为应是别林斯高晋，英国人认为是布兰斯菲尔德，美国人认为应是帕尔默，莫衷一是。

英雄时代

英国著名探险家欧内斯特·沙克尔顿试图成为世界上首位到达南极点的人。他率领探险队把理想付诸行动，1909年1月4日到达南纬88° 23′，此地距南极点仅有178千米。由于探险队所带粮食有限，再坚持下去无法果腹，不得不返回。1921年9月，沙克尔顿又乘“魁斯特”号船开始了他的第四次南极探险，1922年1月5日，他因心脏病发作与世长辞。

真正冲击南极点的竞争，在英国探险家斯科特率领的探险队，与挪威探险家罗阿尔·阿蒙森率领的探险队之间展开。两支队伍均在1911年1月登上南极大陆，客观上展开了谁第一个到达南极点的竞赛。阿蒙森率队于1911年12月14日首次到达南极点，并于1912年1月25日顺利地回到安全营地。1912年1月17日，斯科特率领的探险队也到达南极点。返回途中，饥寒交迫，斯科特和他的4名伙伴先后丧生于南极冰原上。但他们所收集的18千克化石，最终成为人类探险事业的宝贵财产。

旅英的挪威博物学家博奇格雷文克所领导的探险队，乘坐“南十字座”号船，于1899年2月到达位于南极大陆维多利亚地阿代尔角，建起了越冬站，留下10人越冬，取得成功。

航空时代

先后在南极实施开创性航行的有英国飞行员休伯特·威尔金斯，美国的伯德、林肯·埃尔斯沃思，德国阿尔弗雷德·里彻领导的飞行探险队等。

1928 年 10 月 11 日，伯德率领探险队到达罗斯陆缘冰区，并在鲸湾附近建立了营地，定名为“小亚美利加”基地。一次，他从基地起飞，经过南极点又飞返基地，仅用了 15 小时 51 分钟。当年阿蒙森从这里出发远征南极点，用去了 7 个月时间。

林肯·埃尔斯沃思做出的贡献极不寻常。他和同伴各驾飞机从南极半岛顶端出发，纵贯南极半岛，横穿西南极洲，到达鲸湾，航程长达 3700 千米。他还开创性地实现了首次在南极大陆着陆，证实飞机可以用于南极大陆考察。飞行中，他们发现了森蒂纳尔岭和霍利克－凯尼恩高原。

科学时代

早在 1904 年，阿根廷利用距南极较近的便利条件。在南极南奥克尼群岛斯科舍湾上建立了考察站，1957—1958 年的国际地球物理年期间，有阿根廷、比利时、日本、智利、法国、英国、美国等 12 个国家，建立了 67 个南极考察站。

1938 年 12 月—1939 年 3 月，由阿尔弗雷德·里彻领导的德国考察队，对西经 4.2° 至东经 14° 之间的毛德皇后地约 35 万平方公里的陆地进行航空摄影，侦察区域 60 万平方公里，每隔 25 公里就抛下一面国旗，为德国企图对南极大陆提出主权要求创造条件。

自1908—1940年，先后有7个国家对南极洲正式提出了领土要求，它们是英国、法国、挪威、新西兰、澳大利亚、阿根廷和智利。

就南极考察站规模而言，以1946—1947年美方共出动13艘舰只，25架飞机，4700多名各类人员，此外还有11名记者。至于各国派往南极的各种考察队，则难以计数。

1946—1947年，美国派遣规模最大的南极考察队（官兵4700余人），出动了固定翼飞机19架、直升机7架，另有破冰船、航空母舰、潜水艇和驱逐舰等13艘。共飞行了64个航次，对南极大陆沿岸航测面积达390万平方公里，拍摄航空照片1.5万张，侦察照片7万张。

美国的麦克默多站规模最大，生活和科研设施齐备，有"南极第一城"之称。它既是美国南极研究项目的管理中心，也是美国其他站的后勤支援基地。该站每年冬季越冬人数约200名，夏季来这里从事科学考察或旅游的人数，每年平均约800名，最多曾达1500名。现在，这座小城的城市功能已经超越了科考所需，人员也增至几千人。中国极地研究中心副主任、高级专家孙波愤怒地说：美国像抢占太空的卫星轨道一样，已经在南极深奥莫测的冰穹下建立了秘密设施。假若这种设施用于军事，则是在他们所精心算计的核大战中，保存了最后一击的实力，这成为人类安全的天大命题！

进入20世纪80年代以来，越来越多的国家纷纷派考察队赴南极洲建站和进行科学考察。这些国家是联邦德国、朝国、印度、巴西、民主德国、中国、乌拉圭、意大利、瑞典、西班牙、秘鲁和芬兰。还有一些国家，如荷兰、巴基斯坦、保加利亚、厄瓜多尔正在建站或派考察队从事南极考察活动。

南极科学研究的手段以及支持科学研究的技术装备亦日益现代化和高技术化，例如卫星、探空火箭、各种飞机、破冰船、科学考察船、特种雪地车，以及各种机械电子设备等均得以广泛应用。仅破冰船而言，尽管耗资巨大，但美国在70年代，苏联、联邦德国、日本和澳大利亚在80年代均建造了现代化的南极考察破冰船，而英国、西班牙、朝国等国也正在建造或计划建造。

中国进行南极考察，具有深远的历史意义和重要的现实意义。

地球是一个整体，中国的自然环境的形成和演化是地球环境的一部分，南极洲的存在和演变与中国有着密切的关系。

目前世界上有 20 多个国家在南极洲建立有 150 多个科学考察基地，其中中国的第四个科学考察站——泰山站于 2014 年 2 月 8 日正式建成开站。中国按建成时间顺序分别建立有长城站、中山站和昆仑站。而美国建在南极点的阿蒙森—斯科特站、俄罗斯的东方站最为著名。

六、百年之梦

南极之考察在中国先有了好梦、向往，后有了探求、追索与酝酿。

1927年，上海商务印书馆出版了由刘虎如译的《两极探险记》，它是中国首次出版的介绍南极方面的书籍。1936年，该印书馆出版的由黄静渊译的《南极区域志》，系世界名著之一。

新中国成立后的1951年，人民出版社出版了燕生编译的《南极洲——世界第六大陆》；1952年始，出版了《南极》《南极航行》《南极洲、南极、南极区域》《生活在南极和北极》等八本书典。1957—1958年，美国、苏联、日本等12个国家对南极洲开展了广泛的科学考察，引起了中国的极大兴趣。全国10多种报纸杂志《人民日报》《光明日报》《大公报》《新观察》《地理知识》等刊载了许多有关南极考察、科学研究以及科普方面的文章和消息。《人民日报》重点报道了苏联南极考察，对从事南极科学考察的情况。《地理知识》则着重报道了南极的探险历史、自然地理、生物和矿产资源方面的知识。

1957年，中国著名气象学家、地理学家、中国科学院副院长竺可桢教授指出：中国是一个大国，要研究极地。极地的存在和演化与中国有密切的关系。竺可桢建议中国派出的留学生中，要有人学习极地专业，中国科学院兰州冰川冻土研究所所长谢自楚教授，就是根据这个建议被派到莫斯科大学学习极地冰川专业，他是中国第一个学习这个专业的留学生。

1962年，有一些科学家提议中国要进行南极科学考察工作。1964年2月11日，中共中央批准成立了国家海洋局，首次把南极考察正式列入了国家的议事日程。在赋予国家海洋局的六项任务中，包括“将来进行的南、北极海洋考察工作”。

1977年5月25日，国家海洋局提出了“查清中国海、进军三大洋、登上南极洲”的规划目标，委托海洋科技情报研究所，从事国外南极考察方面的情报研究。

中国科学院海洋研究所的曾呈奎教授在1978年初写信给方毅副总理，信中说，下届国际地球物理年将于1982年举行，重点任务之一是南极考察。方毅副总理于同年6月26日批示后，国家海洋局于1978年8月21日向国家科学技术委员会提交了《关于开展南极考察工作的报告》；于1978年10月10日向国家提交了《关于开展南极考察工作》的请示报告。经国务院领导批阅同意后，国家科委于1980年5月12日召集国家计划委员会、外交部、财政部、国家海洋局、中国科学院等19个部、委、局的领导会商，向国务院提交了《关于成立国家南极考察委员会的报告》，于1981年5月11日被正式批准。

国家南极考察委员会属国务院领导，国家科委副主任武衡担任南极委主任委员，外交部副部长章文晋、国家科委二局副局长林汉雄、国家海洋局副局长律巍、中国科学院副秘书长赵北克和海军副参谋长范豫康担任南极委副主任委员，其下设15个部门。

南极委成立后，于同年9月15日设立了日常办事机构——国家南极考察委员会办公室，由国家海洋局代管。南极办主任由国家海洋局副局长律巍兼任。郭琨和高钦泉担任副主任。

龙兵试水

为了借鉴国外南极考察的先进经验，南极委采取了派团出访、请外国专家来华和选派科技人员到外国南极站考察的办法，1982年1月26日至2月9日，南极委首次派出以郭琨为组长的4人考察组，对智利和阿根廷的南极机构，南极站的建筑、主要装备、生活设施和管理经验，科学考察项目、内容进行了深入了解。先后派出6个代表团，访问了日、美等7个国家。

1981年至1984年，南极委先后邀请日本的极地振兴会常务理事鸟居铁也、国立极地研究所所长永田武、松田达郎教授、村越望和前普尔教授，澳大利亚科学与工业部秘书长蒂加特博士，阿根廷南极局局长罗伯托·A.达伊少将，智利外交部特别政策司南极处处长蒙萨尔维，英国南极测量局局长狄克·劳斯夫妇，美国俄核俄州立大学数理学院院长、南极研究科学委员会冰川学工作组召集人科林·布尔夫妇等，来华参观访问。这些南极专家、学者，对中国要从事南极考察极感兴趣，并给予热情的支持。

早在 1980 年 1 月 6 日至 3 月 26 日，中国就首次选派国家海洋局第二海洋研究所科研人员董兆乾和中国科学院地理研究所助理研究员张青松，随澳大利亚考察队到凯西站进行综合考察和访问。同时，还参观访问了美国的麦克莫多站和新西兰的斯科特站，以及法国的迪尔维尔站。董兆乾还拍摄了一部纪录片——《南极之行》。这些对中国南极考察的准备工作，起了重要的作用。

紧接着，董兆乾又被派到澳大利亚租赁的“内拉丹”号南极考察船上，参加澳大利亚执行的“首次国际南极海洋系统和储量的生物调查”工作。张青松也被派往澳大利亚，在南极戴维斯站越冬。

南极委先后选派吕培顶、谢自楚、卞林根等 20 名科学家，分别到澳大利亚的凯西站、莫林站、戴维斯站，新西兰的斯科特站，阿根廷的马兰比奥站、布朗站，智利的马尔什站和尤巴尼站，进行夏季科学考察或越冬考察。

1981 年 11 月，南极委派吕培顶到澳大利亚戴维斯站越冬，卞林根到澳大利亚莫森站越冬；谢自楚到澳大利亚凯西站越冬，进行冰川考察；王声远和叶德赞到新西兰斯科特站度夏。颜其德到澳大利亚租赁的“内拉丹”号考察船上，参加澳大利亚首次南极海洋地球物理考察工作。

1982 年 11 月，南极委派蒋加伦到澳大利亚戴维斯站越冬，陈善敏和宁修仁赴智利马尔什站度夏；钱嵩林赴澳大利亚凯西站越冬，进行冰川考察。

1983 年 11 月，南极委派秦大河到澳大利亚凯西站越冬，进行冰川考察；王自磐和曹冲到澳大利亚戴维斯站越冬，分别进行浮游生物和高空大气物理考察；卞林根到阿根廷马兰比奥站度夏，从事气象观测；陈时华随日本的“白凤丸”船，从事南大洋生态系和生物资源考察，王友恒到阿根廷布朗站越冬，进行气象学观测；魏春江和董金海赴智利马尔什站度夏，进行海兽考察；李华梅和许昌赴新西兰斯科特站度夏，分别进行地质考察，王荣到阿根廷的马兰奥站和尤巴尼站进行了考察。

对中国南极站的站址的初选，是南极委首先考虑的问题。我们的探极只能说是伸出了触角，既小心翼翼，又胆大志坚。

真知者的灼见

1982 年 5 月 20 日，南极委首次编制出中国南极考察工作“六五”计划及十年设想。

1983 年 6 月，中国驻美国大使章文晋向条约保存国——美国政府递交了加入书，从此，中国正式成为《南极条约》的缔约国之一。缔约国只能承担条约的义务，不能享受条约的权利。特别是当表决议题时，缔约国被“请出”会场外“喝咖啡”。

郭琨主任在回忆如此一节之时，这位铁打的硬汉曾泪流满面。也就是因为这英雄的眼泪，感动了作者：要写真郭琨！

我国于 1983 年 6 月 8 日成为《南极条约》的缔约国。中国南极“长城站”落成典礼后的 10 个半月，1985 年 10 月 7 日召开的第 13 届《南极条约》协商国会议上，中国成为《南极条约》的协商国。至此，中国在国际南极事务中，获得了表决权。

1984 年 2 月 7 日，获得竺可桢野外科学工作奖的王富葆、孙鸿烈、谢自楚等 32 名专家学者，联名致书中共中央和国务院，建议中国尽快独立组建南极考察队，到南极洲建立考察站，从事南极科学考察活动。此建议很快被批准、落实。

车辚辚，马萧萧

为适应极区海域航行和科学考察的需要，首先对选定的国家海洋局“向阳红 10”号科学考察船和海军“J121”号打捞救生船进行检修和改装。如期完成了 200 多个项目的施工任务；增装了 20 多台新型设备。直升机机组人员，进行了百余架次的模拟南极飞行训练。

担负航行指挥和通讯联络的国家海洋局管理指挥司，广泛收集航海、气象、冰情、通信和外港的资料，周密设计出通往南极洲的最佳航线，制定出保障航行安全和通信指挥畅通的最佳方案。

在南极洲建站和进行科学考察，需要的物资种类繁多，其中许多仪器设备要现研制、现生产。中国新型建筑材料公司根据南极的自然环境特点选用新型建筑材料生产出既轻便又防寒抗风的活动房；上海纺织科学院参照国外的羽绒服面料，研制出御寒、挡风、防雨雪和轻便、结实、耐磨的羽绒服面料。天津运动鞋厂、长征鞋厂、大中华橡胶厂，在不到 3 个月的时间里，研制、生产出适合南极野外作业的防寒防水靴；北京汽车制造厂为考察队设计、生产出两台特种车辆；解放军总后勤部、军事医学科学院、海军总医院等单位，向考察队提供了尼龙帐篷、汽油锅灶和各种药品。建站和科学考察用的 4000 余种、计 500 多吨物资，从祖国各地，用飞机、船舶、火车和汽车按时运送到上海黄浦江畔海洋局东海分局码头，为考察队按时出征和成功建站考察，奠定了物质基础。

首次南极考察，举世瞩目。组成一个坚强的领导班子和一支素质高的考察队伍，是完成任务的关键。南极办在各有关单位的大力支持下，对考察队员进行了严格的挑选。来自国家 23 个部、委、局和有关省、市、自治区以及人民解放军的 591 名队员，其中“向阳红 10”号船 155 人，“J121”号船 308 人，南极洲考察队 54 人，南大洋考察队 74 人，都是有理想、有抱负、有能力、体魄健壮的中华儿女。新华社、人民日报社、光明日报社、文汇报社、解放日报社、中央人民广播电台、中央电视台、上海科教电影制片厂等单位，派出记者、摄影师随考察队赴南极实地采访。

编队总指挥兼任临时党委书记，由国家海洋局副局长陈德鸿担任；副总指挥由国家海洋局东海分局局长董万银和海军旅顺基地参谋长赵国臣担任。南极洲考察队队长由南极办主任郭琨担任，南大洋考察队队长由国家海洋局第二海洋研究所副所长金庆明担任。张志挺任“向阳红 10”号船长、周志祥任政委；于志刚任“J121”号船长、袁昌文任政委。

邓小平、陈云分别为首次南极考察题写了“为人类和平利用南极做出贡献”和“南极向你招手”的题词。10 月 13 日，万里、胡启立等在人民大会堂接见了首次队的代表，并合影留念。

少先队员寄来了一封封热情洋溢的信、一面面队旗和一条条鲜艳的红领巾；北京大学地球物理系八三级研究生，给考察队送来两瓶白莲花酒和锦旗；天津手表厂职工在短时间内设计、生产出有南极洲地图标记的“海鸥”牌手表；甘肃省轻工研究所、黑龙江省龙宾酒厂、杭州日用化工厂、上海手表厂等，都以各种不同的方式向南极考察队表达了他们的心意；浙江美术院赠给考察队一尊名为“硕果”的仿铜玻璃钢浮雕，祝南极考察成功！考察队员、著名艺术家联欢，画家、书法家当场挥毫作画。歌唱家、演员作了精彩的文艺表演。电视台、广播电台和报纸杂志，则通过新闻媒介，广泛宣传南极建站考察的重要意义，鼓励考察队要不负众望，争取胜利。

车辚辚，马萧萧，

将士弓箭各在腰……

一场创造历史的英雄出征图，在上海码头上演，战鼓催征！

七、首闯南天

达摩跨海赴震旦，
唐僧西天取真经。
中华勇士闯南天，
热血融冰建长城。

再见吧妈妈

1984年11月20日，上海黄浦江畔国家海洋局东海分局码头上，彩旗招展，鼓乐齐鸣，隆重欢送中国首次南极考察编队出征的启航仪式在此举行。南极委主任武衡、国家海洋局局长罗钰如、海军政委李耀文、中顾委委员方强、上海市副市长阮崇武、南京军区司令员张明、浙江省副省长张敬堂、东海舰队司令员谢正浩以及国家机关、军队和考察队员的亲属及各界人士千余人聚集码头。美国驻上海总领事和其他外宾也前来送行。9时整，欢送仪式在嘹亮的鼓号声和爆竹声中开始，首先由武衡等领导向考察队授国旗和镌刻着邓小平题词的镀金铜匾及中国南极长城站站标，并致欢送词，他说："乘风破浪、踏冰卧雪的勇士们！全国人民都在关注着你们，期待着你们传回胜利的喜讯。"9时45分，武衡主任批准启航，首次队总指挥陈德鸿下达"各就各位，启航"的简短命令，10时整，"向阳红10"号、"J121"船满载着祖国的重托，人民的期望，徐徐离开码头，开始了中华民族史上远征南极洲的处女航。

关乎武衡对南极考察的贡献，笔者综合了几位位高权重的南极科考精英的评价：没有武衡，就没有中国今日南极科考的辉煌……

武衡（1914.03.18—1999.01.15），地质学家，信息学家。江苏徐州人（又是我的乡亲，我家离徐州40公里）。1934年在清华大学地质系学习。参加"一二·九运动"。1936年任中华民族解放先锋队总队部委员，平津流亡同学会宣传部长。1936年入党。在延安任中央青委宣传科长、联络处长，陕甘宁边区学联主席，延安中山图书馆主任和延安自然科学院地矿系教员。1977年任国家科委常务副主任，党组副书记。1984年任中国科学院学部主席团执行主席。后任名誉主席（正部级），《国家大地图集》编委员会主任，国家南极考察委员会主任，五届全国政协委员。六届全国人大常委。中共八大代表，

12、13 届中顾委委员。1999 年在北京逝世。

就是这位探极大帅武衡，从率团考察新西兰、澳大利亚、日本、美国极地科研机构，到中国南极长城站于 1985 年 2 月 15 日在乔治王岛建成，武衡任代表团长，率团于 1985 年 2 月 18 日到达南极长城站，于 2 月 20 日，中国南极长城站举行隆重的落成典礼。再从 1989 年中国在东南极拉斯曼丘陵地区建立了我国第二个南极考察站——中山站，1993 年从乌克兰引进了我国极地考察破冰船，武衡同志亲手为其题名为“雪龙”号，武衡大帅从天管到地，从地管到海，管到了极地。

述罢军中大将，再叙壮士出征的一幕。此时的考察队员，在甲板凝成了雕塑。透过他们的群象，送行人望见的是大海接天的背景。彩旗招展，汽笛长鸣，锣鼓喧天。“向阳红 10”号船和“J121”船上，彩带飘舞，591 人的队伍如箭在弦。

前来送行的各界人士、亲友嘉宾情绪热烈，精神焕发，热泪盈眶。问候声、告别声、乐声、鼓号锣声、鞭炮鸣响，惊天动地。码头上千人欢呼，望着驶离的两船，挥动着手帕、彩旗和鲜花，祝福中国首次南极考察队一路顺风！

那是谁家的美丽的妻子？她擦着眼泪，踮高了脚跟，一块醒目的标语牌从她的肩膀上方，由一个咧着小嘴的男孩儿高举，童体大字跃过人头，闪闪发光：“爸爸好样的！”壮士的心颤抖了，因为在这个标牌的背后，一定还有：儿子、丈夫、兄弟等等的昵称，它使出征战士的铁心变得柔韧多情！

出师小挫

兵马未动，粮草先行。两只满载科考队员的舰船，需要在长江口外的宝山锚地锚泊。

一是两船补给柴油和水。二是进行思想动员，学习船上规则和航行中的安全知识。三是对船载建站物资加固。四是对考察队的筹备物资全面检查。在锚地，“向阳红 10”号船加油 2600 吨，加水 2300 吨。“J121”船加油 3100 吨，加水 1270 吨。

“向阳红 10”号远洋科学考察船船长 156.2 米，船宽 20.6 米，最大航速 20 节，经济航速：18 节，续航力 18000 海里。

“J121”系海军打捞救生船，与“向阳红 10”号的基本参数相同，系同出一厂的姐妹船，打捞救生设备比较齐全。

“向阳红 10”号船刚驶到锚地，机电部门电机员突患轻微脑溢血，只好下船。中国首次南极考察队刚驶离家门口，就减员 1 人。

现在，全队共 591 人。其中，“向阳红 10”号船 155 人，“J121”船 308 人，南大洋考察队 74 人，南极洲考察队 54 人。

在组队时，虽然都进行了严格的体检，但有些病的发生是意想不到的，也是难以检查出来的。

郭琨同“向阳红 10”号船船长张志挺、政委周志祥商议决定，船上和队的医生要不定期给船员和队员检查身体，每天巡诊。

关于郭琨，我必须泼墨而书，这位在困难面前坚韧如钢的英雄，却常常为了感动、感慨、感激、感奋流下眼泪，这是一位智商、情商皆高的科考队员，是中国第一次南极科考领军上将！

郭琨，1935 年 9 月出生，河北省涞水县人。毕业于哈尔滨军事工程学院气象专业。高级工程师、中共党员。原国家南极考察委员会办公室主任、中国南极研究学术委员会副主任、中国科学探险协会副主席。现为中国科学探险协会顾问、中国科普作家协会会员。

1984 年 11 月—1985 年 4 月，中国首次南极洲考察队队长，组织领导了中国南极长城站的建设，首任长城站站长。后又领导建设了中国南极中山站，并首任站长。曾七次赴南极，为中国南极考察事业做出了重大贡献。

有这样一员军中上将统率重兵，是中国南极考察队首闯南天的大幸。

漫长的航行不是一帆风顺。两船出航不久，就遇到 19 号台风。总指挥果断决定改变航线，由原计划从琉球群岛宫古水道进入太平洋，改为从宝岛水道进入太平洋，在关岛西部进入计划航线，避免了台风的袭击。刚进入太平洋，“J121”号便出现了较大的机械故障，右主机第一缸冷却水管支架断裂、第八缸支架裂缝，航速由18节迅速降至6—7节。故障突然，没有备用支架。经再三研究，他们决定采取万不得已情况下才能使用的“封缸航行”，风险很大，但办法唯一。机电部门的干部、战士冒着缸内70摄氏度的高温，轮番钻进作业，皮肤烤灼，喘不过气，汗如雨下，经过4小时25分钟的艰苦抢修，终于完成封缸作业。右主机的启动，“J121”号又恢复到正常航速。他们通报国内，迅速将“套管支架”配件空运至阿根廷乌斯怀亚港口，以备船到之日换下废件。12月1日，“向阳红10”号正航行在赤道海域，两台主机的18只高压油泵，相继被燃油的杂质堵塞，主机出现了“心肌梗死”的恶性故障。机电部门紧急动员，立即抢修。机舱内温度高达40摄氏度，刺鼻的油味、污浊的空气、淋漓的汗水、使人头晕目眩，喘不过气来。有的人晕倒了，醒来又干，有的人口渴难忍，误把柴油当绿豆汤喝下。又是20多小时的苦战，完成了平时需要10多工作日才能完成的工作量，主机恢复了正常运转。

天海相连，茫茫无际，见不到一条船、一只鸟，真乃“千里鸟飞绝，万里船踪灭。只有‘向阳红’，独耕浪如雪”。

突然，空中响起了飞机的轰鸣声。这是11月24日的17时35分至47分，美国的一架NAUY机号为1645的直升机，围绕着两船低空盘旋，侦察两圈后离去。飞机从关岛起飞，像如今的一次次挑衅一样，阴鸷地逼近，瘟瘟地离去，既无聊，又无趣。

天黑下来，海风清爽，“向阳红10”号和“J121”船游走在黑沉沉的海面，一闪一闪，像跳上蹿下的飞萤，像飘落在太平洋上的两颗亮星，划破夜空，开拓出一条闪亮的海路，通向地球最低端——神奇的南极洲。

为了规避19号、20号台风袭击，两船曾改变航线，但还是没能躲过两个台风的骚扰。狂浪肆虐的海面上，船晃人晕，7级以上的大风，海浪3米，大涌如山，颠簸达20°，万吨的巨轮如两只落锅的水饺，飘飘荡荡，浮浮仰仰。

12 月 2 日，“J121”船发现右主机第八缸冷却水套管支架又发生了断裂事故，裂缝长达 26 厘米。天神海神总照顾中华，经过 13 个小时的加固焊接，机器恢复正常运转。但到了 12 月 7 日，“向阳红 10”号船又发生了人为事故——值班电工在学习配电时，按错了机电柜的开关钮，造成全船停电。时值凌晨 3 点 50 分，全船顿时紧张，虽未造成重大损失，但连带事故险些发生。

又一个风高浪急的下午，房屋班队员王维华发现“向阳红 10”号船的走廊里漏出柴油，立即报告。安全小组在向船长报告的同时，立即组织队员，清除漏冒出的柴油。船长也及时解决了漏冒油的问题，杜绝了一场可能发生的火灾事故。

“太阳节”——“变更线”

1984 年 12 月 1 日上午 9 时 12 分，中国首次南极考察队的“双船”，从太平洋上的瑙鲁共和国和吉尔伯特群岛之间的水域通过赤道。

> 赤道是环绕地球表面，和地球南北两极距离相等的圆周线，将地球分为南北两个半球，赤道的纬度是零。

考察队两船自上海起航到达赤道的 12 天的时间，航行了 3532.8 海里。考察队开会研究了抵达赤道的活动安排：两船在赤道漂泊一天，一是调理 12 天来颠簸中的紧张生活状态，举行庆祝活动；二是抢修船上机器；三是检查和加固船载建站物资。特别强调了安全。

郭琨凌晨四点钟就跑上“向阳红 10”号船甲板，及早领略赤道水域的风光，目睹太阳在这里出世，她是万物赖以生存的真神。人们曾以千篇诗文、万首歌曲歌颂太阳，如今要在日出日落的轨道上恭敬而激动地拜谒她了。

海风微微，波平如镜，湛蓝的天空，漂浮着不飞不动的云朵。太阳出世前的赤道大洋，呈现出平静、安恬、祥瑞、和美的气氛。当时钟运至9时12分，卫星导航仪屏幕显现出纬度“零”时，两条巨舰一齐鸣响了汽笛，四颗信号弹冲天而飞，鞭炮礼花一齐爆响，锣鼓声、欢呼声震荡天穹、大海，回鸣在赤道上空。与此同时，万道霞光自东方喷射出来，烧天炫目，太阳顶端的弧线突然冒出海面，升腾跳荡，挂扯着熔红铁汁的黏稠，挣拉着筋络凝血的裹挟，猛然跳脱，跃至火红的天际，烧红了万里洋面！

依照国际惯例，船要在赤道举行祭祀“海神”的仪式。要祷告驱赶海魔，祈求船只平安；有的要往海里扔衣服和食品；有的往身上泼海水，洗掉身上的秽气，等等。

早期的探险家们，对赤道海面反常的平静心生恐惧，在多日的风雨飘摇、惊涛骇浪中，一旦进入平静，便感觉不是真实，以为是阴险的鬼怪深藏海底，诱惑他们放松警惕，易于吞噬。于是航海者便在赤道做出道场，表演一番，驱妖除魔。

“向阳红10”号举行了穿越赤道的庆祝活动。颁发了赤道纪念卡、跳化妆舞、套圈、做游戏、钓鲨鱼活动等，欢快热烈。多位队员戴着假面具，披红挂绿，在人群的包围中跳舞、扭秧歌。男子装扮成鬼怪的模样，画鬼脸，戴面具，穿草裙，赤臂膀，学毛利土著人的恶相，舞弄长矛、刀剑。有的手执火把，青面獠牙、以假乱真，说是吓唬海鬼，美丽的女队员也扮成女鬼——乱发长甲，血盆大口，狼腔鬼调，挥舞红伞绿伞，舞步怪异，眼神儿阴森，学白骨精模样。

之后是拔河活动、啦啦队赛歌、赛喝啤酒。更好的消息是：下酒的海鲜捕猎到手！钓鲨鱼的小伙在赤道大洋里，钓上了几十斤重的鲨鱼。

大海蓝蓝，天光熠熠，巨轮犁出两道“雪龙”般的尾迹。大船在赤道下晒干了翅膀，走入50000海里的航程，凯歌回荡。

1984年12月3日，两船于当地时间12月3日11时50分，通过国际日期变更线，亦称日界线。从东半球进入了西半球。

这也是中国南极科考队的首遇，亿万人未曾运遇的稀奇。人见稀罕物，必定寿限长！人经新鲜事，必定心气扬！这是一条造极的路、登天的路。一切都是首遇，都是鲜见的稀罕！

回归线和西风带

在太阳节和日期变更线度过之后，由太阳神开过光的巨轮和造极的战将们，在觉悟的洗礼、境界的升华后投身远航了。

从航海日志上看到：凌晨3时暴风雨，“向阳红10”号船处在冷锋的边缘，风力6—7级，阵风8级，大浪大涌，浪高4.5—4.8米。

郭琨走近窗前，手扶着栏杆，眺望那海天混沌的世界。暴风雨如瀑布漫天倾泼，波涛汹涌的海面，群峰簇拥，冲压过来，扑上船艏，窜过驾驶室，扑向后甲板……伴随阵阵的涛音，如惊雷、似天鼓撕裂天空，撕裂大海，撕裂着奔向南极的万吨级考察船，震耳欲聋，使人心惊肉跳——这是自上海出发以来，第一次遭遇到这么强烈的狂风暴雨，这样猛烈的惊涛骇浪的裹挟冲撞，这么大幅度的颠簸摇摆——站在驾驶室内，感觉船艏忽地被浪抬起，又猛地跌落浪谷，如荡秋千。稍有好转的晕船的队员有没有加重？船舱内建站物资的加固有没有松动？船的航行有没有危险……

在这位既有责任心，又有担当勇气的郭队长传神的描述下，我感觉到作家语言的苍白。你苦心孤诣生造出来的感受，是挠痒挠在了靴子上，受晕船煎熬的队员说：“我还是跳海吧！”有的说：“歌曲中描写得那么动听、那么感人，什么‘大海呀大海！就像妈妈一样……’还什么‘海浪把战舰轻轻地摇……’柔情似水，像摇篮可爱，我形容大海像‘后娘’，海浪是‘恶狼’，它们把敢于闯入怀抱的一切，一口吞噬！”

这次狂风暴雨的袭击持续了10多个小时，又雨过天晴，风平浪静了。18时，两船从社会群岛南部通过。十分清晰地看到了土布艾岛距我船约1.5海里。这是自上海启航以来，驶入太平洋能看见的第一个岛屿。多才多艺的郭琨掏出记事本，勾画出土布艾岛的轮廓。

12月9日13时35分，两船通过南回归线，这是这一季节气温最高的地区，中午气温可达32℃。国际上规定，地球上以纬线23° 26′为回归线，赤道以北的为北回归线，赤道以南的为南回归线。

从这天开始，人们看太阳不在南边，而是北边了。在南回归线以南的地方，太阳永远在北边。

时空错乱，日月倒行，太阳也要在北方照耀，老天爷在与人开一个大大的玩笑。这些标志性的事物在警告世人，没有一成不变的规矩，天地有常，亦无常，何况人乎？如此，两艘兄弟船上的人们，就要在敬畏自然、顺随天变的状态下破浪前进。可以肯定地说，已经历过的教训，并不足以指导明天的航行，如毛泽东诗词之所指：“今日欢呼孙大圣，只缘妖雾又重来”。在可以预见的12月12日，两船将进入可怖的“西风带”，那是常年刮着7—8级大风的暴风圈，大浪大涌之凶狠程度，为前面尽有的经历所不及，被称为航海人畏途。为了迎接那肉搏般的战斗，队员们打乒乓球，玩棋牌，练身体，增斗志。厨房也借助为同志过生日之佳机，显厨艺，加菜肴，储营养。

“J121”船上的直升机也起飞演练，翱翔云天，摄影采景，收取情资。为安全穿越西风带作临阵安排：

克服恐惧心理，树立良好心态。要做好防晕措施。队医要把防晕药、防晕贴发放到队员手中。要把饭菜送到床边。确保人员安全。严禁开密封门，在船内走廊走动时，要手扶栏杆，以防摔倒。要把住舱内的物品固定好。安全组要检查船载建站物资的加固情况。

当地时间12月12日，中国首次南极考察队两船如期驶入世界著名的暴风区——西风带。

西风带亦称暴风圈。在赤道海域，空气受热上升。上升的热空气分别向赤道南北流动，形成副热带高气压带。

南半球的西风带位于南纬40°—55°之间，是赴南极的必经之路，又有“咆哮的40°”之称。

两船一驶入西风带，奔腾汹涌的波涛铺天盖地向船扑来，忽地把船高高抬起，猛地又将船抛落谷底。船在惊涛骇浪中剧烈地颠簸、摇晃，船体倾斜，船壁的扭曲声，波涛冲撞船体发出的“哐当、哐当”巨响，使人心惊胆战。大浪大涌，浪高7—8米，最高10米以上，船大摇大摆，飞左落右。

队员晕船呕秽，惨象万端。脸面蜡黄的壮士吐出的胆汁也是黄色。从住舱爬上驾驶室，时而如爬山，时而似下坡，如醉汉一样东倒西歪，“向阳红10”号船船长张志挺亲自驾船，与狂风恶浪搏斗。

炊事班做饭更是艰辛，饭锅里的水因船摇晃外溢，蒸出的米饭夹生；桌上的饭菜碗碟滑来滑去，滑落满地。就连上百斤的盛满菜汤的大铁桶，也被摇晃得东倒西歪、滚来滑去……吃喝如此，至于“拉撒”，真是无法描述。

才华横溢的郭队长开始写诗，不诉苦，不说难，不以文造情，乐观主义、革命豪情跃然纸上。

大海在欢唱！
华夏儿女奔向冰雪疆场！
为编织的一幅新的画图，
铺在南极洲大地上！

波涛汹涌、惊涛骇浪，
激越的《南极队员之歌》洪亮。
坚韧不拔，
是我们的力量。

鲜艳的五星红旗，
在神奇的南极洲上空飘扬！
……

能支持郭琨队长等壮士斗志昂扬的，党和国家的关怀是无处不在。12 月 14 日，国家南极考察委员会主任武衡从北京打来电话，慰问全体队员，鼓励大家再接再厉。当重舸航行于险水的时辰，这是一股提气的风。两船驶入西风带的第五天，风力减弱至六级左右。

晚 24 时，船上气象部门预报员葛棣明突患急性阑尾炎，零点 30 分，船医生和队医生为葛棣明动阑尾手术。在颠簸摇晃中，在医疗条件较差的情况下，虽说是小手术，难度是可想而知的。几位医生密切合作，成功地做了急性阑尾手术，真乃妙手回春！

12 月 18 日 13 时 24 分，两船胜利完成了横渡太平洋的全部航程，顺利地通过南美洲最南端的合恩角，驶入了大西洋。

合恩角位于南美洲的最南端。合恩角的经线是太平洋与大西洋的分界线。

18 时，阿根廷的引水员登上两船，引导两船驶入比格尔水道。

乌斯怀亚诗情

19 日上午 10 时，两船驶入阿根廷乌斯怀亚港，中华人民共和国国旗和阿根廷国旗比肩飘扬，按照国际航海礼仪，两船挂满旗。

乌斯怀亚港的码头上洋溢着热烈友好的气氛。乌斯怀亚市海军基地——

“贝里索海军上将基地”司令爱德华多·塞尔希奥·孔森蒂诺海军中校率领军乐队，在码头上奏起欢迎乐曲，热烈欢迎中国首次南极考察队；中国驻阿根廷使馆大使魏宝善夫妇和使馆工作人员，阿根廷南极局副局长兼阿根廷南极研究所所长埃切斯维特先生，也专程赶来；国家南极考察委员会办公室副主任高钦泉和西班牙语翻译张福刚同志，则从北京专程来为考察队联系安排船代理、租赁直升机；国家南极考察委员会、国家海洋局、都发来贺电，热烈祝贺和亲切慰问中国首次南极考察队两船成功地横渡太平洋，度过了四个季节，胜利抵达乌斯怀亚港。

火地岛白皑皑雪山尽头的蓝色良港、世界上最南部的城市、中国考察队南极梦的边沿之城——乌斯怀亚，我们可以用极多的溢美之词形容她：天涯海角，世外桃源，仙山琼阁，南天之门……在这个海天之间的明珠旁，高山青翠，大海蔚蓝，海风海浪的和弦，是妙曼的天籁音响。她精巧、俊美、错落有致、玲珑剔透。她依山傍海、峰峦叠嶂，繁花铺地，润目养心。她距南极仅800公里，色调多彩的建筑物坐落在波光粼粼和青山白雪之间，恰若“天上的街市”。她左侧的群山属于智利，右侧属阿根廷，真叫人惋惜的是：王母娘娘抛撒的一粒明珠，怎会失落在这样地老天荒之处？

“乌斯怀亚”一词，在印第安语里的意思是“美丽的海湾”“通向四方的海湾”。港湾开阔、水深、避风，又是一个不冻港，可以停靠万吨级船只。

它背依的1000多米高的马歇尔山的顶峰白雪千丈，它面向比格尔水道，在这里形成一个大海湾。海湾的北岸是一条名叫玛依普的大道，另一条大道是贯穿乌斯怀亚市的两千米长的圣马丁大道。这也是地球上最南部的一条柏油马路，马路两旁绿草如茵，繁花似锦。

乌斯怀亚市的街道十分整洁。涂有五颜六色的老式典雅的木板房和两层小楼房，显得朴实、高雅、宁静。1984年10月12日，是乌斯怀亚市建市100周年纪念日，共和国总统阿方辛，专程从首都来这里出席庆祝大会。

秀丽如画的10万人口的城市，吸引着全球慕名而来的大批游客。中国首次南极考察队到达乌市，却在当地引起了恐慌。

正值当地的盛夏季节，当两船驶入乌斯怀亚港口之前，怀有恐惧感的小城人慌慌张张，在港口码头上做好了防火、保安等各方面的防范措施。

在当地官员和人民群众亲睹了中国人有礼貌、讲文明、守纪律、热情友好、遵守港口码头规章制度的良好表现之后，一下子打消疑虑和担心，撤掉了码头上的所有防范措施，还破例不限制中国人进出港口码头的时间，不再派人跟踪上街的中国人。

当地人见到我们中国人就挥手高喊：“CHINA！”一群群青年学生追着、围着他们签字留念，他们向青年们赠送“中国首次南极考察纪念章”和袖标，阿友相互抢取，为能得到一份纪念品而兴奋不已。当地空军官兵帮他们进行重力测量，提供重力数据。

一名队员上街丢失了印有南极洲地图的“海鸥”牌手表。当地海关官员卡洛斯·雨果捡到，一看印有中国的方块字，便送到“向阳红 10”号船。船员与雨果先生交上了朋友。

在下午金色的日照里，队员们游览了乌市美丽的市容，这座地球上最南部的花园式的小城市清新、干净、美丽，东西方向的一条大街贯穿全市，无数条南北方向的马路与东西马路交叉，整齐而敞亮。商店、饭店、电影院等店铺分布马路两边，物品丰富。街上车辆、人员稀少，小城清静幽雅。

他们还兴致勃勃地游览和欣赏了自然保护区的原始森林，看到了一种“面包树”，生长着一串串橘红色的像面包一样的果实。这是阿根廷火地岛省特有的一种树木。

当地团体发给大家一份旅游指南，在多种文字中，竟然也有中文，引发了队员们的自豪感。小册子的封底印了一首诗，译成中文，发现全世界的诗人都易染忧郁症：

望着落日
如同乞丐悲伤的眼神
灾难带来的痛苦让死亡如同行旅

我坐在这条小路等待落日带来的黑暗
没有希望
也不知何去
只能让鲜血淋在道路上

阿根廷得地势之利，是开展南极考察较早的国家，是对南极领土提出要求的七国之一，是《南极条约》12个原始签字国家之一。

1984年12月23日，按计划停靠港口的任务均已完成。直升机和聘请的船顾问也已上船。

在经历了与乌斯怀亚市几日的亲热友好交往之后，满载着阿根廷朋友的美好祝福，两船驶离港口，两支搭于弓弦的神矢，直射南极！

八、“天门”之役

天门之役多艰险，
雄兵壮气冲霄汉。
极昼害若白骨精，
雾霾恶作妖气渲。
雷霆万钧垒码头，
快船千发运粮弹。
可赞军民情鱼水，
金猴又来撼南天。

12 月 24 日，两船在智利引水员引导下驶出冰峰列岸、青山逶迤的比格尔水道，波光莹莹的德雷克海峡，艳阳高照。然而，德雷克海峡又有“海员坟墓”的恶名，两船须在准确的天气预报指导下，闪过两个气旋风暴，迅疾穿越。

因为过西风带的海浪滔天，吞星衔月的气势已成极致，便不另述过海峡之琐碎。

两昼夜的劈涛斩浪。在千折百回的精密算计下，躲过气旋。12 月 25 日，两船进入冰雪王国南极区，翻开了中华民族海航具有历史意义的一页。

各层甲板上挤满了队员，举目眺望，“冰山、冰山”地喊叫起来。全船欢腾了，海面上大大小小的冰山迎面而来，平台式的、圆球样的、金字塔形的……形态各异，十分壮观。最大的一座冰山横亘在船侧，长约 1000 米、宽约 300 米，露出水面 50 米。大浮冰上横卧着的海豹，仰首张望着远来的客人；企鹅从浮冰跃入海中，向船游来，欢迎中国朋友。更为奇观的是，远处海面上，有几处喷出高达十几米的水柱，偶尔能看到露出水面潜艇似的鲸的脊背，它以其特有的“水礼花”，向考察队示好。海面活跃，船上也沸腾了……

1984 年 12 月 30 日 15 时 16 分，中国人登上乔治王岛。感谢高科技时代留下的录像：郭琨身着橘红极地防寒服，披橘红色长围巾，双手高举着鲜红的中华人民共和国国旗，率领着红装耀目的壮士队伍，依次跳下登陆快艇，像一条火苗跳动的火河，流向海岸，冲上乔治王岛。

在南极夏日明亮的阳光下，在蓝色大海和如银雪地的辉映中，那是一面多像火焰的红旗啊！她燃烧在高空，旗杆深插进黑亮鹅卵石的山坡，在欢呼的海洋里猎猎飘摆，成群的燕鸥、巨海燕、贼鸥也见了稀罕，加入了这不平常的庆典！

“择地”之难

进入“南天之门”的队员们，欢呼还在口上，却已想着落地生根，择地而居的大事。问题和困难接踵而来，都是中国人未有经验的新课题。

早在登陆前三天的 12 月 27 日，郭琨和专家们就开始勘察长城站站址，欲为这个还未诞生的伟大婴儿，寻一块风水福地。在他们企望选址的乔治王岛上，早有 7 个国家建立了考察站：

苏联的别林斯高晋站，1968 年建立，常年站（越冬站）；

智利的马尔什基地站（亦称费雷站），1969 年建立，常年站；

波兰的阿克托夫斯基站，1978 年建立，常年站；

阿根廷的尤巴尼站，1982 年建立，常年站；

巴西的费拉兹站，1984 年建立，常年站；

还有乌拉圭的阿蒂加斯站，是在中国首次南极考察队到达乔治王岛的 5 天前，即 1984 年 12 月 20 日开始建站的。

另外，民主德国、智利、阿根廷在阿德雷岛（中国称企鹅岛）上，建立了 3 个夏季站。

在南极洲乔治王岛仅有 1160 平方千米的岛屿上，就建有这么多考察站，是绝无仅有的。故称乔治王岛是小“联合国”。中国首次南极考察队，在乔治王岛建立长城站，使小“联合国”又增加一个新成员。

在我们怀着美好心情，想加入这个快乐的俱乐部的时候，朋友们的心情能如中国古诗的“同是天涯沦落（考察）人，相逢何必曾相识”的惺惺相惜吗？我们来了，朋友们能像俊俏的鸟儿款款飞舞，为新的朋友，鸣唱一段欢迎曲吗？

选择站址，要考量最基本的五个条件：

第一，建站要建在裸露的基岩上，不能建于冰盖上。第二，一般建在沿岸地带。要求沿岸陆缘冰在夏季解冻，小艇能抢滩靠岸。第三，站区要平坦开阔，有利于建设和科学考察，也利于未来发展。第四，站区要有淡水资源。冰雪虽俯首皆是，淡水资源非常丰富。但可以直接饮用的淡水湖水，才可节能。第五，能以站为中心，向周围辐射，能深入大陆冰盖科学考察。

12 月 27 日下午 1 时至 4 时 10 分，是个好天气，郭琨和副队长董兆乾等 7 人乘坐“海豚”直升机，开始紧张地实地勘察长城站站址。先后勘察了爱特莱伊湾、阿德雷湾、哥林斯湾、玛丽亚娜湾和纳尔逊岛等 5 个地点。

直升机首先降落在爱特莱伊湾的海滩上，看到乌拉圭正在湾内沿岸坡上建站，站名叫阿蒂加斯站。5 天前开建。

在这个狭小的地域内，不可能挤建两站。“海豚”直升机又飞往纳尔逊岛，降落在海滩上。纳尔逊岛是个冰盖岛，它的东北角伸入海中，形成一个舌角，夏季冰雪融化，裸露出沙石基岩，面积很小，不适宜建站。但这里也有优越的地方，一是避风条件好，二是冰川学考察研究方便。有巴西在海滩上建立的两个集装箱避难所。

直升机北上，飞越乔治王岛南部上空时，俯视下面有一块平坦地域。刚想降落，不料迎面飘来一团浓雾，便急速转弯回返，降落在“向阳红 10”号船甲板上。

晚饭后，雾消云散，海上风浪不大。郭琨询问预报值班员天气情况，刘训仁指着卫星云图说：“两个小时之内，天气不会变坏。”22 时，乘“白夜”辉光，郭琨和董兆乾及 4 名队员乘坐“海豚”，前往波特尔湾地区勘察。阿根廷在该地区建有尤巴尼考察站，波特尔湾内有一个伸向海里的舌角，在地图上测量，可作站址之一实地勘察。

飞到波特尔湾上空，能见度很好，正要降落，忽然北面天空有低云飘来，霎时笼罩了波特尔湾，直升机急速抬升飞离，忽左忽右地摇晃着，擦着海面高速飞行。20 分钟后安全降落在船上时，天空已乌云密布。如果不是果敢决定和高超的驾驶技术，后果不堪设想!

12 月 28 日上午，中国队在菲尔德斯半岛勘察站址时，智利站站长忽然向我们通告四件事情：一是我“超黄蜂”直升机飞越智利机场时，要通告智利站，直升机在企鹅岛上空时，不要低空飞行，以防惊扰企鹅。二是中国南极考察队去波兰站，是参观访问，还是选站址？要说明白。三是智利愿意派人帮助中国选择站址。四是上午智利站长乘直升机在“向阳红 10”号船上空盘旋时，很赏识该船，想去参观访问。

对于智利站长的通告，郭琨回答：

中国南极考察队欢迎站长、科学家和队员前来参观访问“向阳红 10”号船；我直升机飞越智利站和机场时，会事先通告；也希望智利直升机在中国船只上空盘旋时，事先通告中国为好；中国不会在企鹅岛建设常年考察站；对站长先生关心和支持中国选择站址，我们表示感谢；我们勘察选好站址以后，再去智利站参观访问。

这是一种柔若无骨的过招：其实，即便是友好的乌拉圭南极站，也是抢在我建站五日前下手，抢先在我们看好的地方，临时插上了他们的国旗，以表明那个地方就是他们的了。我们的登岛队员很后悔：先下手为强，而我们只迟了仅仅一步。

中国是泱泱大国，是孔孟之乡，礼仪之邦。中国信奉孔子“四海之内皆兄弟”之教言，一切工作从头开始，重新选择中国在南极的第一个科学考察站建设地址。

然而，选择新的站址，远没有所想的那样顺利。棘手的“国界问题”在乔治王岛上一演再演！来自武汉大学的教授、测绘专家鄂栋臣回忆说，中国南极考察队经过反复比较后，12 月 29 日，再次确定乔治王岛南部湾口的一片开阔地带，准备作为我们的新站址。经过几天不分昼夜苦干，共勘察了预选站址 9 个，其中有两个点勘察了多次。通过队员们广泛讨论、比较，一致认为，菲尔德斯半岛南部地区作为建站的首选。考察队最后研究决定：中国南极长城站站址，初步选定在乔治王岛，菲尔德斯半岛的南部地区，报国家南极考察委员会审批。

1984 年 12 月 29 日 21 时 50 分，中国南极考察委员会正式批准：这一块风水宝地，为中国长城站站址。同志们的欣喜程度，超过农民分得了土地。

但是，经过南极委审查批准的站址上，却又出了麻烦，据郭琨日记记载：在选择站址的过程中，不但要同南极极其恶劣的环境——酷寒和狂风暴雪顽强搏斗，还要同一些国家不友好人员的挑衅行为进行斗争。

智利马尔什基地驻有两位西德科学家，和智利合作考察水文地质，地点在菲尔德斯半岛的中部，一片低洼沼泽地，与坡上的长城站站区接壤。他们在长城站站区的北面，突然竖立了 12 根木桩，并拴拉了约 50 米宽的绳索。很明显，这是竖立了界墙，不准中国人越过此线。这是极不友好的挑衅行为，是违反《南极条约》的举动。

队员们气愤至极，有的要拔掉，有的要质问他们。郭琨压住火，同副队长董兆乾、张青松商议决定，马上带几人去智利站，以书面形式，当面向西德人提出抗议和忠告。

郭琨、鄂栋臣、颜其德、吕培项、陈秋常、卞宗舒、刘小汉等同志步行到了智利马尔什基地，向站长说明了来意，把信递交给他。

站长看过信之后，一再向他们说：“我不知道他们干的这个事情。”而后又自言自语地说：“怎么能这样做呢！”此时，正值智利站午饭时间，站长马上去餐厅找人，回来他耸耸肩，摊开双手，说：“没找到他们两个人。”他又马上打电话，叫两位西德人马上到站长室来。几分钟后，两位西德人来到站长办公室。站长把我们的信给了他们，信的全文如下。

智利马尔什基地站长转交两位西德科学家：

我们感到十分惊讶和遗憾的是，你们在正建设中的中国南极长城站站区的北面竖立了12根木桩，拉上了绳索。你们的这种做法是对中国建站的干扰，是不友好的行为；是违反《南极条约》宗旨和原则的。

我们对你们的这种不友好行为和违反《南极条约》的做法，表示十分不满和愤慨！

我们要求你们立即拆除木桩，并向中国南极考察队赔礼道歉！

我们再次声明，中国在乔治王岛建站是进行科学考察，这只能有利于促进各国南极站合作考察和交流活动。我们不希望、也不愿意看到不友好行为和违反《南极条约》的做法再次发生。

中国南极长城站站长　郭琨

1985年1月7日

两位西德科学家看了信之后，显得有些惊慌，一再为他们的错误做法进行解释和辩护。

对于他们不实之词的辩解，我们以事实对他们一一批驳，要求他们立即拆除木桩，向中国南极考察队赔礼道歉！最后，两位西德科学家承认，他们埋木桩拉绳是不对的，表示午饭后去拆除。郭琨要求他们现在就去拆除，智利站长也催他们快去。

两位西德科学家随同他们到了现场，就去拔木桩、拆绳索，有的队员出于气愤想去动手，被郭琨制止。

西德科学家拔完木桩，表示道歉。郭琨看到有几个木桩坑没有填平，说：“请你们把木桩坑全部填平。”他俩把木桩坑填了，又走回来。本着有理、有利、有节的原则，郭琨对两位西德科学家平和地说：“请你们把木桩绳索扛回去吧，希望以后不要再发生此类事情。中国南极长城站正在紧张地建设中，建好以后，请你们二位来长城站做客。”

两个西德人扛着木桩、抱着绳索向智利站走去……狼狈不堪。

真是回肠荡气，水净沙明。我们的民族，一旦到了关键时刻，总会有脊梁骨式的人物站出来，说出那种泱泱大国人才配说出的话！谢谢郭老，还有与他一起的同志！

“初夜”与奠基

中国首次南极洲考察队 54 名队员于 1984 年 12 月 30 日 15 时 16 分，胜利登上了南极洲乔治王岛！五星红旗第一次插在了南极洲大地上！这是具有重要历史意义的一天！

队员们纷纷站在神圣的国旗下，留下了这个具有历史意义的镜头。

队员在白茫茫的菲尔德斯半岛上立即搭建帐篷，测绘班进行站区测绘，并在西面的小山上，安装了多普勒卫星定位仪和接收天线。建立长城站的坐标系统；科考班在鸟类栖息的几个小山的周围，竖立起中英文对照的“生物保护区”标牌；按计划，留下5名队员岛上看守，其他队员先回大船，明天携生活用品再来。

但老天爷突然翻脸，一时间乌云密布，风雪交加，海浪加大，寒气袭人。因能见度太低，两条小艇辨不准方向，无法接队员返回大船了。无奈，54名队员只好全部在岛上过夜。

大家当即决定：架设3平方米和7平方米塑料帐篷，全体队员立即投入了紧张的战斗：平地、挖坑、搭建。敲击声、谈笑声响成一片。顷刻间，几十顶小帐篷影影绰绰地竖立在冰雪荒原的乔治王岛上，生机勃勃的一个“小村落”从天而降，取名叫“南极第一村”。深夜23时30分，队员们住进小帐篷内，欢度登上南极冰雪之地的“初夜”，十分新奇！

但是，登陆前只带了五位队员的面包、香肠、饮料，现在是54人吃，每人分不到一个面包、半根香肠，饮料更少。同志们只好抓把雪，就着面包香肠，好香的雪啊！他们在乔治王岛上，吃了一顿别有风味的第一餐。虽未果腹，却终生难忘！

夜深了，浓雾笼罩着乔治王岛，寒气逼人。饥饿、疲惫折磨着队员们。大家却谈笑风生，破解着“初夜”的含意，度过一个不眠之夜。

12月31日零时30分，风停雪止，浓雾消散，海浪也变成了喘息般的温柔，白夜的优势显现出来，不用周扒皮半夜学鸡叫，天上已露出熹微的晨光。张志挺船长、董兆乾副队长在岸边吹响哨子，指挥队员铺架木板——我国的大型机械“东方红”拖拉机隆隆吼叫着，第一次开上了南极大地，欢呼声、喝彩声、掌声响彻乔治王岛上空。

抢运物资的速度便百倍地加快了，白夜的10时，中国首次南极考察队，在南极洲南设得兰群岛中最大岛屿——乔治王岛，隆重地举行了中国第一个南极考察基地——中国南极长城站的奠基典礼！

奠基石上镌刻：

中国南极长城站奠基石

一九八四年十二月三十一日

奠基典礼在庄严的中华人民共和国国歌声中举行。

中国首次南极洲考察队全体队员身着红蓝两色的羽绒服，头戴“中国”字样的防寒帽，脚穿长筒皮靴，整齐地站在五星红旗下，心情激动！南大洋考察队、“向阳红 10”号船和“J121”船都派代表参加了奠基典礼。

当郭琨庄严宣布“中国南极长城站奠基典礼开始”的时候，冰雪荒原的乔治王岛上一片欢腾！五颜六色的气球随着欢呼声冉冉升起，飘向南极洲的天空！这一幕，浓墨重彩地写入中华进军南极历史的开篇！

元旦的律动

过罢了12月31日的初夜，迎来了火红的“东方红”新娘，1985年的元旦——新年来了。考察队在这个喜日里命定的任务，便是开垦处女地，修建一个抢运物资的新码头。

闯入新天地、亲手掀开新篇章的，有一位名叫董利、绰号“董老大”的非凡人物。他与我同路去南极，同度夏日考，管我帮我并向我倾诉了那些切肤之痛和醉心之乐。以我“一激动就写诗”的毛病，吟一首《赞董利》：

董利庄重行谦谦，
生与南极多关联。
首闯南天正年少，
冰山雪窟敢向前。
九次征极成好汉，

三任站长续前缘。
历尽寒苦不知倦，
引我登机同征南。
我写“雪龙”须“明史”，
直把董君作字典。

1984年，他随“向阳红”号首闯南天，长城建站，驾驶推土机、装载机、铲车、吊车。风雨抢运，日夜劳苦。2001年至2003年，参加第18次南极考察，任长城站站长。第三十次征极，与我同室而居者惧我如雷鼾声，董利说：“你是大作家，我这间屋子让你，写作要紧……”

他告诉我：首闯南极，他担任机械队伍的头领，新年的首日，祖国的城乡鞭炮齐鸣的时候，搬运物资的工作开始了。如能在规定时间卸下两船运来的500余吨建站物资，就完成了建站任务的50%。董利曾经过车悬在冰沿，人悬在车外的凶险。

在风暴骤起、雪霰横飞、大浪顿生和小艇摇晃中，人们需要从大船舱内把物资吊起来，卸到小艇上。小艇把物资运输到长城站码头；再吊起来，卸到码头上；把码头上的物资再吊起来，装到卡车上，卡车把物资运输到工地，再把物资吊卸到地上。一宗物资要经过多次吊卸，才能到达长城站建设工地。

郭琨和两船船长、大副多次具体分析海上卸运物资的困难和危险，提出了具体要求：

1. 小艇卸运物资要规避浮冰和冰山。2. 学会防风、用风。3. 大船在吊卸物资时，要“三动之中求一静”。

“三动”是浪波动、船漂动、吊货摇动；“一静”是希望吊车操纵手，以一静对付三动。这不仅要技术过硬，还要有良好的心理素质。这时候，全体人员谁也犯不起错误，因为任何一件发电设备、气象、通信设备、科学考察仪器设备的损毁，都是破坏掉极地的“唯一”。卸运物资的工具，只有小艇三条，“海豚”“超黄蜂”直升机两架，每次的吊、运载量，仅有2吨。真是心急喝不得热粥!

当时最最需要的，还是建一个无论涨潮落潮，都能停靠陆岸的码头。考察队抽壮汉 10 人，“J121”海军组织 28 勇士突击队，由科考班长颜其德担任指挥，规定 5 天完成。

新年上午组队，5 分钟后开工，颜其德行令，立即分工，勘察、测量、设计、准备工具、器材、物料。岸上搭起帐篷，海中开始打桩。热汗满头，冷水泼面，锤声叮当，泥水迸溅。

按照国际惯例，领导人还要到各站拜访。元旦上午 10 时，擦了擦泥手、汗脸的郭琨、董兆乾和张志挺船长等 7 人，乘“海豚”直升机访问了巴西、波兰、阿根廷、智利和苏联的南极考察站，受到了这些国家的考察站站长和科学家们的欢迎，各国考察站都升起了中国国旗。各站长介绍了站上建筑、功能和科考项目，并陪同参观站区各部门设施。

各国考察站都预祝中国在南极成功建站！支持中国建站，合作考察南极。中国队表示衷心感谢！希望今后加强友好往来与合作！

中午在阿根廷尤巴尼站就餐，苏联别林斯高晋站招待了晚餐。南极友人胸怀开放、交友热情洒脱。文明古国、孔孟之乡的中国客人热情友善、挥洒自如、开阖有度、彬彬有礼、谈吐优雅，博得了各国朋友的好感和敬重。

百斛置宅，千斛买邻，是中华礼教。德不孤，必有邻，是孔子教言。各国朋友都欣喜在寂寞的南极，增添了一位好伙伴！

冰火码头——鱼水军民

1 月 2 日，晨 4 时起床，见天光灼灼，万里无云，吊运大型设备的卡车、吊车、推土机等，应是绝好时机。7 时许，正干得起劲之时，“抽风”的天气突然变脸，霎时乌云密布，大雨倾盆。张志挺说：“风浪不大，别停！”于是抹着脸，甩着水继续干。董利的车在雨水浇湿的雪地扭舞着迪斯科，汗水雨水交流，冷热对流。从车顶滑落的队员，泥猴一样，认不出是何人。

9时30分，海水落潮，小艇满载，几次抢滩不成，在距岸10米处搁浅，队员只好涉水卸货。浅海滩涂，铺满卵石，磕磕绊绊中，肩扛手举。多位队员摔倒，冰水刺骨，一灌入连体服中，就要喝烧酒脱下湿衣，换上干衣。风寒水凉，石滑泥烂，冷水四溅，风浪扑面。

小艇一驶出湾，又迎上大风。一会儿骑上浪峰，霎时又跌入浪谷。浪涛吞噬了小艇，小艇驾驶员，三副汪海浪令所有人员进入驾驶室内，驶到“向阳红10”号船，船上吊车将小艇和人一起吊上大船。

为了利用潮差，低潮时大船吊卸物资装小艇，高潮时小艇运输物资到长城站岸边，抢滩登陆，岸上卸运物资。小艇驾驶员和护航人员要分班轮换。小艇不能返大船时，要在长城工地吃住。集中力量抢卸抢运大件物资。

不知死的硬鬼啊！有人唱起那时正在热唱的《创业》电影插曲：

青天一顶星星亮，
荒原一片篝火红。
南极勇士心向党，
站在雪原望北京。
……

总有那么一天，赞颂南极精神、歌颂南极考察的电影插曲也会回荡世界，后人在演唱这些歌儿的时候，也会激动得热泪盈眶！这是笔者的伟大预言！

在雨打浪扑中，在泥泞汗水里，衣服灌水就脱衣，手套灌水摘手套。海军战士李秀谦手被铁锤砸破，鲜血直流，在水中涮一涮又干。队员发现大量血迹，捉住他的手一看，右手的肌腱已被砸断。强拉上岸，立做缝合手术。

1月4日，雪花像蝴蝶一样栽扑下地，嗦嗦有声。海湾内漂进大量浮冰，一坨坨如象群行进，在大雪弥漫中，气势磅礴。

下午3时，狂风突增至7—8级，雪粒击打在脸上，像猎枪霰弹，撕皮挖肉，入骨三分。郭琨与董、张三人商量，因二米海浪危及安全，一律停工。在这个具有“世界风极”和“暴风雪乡”的所在，任何主观意志都可能导致受灾。

晚7时，暴风雪突停，战士像在碉堡中躲过炮击，又像装了弹簧一跃而出，投入了冰雪泥水的战斗。这种索债心理促动了难以置信的爆发力，抢回耽误的时间，为工程还账！

翌日凌晨，寒风把积雪冻成了银饼，人踏上去，咯吱吱脆响。铁器凿于冰雪，冒出一股股白烟。冰屑不断地击打在脸上、手上，一出“军民鱼水情”的折子戏，患难见真情的古训，在南极乔治王岛上演：

海军“J121”船的小艇来到长城站岸边，队员们每人背着一个草垫子上岸。

原来海军“J121”船指挥员看到考察队队员帐篷内铺的是充气垫子，早晨起床，鸭绒睡袋下湿漉漉的，帐篷内也覆盖一层冰雪。他们从官兵床下抽出31个草垫，送到长城站。队员们捧过草垫，热烈拥抱。热泪盈眶的郭琨十分感激地说：“这是人民解放军对我们的关心和爱护……”

1月5日下午，中国南极长城站码头，经过考察队和“J121”船突击队队员们5昼夜的奋战，胜利建成了。从此日起，不管是涨潮还是落潮，卸运物资的小艇，都可以停靠码头了。解放牌吊车在码头上就位，可以直接把小艇运来的物资，吊起来卸到卡车上，大大提高了卸运物资的效率。

长城站码头长29米、宽6.2米、深3.1米。100多根钢管打进海底，充填沙石400多麻袋。

企鹅游上岸来，摇摇摆摆地走上码头，拍打着翅膀叫好！巨海燕从空中俯冲下来，观看长城站的第一个建筑！呆头憨脑的海豹，享受着水泥地坪的平坦、开阔，欣赏着人来船往的热闹，装作内行的样子，验看着码头的质量，又蠕动着笨重的身躯爬上半坡，等待着与伙伴联欢。

险象环生——“心”明眼亮

多么可爱的老科学家啊！董利告诉我：当看到“超黄蜂”直升机吊起贵重仪器的木箱，飞行、悬停、稳妥放物在地的时候，大群的队员们鼓掌，欢呼起来。郭琨抄起高频电话，向机长于志刚深表谢意！他也认为，手上有了一架好宝贝！在这样的好天气里，胖胖的“海豚”直升机也撒起了欢儿。热情高涨的小可爱，每次只能吊运 0.5 吨的油料，却又兔子般勤快。

这也是一项程序多、有危险的工作。先把汽油桶搬至飞行甲板。5 个油桶装一网兜。5 分钟吊运一兜，到长城站工地。工地上，十几个人忙着脱钩、搬运、收兜。刚刚完毕，下一架次又飞来了。

6 日早饭后雨夹雪，风浪又起，船不能开，直升机不能起飞。下午，风浪猛然加大，小帐篷东倒西歪，巡视码头的陈富财气喘吁吁地报告：“海水淹了码头，码头上的大木板漂起来了！”队员们立即扔下饭碗，火速奔向码头。

码头被淹没，沉重的大木板漂浮了，码头填灌的沙石麻袋，被大浪扑打冲刷着，十分危急。大家不顾一切地冲上码头，抢拉大木板、麻袋。海浪扑打全身，站不稳，十分危险。郭琨、董兆乾、张青松站到码头左右两边，不准队员越过，队员们用尖镐凿住大木板，拴上绳子往岸上拉，喊起了号子，“一、二、三……拉！”经过一个多小时同狂风恶浪的搏斗，厚厚的七八个大木板全拉到岸上，把海滩上的物资搬运到岸上。码头被冲垮了，明天再抢修，从祖国运来的物资不能被海浪冲走！

1 月 8 日晚，郭琨搭乘“长城Ⅱ”号小艇驶出长城湾进入麦克斯韦尔湾之后，大风大浪迎面而来，雪花像沙粒横扫。他把羽绒帽套在头上，紧抓住小艇的舷栏，浑身上下淋湿。艇长汪海浪让 3 人进了驾驶室，自己操作着小艇同风浪搏斗！小艇在大海波涛中，犹如一片树叶。往日 30 分钟的航程，航行了 50 多分钟还看不见“向阳红 10”号船。

小艇一直在呼叫大船，却始终没联络上。待绕过阿德雷岛的南端转向北时，“向阳红 10”号船打开了探照灯在海面搜寻，一束刺眼的光束扫到小艇上，清脆悦耳的声音同时传来：“Ⅱ号艇！Ⅱ号艇！发现了你们，你要减速慢行，靠大船的右舷。”

小艇十分小心地贴近大船时，被海浪猛推，发出了揪心的撞击声。大船右舷各层都站满了人。小艇一会儿撞上大船，一会儿又被浪抬离，船上的大吊钩缓缓下放，甲板上十几人用绳索拉着上吨重的吊钩，大船漂动，吊钩晃动。小艇动荡，连续挂了好多次才挂上，几个同志几次险被吊钩撞到，紧张的心情，比在滔天的浪中更甚。

当他们终于跳上了大船，同志们高兴地鼓起掌来，上船后的人立即同北京通信联络。

艰啊险啊已是平常，没必要顾影自怜。每一位队员，都在品尝着“世界寒极”“世界风极”“冰雪王国”的味道，缝补着撕裂的帐篷，水湿的卧具，与风雪饥寒打了几天几夜的恶仗了。

1 月 10 日，麦克斯韦尔湾内雪雾迷蒙，骤然刮起 12 级大风。白浪滔天，大潮大涌，卷起了千堆雪坨。13 时整，“J121”船脱锚，只得慢速抗风航行。21 时 11 分，“向阳红 10”号船也脱锚漂流，在湾内抗风航行。11 日清晨，阳光突然如碎金一般，洒满乔治王岛，队员们像离弦之箭，冲上码头。“向阳红 10”号的 28 吨大吊车突发故障，液压油喷出 10 多米高，满甲板流淌。船上立即组织抢修，机电船员顶着喷射的液压油，皮肤刺激红肿、疼痒，经过 1 个多小时的紧张战斗，大吊车又开始正常转动。

13 日早晨，南大洋考察队一位水文员下舷梯时，不慎掉入大船与小艇中间缝隙，海水的温度 −2℃，深度 300 多米，护航人员把长竿伸过去，救生圈抛过去，看到他露出海面扑向小艇时，一同志机敏地坐上舷边，向落水人伸出双腿，落水人抓住救他的腿，施救人两腿一并，夹住了落水人，其他人急忙上拉，人被救上了小艇，又避免了一场严重的人身伤亡事故。

通过险些发生的“人命关天”的人身伤亡事故，考察队要求各部门对全体人员再次进行教育,对落水者从舷梯掉下的原因进行客观分析,采取了相应措施。

风力渐强，海浪升高，麦克斯韦尔湾内的浮冰也不知从何而来，顺随海风，光昌流丽地漫漂漫舞，琳琅满目、淋漓尽致。多么瑰丽的冰山啊！巍峨挺拔，银光闪闪；有的透漏峭瘦，如灵璧奇石；有的玲珑剔透，冰清玉润；有的折射了霞霓虹影，五光十色，乱花迷眼，天花乱坠。在海风海流的推拥下，细碎的浮冰波动撞响，琶音清越。恰有海豹卧沙发样的冰，冰上的白雪，又恰若洁白轻柔的丝垫。那企鹅又讲排场，花哨俏妙的浮冰，最好呈船形、车形，且要离岸近切，与人斗个媚眼、打个飞吻方便。这是可望而不可求的待遇，在南极队员的摄影摄像镜头中，大多的企鹅无论男女，皆文静矜持，神闲气定，摆出明星的谱儿。那活泼好动，或轻举妄动者，多是年少小子，还未学会玩深沉。在风浪与冰雪中，肩扛着铁木，手抓着油泥的队员们，看一眼这天边的风景，天街的奇观，也算慰抚了一回铁硬的心肠，舒缓了绷紧的、尚未断裂的神经！人的激情会在浪花冰光中燃烧起来，作一些有关图画和诗歌的遐想。

然而，这些当年的建设者们，命定了浪漫不起：耽误不起的任务，使他们无暇多看一眼，每分每秒，上天都给他们安排完了，挤占完了。

气象部门从船上发来预报：7—8 级大风马上袭来，阵风 9 级。从那个时辰直到 1 月 14 日，给出的工作时间不足日月的 1/4。老天湿，老天晒，下完雨雪，再刮狂风。7 时整，鹅毛大雪纷纷扬扬，钢珠似的霰粒夹杂其中。趁着风未来到，紧急苫盖物料，并将两条小艇吊上大船，保护起来。风如期而至，9 级。浪高 5 米。利用这样的时机，全体队员到炊事篷集结，包水饺改善生活。一头霜雪的队员搽上一脸面粉，苦中作乐，以苦为乐。南极的乐观主义者们，就是这样见缝插针。

15 日 21 时许，张志挺报来好消息，风要停了。16 日凌晨 3 时，风静人动；两船齐发，双机齐飞：装卸、吊运、挂钩、搬抬。脚下石滚雪滑，泥水迸溅，身上汗流浃背。有文采的队员尚有闲情撰联儿：

战严寒斗风雪极地建站，

振中华扬国威苦中寻乐。

“花开两朵，各表一枝”。在建站一把抓，建成再分家的思想指导下，另一项抢建长城站“心脏”的关键战斗，也在革命加拼命地进行着。南极科学考察站一年365天，每天24小时都靠供电取暖。通信、科考、施工建设考察站，需要动力电源的工种多、用电量很大。所以，把发电站称为考察站的“心脏”。

抢建长城站的发电站，先要将发电机组和燃料运到工地上。整地、建板房，安装调试发电机组，也是看着老天的脸色，抢建抢装。

日夜拼杀，到1985年1月16日15时30分，我国柴油发电机在地球最底部的冰雪王国，第一次轰轰隆隆地欢唱起来！中国南极长城站的“心脏”跳动起来！建设工地上，眨眼间，灯火辉煌，整个乔岛焕发了金光银辉，人欢鸟唱。塑料小帐篷内安装了电灯和取暖设备，大家一步跨入了“小康社会”。

南极洲考察队发电班，3名队员来自兰州电源车辆所，有班长蔡福文工程师、队员李辰工程师、队员李光明。无论是名字中的“福”“辰”和“光明”等字眼，都有带来光和热的含意！我们的长城站，因“心”明而眼亮了！

1985年1月17日23时50分，最后一吊建站物资，终于从小艇吊上码头。擎天玉柱，铺地金砖，全部完好无损地捧送长城站工地，南极洲的中国长城，会像海市蜃楼般地呈现。

九、新的长城

电波连北京

起来，起来，起来，
我们万众一心，
……
用我们的血肉，
筑成我们新的长城……

一代代的中华儿女，听懂了国歌永葆青春的现实含意。中国需要一座新的长城，无论政治、军事与现代科技，都要我们以意志、钢铁与文化组成。在那不可为而强为之的年代，牺牲是唯一的本钱。郭琨队长在 1 月 18 日的日记中，用南极寒气冻稠的墨水，写下“为国争光，为民族争气，用我们的血肉，筑成我们新的长城”的誓言。

通信班尹冀川从被积雪压塌的帐篷中拱出来，大呼小叫地报告队长：“我们……和北京的通信沟通了！”

“二十七天”

中国首次南极考察队给定筑建南极洲长城站的时间是 27 天，与北京商定，国家派代表团参加落成典礼的时间是 1985 年 2 月 20 日，代表团于 18 日抵达长城站。所以，长城站建设竣工的时间，限定在 2 月 16 日。这是那个年代计划加变化再加命令的时代特色。因为时间的本质不止于刚性，还有弹性，27

个白昼再加白夜，将会出现 54 个常言的“天”。

但是，任何人也都明白：长城站建设是一项综合性的大工程：发电站、通信电台、气象台、食品仓库、油库、车库、科研房等等。这是一场十分艰难的攻坚战。

1985 年 1 月 20 日，是建成长城站的第一天。自离开上海码头以来，他们遭遇的“第一”太多。每一个“第一”，都使他们享尽了新奇，吃尽了苦头。

清晨 5 点钟，起床哨音在站区吹响，队员们个个精神抖擞地从低矮的充气帐篷里拱出来，到冰雪融化形成的小溪旁洗脸漱口。冰还没有化开，用拳头砸下，用冰凉刺骨的水抹脸，或干脆就用雪洗脸。登陆以来，他们还没用热水洗过手脸。更不用说洗澡了。

苦战的第一天各施工点都完成或超额完成了计划任务：第一栋主体房屋 27 个地基坑浇灌混凝土的任务，不但保质保量地完成，还超额完成了第二栋主体安装地基坑模板工程的一半。

2013 年 5 月，笔者在极地办见到了那位周身凝满南极冰晶之光的王耀明同志。

他 6 次出征南极，长城站越冬，担任了十二次、十七次南极科考中山站站长。

他说，房屋是钢制框架结构，墙板为聚氨硬脂，墙板安装于钢筋混凝土墙基上，块块入槽，螺栓锁扣，可抗 50 米 / 秒暴风。

他说，工友们睡在潮湿寒冷的帐篷里，充气垫子被压出人印儿。暴风撕开门帘，雪絮埋住了疲乏熟睡的人。

坑挖好后，安装模板。安装地基螺栓，要与 5 米高、1 吨多重的钢框架对接在一起，27 个地基模板顶部的地基螺栓，纵横必须在一条直线上。第三道工序是浇灌混凝土。混凝土的高标号速凝水泥，除加沙子之外，还加了陶粒，搅拌混凝土时，水温要达到 60℃—80℃，值钱的开水浇在地上，真让人心疼。

渗透到地基坑内的水达半米多深，只得用抽水机抽干再快速浇灌，但混凝土又和成了稀泥。必须再挖一个坑，由 2 名队员趴在冰上，舀外坑的水，然后快速浇灌，直到混凝土完全凝固了，才停止舀水。

因地基坑要快速浇灌混凝土，搅拌机故障又多，他们就机器搅拌加人工搅拌，人当机用。每一个地基坑，是一个接一个问题的出现，哪个问题不解决，工程就滞停在那里。人滚、爬在冰上，冷热不觉。

根据天气预报，要出现恶劣天气。要抢在暴风雪突袭之前，完成第二栋主体房屋的地基工程，安装第一栋房屋的钢框架。

21日凌晨4时，郭琨和董兆乾吹响了哨子催人起床，不见兵动。郭琨走进帐篷，见和衣而眠的队员，都在香甜的梦中，这位铁心铁腕的队长也心下不忍了：都是爹娘心疼、妻儿心疼的青年人啊！刚睡下两三个小时……他悄悄地退了出来，眼里满是泪花，蹲在了帐篷门外……

他咬紧牙关，吹响了集合上工的哨子，听着铁甲队伍铿锵的脚音。眼泪又一次涌出眶……那天的任务是安装建筑的钢铁框架，每一跨钢框架高5米，重1吨多，搬亦难，抬亦难，吊装也必须计算风向、风力，以把握安装的精度。董利操纵着机车，王耀明手执着扳手，眼睛血红。

6点30分，开始吊装第一个钢框架，到9点零7分，才安全平稳地安装好。用时2小时37分钟。对第一个钢框架的吊装进行了总结。对工程人员作了调整，之后大家一鼓作气，用了7小时30分钟，把第一栋高架式主体房，8跨钢框架全部吊装完毕，平均每跨用时不到1小时。

突然下起了小雨，风力大于5级。1吨多重的框架悬在空中，被风刮得摇摆30多度，很是危险。5吨吊车操纵员陈永福精心操作，用绳索牵拉框架的十几位队员按统一指挥，动作协调，使最后一跨钢框架也安全就位于地基墩上。

为庆祝长城站“上梁大吉”，晚饭加菜、喝白酒。第二栋高架式房屋的地基浇灌混凝土的任务，又于22时完成。气象观测场竖立起了10米高的测风塔，工程全线开花。

第二项任务是骑在5米高的钢框架上，把九跨钢框架用横梁连接起来，而后安装墙板。安装横梁。风力大，雪雨绵绵，又冷又湿又滑。建筑班队员杨雨彬为了抢时间，坚持在上面连续干了两个班。从梁顶下来时，已是全身湿透，手脚麻木了，王耀明几次滑脚，有惊无险。

为保障队员们的身体健康，搭建了一栋 64 平方米的木板房，摆放了 17 张双层床。明亮的灯光照耀着，电暖器释放着热气，收录机播放着欢快的乐曲，又一次提前奔了“小康”。

1985 年 1 月 24 日，长城站主体房屋的钢架外壳全部建起来，第一栋主体房屋的横梁安装完毕，开始了墙板安装工程。王耀明熟记：墙板是特制的御寒墙板，每块厚 12 厘米、宽 1.2 米、高 3 米，重 51 千克，重量轻，组装方便。墙板的两面用钢合金板包着，中间填充的是聚氨酯泡沫塑料，有着良好的保温性能。建设者冷，就是为了今后同志们不冷。建设人累，就是为后来者休息好！

下午暴风雪，风力 7 级，海湾内波浪滔滔，白浪花花，海军官兵组成一支突击队，每天乘小艇到工地，哪里活最重最累最脏，他们就出现在哪里。很多队员一进帐篷，连衣服也顾不上脱就睡着了。海军突击队队长在日记中写道：“连续一个月的紧张劳动，吃饭时拿筷子的手都发抖，许多人的脸被极地紫外线强的阳光晒脱了一层皮，裂开了一道道口子。每天早上 5 时起床，晚上 7—8 时回船，没有星期天。风雪里施工，冰海里作业，衣服湿透，寒冷刺骨……”

1 月 26 日 22 点 30 分以后，天气灰暗，气温下降。这预示着“极昼”时间要渐渐消失了。两栋高架式主体房屋的外壳建成了，转入内部装修。内装修工程量巨大、复杂，细活多。力争一周内完成。

当灾害遭遇智勇

当勇士们苦建长城站之时，“向阳红 10”进行了南大洋考察。

郭琨日记记载：1985 年 1 月 28 日，“向阳红 10”号船与狂风巨浪战斗 11 个小时，胜利完成第一个航次的南大洋科学考察，返回麦克斯韦尔湾。

“向阳红 10”号船船长张志挺介绍了首航海洋考察的过程，重点介绍了 1 月 26 日遭受到最强烈极地气旋风暴袭击的全过程：

“这天强烈的风暴风速 34 米 / 秒，风力超过 12 级，巨浪翻腾，浪高 12 米。巨浪漫过船艏，飞掠甲板。若出现中拱，就有可能使船体变形，甚至断裂。狂风巨浪中，船体前后大幅度起伏，造成船舵和推进器露出水面，主机空转，舵效失灵，巨浪冲击船舷，使船改变航向。在船体没扶正时，巨浪连续冲击，险遭倾翻，非常危险。”

船长说：“狂风巨浪把后甲板的船舷铁门打入海中，把后甲板的 5 吨吊车的操纵台打翻，盘结固定的粗缆绳被卷入海中 20 多米。如果不及时发现，就可能缠绕推进器。由于船体强烈的震动，甲板上部出现了 10 处裂缝，焊接部位损坏。船体长时间扭动、强烈震荡，焊接部位开裂，就会导致船只沉没。”

随后，观看了船只后甲板被狂风巨浪摧毁的触目惊心的狼藉景象。

当后甲板的缆绳被浪涛打入海中时，十几名同志奋不顾身地冲出水密门，冒着被风浪吹飘卷走的危险，拼命拉回了缆绳。

船长张志挺在狂风巨浪袭击船时，亲自操船，凭着多年的航海经验，熟练地操纵巨轮与巨浪方向成 20° —30° 夹角抗风浪航行。当舵效失灵、浪涛冲撞船体使船改变航向时，便立即使用两车，一个前进，一个后退，通过车的压力扭转船体，使船只始终保持着良好的角度迎风顶浪航行。

他们同狂风巨浪连续战斗了 11 个小时，闯过暴风巨浪后，船只及时转变航向，抓住两个气旋的间隙，返回乔治王岛的麦克斯韦尔湾内锚泊。

大灾大难遭遇了大智大勇，英雄胜利了，中国南极考察船“向阳红 10”号船胜利了！但是，1 月 29 日凌晨 1 时，11 级的大风卷雪而来，夜袭正在建设中的长城站。

发电站房屋加固的两块厚木板被暴风掀掉，几根电线杆也被刮倒。

发电站值班员李光明当即拉掉了电闸，关闭了发电机，郭琨叫起董兆乾等十几位同志赶到发电机房，发现动力班班长蔡富文已趴在屋顶上抢修。大家担心他那单薄的身体从屋顶上滑下或被大风吹飞，立即让卞林根、陈秋常、刘小汉爬上，加固屋顶木板。其他同志抢修房屋四个角的加固绳索，扶正、加固电线杆。

抢修中，风力有增无减，气温骤降。大家顶风战斗了 2 个多小时，保住了发电站的房屋。动力班又冒着风暴严寒检查了通电线路。凌晨 4 点，发电机又隆隆转动起来。

随后，又加固了通信电台的棉帐篷被暴风吹掀的一面。凌晨 1 点多，风力 10—11 级，刚刚经过大灾大难的“向阳红 10”号船和“J121”船于凌晨 1 点多又相继脱锚，两船在湾内慢速抗风航行 18 个多小时后，傍晚才回湾内锚泊。队员都集合在已建好外壳的两栋主体房屋内，进行内部装修工程。

2 月 2 日的凌晨，狼嗥似的风声大作，11 级的强风横扫长城站，海湾之内白浪滔天，浮冰撞荡。嘎嘎的怪声来自第二栋主体楼顶，大家惊愕地发现，防水铁皮被大风掀开，撕皮扯肉地扇动绞扭，像大片的乌云癫狂卷舒，气势骇人。

11 级强风，带着雪霰，让人睁不开眼。五六米高的楼房，冰雪凝结的斜顶……抢修是危险的，假如被风吹飞，在冰雪中滑落，被巨剑样的铁皮砍削，后果都将是“光荣”。挑选 8 名“抢渡大渡河”的骁将，配备风镜、风帽，精短装束，腰系安全绳，一人抢修，一人专事保护，拼搏 2 小时后，把飞舞的铁皮牢牢钉上屋檐。8 位勇士面色苍白，口唇铁青，浑身透湿，全身发抖地撤退下来。

青史已清楚地记下了这 8 位勇士的名字：王维华、平祖庆、杨维富、贺继川、杨雨彬、鄂栋臣、颜其德、刘小汉。这些抢渡过“大渡河”的勇士，又转入“掩体”里装修工程。

第二栋房屋是细活，安装隔间的石膏板墙，铺设各类管线电路，这就上来一批大雅之人，科考班的颜其德、吕培顶、柯金文、卞家舒、王耀明和新闻记者杨良化七君子放下斯文，眉额狼藉。建筑班蔡士贵率几员骁将安装主体房玻璃，安装这种密封的、可调式开关的钢化玻璃窗，需要登高爬梯，顶着穿堂风雪操作。在这样的拼搏里，有人写下一首诗《白色的撒哈拉》：

风雪南极，
白色的撒哈拉！
玲珑的冰穹，

玉雕的莫愁湖，
这里有我们的家，
……

瞪大蓝眼睛的惊讶

中国人来到南极，红旗招展，红队服惹眼，橘红色的两栋楼房又坐地冲天，红了半个天。但是董利、王耀明清楚地记得，当初一些老外看我们劳作之时，分明地露出看蚂蚁做窝、鸟鹊筑巢的不屑神态。

2月3日下午，距长城站五华里的苏联别林斯高晋站站长亚历山大罗夫·安纳罗列和副站长一起，突然来到了长城站，打着把式向郭琨等人说明来意——上午，智利站站长乘直升机观赏了长城站的美好形象，回去以后就告诉我：快去看看吧！中国人的新长城——两栋橘红色的楼房建起来了！我们不敢相信——这么短的时间，这样的鬼天气，因为我们也是过来人，也亲手建过房子，还有教堂……所以我们冒昧拜访，一睹这神奇的景观……

好奇心盛的苏联同行，竟抬脚就来了！

语言是礼貌的，语调是客气的。但是，蓝眼睛的狐疑，分明眨眨闪闪。远看势、近看质。钢构、底板、再敲楼壁。又细看厨房，临时电台房。当然也看见了正在创造奇迹的人。他们叹服了，感慨了，由满腹狐疑，变成舞动拇指的赞美：“太了不起了，太……”

他真诚地、适宜适度地发出了邀请，请中国南极考察队员分批次，到他的站上去洗澡、休养。这是一位诚实的“过来人”，他知道此时的中国队员需要什么。具有外交意识、懂政治的郭琨乘机发起了外交攻势：“谢谢站长同志的邀请！”闻听“同志”称呼的亚历山大受宠若惊了。在中苏恶斗20年后，在那种政治敏感的时期，在这种同是南极考察人的独特环境里，郭琨的一句“同志”不亚于庄则栋为美国乒乓球运动员让座，从而打破中美隔绝几十年的铁壁。激动中的苏联站长一下子拥抱起郭琨，急促地倾出了一连串示好的话：“同志、同志，还是同志好，啊！我们是同志……”

我喜欢那些蓝眼睛、高鼻子的苏联同志——俄国朋友！

当天下午，中国首次南极考察队聘请的“向阳红10”号船的阿籍船顾问特隆贝特等4人，也乘“海豚”直升机来长城站参观。同他一起来的还有阿根廷“天堂湾”号船船长和科学家们，还有瑞典电视台记者。

他们参观了长城站两栋橘红房、临时发电绿木房和正在紧张建设的各工地之后，特隆贝特说：“速度这么快，我十分惊讶！”

喜事连连

1985年2月4日，真是喜事连连。

凌晨4点钟，长城站通信电台通过新架设的菱形发射天线，与北京国家海洋局通信中心沟通。向国家海洋局局长罗钰如汇报了长城站建设情况，全体队员情绪饱满，身体健康！

长城站的地理坐标已精确测定。测绘班在站区西面的山坡上架设了“卫星多普勒仪”观测站。

冰箱和冷柜的专用房盖好了。安放两个3立方米的冰箱和一个20立方米的冰柜的房子。翌日晚饭后，明霞照亮雪原，冰盖上洋溢着赤金的汁液，分明是祥瑞天象。

2月9日，两栋高架房的内装修已全部完成；通信电台的大型菱形的发射和接收天线阵，耸立在站区西面，贯穿南北两面；气象站已建成。116.8平方米的气象观测场内，各项观测仪器设备已安装调试，并开始实施定时观测。

2月11日，由测绘班班长鄂栋臣同志制作的长城站方向标，在几位同志的协助下，竖立在第一栋主楼前国旗左侧。方向标指向北京。长城站至北京的距离：17501.949 千米。长城站与北京的方位角：170° 38′ 27″ 。

我曾在这座方向标下照相留念，并在方向标杆上挂上我从济宁带去的、秦为稼书记书写的标志牌：“南极长城站，济宁殷允岭。”我眼望万里外祖国的方向，感觉到长城湾的浮冰玲珑剔透，雪坨雪原也柔暖多情。

2 月 12 日，南极洲考察队测绘班绘出了中国南极长城站站区第一张地形图。这是乔治王岛菲尔德斯半岛第一张地图。

这是代表中国能力和影响力范围的一张地图。在中国贫弱或缺乏管理权意识的历史时期，我们因缺少一张声明“权”位的地图，为后人留下了不尽的纷争。我们在为这张描绘南天、吟咏鸿鹄之志的极地宝图欢呼之时，是把它看作了一个翻动地球杠杆的支点！

十、长城站盛典

长城站建成

郭琨日记 1985 年 2 月 14 日 22 时（北京时间 2 月 15 日上午 10 时），我向北京发电报告：中国南极长城站胜利建成！

我接通了国家海洋局局长、国家南极考察委员会常务副主任罗钰如的电话，向他详细汇报……

在艰苦的战斗中，我们很多同志“没上过山，没下过滩，没出过湾，没上过天”。第 26 天完成了建站的最后一道工序——长城站站标——站标中心镌有南极地图，周边用中英文书写着“中国南极长城站”，在中英文站名和南极地图之间，有两只手环抱着南极地图的金黄色铜质站标，站标镶嵌在第一栋房屋正门上方。

我们从长城站站区采集了一块岩石，竖立在长城站第一栋主楼前的国旗杆右侧，作为长城站纪念石。

纪念石高 1.3 米，宽 0.8 米、重约 300 千克。纪念石上面雕刻着“长城站”三个大字和“中国首次南极洲考察队一九八五年二月二十日”一行小字。

笔者曾抱着国旗，脚踏厚雪，在“长城石”前照相。漂亮的、潇洒的中华旅团儿女也在此照相。长城湾的波光冰光映于石上，映照国旗，是对南极和整个世界的宣誓。展眼四望，站址西部、北方分布的山、湖风景，尽收眼底，测绘班班长鄂栋臣组织了文胆，为长城站站区的山川、湖泊、海湾、岛屿以中国名胜之地命名；她们分别被命名为“龟山”“蛇山”“八达岭”“山海关峰”“平顶山”“西山”“望龙岩”“栖凤岩”等。山海关峰最高，海拔 155 米。三个淡水湖分别命名为：“西湖”“高山湖”和“燕鸥湖”，站内饮用水来自西湖。

长城站的夏季冰雪融化，形成两条小溪，小溪从西山坡流经站区，注入海湾。有一条小溪奔腾湍急，走近就能听到悦耳的欢唱，犹如郭琨家乡的拒马河，就把这条小溪命名为“拒马河”吧！谁不偏爱自己的家乡？若我当家，就把其一冠名大运河，大运河从我村穿过，水净沙明。

长城湾狭窄的进出口中央，兀立着一个小岛屿，被命名为“鼓浪屿”。鼓浪屿像一位忠诚的卫士，长年累月地守卫着长城站。

郭琨队长代表全体同仁，给远在四万里外的队员家属，写下一封慰问信、平安信、报喜信。价值万金的言情信，由通信电台发至北京，南极办印寄各队员家属。

连日来的暴风肆虐、雪絮纷乱的景象突然停止，明媚的阳光晒红了新的长城。五星红旗，如一束火焰燃烧于晴空——祖国的亲人要来看望他们了。

上午 11 时，武衡主任率领的中国代表团全体乘坐“J121”船“超黄蜂”直升机到达长城站，代表祖国人民，向在南极艰苦奋斗建成长城站的队员们，表示热烈祝贺和亲切的慰问!

2 月 18 日夜，中国长城站和两船之上灯火辉煌，照耀得海滩和长城湾一片火红。祖国代表团和队员、海军战士一起欢度 1985 年的新春佳节，向“新长城”贺喜。武衡团长、中国驻阿根廷大使、驻智利大使夫妇与队员同过春节。

落成典礼

1985 年 2 月 20 日清晨，大雪满天飞舞，乔治王岛银装素裹，中国南极长城站橘红色的房顶彩旗飘扬，“中国南极长城站落成典礼”的大横幅悬挂檐上，“向阳红 10”号船、“J121”船和南大洋考察队的战士、队员共 500 余人乘小艇来到站前。出席落成庆典的还有乔治王岛上的阿根廷、智利、巴西、苏联、波兰、乌拉圭等国南极站的正副站长和科学家，东德的 5 位科学家。中国首次南极考察聘请的“向阳红 10”号船顾问、阿根廷海军退伍上校特隆贝特和租赁的阿根廷“海豚”号直升机组三人，也参加了落成典礼。

在庄严的国歌声中，在队员杨雨彬、蒋维东护卫下，郭琨队长升起国旗，看着鲜艳的五星红旗冉冉地升起在中国南极长城站上空，郭琨队长又一次热泪涟涟。这是中国南极长城站升起的第一面五星红旗！

鞭炮声、锣鼓声和欢呼声响彻云霄，震撼着乔治王岛上空，震撼着南极洲……

代表团团长、国家南极考察委员会主任武衡同志，宣读国务院贺电；主持人宣读了国家科委、中国驻阿根廷大使馆、中国驻智利大使馆等单位发来的贺电。苏联第30次南极考察队队长发来贺电，民主德国5位科学家送来贺信。

有大将风度、外交官风度和主人气度的郭琨队长在致辞中彬彬有礼：“我们衷心地欢迎我国台湾省和港澳科学家，到祖国的南极长城站来，我宣布，中国南极长城站邮政局今天正式开业，欢迎各位光临。”

由惊讶、惊疑、惊奇，最后变成惊叹的各国朋友们都来锦上添花了，苏联第30次南极考察队队长发来贺电。

参加苏联第29次、30次南极考察队的德意志民主共和国科学院的生物学家们，向中华人民共和国首次南极考察致以最良好的祝愿。

待一切的致辞落音，一封封贺信读罢，一道道记述历史的大典程序闪光掠过之后，那位被众人牢记、历史铭记的中国南极考察的幕后台前的总指挥，而今的中国代表团团长、国家南极考察委员会主任武衡稳步地走到了台前，为中国南极长城站剪彩。顿时，锣鼓声、掌声、欢呼声响彻云霄，长城站又一次沸腾了！

人们兴致勃勃地参观长城站，在楼前、在国旗下、在长城站纪念石前、在“方向标”前合影留念，记住中华民族历史的这一瞬间。

十一、春华秋实

是春花还是秋月，
是播种还是收获，
首闯南天的壮士啊！
收拾得金玉满舸。

探索肇始

在长城站建设的劳动中，无论是官兵还是秀才，都像当年井冈山上的朱德一样，肩起了挑粮的扁担。我们国家的宝贝院士、博士和专家，都扮成砌垒长城的泥瓦匠，建筑码头的泥水工。但是，身在南极的专家们，谁也没有忘记自己承担的任务重量几何，命题若何！担任科考队队长、日理万机的郭琨，翔实地记载了这次首闯南天堆金积玉的收获：

1985 年 1 月 19 日，中国南极长城站通信电台，于凌晨 5 时 15 分建成，与北京国家海洋局通讯台短波通信开通。

1985 年 1 月 24 日，“向阳红 10”号船于 23 时 01 分驶入南纬 66° 33′，西经 69° 13′。这是我国船只第一次驶入南极圈。

1985 年 1 月 26 日，“向阳红 10”号船在南大洋科学考察中遭到 12 级以上极地强气旋风暴的袭击，但经受了极圈风暴的考验，显示了中国造船工业的能力。

海军潜水员刘宝珠，在菲尔德斯海峡冒险下潜到 57 米深的海底，停留 5 分钟，观察了海底生物，并采集到一批标本样品，其中包括一块长着生物的岩石，成为南极海域下潜的中国第一人。

1985 年 1 月 27 日 23 时，发射天线阵的第一个天线铁塔，在长城站站区的北端安全地竖立起来。长城站又建设成功了第一个气象观测场，场地面积 116.8 平方米。

2 月 7 日当地时间下午两点半，由“向阳红 10”号船船员、南大洋考察队员和新闻工作者共 36 人，乘小艇登上南极半岛，在滩头插上了鲜艳的五星红旗。

登陆地点是雷克鲁斯角，地理坐标为南纬 64° 30′，西经 61° 47′。

丰硕成果

1985 年 2 月 8 日，南极科学考察取得丰硕成果：考察项目有地质、地貌、高空大气物理、生物、地震、海洋学等。通过考察，对长城站区及其附近区域的环境有一个基本的了解和认识，获得了宝贵的第一手资料，采集了一些标本样品：

（一）接收大气哨声

助理研究员贺长明在长城站南面安装了“GM 型宽频带定向接收机”，连续记录了从太空传来的清脆的大气哨声。

接收记录到这么响亮的大气哨声可以说明，南极是研究高空大气物理最理想的场所。

（二）观测地震

助理研究员柯金文于 1985 年 1 月 16 日，在长城站西部的山丘上，建设了一个 1.6×2.5 平方米的地震观测平台，安装了“DDI 型短周期地震仪”。

从 1 月 20 日开始观测地震，到 2 月 8 日，观测 3 级地震两次，1 级以下地震 11 次。

（三）地质考察

南极洲考察队科考班在长城站周围进行了地质考察，对山川峰峦，陡壁悬崖，不同时代的岩石构造进行分层描述，测量了 5 条岩石地层剖面，乔治王岛的南极半岛，是目前所知的矿化程度最高的地区。

（四）地貌考察

南极洲考察队副队长、地理学家张青松，在长城站区及附近地区进行了构造地貌、冰川与冰川地貌、寒冻作用与冻缘地貌和海洋地貌的考察；并在考察中采集了各种标本。

（五）生物考察

科考班对长城站区及其周围地区进行了生物考察。生物考察包括陆地生物和海洋生物。海洋生物考察，主要是长城海湾和长城站区的 3 个淡水湖的水生生物的考察。

1. 动物考察

陆地生物考察主要是动物，重点是鸟类和哺乳动物。长城站及其周围有鸟类 8 种，它们是：企鹅、巨海燕、暴风海燕、黑背鸥、南极鸽、南极海燕和鞘嘴鸥等。其中数量最多的是企鹅。

企鹅主要有：帽带企鹅、金图企鹅（亦称巴布亚企鹅）和阿德雷企鹅 3 种，偶尔看到一两只王企鹅。数量最多的是帽带企鹅，它们栖息在阿德雷岛上。哺乳动物有 3 种海豹：象海豹、威德尔海豹和锯齿海豹，以象海豹居多。

还发现了一种哺乳动物，都叫它海狼，也叫它海狗、海狮和海熊等名称，学名叫南极毛海狮。在湖水面上、潮湿的地方和活动的岩石下面生存的几种昆虫，个体仅有几毫米。

2. 植物考察

科考班在生物考察中，对长城站及其附近地区的植物进行了考察。通过考察，没有树木和花草。其主要植物是地衣和苔藓，属低等植物。它们构成了南极的植被。

在长城站朝阳的山坡、台地的岩石上，尤其在长城站东南部的“望龙岩”“栖凤岩”及其周围散落的大小岩石上，都生长着地衣，有的岩石生长着地衣和苔藓，五颜六色，姹紫嫣红，显得异常壮丽，是长城站最为亮丽的景点。

中国南极长城站，也是对南极生物进行研究的良好基地。

1985 年 2 月 13 日，“向阳红 10”号船和南大洋考察队，胜利结束了第二个航次的南大洋调查，对南大洋 4 个海域进行考察，获得了大量的有重要科学价值的数据、样品和资料。

1985 年 2 月 28 日，晨 8 时 30 分，中国人民的好儿女要回家了，满载着烧眼的珍奇。在四万里的黑云白浪那边，有一个上海港，贤妻娇儿，白发父母在等待他们。在北京的人民大会堂里，共和国的总理和各方面的首长在等待他们，庆功的美酒，闪烁着白水晶红宝石的光辉。但是，住惯了琼楼玉宇，呼吸着珠光宝气，与企鹅、鸥燕处成挚友的英雄们，对这里的一切却恋恋不舍。

十二、二十九队

探宙笔记

探极排队二十九，
因近三十成队友
我因“三十”遇“廿九”，
朋友遍布南极洲……

我作为第30次南极考察队正式队员，随队采访的作家，亲密地、友好地接触了“交接”前后的“29队”朋友。他们作为在南极搏命一年的“过来人”，所谈的南极是精彩和经典的。在众多的29队精英中，我采访过大专家孙波，南极诗社社长李春雷，乡亲朱大厨，同村同族的通信专家殷赞，长城站站长俞勇、副站长张国强。最有分量的一个动因——总领队是国家海洋局“极地办”主任曲探宙，我与该君在“雪龙”号接触“来电”酥酥，更加珍贵的是，他雪中送炭般赠我一本《领队日记》，我将以“芝麻开门”的祈愿，开采这座金矿。

2012年10月28日，29队从上海出发，146人。

曲总作为考察队领队，李院生、孙波作为考察队副领队，王建国作为考察队临时党委办公室主任，李春雷作为领队助理、临时党委办公室秘书和行政秘书，参加了送行晚餐……

11月4日上午，曲总撰写了欢送晚宴上的祝词：南沙、南海、南极洲，迎南（难）勇进；家事、国事、天下事，喜事频传。对联构思精巧，立意新颖，寓意深厚。

11月5日，国家海洋局陈联增副局长主持欢送仪式，刘赐贵局长致辞并下达第29次南极考察队出征令，“雪龙”一声长号，破浪而行，直指南天。王硕仁副政委广播通知大家，从明天开始，按照排班表安排帮厨；“雪龙”船图书馆从晚 7：30 开始正式开放。

南极大学将正式开学，曲总任校长，将作第一场报告——《极地考察的历史、现状与未来发展》。在到达澳大利亚之前，还将作一次“公务活动礼仪”的讲座。

船行大洋，海阔天宽，形单影只，正似沧海一叶，危机四伏。在机舱值班人员的例行巡视中，发现主机的 1 号缸排气阀敲击声逐渐变大，若导致排气阀损坏，会直接造成主机停车。赤道无风带海况平稳，在轮机长的带领下，迅速制定了检修方案。机舱内的气温高达 40 多度，机器表面局部，更有 90 多度的高温。在漫长的 1 个多小时里，轮机部的各同志经受住了恶劣环境的考验，坚持到机器恢复正常的一刻。

南极大学开课，教员是“雪龙”船上的医生汤敬东，39 岁，来自上海第一人民医院，博士，参加过汶川大地震救灾。他讲座的题目叫作《与医相携》。其中医与“伊”同音，寓含“与你相携”之意。

万里征极，远离祖国，除医保条件之外，全靠老天。汤医生便是保命之神，话也是救命神符；汤医生学养深厚，所言之理恰若三春软雨，点点入地。他从医患沟通、外伤包扎、自我保健、南极考察中的常见病防治等四个方面开讲，既有知识性，又有实用性。

他说：最好的保健医生是自己，如果自己感觉特别想吃某种东西，说明你体内缺少这种东西，你就去吃好了。吃到不饿就可以了。最好的医生是自己，最好的药物是食物，最好的药房是厨房，最好的疗效是坚持，讲座睿智而不失风趣，很受大家的欢迎。

11 月 12 日是个好日子，考察队组织大家在多功能厅举行卡拉 OK 演唱比赛预选赛，主持人是来自中央电视台的记者任文杰和大洋队的刘萧。

所有参赛队员都很认真，孙波演唱了一首《我是一匹来自北方的狼》，王建忠唱了两首——《小城故事》《把根留住》，王建国感冒，也为大家唱了一首《真的好想你》。曲总选了一首《今夜无眠》，作为这一晚大家心情的总结。

中山站越冬队员刘俊明的夫人今天凌晨生下一女儿……厨房加菜，大家喝喜酒！

除了吃饭，还有出恭的问题。挖一个雪坑，空桶放下，上垫木板，周竖木桩。围毡布，不为遮羞，而为遮风挡寒，队员开玩笑说，冻便能把人支起来，撒尿都得边撒边用棍子敲。人人准备一个大口饮料瓶，写上自己的名字，小解当夜壶用。如果看到半瓶饮料，谁都不敢去喝。

11 月 23 日，阴，有阵雨，风力增大到 7—8 级，涌浪 5 米。船开始无规律地上下左右立体摇摆。傍晚到夜间，风力达到了 9—10 级，涌浪撞向船头，像一颗颗炮弹打来，浪花夹着雨水击打窗上，风声呼号，如飞机起飞发出的轰鸣。床上下左右摇晃，茶几上的玻璃杯掀翻地上。这就是咆哮西风带。

11 月 25 日，天空阴沉，雪夹冰粒，打得舷窗唰唰作响，8—9 级的样子。涌浪很大，开始改为横向，船舶最大横向摆幅达到 22 度，房间里的东西被晃得东倒西歪。

晚上 11 点，王建忠船长突然通过广播通知大家，固定好房间里的个人物品，船准备停机。发现主机一排气阀螺丝断裂，决定趁风浪较小，停机抢修。下班的轮机人员火速赶回了机舱，24 分钟之后，故障排除，皆大欢喜。

中山记事

8 个日夜过去，12 月 3 日的下午，“雪龙”船继续沿印度站租用的俄罗斯船的航迹，穿越三道冰裂隙区，抵达距中山站 9.8 千米处。走完了近 4 万里的航程，到达了中山站所在南极大陆的“陆缘冰”冰区，战风浪的决心和意志转换为战冰雪，斗冰裂。

半夜，李院生副领队带人到冰上探路，在冰裂隙处架上木板桥，并驾驶雪地车试运了一个集装箱的货物到达中山站，证明采取雪地车拖曳雪橇进行冰上卸货是可行的。

午饭后，Ka32 直升机飞行 15 个架次，吊运油囊、油罐、雪橇等，至内陆队出发基地和中山站。决定启用现在中山站的 240 雪地车，投入运货和输油管铺设工作，从护路人员中抽调 8 人协助油管布设工作，剩下的 8 名护路人员分两班，跟车作业，提高工作效率。集装箱中的货物太重，需扒箱作业，没有机动力量，王建国主任、王硕仁副政委、汤敬东医生等都冲上去。李元盛副领队充当了雪地车驾驶员。

晚 10 点，曲总驾驶一台雪地摩托车，前往中山站探察，了解冰上卸运物资全程的工作情况。这是曲总第一次驾驶雪地摩托车在南极冰面行驶，感觉冰面有许多冰丘雪沟、冰裂隙、冰上融水池区、中山站前登陆点的高坎，十分刺激。

孙波副领队、新任中山站站长张北辰、管理员郝俊杰、老站长韩德胜和度夏队中唯一的女队员刘婷婷，早已等候在那里。刘婷婷沏上普洱茶，韩站长准备了手擀面，越冬的厨师王琦做了面卤。胃口也有了，手擀面很香。于是想起在饭店要“手擀面”的笑话：服务员报告客人，“手擀面”的机器坏了！领班忙道歉：先生，“手擀面”的机器早修好了，马上就做！

吃着手擀面，听故事，真是开心！

随第二趟雪地车返回，抵达“雪龙”船已是凌晨 1:30。南极的极昼，夜间如白天一样，一边是不落的太阳，一边是升起的月亮，“日月同辉”的景象，在这里每天都可看到。徐碚感慨道，极地考察虽然面临许多风险和考验，但这奇妙的风景，只有我们才有幸领略啊！

突然有两个词跃入曲总脑中：“勇士”与“英雄”的不同。英雄应该是做出重大贡献的勇士，而勇士是成为英雄的前提，但勇士不一定都能成为英雄。他认为极地考察队员都可以称得上勇士，他们勇于做常人不敢做的事情，但要成为英雄，只有匹夫之勇还是远远不够的。

王建国主任报告：一台雪地车拖曳的一个运沙雪橇陷在冰缝中。李院生副领队已经驾雪地摩托车赶去查看，用雪地车拖曳很困难，告知直升机组立即备航，采取飞机吊运方式，先减轻雪橇重量，再将其拖出。雪橇陷入冰缝的原因，一方面是冰融厉害，另一方面是多装了 2 吨沙子，欲速则不达。

一个女人一朵花，三个女人一台戏。各个时代的各类名人，对女人有着各种传神的歌颂。还是毛主席对她们的评价最高：妇女能顶半边天！敢上南极的女人定有女丈夫气概，在那寂寒蛮荒的去处，没有如花女子的点缀，男子的神经便会因紧张而绷紧，甚至崩溃。这是科学，也是人学、人伦之学，女队员的贡献，天知地晓！

大洋队的几位女队员在食堂帮厨，女人做的饭，男人最爱吃。女人到了南极，会更加美丽和青春洋溢，渲染着那里的环境，感染、激励着那里的男人们。男人在女人面前会表现得更有能耐，更足的精气神！

李院生副领队决定停止冰上卸货，冰上融池太多，怕雪地车卡在冰中不安全。曲总认为，物资如不通过冰上卸货方式解决，采取直升机吊运，安全性更难保障，应该抓住时机，轻载卸运，特别是站上急需的科考设备。为此，曲总决定晚上同孙波、王建国、韩德胜、中山站队员程言峰、新华社记者徐硙，驾雪地摩托车到冰上再次进行探路测冰。

副队长崔鹏惠带人驾驶两台卡特车，用雪橇向内陆 50 千米处运送油料。但在返回出发基地时，在距目的地 3 千米左右的地方遇到了冰裂隙区，一台卡特车深深地陷在了冰裂隙中。李院生、孙波副领队带领内陆队员，乘 Ka32 直升机前往救援，但到半夜 10 点钟未果。可庆幸的是没有人员伤亡，提前发现了这一段冰裂隙区，否则重载车队一旦陷入冰裂隙，将会十分危险。

晚 11 点多，李院生乘直升机返中山站，介绍了卡特车陷入冰裂隙的情况，一侧的履带已经陷入冰裂隙，现场旁边发现了更宽的冰裂隙，难以将卡特车拖拽出来。如果失去这台车，内陆队的运载能力将大大降低，大约有 5 个雪橇的东西无法运输。曲总同李院生、孙波、王建国等研究，按照突发事件处置管理规定，附现场情景照片速报极地考察办公室；次日联系俄罗斯站，请求协助救援。

12 月 12 日上午 10 点，举行了第 28 次中山站越冬队同第 29 次中山站越冬队的交接仪式。由考察队临时党委办公室主任王建国主持，由张北辰站长和郝俊杰管理员一同升起第 29 次南极考察队的队旗。

12 月 12 日是个特殊的日子，千年一遇的“12、12、12”，就像队伍前进的口令一样，催人奋进。

下午 3：30，在俄罗斯站救援人员和重型车辆协助下，陷入冰裂隙中的卡特车被成功拖出。没发现损伤。

最后一批队员返船，已经是 14 日 4 点多了。

在此同时，度夏科考项目也在进行。来自黑龙江省地理信息测绘局的吴文会等人，连日的野外冰上作业，被紫外线照射灼伤的面部，像非洲人一样油黑，他们调侃自己本来就是“黑局”的人。冰裂隙随处可见，全地形车多次陷入冰裂隙，人被甩出车外，只能靠饼干充饥。经过几天的努力，终于完成了普里兹湾冰下深测绘任务。

中央电视台记者任文杰反映，新华社记者徐碰未经队上的新闻审查和批准，抢发内陆雪地车陷入冰裂隙新闻，造成新华社独家报道局面，导致中央电视台领导严厉批评了两位随队的记者，王建国主任再找徐碰提醒此事，并通过中山站张北辰站长提醒内陆队随队的海洋报记者高悦，重大事件发生的新闻稿，必须先报考察队，同时提交新华社、中央电视台记者共享，考察队方面有什么重大事件，新闻报道稿也由王建国主任负责向海洋报提供稿件。保持对外宣传口径的统一和同步，曲总也向综合队、大洋队、中山站越冬队和“雪龙”船提出了要求，未经批准，任何队员不得利用电话、邮件、短信等，向外发布考察队重大事件信息。

“世界末日”与“创世纪”

12 月 20 日早晨，海天一色，天海相连，天上飘着悠悠云朵，海面上漂着座座冰山。气象预报员王晶每天早晨都要按时起来观测天气，欣赏到了别的队员在睡梦中无法欣赏的美妙景色。有人预言明天就是世界末日了，而她感觉在

“雪龙”方舟上，迎来一个新世界的开始。曲总在她的脸上看到乐观、开朗、清纯的笑容。

这是一种审美的大愉悦，人的愉悦能够感染人，人的美丽可以美化环境，可以陶冶人的心境，美丽是人类的公共财富，就像天上的云霞和地上的鲜花。邪教分子预言2012年12月21日是世界末日，可这一天天气却是祥云飘冉，冰山如玉。

因为21日是所谓的“世界末日”，大家就称22日是新世纪的“元旦”。天开始阴沉，时而飘上一阵雪花，天空中的云层偶尔出现一块块天窗，天窗中透下来一束束光线，出现门帘一样的“雨幕”，云的层次，颜色瞬息万变。海面上奇形怪状的冰山飘飘游游，有的像一个平台，有的被海水和风雕琢，像一些动物匍匐爬卧。冰山、云朵、海鸟，和日月同辉，真是处处珍奇。

好日子连成一片，12月24日是圣诞“平安夜”，所有不在值班岗位的考察队员，在“雪龙”船三层甲板集中，配合录制中央电视台将于31日晚上《启航2013》迎新年晚会开始前播出的新年晚会视频素材。随后，考察队员列队齐唱歌曲《我相信》：

我相信我就是我，
我相信明天，
我相信青春没有地平线……

舱外刮着5—6级风，大家身着红色考察服，精神饱满，热情高涨。戈晓威用摄像机扫过每个队员的脸庞，留下了新年前的美好影像。船头的旗杆上，飘扬着第29次南极考察队的队旗，五层甲板平台的栏杆上，挂出了“祝祖国人民新年好！这是来自地球最南端的考察队员们，对祖国人民的新年祝福”的标语。

12月30日9时，“雪龙”船抵达罗斯海新建站预选区域，南纬74度59.142分，东经164度02.310分。9时50分，直升机从“雪龙”船起飞，盘旋一周后降落。曲总、王建国、张体军、吴文会、惠凤鸣、机械师吴利军即开始地貌勘测工作。李院生同李春雷，任文杰、戈晓威、徐砼三位记者，乘第二架直升机随后抵达，在一块大石前，拍下了“中国南极新建站选址纪念”合影照片。横幅是吴文会在国内事先做好的。勘测时意外发现曾有人到此勘测过的痕迹——发现两处地面留下了用红油漆涂成的红十字，两个小木桩和两根钢管，两根钢管正好在合影时撑起横幅。

这里的地形，像一把面向海洋的太师椅，亦像一个簸箕形状。对着海洋的尽头，是一道山梁，山顶覆盖着冰雪，似是长年不化。左面是无垠的冰架，右面是一道山脊，中间地带是一个冲积平原。山脚到左面的冰架下，发现有三个大小不一、由小到大的淡水湖，湖中有未融的浮冰，亲口尝尝，确信是香甜淡水，如在此建站，是一个重要条件。海水中游动着一群群企鹅。阿德雷企鹅分批跳上岸来，迎接外来客人，在离人很近的距离摇着翅膀打招呼。黑白分明，羽毛油亮油亮，活泼可爱，憨态可掬。在右面的山上发现，山梁下的海滩是一个企鹅栖息地，有着数以千计的企鹅，企鹅的粪便，把整个海滩涂成了红色，难怪从卫星影像图上，看这片海滩呈绛红色呢！

岸前的海上，已见不到一块浮冰，一座孤零零的冰山，晶明闪亮，2月份的卫星影像图上，就已发现这座冰山。距离岸边3海里以外，水深都在200米等深线上。靠近岸边的区域，缺少测量数据，但据船上放下来的黄河艇测量，近岸区域水深，可达30米以上。该地区地形决定，以南到西南风为主，船舶靠泊应该安全。

12月31日晚上，安排迎新年聚餐：一、迎接新年的到来；二、预祝新建站选址工作顺利开展；三、为近日过生日的队员祝贺生日。其中汤敬东医生的生日，就是元旦；中山站越冬队员王多民是12月21日生日，陈明剑的生日是1月12日，提前过。

晚餐丰盛，7时30分，在船上多功能厅，几天来文体组精心准备的迎新年联欢晚会拉开了帷幕。曲总首先传达了刘赐贵局长、陈连增副局长所做的批示和陈副局长、国家海洋局极地考察办公室等发来的新年贺电。

联欢晚会正式开始，闫涵和刘萧主持，卡拉 OK 歌曲演唱《你是我心内的一首歌》《故乡的云》《北国之春》《青花瓷》，小品《南游记》《“雪龙”好声音》，游戏“企鹅蹲”“COPY 不走样”，三句半《最牛 29 次队》，水手吴林的口琴演奏《啊，朋友再见》，曲总应大家要求唱了一首《我的中国心》，最后是大洋队的大合唱《歌唱祖国》。

午夜零时，曲总、李院生、王建国、王建忠来到了酒吧，同青年战友共同迎接新年的钟声，掀起又一次欢乐的高潮。是夜无眠，在南大洋熹微的白夜。2012 年过去了，“世界末日”的谎言破灭了，“创世纪”的舞步在“雪龙”号踏响。

在“世界末日”歌舞联欢，在“创世纪”的激情里开展新站选址，正是在创建南极科考新的世纪！

周游列国

元月 3 日午后，直升机将在选址地工作的张体军、李春雷接回，1 点随曲总前往附近的韩国新建考察站访问。直升机在韩国 ARAON 号破冰船飞行甲板降落，韩国基地研究所原所长金礼东博士和船长，已经在飞行甲板上等候。一行人在金礼东和船长陪同下，入船上小会议室。曲总将考察队纪念旗和一套瓷质餐具送给韩国考察队留作纪念。从直升机往下看，韩国新建站区面积约 12 万平方米，建筑面积约 4000 平方米，还计划在站区建设可供大型飞机起降的跑道。

韩国新建站南面 200 米左右，是德国的一个夏季考察站，每两到三年才会有人来此进行考察活动。再向南 5 千米处，是意大利考察站。再向南 350 千米，就是美国的麦克默多站——南极地区规模最大的考察站。韩国新建站离我新建站选址地大约 30 千米，岸外还有较厚的海冰，我们选址地岸边已经看不到一点浮冰。站区附近没有淡水湖，所用淡水全部采取海水淡化方式解决。

元月4日早晨，天光朗朗，直升机接上曲总、李院生副领队一行，访问韩国站的原班人员，飞往意大利站。

到达意大利马里奥·祖切利站上空，看到的站区规模令人震撼：光直升机起降用平台就有4个，码头上竖着固定吊车，站区建筑以集装箱拼接方式为主。为防大风，均采用高架结构，站上的机械车辆有几十辆，直升机三架，还有放在岸边移动架上的小艇。

意大利站负责人阿尔伯特在停机坪旁等候，引领客人来到控制指挥中心小会议室，同考察站运行指挥布鲁诺先生和后勤设施管理人里卡多先生以及女行政秘书见面。

据布鲁诺介绍，今年是意大利开展南极考察第28年，比中国晚一年。这个站建成于20多年前，最早只有一栋小木屋。站上最多可容纳108人，这是前往与法国共建的冰穹C站的中转基地。该站一年的运行保障经费约为1600万欧元。冰上机场可供运输飞机起降，每年10月底到11月初期间，都可以采用此方式运送人员到站，再用固定翼飞机通过美国麦克默多站运往内陆站，直升机是租用新西兰的，每年要租用4架供站上使用。

曲总代表考察队送上考察队纪念旗和一套中式餐具，该站站长送了一枚站上的纪念牌给他们。他们成了该站建成以来第一个来自中国的代表团，徐硙也自然成为到达意大利站的第一位中国女性。

他们详细参观了站区的各项建筑设施，飞行控制指挥中心，发电机房，通信机房，医务室，实验室，计算机房，库房，维修设备车间，堆料场，码头和水处理设施。阿尔伯特站长还送几张当地的地质测绘图给曲总，对于我们了解这一地区的情况和新建站具有很好的参考价值。曲总邀请他们来“雪龙”船访问，如翌日天气允许，就派直升机来接他们。

次日晚7点，直升机接来了意大利朋友：意大利站站长、指挥作业负责人、气象预报员、科考负责人等5人抵达“雪龙”船。曲总和李院生、王建国、王建忠、李春雷还有3位记者徐硙、任文杰、戈晓威在飞行甲板迎接。向他们介绍了我国开展南极考察的简要历程、“雪龙”船基本情况，来到“雪龙”船的驾驶台，他们被宽敞的驾驶室和驾驶、通信装备震惊了，因为驾驶室比意大利站的飞行指挥中心面积还要大两倍，而且装备先进，视野开阔，通信指挥能力很强。

在气象预报室，客人们听取了闫涵、王晶关于气象预报情况的介绍和接收的各类气象预报信息，同时留下了意大利气象预报网站信息，可以从中查阅有关的气象资料。

你来我往，你唱我和，互相羡慕，互尊互敬，有几分远亲的味道。人从相识到相知,需要时间与接触,而终于处成近亲的时日,便是南极合作精神的实现。

元月 17 日下午 3 时，在“雪龙”号多功能厅召开全体考察队员大会，报告了一个到澳大利亚参观访问的喜讯。我驻澳大利亚使馆大使将专程前来看望，霍巴特政府和塔斯马尼亚州政府及当地极地网络协会高度重视和热情安排。

对中国的南极考察来说，澳大利亚起着不可代替的重要作用，所以考察队在澳大利亚的外交、技术交流、后勤供应等等活动丰富多彩。元月 21 日上午，澳大利亚南极局的职员及有关朋友、华人社区代表等 30 多人上船参观，所有参观者对“雪龙”船都赞不绝口，华人朋友更是激动万分，希望为国家的南极考察队效力。

举重若轻，驾轻就熟的外交礼仪，严谨的分寸，优雅的举止，深入地沟通。在澳方人士的眼中，考察队就是中方南极政策、南极战略的代言人。

一条“冰芯”在玉壶

古诗所云“一片冰心在玉壶”之“冰心”，是指清莹圣洁之人心，而“玉壶”更指博大澄明之胸怀。我所写的“冰芯”，是指南极考察队内陆队，为科研而钻取的冰芯，这芯儿不论“片”，按其形状应该论“条”。因冰芯钻取于晶亮冰盖之中，美而喻之“玉盖”，也非牵强。

第29次队此次探极，钻取冰芯而究亿万年冰雪沉积层成因，是关键任务。元月13日，李元盛副领队接到内陆昆仑站崔鹏惠副队长电话，报告内陆队工作进展情况。据中山站报来的同内陆队的通话记录得悉，昆仑站科考项目已全面展开，钻取冰芯的钻架已经竖起，雪坑采样也已进行，冰雷达设备测试距离达到60千米，完成了10个点位的测绘，天文望远镜也进行了调试。昆仑站当地温度是零下34.7度，风速只有1—2米/秒。队员已基本适应了高寒、缺氧的环境。两天之后又接到昆仑站报告，至14日晚，已采集10米冰芯；冰雷达外出测试90千米，人员设备情况正常。

钻出10米冰芯是一个巨大的成功，自此便可十而百，百而千地钻探下去，钻透冰盖，全船全站全队皆大欢喜！

介绍昆仑队开启深冰芯钻探工程第一钻的信息，统一文字后，请王建国主任将新闻稿同时传发《人民日报》《中国海洋报》。

将卸运物资和选择站址与科学考察相比，前者是生叶开花，后者是金秋结果。冰芯的钻取已见成果，马上要到达普利兹湾，大洋队将进行调查作业，为此大洋队制定了具体的考察路线、点位计划。王建忠船长看过计划后，认为还需要进一步细化实施方案。

大洋队人多势众，对南大洋的调查，亦包罗万象：测风、测海、测气象、天象，生物调查亦在其中。《极地之声》报上，大洋队撰写的一篇《话说磷虾资源调查》，读来很长见识：

……磷虾资源评估目的不是抓虾，而是为了让磷虾不被“瞎抓”，要科学捕捞，通俗地说就是为了子孙后代都有磷虾吃，子子孙孙无穷尽，也叫可持续利用。以铜为镜可正衣冠，以史为镜可鉴得失，我们是秉持和平开发利用南极的理念来的，我们严格履行《南极生物资源养护公约》，为南极磷虾资源量评估、允许捕捞量控制、磷虾渔业管理等提供可靠的科学数据。正是一个负责任大国的行为。

本航次共展开磷虾拖网调查站点13个，其中罗斯海调查站位1个，是我国有史以来首次在该海域进行磷虾拖网采样，捕获磷虾数百尾，随航采集磷虾资源影像数据221G；高速采集器样品160个，普里兹湾浮游生物垂直网网样60个，分层拖网样品55个；水样246个、沉积物样品28份、底栖动植物样品42份、涂布包括南极磷虾共生菌在内的微生物选择性分离平板268个、获得微生物菌株220余株。最后一次捕获磷虾2200克。我们的工作，功在当代，利在千秋。

据中山站报告，昆仑队已撤回170千米。冰雷达进行了100千米范围的勘测，其余人员已经到达海拔3700米的地方。在连日东风的作用下，码头东部存在15座冰山，近岸200米范围内，存在大量浮冰和约40座大小不一的冰山。希望出现较强的西南风，把浮冰从岸边吹散。

元月29日，收到中山站发来同昆仑队联系的报告，冰雷达测试30千米。进行了较大范围的冰雷达测试工作。

中山站张北辰站长发来电子邮件，告知中山站编辑了站上报纸《南极之光》，丰富队员生活。内容包括：中山工作、生活故事、队员介绍、科普知识、散文随笔等，记载大家工作生活的点点滴滴，丰富大家的文化生活。

元月30日，中山站发来的通话记录显示，昆仑队已回撤353千米，最好在春节前能够返回中山站，和大家团聚过年。

总领队批准编印的《极地之声》报，登载了一批人文动态、科考信息。

登上报章的信息，粒粒闪光，颗颗饱满。其科技含量、文采光亮度皆称上佳。计有：《维多利亚地的测绘工作》《心在轮机·保“雪龙”动力》《西风带抢修“雪龙”主机》《实验室备战西风带》《忙碌的测深组》《中山昆仑站大断面冰川学考察完成》《冰雷达观测记》《海底地震仪，聆听南极脉动》，还有大量的“诗言志、歌咏言、律和声”的好诗美文，吟唱着审美心理细腻的、南极规定情境下的奇闻轶事。除选新站址之外，还有两件大事需借文详叙。其一是徐灵哲撰写的《中国南极千里眼》：

在遥远的南极冰盖最高点冰穹A（海拔4093米）上，没有冰山，没有海洋，没有企鹅，没有海豹，只有一望无际深达3000米的平坦冰盖。这里是寒冷之极，生命的禁区。但是，这里却有一个中国南极考察站——昆仑站。在昆仑站内，有一台中国自主研发的首台全自动无人值守60厘米口径的望远镜AST3—1，也是目前南极内陆最大的光学巡天望远镜。

从2009年1月中国在冰穹A上建立昆仑站起，每年都有天文工作者加入考察队，从中山站出发，乘坐雪地车，辗转20天，行程1000多公里来到昆仑站。昆仑站冬天的平均温度低于零下70摄氏度，夏天的平均温度低于零下40摄氏度。

冰穹A是世界上最平坦的地方，风一般不大，有利于望远镜观测的稳定性。南极的空气非常透明，几可媲美太空观测效果。另外，冰穹A是世界上温度最低的地方，极低的温度减少了望远镜本身发出的热量，提高了观测的灵敏度。南极还是地球上观测视角最大的地方，长达数月的极夜，可以不间断地观测。使得南极成为国际天文观测的热点。

AST3—1望远镜的一个重要任务，是寻找可能存在生命的行星，一台专门用于寻找系外行星的望远镜。另外一项任务是观测超新星。

在不久的将来，我国还要在昆仑站安装2.5米口径光学红外望远镜和5米口径的太赫兹望远镜。建成之后的中国南极天文台，将处于国际地基天文观测领先水平。

第二件，便是选新站首选之大项“水”。南极之水是圣洁之水，是银水金湖，韩红卫所撰文章《冰湖漫步——记新站址湖泊调查》，使我这个湖生湖长之人倍感亲切：

在神秘的南极大陆，探索未知湖泊是件令人兴奋的事，充满着冰川后退留下的冰碛堆积物，穿越乱石堆到达最远的湖泊，对站预选区域内较大的3个湖泊的水深、冰信息、面积有针对性地进行了调查。2013.01.01考察队员韩红卫和王威使用冰芯钻、手持电子温度计，对1#湖和2#湖做了采样和现场冰温测量。1#湖泊与冰川脚相连，湖泊为狭长形。2#湖是一个独立的圆形湖泊，湖周围是冰川后退留下的冰碛堆积物。1#湖泊采样冰厚165cm，2#湖泊采样冰厚215cm，样品重量20公斤。

在神秘的南极冰湖漫步，我们并不孤独，预选区内的阿德利企鹅见到我们都是远远迎接。在1#湖泊的调查时，一群阿德利企鹅突然从冰山上冒出，看到我们后从冰山上一溜滑下。这些可爱的精灵，在窥探这帮同样是两条腿行走的不速之客想干什么。湖泊边缘的明水区是企鹅的天然浴场，企鹅在里面游来游去，安然自得。冰湖漫步与企鹅共舞，这是多么艺术的画面！

各项工作开展均很顺利，只是长城站报告中，有一名队员由于长时间焦虑、失眠，已经由另一队员陪同，提前返回国内。

长城站俞勇站长又发来请示极地办电报：应智利极地研究所所长邀请，拟派人参加智利南极半岛考察航次或南设德兰群岛考察航次的请示抄报。曲同意。今后制定考察计划时，也要考虑邀请智利方面派人参加。这是涉及两国极地领域合作的大事。

从1日晚至2日晚19点，大洋队已进行了4个站位的取样调查。

据中山站发来的近岸海冰冰情报告，码头北部约有10座大冰山和约30座小冰山，其中大冰山长20—50米，高2—6米，码头东部存一宽约20米的浮冰区与开阔水域相连。

2月2日上午，大洋队作业释放一浮标时，操作人员由于旁边人插话而走神，忘记揭开密封条，致使抛入水中的浮标无法发出探测信号，“雪龙”船在抛掷点海面打捞未果。专家说，在海水的浸泡下，密封条会自动脱落，浮标将自行启动。一个抛弃式浮标成本大约在2万元左右，而搜寻打捞浮标花费的成本也大体相当。可见，工作上一丝马虎，都可能造成很大损失。但愿浮标能够自行开启工作。

下午曲总同王建国、王硕仁、李春雷和新华社记者徐硙一同到后甲板看望正在进行地质、生物拖网作业的人员，正赶上刚刚拖上一网。队员们如获至宝，在网上的一堆沉积物中挑拣着生物样本：有海参、海星、海肠、海绵、鱼、虾等许多生物，大都是活体。还有一块大石头，使地质队员大有了收获。有队员已一天一夜没合眼了。明天下午就可到达中山站了，那时由于浮冰和冰山的原因，将无法进行大洋作业，队员们可休整一下，恢复恢复体力了。

2 月 7 日上午 9 点，组织在船的考察队员到甲板平台上，中央电视台随队记者，要拍摄全体队员给全国人民拜年的视频。采访了大洋队高金耀队长后，曲总作了简短讲话，全体队员一起高呼：祝全国人民新春快乐，愿祖国明天更美好！

零点刚过，天空就纷纷扬扬飘起了雪花，民谚说"瑞雪兆丰年"，国内不少地方也在下雪……

秦岭伤痛

收到中山站电子邮件，报告长城站 2 月 11 日 9 点 30 分，站上越冬机械师彭秦岭，在协助智利空军站吊运集装箱和油罐过程中，起重机吊臂旋转中吊车突然发生侧倾（30 度），机械师在做出应急反应跳出驾驶室时，不幸意外滑跌，导致右大腿股骨中段粉碎性螺旋骨折。站上医生万文犁立即进行检查，发现伤者神志清楚，面色苍白，强迫体位，右下肢屈膝外展，大腿中部明显畸形，右下肢明显缩短，可触及明显骨擦感，医生立即给其右下肢固定。长城站站长俞勇第一时间赶至现场组织抢救，联系智利南极站卡车运送伤员，请在场的智利空军站人员联系智利空军站医院，在 6 名队员及站长、站医陪同下，1 小时后送至智利空军站医院经 X-ray 拍片，两站医生共同诊断，确定初期诊断结果正确，智利空军站医生对受伤机械师进行了右下肢皮牵引固定，同时进行了输液、止痛治疗，并建议尽早送出南极进行手术。

事故发生后，余勇站长在第一时间向极地办秦为稼副主任和极地中心李院生副主任报告，并成立了由站长、副站长、支部委员、医生、通信员组成的应急小组。事发两小时后，长城站收到秦为稼副主任来电，传达陈连增副局长“全力抢救伤员”的指示。俞勇站长立即同极地办派驻智利办事处的张福刚处长取得联系，请其协助联系医院和出站飞机，并安排两名队员陪护。伤员疼痛明显减轻，生命体征平稳，精神状态尚好。

晚10点30分，曲总与俞勇站长通话，知受伤队员在站医和一名度夏队员陪护下，已搭乘智利飞机飞往蓬塔的消息。

这件事幸亏发生在夏季，幸亏碰巧智利有飞机从南极返回，幸好事发时身边有医生及时救治，幸好没有造成生命危险，可以说是不幸中的万幸。

2014年7月14日上午，我在撰写这段悲情之时，通过朱宗泉大厨帮忙，联系到休养在厦门的彭秦岭。听罢他的诉述后，我要求他将前因后果，细节过程，当日所感，今日所思写给我。孤苦在家的他十分愿意，我也愿把一个伤者的呻吟转播给读者，以了解南极探索流血流汗、“要奋斗就会有牺牲”的现实：

我叫彭秦岭，家住厦门市翔安区，有个四岁女儿。我是响应厦门厦工机械股份有限公司号召，于2012年底参加29次中国南极科考的，属于后勤保障机械师。刚到长城站较忙，南极的夏天很短暂，只要有物资到达必须加班加点赶紧卸完。长城站附近有几个国外的站，俄罗斯、智利，因为他们没有大型的机械设备，所以他们的物资到达以后，都是请求我们帮忙，这时机械师是最忙的。因为物资到达的时候基本都是同一时间，经常连续干活15小时以上。我是春节刚过第二天晚上接到站长通知：智利站的考察船到了，第二天6点开吊车到码头，帮智利站卸油罐。据智利站上的队员介绍，该油罐大概有10吨左右，之前已经帮他们卸过几个了。把吊车启动起来预热检查，然后开到码头等船。等到早上9点多，开始卸油罐。油罐体积很大，起吊的时候都正常。把油罐往码头移动的时候，因为风大的原因，油罐摆动厉害（因为油罐是从海上起吊的，身边无法站人帮忙扶住，也没用绳子绑住）。这时候，车子往海这边倾斜，我把油罐往下放，可是还是没有接触到海面，因为当时起吊，要高过船舶边的栏杆，要不船舶无法开出。当感觉倾斜得很厉害了，我就从驾驶室往外跳，踩到码头上的冰，就滑摔倒地，导致右大腿股骨螺旋性粉碎骨折。在南极没有医院，必须转移到智利治疗。因为没有专业的医疗人员，在转移过程中是非常痛苦的，使得伤情二次受到伤害。到达智利边境的一个小城市，因为没有较好的医生，手术回来后，到国内医院检查，发现伤腿比好腿短了4厘米，必须重新做一次手术，要不以后走路会瘸。这次手术中大出血，差点死在手术台上。我老婆不得不辞去工作照顾我……未来的希望是我赶紧恢复健康，谢谢所有关心我的朋友们……

读了他的叙述，心里难过。叙述简短，但清晰。他怀着满腔希望争取康复。而当时送他到智利的情节，曲总的日记比他的自述更加详细：

……2月13日上午收到长城站发来的护送受伤出站情况报告，2月12日下午3点，飞机降落在智利蓬塔阿雷纳斯机场，4点抵达医院，6点办理完入院手续，随后进行诊断，与初步确诊结果吻合，并制定了具体的手术治疗方案，预计13日或14日实施手术治疗。至此，还在事发36小时之内，这是在秘鲁总统因长城站地区天气不好而未能成行的情况下，我们的伤员被及时救运出来的。

收到长城站俞勇站长的一周情况报告：各项工作有序开展，春节期间，站上邀请了智利空军费雷站、智利海军站、智利南极研究所、乌拉圭站、阿根廷站和俄罗斯站6个友邻站队员，及住在这些站上的巴西、德国、英国、西班牙和厄瓜多尔等国的考察人员，共计83人同长城站32名队员一起庆祝中国新年。韩国站由于海上风浪大未能派人参加，但也通过短波电台向长城站祝贺新年。

在丰盛的酒宴后，长城站队员表演了舞狮、舞龙、少林功夫、吉他弹唱、兔子舞等节目。国外队员也献上了各自的节目，智利队员表演了智利武术和巴西柔术，演唱了智利歌曲，巴西人跳起了桑巴舞，阿根廷队员跳起了探戈，节目中间还穿插了抽奖游戏。整个春节聚会还有两家外国媒体全程录像，一家是英国BBC纪实频道，另一家是巴西广播电视台。可以想象，长城站的春节聚会是多么热闹的景象。

中山站在一周情况报告中，同样详细报告了站上过春节的热闹景象，印度站、俄罗斯站、韩国直升机组队员的加入。

据反映，发现近期有的女队员和男队员之间，存在关系密切的情况，这种事情在过去的考察中也曾有发生。曲总认为：长时间单调寂寞的生活，异性之间产生一些吸引，对于青年人来说，也不是什么了不起的事情；但这毕竟是一支科学考察队伍，我们不希望由此产生感情纠葛，不能发生影响家庭关系的事情，请临时党委办公室王建国主任出面，通过大洋考察队和船长，提醒有关队员注意。

我钦佩曲总对这一事件的理解和近乎文明的、人性化的处理方法。时代在进步，已经适应了天时，理解了人性。在这片远离亲人、亲友、性爱，也远离了生成环境的南天门外，人们是以忍耐和忍受对抗了天性。看看那些九曲回肠，柔肠寸断的诗作，便可窥见“天上人间”思凡的牵念。“雪龙”水手许浩的一首诗叫作《我思念》：

我知道　慈爱母亲　为儿远行的担忧　雪原冰海往北眺　只能遥遥祈祷

我知道　亲密爱人　欠你温柔的拥抱　看企鹅观海豹　真情化作相思绕

我知道　可爱孩子　未能教你说话带你学跑　红嘴雪燕穿梭海面　似你顽皮嬉闹……

过罢了正二月又到三月，三月里有一个“三八”妇女节。备受曲总和考察队珍爱的“七仙女”享受“加餐”款待。临时党委成员参加宴会，王硕仁副政委代表王建忠参加。一条彩霞样的，印有南极地图的纱巾作为贺礼，使爱美的“七仙女”忍俊不禁。

也就在3月8日这一天，撤离的人员、物资全部运抵“雪龙”船。全体在站考察队员都可听到。“雪龙”船先后三次鸣笛，向中山站告别，掉头撤离中山站近岸海域。

这是一次光荣的凯旋。离开这片迷人海域的考察队员，怀着既留恋，又想家的矛盾感情，想象着与亲人的相拥，热忆着与战友的情谊。这是萌发诗情的时刻，何金海的一首《北航的日子》百味杂陈：

北航的日子，从冰块被撕裂的碎响声中，我们开始返航了。

北航的日子，一个接着一个的大气旋，我们忧虑着，回家的渴望更热烈。

北航的日子，“雪龙”穿越了西风带，我们的心里有花儿开放。

北航的日子，气温逐渐上升，那沉淀已久的思念也开始蒸腾，随着风儿飘到遥远的故乡。

北航的日子，跨越赤道的一刻，我们站到了妈妈的一边。

北航的日子，会突发奇想看夜里的天空，像儿时数着天上的星星，猜着哪颗在我房顶？

北航的日子，快到家了，哀愁却莫名地涌上心头，那是同志离别的兆头；

北航的日子，往日的镜头开始浮现，一段段亲人相见的欢呼，一阵阵队友离别时的感伤；

北航的日子，将会是逝去的曾经，一段人生宝贵的记忆。

早成硕果的《南大洋考察总结汇报》，已作为历史文件，由大洋队队长高金耀撰写：

本次南大洋考察是我国“南北极环境综合考察与评估”专项计划实施的第一个正式航次，也是我国历次南大洋考察中专业门类最全和任务量最重的一个航次，我们最大限度地保证了船时和海况的有效利用，完成了普里兹湾及邻近海域的大洋考察任务。自 2013 年 1 月 31 日傍晚正式开始，至 2013 年 3 月 6 日凌晨，历时 25 天半完成 6 个断面，64 个站位，舯部甲板 CTD 有效站位 63 个，生化水样采集有效站位 62 个，小型浮游动物拖网 26 个，回收、释放潜标各 2 个；后部甲板地质取样完成 41 站，后部甲板生物拖网作业完成 38 站，拖网 13 个，底栖生物拖网 15 个，磷虾拖网 10 个；地球物理专业完成重磁测线超过 2000km、地震测线超过 650km 和热流测量 3 站，投放 OBS5 个。

普里兹湾也是澳大利亚、俄罗斯、美国和印度等国家在极地资源环境调查研究上角逐的舞台，塑造一支高水平的我国南大洋科考队伍，提升了我国极地大洋科考水平。

这只是一个“节选”，但仅从“节选”的大数据里，已使人感知大洋考察从宏观到微观的环环链接。考察队勇士刘强、郑彦鹏撰写的《大洋队海洋地球物理调查》一文，有着较为形象的一段叙写：

海洋地球物理作业主要集中在后甲板，由于海洋磁力调查需要考虑船舶磁场的干扰，一般情况下使用电缆将海洋磁力仪拖曳在船后 3 倍船长的距离；海洋地震调查则需要在船尾 50 米以远位置布放 3 万焦耳电火花震源、右舷拖曳着 400 余米长的多道地震接收电缆，左舷拖曳着几十米长的高分辨率单道电缆。取得了 2000 余公里的磁力数据、全航程的重力数据、650 余公里的多道地震剖面和 3 个站点的热流数据，并且布放了 5 个长期观测 OBS，圆满完成了航次计划任务。

万般的辛苦又有旭日东升、冰山蓝天相映的兴奋，辛酸、苦辣与欢乐，尽在言之不尽……

船在航途，还要顶风冲浪，人在中途，业在中途，还要辛勤学习，这是中华儿女的秉性。“雪龙”翱翔于天海之间，云水之间，龙身里的龙子龙孙正开“南极大学课”课程，可谓五光十色：

首先由曲总作《第29次南极考察摄影比赛获奖作品赏析》讲座，来自中国极地研究中心南北极教据中心的吴昊作《第29次南极考察极地科学数据与样品资源管理与共享》的专题讲座。就第29次南极考察数据收缴汇总和样品集中管理等提出了要求。王硕仁副政委作了《新雪龙新征程新业绩》的讲座，不仅详细介绍了“雪龙”船的基本结构、主要参数和主要装备配置情况，而且介绍了“雪龙”船船员队伍的组织结构、“雪龙”船自1993年从俄罗斯乌克兰造船厂购入以后进行的两次改造情况、“雪龙”船历任船长情况，本次执行考察任务的行程及取得的成果。

来自上海海事大学的周明华老师，为此次“雪龙”船的大管轮，作了《现代轮机新技术应用和发展》的讲座。他的一句“先进的技术不成熟，成熟的技术不先进”，让曲总产生许多联想和担心。

4月5日上午10点左右，“雪龙”船从台湾东北部穿越琉球群岛进入我国近海航行时，日本的一架PC—3型固定翼飞机飞临我“雪龙”船上空，盘旋侦察3圈以上。每年我们的“雪龙”船返回经过此海域时，日本都会派飞机飞临侦察，以示对其海域的管辖权。

因为笔者在2013年10月，参加“雪龙”号海试之时，亲眼见过这厮贼头贼脑扰闹我们，所以还希望我们的飞机，也在倭人家的船头低空盘旋一阵，以获得谁也不怕谁的感受！

十三、北极之光

北极五考多友人，
领队便是杨惠根。
龙兵吟唱谁作词？
当属政委王硕仁。
“雪龙”“海试”访二君，
俯拾即成七彩文。

青岛白龙

7月2日，中国第五次北极科学考察队乘坐“雪龙”号极地科学考察船，从青岛奥帆中心码头正式起航，踏上了为期89天的北极科学考察之旅。

在青岛奥帆中心码头，各界人士举行了隆重的欢送仪式。国家海洋局局长刘赐贵，向第五次北极科学考察队领队杨惠根授考察队队旗。杨惠根——1992年，获武汉大学博士学位，入中国极地研究所任助理研究员。1994年3月，杨惠根被派往日本“昭和”站学习，在该站越冬。

生有“惠根”的小杨专家，与日本专家和睦相处，相互尊重。顶班值日，独当一面。日本同行对他的评价是聪明、勤奋、好学、善解人意。而后成为“日本京都大学访问学者”。1998年3月，当第一批中山站观测数据出来之后，他又去日本国立“极地研究所”，做了两年的博士后。

中国北极黄河站的极光观测台建在挪威，杨之团队撰写的极光观测科研论文，发表在美国的科学杂志上。那时，从事该项科考早行多年的日本尚无此绩。由此，杨惠根慧根发芽，逐渐成长为中国极地空间物理研究的领头人。2000年，任中国极地研究中心极光研究所所长。2007年，升任极地研究中心副主任，一次次成功的积累之后，终于接过了“中心”主任的责任。

2012年8月30日《北极之光》报载《我国将与冰岛合作建立极光观测台》：

日前，中国极地研究中心与冰岛大学在第二届中冰北极科学研讨会期间，签署了合作备忘录，计划在冰岛北部，建立中冰联合极光观测台，有助于填补我国夜侧极光观测空白……

杨惠根说：“极光是太阳活动产生的太阳风、等离子体与地球大气相互作用产生的极区大气发光现象，我国已在南极中山站和北极黄河站建立极光观测台，开展了地球日侧极光南北共轭观测……”

主持这次科技合作的领军人物便是杨惠根。唯有这种层面的合作，才能使世人对中国高看一眼。双方之心态，才有了求仁得仁、合力得力的谐意。

在中国第五次北极考察队 118 名队员中，虽有许多“老极地”科考人，但也有 1/3 的队员是第一次登上“雪龙”船，第一次参加极地科考。一对身穿新婚礼服的新人格外引人注目：因为新娘子就是中国第五次北极科考队队员、国家海洋局第一海洋研究所博士厉丞烜。

7 月 1 日晚，脱下新娘装的厉丞烜穿上科考队队服，正式归队。第二天就和船上 117 名队员一起，告别祖国，走上漫漫征途。118 名壮士赖以生活、生存的家就是这条“雪龙”。龙体的康健、矫健是举国举家的祈望。自青岛开航，轮机部就没有停歇过。机舱全面清洁、油漆，对各种机器设备维护保养抢修。

7 月 3 日，“雪龙”船的真空马桶出现系统瘫痪。机舱平均每天要接到 3 个以上的马桶维修任务。

7 月 4 日傍晚，值班机工发现，海水总管道一处漏水严重。机匠长带领铜匠，迅速投入紧张有序的抢修工作中。

7 月 6 日凌晨 4 时到 8 时，值班的人发现三号空压机工作异常，二管和大家一起连续作业 10 小时，才完成了对三号空压机的维修。二管又投入下一轮的值班。

7 月 4 日，“雪龙”船驶入日本海。平静的海面仿若一面镜子，不见任何过往船只。中午时分，“雪龙”船后甲板上迎来了一群特殊的客人——海鸥。这群可爱的小家伙们，时而发出歌儿般的鸣叫，时而在空中盘旋几圈，划过水面，时而停在起吊架上休息，久久不愿离去。海鸥的歌声引来了多位队员，纷纷举起相机，拍下它们活泼的身影。我们摆好姿态合照。

2012 年 7 月 7 日 17 时，为躲避温带气旋，“雪龙”临时停船。考察队决定：利用停航期进行海试，以检验仪器设备、磨合队伍。

19 时 30 分，海试作业正式开始。最先作业的是考察队水文组。科考队员通过滑轨将大型 CTD 推到甲板上，再用绞车将 CTD 缓缓放入水中，30 分钟后，CTD 被送入海下 1500 米深处，进行取水作业后，再拉上来。紧接着，船艉部甲板上，地质地球物理组的几名队员也利用万米绞车，将重力取样器放入水中，并获取了 1500 米深的海底泥样。各学科组均完成了既定项目的实际操作与实验。

经过 8 天航行，“雪龙”号极地科学考察船于 10 日下午 15 时 30 分，抵达白令海阿留申群岛附近海域预定站点，开始了第五次北极科学考察第一个调查站位的观测与取样。

白令海是太平洋沿岸最北的边缘海，介于 66° 31′ N，51° 22′ E 之间，海区呈三角形。北以白令海峡与北冰洋相通，南隔阿留申群岛与太平洋相连。位于太平洋最北端的水域。它将亚洲大陆（西伯利亚东北部）与北美洲大陆（阿拉斯加）分隔开。1728 年，丹麦船长白令航行到此海域，因而以他的姓氏命名。

白令海面积 230.4 万平方公里，海水体积 370 万立方公里，平均水深 1636 米，最大水深 4773 米。并经白令海峡连接北极海。美俄国界即在白令海和白令海峡上。1648 年，俄国探险家杰日尼奥夫率船队首先来此探险。白令海域蕴藏着丰富的水产和矿产资源。有鲑、鲱、鳕、鲽、大比目鱼等，极具经济价值。岛屿也是海狗、海獭的滋生地。北部海区海象、海豹、海狮分布在北部区域。

在强烈温带气旋影响下，白令海波涛汹涌，海上平均风力为 7 级—8 级，涌高 4 米，气温只有 6 摄氏度左右。停船作业时，“雪龙”船上下颠簸、左右摇晃，船体摇摆倾角达到 15 度左右。

载有两个电火花源的设备很快被推上船艉作业区，吊挂在巨大绞车钢缆上，缓缓放入大海。这套设备将有助于建立适合极地海区的观测系统。

未来 7 天内，考察队将在白令海一站接一站地连续调查 38 个站位，进行海洋物理、化学、水文、大气生物、地质等方面的综合观测和采样。

关于中国科考队北极调查之目的，我国的屡次声明与科考队公报内容详尽，世界各大媒体对此的关注，并不比我们的“海迷”“军迷”稍差分毫：据《世界新闻报》8 月 15 日报道，中国试航北冰洋航道，路途缩短但需向俄交过路费。

又据【法国《世界报》网站2013年8月25日文章】题：中国有条不紊地筹划延伸海上航线……

2012年7月下旬，“雪龙”号沿着俄罗斯核动力破冰船的航迹——所有外国船只都采用这一做法，第一次成功穿越北极东北航线。这对中国人来说是一次试验航行。

但是，尽管更加低调，“雪龙”号的返程却更加壮观。事实上，“雪龙”号选择了一条更为靠北的路线，超出了俄罗斯的管辖范畴。在国际海域航行，就可以无须征得俄罗斯的同意。

这一成功之旅大大鼓舞了中国人。据中国媒体报道，到2020年，中国5%至15%的海上贸易将选择北极航线。到目前为止，中国90%的对外贸易要靠海上运输，欧洲是中国最大的贸易伙伴。据《中国日报》援引相关专家的分析报道，如果中国10%的对外贸易选择了北极航线，将为中国省下近7000亿美元，因为这一航线将从航行距离、时间、燃料和工资等方面节约大笔开支。

中国对这一航线的关注由来已久。今年4月，中国与冰岛签署了一个涵盖范围非常广的自由贸易协定，这是中国与欧洲国家签署的第一个自贸协定。此前，中国还和冰岛签署了《关于北极合作的框架协议》。2012年8月16日，中国第五次北极科考队乘“雪龙”号极地科学考察船所抵达的也正是冰岛首都雷克雅未克港。明眼人一看就知道，中国打算把冰岛当成其未来设在北极地区的一个基地。

在国际方面，中国一直在努力试图进入北极理事会——这是一个由加拿大、丹麦、芬兰、冰岛、挪威、瑞典、俄罗斯和美国八个北极国家组成的非正式论坛。

中国深知自己的经济实力十分巨大，在这方面如果表达出过于强烈的意愿，反而容易引起别人的猜疑。因此，中国选择了一种柔性的方式进入北极理事会。中国在一步一步向前走，但同时十分小心，生怕引起他人的担忧。

聪明的西方记者言及世人皆知的“雪龙”，以及中国的经济实力、军事意图。这在提醒我们低调的同时，也在提振我们的信心和诗人的骄傲！

“西半球”和“北极圈”

7月14日22时02分，正在白令海作业的“雪龙”船，缓缓漂过了东经180°，正式从东半球驶入西半球。虽然要停船作业，但受洋流的影响，仍然缓缓地向西漂移，最终越过了180°经线，实现了从东半球向西半球的跨越。

180°经线也是国际日期变更线的位置。从西向东穿过这一变更线，时间不变，日期向后拨一天；从东向西穿过这一变更线，日期向前拨一天。在白令海北部和白令海峡，变更线就是不规则的，因此“雪龙”船早在两天前就越过了国际日期变更线。

“雪龙”船从青岛驶离后，一路向东，经度也在不断地增加。隔一两天就会拨快一个小时，以便大家的生物钟能日出而作，日落而息。然而，队员的时差还是倒不过来，依旧活在北京时间里。晚上睡不着，白天醒不了，经常把早饭时间错过。

从7月10日科考队开始定点作业起，队员戏称又多了另外一个时间，那就是“站时”——定点站位作业的时间。在白令海，科考队要进行27个站位的作业，一个站接着一个站，到站的时间是不规律的，有时是凌晨三点钟，有时是早上七八点钟，还有时是晚六七点钟。密密麻麻的做站观测采样，如同行军打仗，队员们一有时间就睡觉，即便是一两个小时也觉满足。被打乱的生物钟加上断断续续的睡眠，让人忘记了时间的界限。很多队员在“做站”中边试验边调整，把“做站”称为“作战”，真是一场耐力和意志的较量！

闯入北极圈

从 7 月 15 日下午 2 时起，在西经 178°、北纬 60°附近的大陆坡海域，科考队海洋生物组进行了底栖生物拖网作业。由于大陆坡海域最深才 200 多米，从第一次底栖生物拖网作业开始，到白令海区最后一个站位，林和山和他的队友在两天多的时间里，共拖了 14 次网，体力和精力严重透支，但是，所有辛苦与疲倦都被收获的欣喜冲淡。

7 月 15 日，后甲板聚集了三四十人，要进行底栖生物拖网作业了。“雪龙”船周围数百只的海鸥盘旋，说明这片海域有很多鱼。下网、拖网、收网，40 分钟后，大家见到了本次北极科考拖上来的第一批底栖生物样品：大个儿的松叶蟹、粉红色的海葵、比脸盆还大的海星、活蹦乱跳的海虾、有剧毒可致命的鳐鱼……如果不是亲眼所见，队员不会想到在北冰洋的入口白令海里，有着如此丰富多样的生物。

长腿的螃蟹堆成了小山，海螺、海星、小虾以及各种各样不知名的生物红红绿绿，甚是壮观。林和山、宋普庆等人忙着分类拍照，统计生物种类和数量。

由于作业海域不同，第二次拖网打上来的主要是蛇尾以及一些小虾小蟹和各种螺类。可在分类的时候，宋普庆发现了一条小狮子鱼：鱼身上生着好看的花纹，和之前打捞上来的狮子鱼不一样。他说这是一种鲜见的狮子鱼，要拿回实验室研究分析。

北极的生物世界永远充满神奇，超乎想象，每次海底起网，都能找到不常见的极区生物：脸盆大的黄腹鲽、长腿的松叶蟹、长在海螺上的柱状海绵、色彩绚丽的冷水珊瑚，还有连成天与海底生物打交道的林和山都叫不上名字的大海螺……

当地时间 8 月 2 日 22 点，“雪龙”船穿越巴伦支海后，抵达北冰洋、大西洋扇区第一个海洋调查站点。这标志着由国家海洋局组织实施的首航东北航线任务已顺利完成。

"雪龙"船首航东北航道，先后穿越5个北冰洋边缘海：第一阶段从7月22日至30日，"雪龙"船接受俄罗斯引航和破冰护航，穿越了楚科奇海、东西伯利亚海和拉普捷夫海；第二阶段从7月30日至8月2日，"雪龙"船离开俄护航编队独立航行，穿越了喀拉海和巴伦支海。

在所有科考仪器设备中，最金贵、最受宠的莫过于CTD（温盐深仪），几乎每个站位CTD都要作业。

由于"雪龙"船船身巨大，高高在上的甲板面给科考作业带来了麻烦。将自重达到近一吨重的CTD移到船舷边，以前是靠至少4个人的力量将CTD抬到车上，经常出现仪器侧翻的现象，不仅耗费人力，也增加了作业的危险性。

本次北极科考，定制了一个4轮滑车。把CTD放到滑车上。穿上"旱冰鞋"的CTD便身轻如燕，两个人就可以轻松地将滑车推到舷边。

北京时间7月18日7时44分，中国第五次北极考察队的"雪龙"船，从西经168° 55′穿越北纬66° 33′，正式进入北极圈。天气越来越冷，随时都可能遇到浮冰。为调节走航作业产生的疲劳与枯燥，提醒队员们警惕浮冰，"雪龙"船开展了有趣的海冰竞猜活动。

为了找乐子，不是理由也是理由：厨房里传来命令——因为进入了北极圈，大厨要改善生活，号召大家来帮厨！真是欲加之乐，何患无辞！

一讲到"吃"，馋虫大动，叫作两条腿的不吃活人，四条腿的不吃板凳！便是那千条软腿的面条，也有人编成唱词《消夜归来》，词曲仿《打靶归来》：

每到半夜不想睡
就找大厨把面炊，把面炊
热汤炸酱加肉丝儿
馋得队员流口水
馋面的队伍排成队

吃了一碗想两碗
抚肚抹嘴上床睡，上床睡
今天吃过想明天
大厨的工作翻了倍

面条美味，工作翻倍。进了北极圈，对北极的理解也应加深几倍，有资料诠释《北极，是资源的宝库》：

北极地区独特的景观与文化的融合，构成了这一地区神奇的“旅游资源”和“探险资源”；北冰洋东北航线和西北航线的开通，以及现存的空中航线，属于“交通资源”的范畴；使北极成为地球顶端的一个天然实验室，应称为“科学资源”；它左右着全球增暖过程，对于全球环境变化来说是一种“环境资源”；北极地区特殊的文化背景，形成了世界文化宝库中的“文化资源”；北极地区特殊环境下北极的人种和物种均可归入“基因资源”。这是广义的资源。

还包括人们通常所指的可更新资源和不可更新资源。可更新资源主要有：水资源、生物资源、土地资源、太阳能、风能、水电资源等。不可更新资源主要有石油、天然气、煤、金属和非金属矿产等，这些是狭义的资源。

7月20日8时，中国第五次北极考察队在北纬70° 30′，西经162° 48′遇到一条浮冰带，距船大约4海里，这是本次北极科考首次遇到的浮冰。下午两三点钟，随着纬度的增高，在“雪龙”船四周的海面上，零零散散地漂满了大小不一、形态各异的浮冰，大的足有足球场大小，小的只有一两平方米。有的好似欲展翅飞翔的白天鹅，有的却像一座漂浮海面的象鼻山……在海水和海风的雕琢下，一件件晶莹剔透犹如水晶工艺品般的浮冰，向人类展示着大自然的神奇魅力。

清冰、蓝水、阳光下的彩冰，美丽而带刺的玫瑰冰啊！

7月26日，经过了4天艰难的破冰之旅，在俄罗斯破冰船的引航下，“雪龙”船经受住坚冰考验，穿越东西伯利亚海冰区，安全顺利地驶出北极东北航道的东西伯利亚海冰区，向拉普捷夫海挺进。

如若站在船头，目光所及之处，冰与海平平静静，海流冲击冰块的声音，一股一股，好似泉声。走在编队最前面的是俄罗斯“VAYGACH”号破冰船。在这艘破冰能力名列全球前十名的核动力破冰船的带领下，其他船舶顺着破开的水道，亦步亦趋。“雪龙”船排于船队第四，前面两艘船分别是芬兰籍“STENA POSEIDON”号和巴拿马籍“NORTIC ORION”号散货轮，后面是刚刚加入编队的俄罗斯船。5艘巨轮浩浩荡荡，在冰里寻找着较薄的区域，小心翼翼地闯荡。

散货轮经过的海冰上，发现了红色的斑迹，与白色的冰面形成了鲜明的对比：是坚硬的海冰把船上的油漆蹭掉了。“雪龙”船是具有抗冰能力的破冰船，船身涂有一层玻璃鳞片漆，柔韧性非常强，坚硬的海冰也不会把漆刮下来。

对于越海穿冰的描述，首席科学家马德毅先生笔下生辉，文章为《北冰洋西行随笔》：

> “雪龙”船航行在俄罗斯西伯利亚广袤大陆北侧的海面上，与岸线忽即忽离，一直向西。从弗兰格尔岛到北地群岛，这条西行的科考船，勾勒出一条优美的东北航迹的弧线，直指大西洋……
>
> 舷窗玻璃糊满冷凝的水汽，让人憋闷，远眺冰海，令人油然而生对上帝的敬畏，摄人魂魄的美。船在冰的狭缝里缓缓游走，天与冰原相接。大海凝固了，白昼定格了。地质学家说，水是一种矿物，冰是一种岩石，说得很是冷静。不过在文学的词汇里，却有一些赞美冰凌的很文气、很浪漫的说法，如“冰清玉洁”，“一片冰心在玉壶”。这词儿听了就让人怜，把个冰说成钻石宝玉，水晶银锭，北冰洋的冰石可是铺天盖海，冰玉联袂！
>
> 北冰洋的冰，大气大美，千变万化，千姿百态。有的由多块浮冰整合而成，受潮流的暗涌鼓动裂隙，冰面出现纵横交织的缝合线，看上去就像

汝窑瓷器一般。裂隙如在两侧，冰体水平位移的方向，就会形成冰间湖。那相向而来的，则会在裂隙处顶托隆升，堆叠成冰脊。冰脊耸上冰面，蜿蜒而去，犹如卧在冰海的巨龙！又有冰面包水，融蚀出许多的积水凹洼，即所谓融池，星罗棋布的融池晶莹剔透，像镶在冰面上的蓝色宝石。还有的冰面以水包冰，大小不等棱角的、浑圆的冰体包在海水中，顶着雪帽，放眼望去，就像东北初雪后的湿地——大片清水盈沐着草甸，冰雪融化后，一片葱茏。北冰洋融冰，多会出现冰藻。它就在琼玉的中心，融冰时的水华，是它讴歌生命的一瞬。

北冰洋的蛮荒是大美，冷凝是魅惑。北冰洋的道行博大精深，身手挥斥天宇。几百年来，她吸引了多少弄潮游侠亲近她、追求她，但她的冷峻、自负，令我们 Chinare 5 的龙兵，好似当年的唐僧取经，也千辛万苦，千难万险，却又千惊万喜、千欣万慰！

冰行花絮

“雪龙”昂首北行。

越往北走，冰层越厚，大都是多年冰。除有雪白的冰，蓝色的冰，更多的是灰褐色的“脏”冰，而“脏冰”之身世至今是谜。

“蓝冰”在南北极地区较为常见。在极区的寒冷世界，雪年复一年地积累起来，由于常年狂风大作，雪花在风中飞舞碰撞，渐渐磨去棱角，变成面粉一样精细，形成风积雪。雪一层层覆盖，随着深度和压力的增加，新雪渐渐变成由细小冰晶组成的粒雪。到 70—100 米深时，雪之晶体互相融合，颗粒之间的空气，被压缩成一个个独立的小气泡，变成白色的气泡冰，或称新冰。当埋藏深度超过 1200 米时，巨大的压力，使新冰中的气泡消失，气体分子进入冰晶格，细小的冰晶体便迅速融合，扩大成巨大的单晶，最终形成坚硬的蓝色老冰，这叫作蓝冰。这便是大自然的神奇造化！南北两极的蓝冰，让笔者心醉情迷。

而“脏”冰又是怎样形成的呢？各种解释众说纷纭。考察队的海洋生物学家称，海洋中有一种叫作冰藻的黄褐色生物，分布在海冰中部或底部。在南极也能看到这种脏冰，但没有北极多，南极脏冰主要分布于冰山边缘，颜色也较浅。

还有一种说法，脏冰是人类痕迹的表现。北冰洋周围是人类居住的大陆，沙尘、大气等陆源物质会流到海里。

7 月 28 日下午 3 时 5 分，正在舯部甲板作业的科考队员王晓宇大声呼救：“右舷有人落水了！”随即将船舷边上的救生圈扔向人员落水的地方，听到呼救声的科考队员李涛，立即向驾驶室拨打了报警电话。

船长拉响了警报。杨惠根广播宣布：“现在停止一切科考作业，全队进入救生应急状态！”应急救援指挥部执行指挥王建忠立即宣布：“指挥部人员就位，直升机组、应急备航人员和救援组就位。”

直升机组准备就绪，担架、救援物资也及时到达后甲板机库。指挥部下令：直升机起飞，搜寻落水人员。根据搜寻位置，救生小艇找到落水队员，将其救回“雪龙”船，落水队员被救援组的担架抬回抢救室。哈！原来这是“雪龙”船、考察队和机组联合进行的救生大演习。

8 月 4 日 10 时 40 分，随着重达两吨的锚锭入海，后甲板上掌声和欢呼声同时响起，历时 3 个小时的大型浮标布放任务终于圆满完成，这是我国首次在极地地区及深远海成功布放大型海气耦合浮标。

大浮标由标体和缆系组成，缆系长近 3800 米，共有传感器链缆、悬浮缆、耐压浮球、张紧缆、拖底锚系五大部分组成，3000 多米的缆系，用了 2 个多小时才放完。

最后，系有 2 吨重锚锭的锚链靠重力沉入 3200 米的海底，锚锭在入水时溅起了十多米高的浪花。现场响起了热烈的欢呼声，首席科学家马德毅和考察队领队杨惠根也相拥庆贺。大浮标采集和监测到的各项数据，已被实时传回远在中国青岛的实验室内。

北京时间8月14日零时，“雪龙”船抵达北纬62° 10′、西经19° 70′的冰岛附近海域，开展科考作业，这是我国北极科考和我国海洋调查首次抵达北大西洋。

锅炉水化验中发现盐度异常，老轨和三管轮分析研究，判断是大气冷凝器出现海水渗漏现象。7点30分，在老轨的指挥下，白班人员开始抢修大气冷凝器。机匠长用气焊对螺丝进行切割手术，几小时过去，海水冷却管和蒸汽回管终于被拆解开来。试验作业时，又发现大气冷凝器中的一根海水管渗漏，但细小的海水管一根根嵌在大气冷凝器中，不能拆卸，机匠长迅速赶到机修间，现场用车床制作了堵漏闷头。时间恍惚，在机舱忙着作业的人们，忘记了晚餐。晚11点半，整个抢修工程才圆满结束。

“腰酸背痛啊……”回到宿舍的曾凯旋叹道。“背痛腰酸啊！”大家反唱一遍。煮人肉的16个小时，人早被热汗泡透……何金海的诗行里，热烈赞颂一个“你”字：

你疲倦的双眸
仍然放出坚韧的光芒
反照着
窗外雾气蒙蒙的冰洋

你酸痛的双手
仍然充满无穷的力量
飞舞在
冒油烟的机房

你晶莹的汗水
犹如一颗颗珍珠
散落在机舱

洒进那火热的“雪龙”炉膛

你宽大的肩膀
托起探索真知的梦想
你热烈的胸膛
保障了
“五北”安全的远航

温热的冰岛

预计8月16日，“雪龙”船将停靠雷克雅未克港，开展为期4天的访问活动。

应冰岛共和国总统奥拉维尔·格里姆松和冰岛政府的邀请，“雪龙”船先后访问了首都雷克雅未克和第二大城市阿克雷里。

位于冰岛北部的阿克雷里，是一个美丽的港口城市——北冰岛省省会，号称冰岛的“北方之都”，位于滨埃亚峡湾左侧。人口1.5万。渔业发达，资源丰富，被人们称作冰岛北部的“雅典”。阿克雷里的夜半太阳，可谓当地的一大奇景：每年六七月份，这里终日可见太阳。最吸引人的还是四周的米瓦登湖，有络绎不绝的游客。阿克雷里有地球上最北部的植物园，园里种植着冰岛各地及其他国家移植来的2000多种花草树木，其中有中国的菊花。又有“北极圈边的花园城市”的美誉。

米瓦登湖边有一个冰岛最大的火山口，附近有一片温泉区，水温常年保持在27℃左右，可终年洗浴。温泉以东有一片热气田，裂缝中喷着热气，温度达200多度，可以发电，是重要的旅游胜地。

全体考察队员应邀参观总统官邸，收到总统赠送的一件具有深远含义的陶瓷艺术品——“破冰之旅”，寓意“雪龙”船访问冰岛，领队杨惠根和首席科学家马德毅代表考察队，向总统及夫人回赠了全体考察队员签名的队旗以及科考队员亲手绘制的总统肖像。

冰岛总统格里姆松在官邸欢迎中国考察队员，并与苏格大使、杨惠根领队，首席科学家马德毅、船长王建忠合影留念。这是一位高大、健壮、温文尔雅的总统，举手投足都有十足的绅士风度。他捧起队员为他绘画的肖像，与大家合影，礼貌周全而适度。

此后，“雪龙”船又在雷克雅未克和阿克雷里分别开展了公众宣传活动，风景如画的雷克雅未克，在天光海光的照耀下光彩熠熠，它是冰岛的首都，位于冰岛西部法赫萨湾东南角、塞尔蒂亚纳半岛北侧，是全世界最北的首都、冰岛最大的港口城市，西面临海，北、东面被高山环绕，受北大西洋暖流影响，气候温和，全市有人口 114800 人，面积 274.5 平方千米。

这里拥有许多温泉和喷气孔，“雷克雅未克”，冰岛语意为“冒烟的城市”。冰岛人早在 1928 年就在雷克雅未克建起了地热供热系统。地热为城市的工业提供了能源，看不到其他城市常见的烟囱，天空蔚蓝，市容洁美。每当朝阳初升、夕阳西下，两面的山峰便现出娇艳的紫色，海水变成深蓝，使人置身画中。状似水晶球的珍珠楼，是首都热水供应公司建造的半球形建筑物。

因为人少，公路上奔驰的公共汽车，往往是司机一个人在过“车瘾”。入冬以后，山巅覆盖着白纱似的积雪，分外壮观。建筑多为红绿色彩，美不胜收。市区里温泉很多，热水到用户家中还能达到 90℃。

雷克雅未克市市政厅建在一个方圆 2 公里的湖面上，当地人称之为“鸭子湖”。在温暖的夏季，成千上万的天鹅、野鸭等水禽聚居与此。而在寒冷的冬季，鸭子湖会排放温度适宜的热水，供水禽们过冬，湖面上的飞禽摩肩接踵，繁若闹市。科考队员亲眼见证了“世外桃源”或“香格里拉”的景象。在实现中国梦的图景中，印记了有模有样的参照！

8 月 17 日下午，“雪龙”船迎来了冰岛共和国总统奥拉维尔·格里姆松和第一夫人，中国考察队领队杨惠根、首席科学家马德毅、船长王建忠、中国驻冰岛大使夫妇出席活动，热烈欢迎了贵宾。

面对排水量两万多吨、世界知名的极地科学考察船——“雪龙”号，格里姆松总统表现出了极大的兴趣。他观看了中国北极研究进展的电视片，察看了“雪龙”船船舶科考装备以及生活设施。又饶有兴趣地询问了将在上海建立的中国—北欧北极研究中心构想，以及未来北极的主要科学研究方向。

“雪龙”船宽敞明亮的驾驶室，给格里姆松总统留下了深刻的印象，他好奇地问：“为什么这么大的空间？”“晚上可以在这儿跳舞！”中国驻冰岛大使苏格先生风趣地回答。

20日晚，第五次北极科考队和“雪龙”船结束对冰岛为期4天的访问，离开冰岛阿克雷里港。冰岛总统格里姆松日前在总统官邸接受记者专访时表示：一艘中国破冰船穿越东北航道来到冰岛，不仅对两国，也对全人类具有里程碑式的意义。

在格里姆松眼中，冰岛不仅是观察极光的极佳地点，也是研究海洋环流、冰川融化、渔场迁移、火山活动的重要位置。在许多方面，冰岛都是“地球的一个实验场所”。他说，在这些方面合作，能够增进对地球的理解。

谁不夸赞家乡好？一个世外桃源式的文明国家的文雅总统，有资格骄傲，也有理由梦想。他不怕“不速之客”扰闹冰岛安宁，而期望做一个海上交通枢纽和方便世人的服务站。是圣母马利亚教他如此思考。

再会，温热的冰岛。再会，天使般的总统！

龙人诗文

“雪龙”载着的龙将龙兵，代表着祖国美好的形象。我找不到合适的词形容这些“最可爱的人”。古来的喻语中，百里挑一者为英，千里挑一者为豪，万里挑一者为雄，而14亿人里挑选出的人杰，又该如何譬喻？

龙的子孙，大写的“龙人”，是适当之词。在各司其职，各当一面的“龙人”中，才华横溢者有之，文采奕奕者有之。不乏天下佳文！

何金海的散文，从惜别冰岛时写起，标题为《美丽的曾经》：

驶离冰岛，“雪龙”迎着飓风，在大海中一路北航。呼吸了冰岛几天清新空气，思念又把我拉向几天来停靠雷克雅未克的日子。

雷克雅未克的阳光，跟着“雪龙”来到海上，仍在生暖。

时间呼啸而过，“雪龙”穿梭于海洋。来到船舷，看着美丽的斯瓦尔巴群岛的冰川，寒风吹打着双颊，我才从回忆中走出来。回忆只是美好的曾经，现在，我们满身油渍，要做的就是时刻保障船舶的安全航行……

轮机部的宓宗龙也写文章，是现实主义的纪实文学：

开航后，我一天天数着归期。现在开始回忆大家一起在机舱汗如雨下的每一个日日夜夜。凌晨3点，一阵急骤的闹钟声吵醒了我：值班的时间到了……机舱的工作，就是与脏累打交道，一位前辈说，从来没把工作照给父母看过，怕他们看到儿子满身污垢、汗水湿衣的样子心酸。四五十度的高温，震耳欲聋的机声，几十小时昼夜工作，汗水中一遍又一遍拆装机器，这就是一个轮机工。……在极地科考的大军中，做好这颗永不生锈的螺丝钉。

一位名叫何剑锋的好兵把观看冰景的感觉，写成《忆江南》，意识流动可谓活泼：

夕阳西斜，
冰面，
懒散着金黄一片。

融池连断，

曲折蜿蜒，
延绵至天。

波光粼粼，
恍若置身江南。

专注于写冰的，有李占生的十六字令，文味醇厚，十分提神：

冰，
玉琢蜡染伴晴空。
真安静，
鸥燕啼声轻……

还有美文，秉笔直书，《冰色之遐想》本腔原调，有板有眼，兼有十足的科技知识：

生活在我国北方沿海的人们，见过海冰。它原本平淡无奇，但北冰洋的海冰，却被赋予了更为丰富的色彩。

新生冰：也称脂冰，半透明，是海冰形成的最初形态。薄如油脂，细腻光洁，在阳光下熠熠生辉，稍动便会支离破碎。

雪成冰：纯白色，非海水而由海冰表面积雪冻结而成。颗粒粗糙、易碎，有冰之型而无冰神韵。

当年冰：秋冬季海水冻结而成，来年春夏融化，生存不过一年。结构松散，硬度低。

多年冰：一年以上的深蓝色海冰，那是岁月历练的积累，日久弥坚。冰之结构致密，硬度高，可抵御强大破冰船冲击。

冰脊冰：因海水在外力的作用下，重叠堆砌而成，可高出海面数米。

易在背风面积雪，白中泛蓝，是集体力量的最好写照。

沿岸冰：多为灰或黑色，多陆源颗粒物沉积，是冬季受陆上风沙无情摧残。过多的承载，夏季早早消失于冰海。

冰藻冰：主要集中冰底，呈棕色。冰的内部，生长着大量微藻。

白雪，是海冰最心仪的衣裳，一旦穿上，便一派洁白。不见了冰表融池的斑痕，不见了可怕的冰裂隙，也不见了陆源物质留下的杂色。

冰如人生，谁说不是呢……

你站在桥头看风景，看风景的人也在看你……何剑锋写文赋诗，淋漓尽致。不经意间，一位名叫郝锵的文士，却将他标榜报端：

割面如刀的寒风，冻得发麻的双手告诉我，冰站作业绝非风花雪月、赏雪吟诗……在钻取第二根冰芯时，钻头被卡在了冰中，钻头一旦冻在冰中，除了放弃没有其他选择。我急出了一身冷汗，正准备再次发动主机，闻讯赶来的何剑锋老师及时制止了我们："取冰芯需技巧，忌蛮力。"他将主机和连接杆拆下，在钻头接上手动杆，卧在冰上，一点一点地转动冰钻，上下提动着往上"捞"，如履薄冰，小心翼翼，我们的汗水早已湿透重衣，连面罩也被汗水和呼出的水汽浸湿……一排排码放整齐的冰芯，却照得我们眼亮！

接下来的文章是领队所写《寄语》，文曰：

我曾随"雪龙"船三次考察调查，"雪龙"船特有的气息，"雪龙"人的骄傲与痛楚，都给以我深及心灵的震撼……

"雪龙"之于我，宛如进入了一座百年城堡，穿越了时间隧道，捧起了远年的冰雪，与曾经叱咤风云、坚定有力的一双双巨手相握、交杯痛饮；仿佛回到了阔别的故乡，享受那些亲切和安详，我喜欢抚摸自己动手改造过的家什，容易在曾经彻夜不眠的地方沉思和发呆，也常常醉心于"雪龙"兄弟的畅饮和叙旧，放松行走，脚步放慢了，生怕打破这里的宁静；又好像与一位独闯世界归来的兄弟久别重逢，看着他满脸的自信、刚毅和从容，让我不得不对他重新认识和刮目相看，为他取得的成就而骄傲，为他所遭受的挫折而心疼，更为他的茁壮成长和灿烂前程而满怀期待！

中国的专家，常常会在官方场合唱出赶板夺词的"行腔"，这是中华文化传统中珍重文学，"学而优则仕"观念之释。

王建忠，这位重洋百渡的著名船长也写文章，主题竟是"北极航道经济价值和发展空间"：

北极东北航道和西北航道分别贯穿欧亚大陆和北美大陆以北海域，是连接东北亚——欧洲和东北亚——北美洲东海岸最短的航道。

近10年来，北冰洋海冰呈现快速减少的趋势。从现在至2050年，东北航道的适航时间，将从约50天增加到90天。

这位懂地理，知天象、海象的船长会算经济账，谋划战略环境，并对五次北极科考分析通透：

"雪龙"船此次沿着俄罗斯海岸北侧与北极高纬航线，二次穿越北冰洋，完成二条不同的北极航道的实地航行，为未来我国船舶北极航道利用积累经验和航行数据，也为我国船只利用东北航道提供了第一个范例。

这位在"雪龙"船与我面谈时温文尔雅，喜笑颜开的兄弟，从意见到建议，文韬武略了一番，真有经天纬地之雄魄！

在"雪龙"号的海试中，笔者认识的那位江南才子王硕仁也写文章，他脉脉含情的语调说明着他是一位循循善诱的政委。文章的标题是《雪龙人》，副标题是《一张由青春铸就的极地名片》。

点名表扬了王船长和赵炎平、袁东方、黄磊、肖志民、夏寅月等人，他们就是“雪龙人”的代表。还有一批像张旭德、李铭剑、何金海等正在成长的“雪龙人”。

白熊—海象—因纽特人

熊、象、“爱人”并不能概括北极，但他（它）已成为北冰洋的标志，是北极的灵魂。

全身雪白的北极熊形如熊猫的可爱。它憨态可掬，凶猛而乖巧。北极熊性情凶猛，爪如铁钩，牙赛利刃，前掌一扑，可以使猎物的头颅粉碎，是自然界最凶狠的野兽之一。最大的北极熊体重可达 900 公斤，常栖息于海冰，过着水陆两栖的生活。北极熊多在夜间潜行觅食。隆冬时小熊降生，一般为双胞胎，偶尔是单个或三个。刚生下的熊仔光秃秃的，像只小耗子，经过 3—4 个月的哺乳，长到 10 公斤左右。小熊跟随母熊长达两年，一旦长成，便很少与同类做伴，只有交配期来到，它们才互相呼唤。平均每 700 平方公里的冰面上才有一只北极熊。

北极熊为食肉性动物，主食海豹、鸟卵、幼海象、各种海生动物以及搁浅的鲸的腐肉等。在某些地区，它们的食物也包括植物，甚至居民点的垃圾。在浮冰上，北极熊常以惊人的耐力，整天地守在海豹的冰洞旁等候海豹露头换气，装得和雪堆一样一动不动，还会把黑鼻子用熊掌遮住，海豹只要稍一露头，便立刻出手捉住。

北极熊身体被 5—10 厘米的厚脂肪层覆盖着，能忍受极度寒冷的温度。即使是在零下，仍然能够保持它们的体温。在白色的皮毛下，北极熊的皮肤是黑色的，可以帮助它们吸收热量、维持体温。北极熊通过肢体语言和声音彼此交流，包括吼叫、吸气和咆哮。只有怀孕的北极熊才会在冬天留在洞穴里。其他北极熊全年都维持着相应的运动量，如果食物的供给不足，他们的新陈代谢就会变慢，即使不吃东西，也能存活几个月。

它有着非常强的嗅觉，能够发现 3 千米外的海豹以及在厚冰层下的猎物。它又是游泳高手，能游到 60 千米外的地方甚至更远。也能以 60 千米时速奔跑。每当春天和初夏，成群结队的海豹便躺在冰上晒太阳，北极熊则会仔细地观察猎物，巧妙地利用地形，悄无声息地向海豹靠近，当行至有效程内，则如离弦之箭，猛冲过去。尽管海豹时刻小心谨慎，但等发现为时已晚，巨大的熊掌以迅雷不及掩耳之势拍将下来，海豹顿时脑浆涂地。

冬天，它乘海豹露头换气，趾甲掐入豹皮，以防海豹下沉。因冰孔太小，拖拽时往往会把海豹的肋骨和骨盆挤碎，对于那些懒躺在浮冰上的海豹，它会悄无声息地从水中秘密接近。有时还会推一块浮冰作掩护，得手后美餐一顿，扬长而去。北极熊的聪明还在于，若在游泳途中遇到海豹，它会视而不见。因它深知，在水中它绝不是海豹的对手，与其拼死拼活决斗一场，到头来还是竹篮打水一场空。当捕猎甚丰时，北极熊还会挑肥拣瘦，专吃海豹的脂肪，其余慷慨地留给它的追随者——北极狐等。找不到猎物时，它也会吃搁浅的鲸的腐肉、海草、干果，真乃富也能享，穷也能忍。大丈夫能屈能伸！如此，能说它憨吗？古人造“熊”字，是“能”下加四蹄，可见定义它为能物，除了不会说人话，行为与人不二，有故事为证：

王硕仁告诉笔者，在第二次北极考察之时，队员们有一次冰上野餐，在堆雪的冰面燃起了篝火，烧烤着鸡、鱼、牛、羊肉类，那是充满野趣的美好时刻。大家在鲜亮的木炭火前唱歌，喝酒，在珍珠粉般的雪上打滚儿；音乐细胞丰富的高工唱起了苏联歌曲《三套车》；触景生情的女队员唱起悲壮的《长征组歌》。

营盘已经扎下，白色的棉帐篷搭在冰海上。帐篷周边，插上许多飘舞的小红旗，在篝火的照耀下像火苗一样飘忽。忽然有火旗飞上半空，又跌落冰面，像涅槃的火凤凰翩翩翔舞，有人惊呼：“白熊、白熊！”群人在惊诧之余一齐发现，是一只壮硕的北极熊来到了近前，它或为参与狂欢，或想让人知道贵客来临，拔下了一根红旗，气呼呼地要弄起来，那做手儿，不亚于旗手在舞台甩摆大旗，不次于孙悟空玩弄金箍棒！但是，明眼人都可以发现它腿功不行，在一个转身动作里被旗杆绊脚，那踉踉跄跄的样子，活像母猪爬杆儿！也应验了民间的一句歇后语：“大狗熊的姥爷是怎么死的——笨死的！”

在短暂的欢乐的欣赏之后，大家意识到危险的临近：防熊队员拿起了枪，哇哇吼叫着白熊听不懂的话：“你滚！滚！听见没有？快滚！！！”

但是，熊却认为是为它喝彩，边舞边走过来。在雪上磕磕绊绊，吁吁大喘，双目炯炯。忽一人大呼：“又来了，又来了白熊，北极熊！”

顺指点望去，在营地的前后两方，又来了两只白熊，那么怯怯地，偷偷地，几分诡诈，几分鬼气，而且一只比一只壮大。假若它们一齐攻击过来，怕是这几支钢枪也难对付。而且，谁舍得缺八辈大德，射杀人间的“现世宝贝”？

在之后“熊走思熊”的时辰里，比白熊还笨的人们才逐渐明白：是烧烤的香味引来了馋熊。你想：在这冰雪覆盖的冰海上，奇异的香味随风飘逸，贪吃的饿汉也难自禁呢？而且，你载歌载舞的欢乐场面，像一场婚嫁的喜宴。倘在这万年寂寥的北冰洋上，有一则“喜宴”共享的乡俗，那白熊的光顾有何不妥？而那几乎跌跤的熊舞，不是还为了报喜，献上了一手舞旗把戏了吗？

三头熊应均占 2100 平方公里的冰域，这江湖义气的熊朋友千里赴宴，情重如山呢！

不讲感情，不够朋友的防熊队员却朝天开枪了，枪声在冰面回荡，震耳欲聋。大家没看到白熊奔逃的场面，却见它们欢喜地东张西望，不知所措、不知其然地愣在了那里！这也在事后的讨论中——生物学家的解释后人们才懂：在千年无敌——也无人侵扰的北冰洋上，从白熊的开基祖宗起始，熊类就没被枪伤过、刀砍过，这在遗传基因上也不会留下惊吓细胞。而现代熊们又没听过这清脆的枪声，分不出这和人的欢呼、歌唱有何不同，无知者无畏，连孔夫子也谆谆教导“人不知而不愠”啊！用王硕仁的话说：“三只熊以为我们放鞭炮哪！”

这没法儿了。紧急中对“雪龙”呼救，调来了直升机，那从天而降的怪鸟着实比白熊大了百倍，它们惊惶起来，并在飞机飞至头顶，雪块像飞石一样围击它们时被吓得双爪捂脸，匍匐冰面。但待飞机飞过，它们便撒开双爪，仰面寻找飞机。有一只还随跑几步，怕它飞个不见！另两只步履蹒跚，慢慢前移，奔向香风缭绕，美味成山的篝火堆旁……

觉悟、觉醒了的人们终于做出既顺天理，又合人理、熊理的善举：撤离营地，随直升机返船！

一组千古难现，千年难遇，千载难忘的镜头出现了：三头白熊互相邀约，互相谦让，互相致意地围到酒肉堆旁，随便抓起一只羊腿、烧鸡或羊头，向飞升空中的朋友真诚致意，大有“举杯邀明月，对饮成三熊”的意境……

在高纬度海洋里，除了鲸之外，海象可谓最大的哺乳动物了，有人称它是北半球的“土著”居民。海象有巨大的身躯，有古怪的相貌和奇特的生活习性。海象身体庞大，皮厚多皱，有稀疏的毛。雄海象体长可达 5 米，重 4 吨。它圆头，小眼，视力欠佳。短而阔的嘴巴，粗大的鼻子，缺少耳壳。海象最明显的特点，是那对巨大的长牙。獠牙长达 40—90 厘米，每只重达 4 公斤以上，是海象和其他鳍脚类动物不同的地方。

海象性喜群居，最多时可数千头簇拥一起。夏季一来，他们便成群结队到大陆和岛屿的岸边，或者爬到冰山上晒晒太阳。在众多的海洋动物中，它是最出色的潜水能手，能在水中潜游 20 分钟，潜水深度达 500 米，个别的海象，可潜入创纪录的 1500 米深水。海象潜入海底后，可在水下滞留 2 小时，用须作滤泥器，一餐可从海底吸食数以百计的水生小贝壳类动物。海象的繁殖率极低，每 2—3 年才产一头小海象。虽为庞然大物，但它对北极鲸和北极熊却望而生畏。北极熊可用力大无穷的熊掌将其脑壳击碎，然后美美吃上一顿。海象是一种珍稀动物，也是一种经济海兽。由于多个国家的竞相猎捕，其数量从两三世纪前的数百万头锐减至今天的大约 7 万头以下。北极海象曾一度广泛活动于北极圈内，但现在仅存于格陵兰岛北部、白令海以及北冰洋中的一些范围不大的区域里。

熟悉海象的同志对笔者描述：海象呀丑死了；身子胖胖、脑袋尖尖，皮肤黑黑，鼻子短短，獠牙长长。它的皮肤黑而多皱，油腻脏污，称之为“象”，实在没有象的气派。这种动物偎聚一起时，不是成群，而是成堆，如蛇绞扭，见之头皮发麻。它的四肢因适应水中生活已退化成鳍状，不能像大象步行于陆上，仅靠后鳍脚朝前弯曲以及獠牙刺入冰中的共同作用，才能在冰上匍匐前进，所以海象的英文学名，若用中文直译便是“用牙一起步行者”，想想那种形象，多么的别扭？

刚出生的小海象体长1.2米左右，重约50千克，身披棕色绒毛，以抵御严寒。在哺乳期间，母海象便用前肢抱着自己心爱的宝宝，有时让小象骑在背上，真是丑妈妈驮着丑儿子，丑得感人、疼人，丑得可怜。小象断奶后，由于幼兽的牙齿尚未发育完全，不能独自获得足够的食物和抵抗来犯之敌，所以还要和母海象待3—4年的时间。当牙长到10厘米之后，才开始走上自己谋生的道路。

海象的经济价值很高：皮可用来制革；皮下厚厚的脂肪炼油，肉可食，长牙可做成价值连城、精美绝伦的工艺品，所以成为人类捕获的宝贝。随着科学技术的进步，各种先进的猎枪相继投入使用，枪击海象可谓打靶一般。有人甚至在其繁殖场地围而歼之。200年来，海象的数量下降至濒于灭绝的边缘，近百年来，仅在白令海就捕获了200万—300万头海象。从20世纪70年代起，由于采取了各种保护措施，其数量才得以逐渐恢复。

海象与中国人应是朋友，从无听闻国人捕杀海象的故事！

笔者要描述一下因纽特人。乍一听来，汉语谐音好像是“爱死寂寞人”！啊呀朋友，你生在素有无边长夜、极夜的北极，不爱死寂寞也没有办法！

因纽特人是北极地区的土著民族，分布在从西伯利亚、阿拉斯加到格陵兰的北极圈内外。分别居住在格陵兰、美国、加拿大和俄罗斯边沿，属蒙古人种北极类型。先后创造了用拉丁字母和斯拉夫字母拼写的文字。多信万物有灵和萨满教，部分信基督教新教和天主教。住有石屋、木屋和雪屋。房屋一半陷入地下，门道极低。一般养狗，用以拉雪橇。主要从事陆地或海上狩猎，辅以捕鱼和驯鹿。以猎物为主要生活来源：以肉为食，毛皮做衣，油脂用于照明和烹饪，骨牙作工具和武器。

因纽特人与美洲印第安人不同之处，在于具有更多的亚洲人的特征。从白令海峡到阿拉斯加、加拿大北部，经格陵兰岛一带，是在北极圈生活的蒙古人种的一个集团。在身体上、文化上都适应于北极地区的生活。他们面部宽大，颊骨显著突出，眼角皱襞发达，四肢短，躯干大，外鼻比较突出，上、下颌骨强而有力。因头盖中线像龙骨一样突起，所以面部模样呈五角形，

9—10 月，冬雪一场场覆盖冰海，在不断的暴风中旋成雪丘、雪坨、雪坝。因纽特人的村落里紧张起来；防熊巡逻队开始了全天候的巡逻，防备饥饿的白熊偷袭村庄。闻到香味，闻到人味或爱好热闹的熊们来访了，有的大模大样，有的鬼鬼祟祟。一旦进村，又仗量人们不敢害它，死乞白赖，不肯离去。即便白天被赶走，晚上却又回来，那东张西望，寻寻觅觅的样子，使人猜不透心思。按照沿袭的俗理，只要来了，就要招待一顿，因为北极熊有一个很坏的脾气：不招待，就使坏！拆毁牲口圈舍，咬死驯鹿、马匹、牛羊。狗来干涉，只需一掌，便叫其脑袋开花，脑浆迸裂。老是招待也是问题，吃惯、吃馋了，便会如期而至，死吃赖喝，无休无止，招待分寸难以掌握。只得因时而异，因熊而异！像治理人类社会一样，必要的惩戒也须严厉。有那么一夜，北极熊闯进村内，杀死了人并吃下去。防熊巡逻队在村头设置的陷阱中捕到了一头半吨多重的熊，但没能证明是它杀了人。村长平息了人群的暴怒，决定把白熊裹入网中，用直升机吊到 100 公里外流放。在熊的激烈反抗中，它连吃了几颗麻醉枪弹，颓然倒地，俯首就擒。

假若那只白熊不是凶手，人们有理由对它深深同情，假定它是一位饥肠辘辘的君子，在饥寒无奈中想要求助，那么满怀热望地奔向人类朋友的家园，却遭暗算落入陷阱，又在一片谩骂诬陷中，挨了枪弹，强迫流放，来到一片完全陌生、无食可觅的环境，那么它的惨遇便是不公的，也许要逼死性命的。但是，面对着被吃的活人，能惺惺惜熊的大概只有作家！因为笔者在录像上确实看见，那头尚未完全解醉的白熊卧于空旷的冰海，那么无奈、无力、可怜巴巴地举头凝望着升空的飞机，眼神中全是悲凉无助！

在 54 天全黑的极夜里，因纽特人顺从宿命照常生活，大人在灯下补网，磨叉、修船、喝酒、唱歌。孩子在校中学习、游戏。村庄的灯火辉煌和背景的

无边黑暗形成鲜明反照。

在北极，比“因纽特人”更原始的叫法是“通力特人”，“爱人”与“通人”举案齐眉，相敬如宾，互怀着善意与谢意，因为他们是兄弟。有一首这样的民歌《兄弟的通力特人》为证：

我们的先人到这片猎场时，
通力特人就已经在这里住着。
通力特人首先知道了，
如何在这穷山恶水中存活。
他们给我们指出驯鹿出没的地方，
教我们在河里捕鱼的妙法。
我们的人从内地来到这里，
所以爱打驯鹿胜过所有别的事情，
而通力特人都是渔人，
更喜欢捕猎海豹。
他们坐着皮筏子下盐海，
在大洋里抓海豹需要勇气。
我们只在冰面上通过它们的呼吸孔抓猎。
他们也打鲸鱼和海象，
也打熊，
以熊皮为衣。
我们穿的是鹿皮。
通力特人个个强悍，
但容易害怕。

他们宁愿逃跑也不拼杀，
你从未听说他们杀过人。

我们与通力特人一直和平相处，
因为他们让我们分享土地，
直到有一天，
他们中有人失手杀了我们一条狗
就吓得远走他乡没了踪影。

多好的通力特人啊！这只能说明，两个兄弟都好！有如此生活心态的人，真是天使，真是孔子的嫡孙。

1月13日，新年的第一缕阳光照向冰海，人们倾巢而出，集合到广场或教堂，唱起赞美太阳、赞美上帝的歌曲。那是发自内心的情感，感谢阳光，感谢上天，感谢幸福的相聚。春光明媚的日子来了，海鸟像蝴蝶、像雨前的蜻蜓一样翩翩飞舞。悠闲的因纽特人坐上、站上海边的礁石，双手掂起一把长杆的网罩，在头顶飞掠着，捕猎那些簇挤成团、纵闯横飞的鸟儿。

这样的捕猎方法笔者熟悉：阴雨前，故乡微山湖的滩地上，飞舞的红蜻蜓，黑蜻蜓碰头撞脸。用网片弄成罩子，绕圈儿扫去，便把红辣椒、黑老虎蜻蜓网罗进去。用这样的捕具，还可以罩住青蛙，捞出条鱼，却从未想到亲爱的“爱死寂寞”的朋友，也会以此捕鸟。看来天下虽大，人的心眼儿还是一般个数！

有一个戴毡帽的因纽特人十分厉害，罩子在头顶转着圈儿，一下子便捕仨俩。捋杆儿取下，鸟头往翅中一别（湖人捉鸭亦是如此），装进一只海豹皮口袋。那口袋猪肚子大小，可装五六百只海鸟。快满袋时，那汉子双足踏上，反反复复踩跺。这是赶尽囊内空气，让鸟堆更加密实。终于踏实、装满了，便用弯针缝上袋口（与我们粮站缝袋的包针一样），将皮袋放入永冻层的地窖，压上石头。

融冰的季节里，海上会发出砰砰啪啪的脆响，那是海冰爆裂的声音。因纽特人的孩子来到海边，讨娃儿能做的生活。每个孩子的口袋里，都装满那种发酵完全的鸟儿，他们咯吱咯吱地咬嚼着它，就像我们的孩子咬嚼花生米和茴香豆。他们的伶牙俐齿会嚼碎生鸟的头骨和腿骨，连同鸟儿的心肝和肠子。这种全鸟里富含着人类必需的氨基酸和维生素，它胜过了最金贵的果蔬山珍！因纽特人黑铁样的健壮便是证据。

海冰融化的时候，因纽特人会赶起他的驯鹿游过海峡。这往往要游过五里以上的冰冷海水，游不过便会淹死。领游的因纽特人要管好鹿群，他会和压阵的牧人合力，保证那些疲惫至极的驯鹿坚持下去，坚持下去，绝不回头。如果有一只驯鹿因怯懦而走了回头路，其余的群鹿便会转头跟随，它们不能懂得，回头路比前进的路遥远许多，因而会因寒冷耗尽力气，淹死在海中。这样淹死鹿群的事时有发生，是牧鹿人灭顶的灾难！然而，成功者的豪气总是充足，他会锯下一头驯鹿的长角，饱饮一顿热烈的鹿血。那是最养生的玉液，中医说会长生不老。

那位被追捧至云端的中国诗人顾城，曾写过一首题为《白夜》的诗，描写因纽特人居家的日子，不知他是否去过北极？

在因纽特人的雪屋里
燃烧着一盏
鲸鱼灯

它浓浓地燃烧着
晃动着浓浓的影子
晃动着困倦的桨和自制的神

因纽特人
他很年轻，太阳从没有
越过他的头顶
为他祝福，为他棕色的胡须
他只能严肃地躺在
白熊皮上，听着冰

怎样在远处爆裂
晶亮的碎块，在风暴中滑行

他在想人生
他的妻子
佩戴着心爱的象牙珠串
从高处，把一垛垛
刚剥下的兽皮
抛到他身边
埋住了他强大而迟缓的疑问
他只有她
自己，和微微晃动的北冰洋
一盏鲸鱼灯

点灯的鲸油是珍贵的。欧洲贵族女人，早在千年前就知道用它制作化妆品，保护她们高贵的皮肤。上等的鲸鱼油会发出醇厚的香气。我在《白鲸》那本书中饱览了捕鲸的惊险和传奇：捕猎者是用性命与这大自然中的霸主肉搏。

因纽特人有很多机会捕猎独角鲸，他们乘小舟接近鲸鱼，投出牵绳的钢叉，一支，二支，三支。叉要进入足够的深度，还要与之周旋多时。每一次冲撞、甩尾、侧滚若是撞翻了小舟，都会使猎人葬身大海！成功的猎人将鲸鱼吊上大船，像一群雕塑家围站在一座巨大的鲸雕旁边，使用大刀、小刀分解着鲸肉、鲸骨和鲸皮，然后在船上的大锅里熬炼鲸油。这便是诗中鲸鱼灯油的来历，它的惊险不亚于持剑屠龙。

冰雪中的热望

中央电视台文艺节目主持人毕福剑探游过北极！他是和朱增新同队前往的。我又发现2013年5月31日的《国际先驱论坛报》上，披露一批有识之士的探游情节。该报对北极之前景，忧心忡忡……有统计显示，北极圈的原油和天然气蕴藏量分别占全球的13%和30%左右，煤炭等非油气资源同样储量惊人。这引发了中国企业投资、开发北极的浓厚兴趣。目前，已有企业表现出对格陵兰岛上相关项目的兴趣。

说起来，中国人进入北极的历史并不算长。

1908年5月24日，康有为、康同璧父女就登上过挪威的斯瓦尔巴群岛，算是踏上了北极的土地，但真正有据可查的是1951年夏，中国武汉测绘学院的高时浏抵达加拿大巴芬岛的北磁极（西经96°，北纬71° ），成为第一个正式进入北极地区、有确切记录的中国人。

1958年11月12日，新华社驻莫斯科记者李楠搭乘苏联伊尔-14飞机飞行1.3万公里，从莫斯科抵达北极点，成为首个到达北极点的中国人，他后来出版的《北极游记》成为轰动一时的科普作品。1991年8月，中国科学院大气物理所研究员高登义应挪威卑尔根大学邀请，参与北冰洋浮冰考察，首次在北极地区展开五星红旗。1993年4月8日，香港女记者李乐诗飞抵北极点并展开五星红旗，成为首个抵达北极点的中国女性，也是五星红旗第一次在北极点展开。

1993年，中国科技协会成立“北极考察筹备组”，从此开始了对北极的科学考察工作。1995年4月，中国首支北极考察队共7人从加拿大出发，完成了首次单独组队对北极区的科考工作；1998年5月，国家海洋局和中国极地研究相关工作人员赴斯瓦尔巴群岛，首次正式探讨北极建立科考站的可行性方案；1999年和2003年，中国两次派"雪龙"号考察船赴北冰洋海域科考；2001—2003年，中国在斯瓦尔巴群岛朗伊尔城建立临时科考站；2004年7月28日，中国第一座北极科考站"黄河"站，在斯瓦尔巴群岛的新奥尔松地区落成，标志着中国的"北极存在"进入"落地"阶段。

事实上，中国走进北极圈的道路并不平坦。不少北极国家担心，中国的强势介入，会影响其对北极利益的垄断，因此千方百计阻挠中国的"北极存在"。就在此次北极理事会第八次部长级会议前夕，还传出俄罗斯、加拿大等国希望阻击中国，令其无法获得北极理事会"正式观察员国"资格的消息。

2006年，中国提出成为"永久观察员国"的申请，是继印度后第二个提出此申请的非北极国家。但2007年，中国仅获得"特殊观察员国"资格；2012年4月，中国再次提出申请，最终于今年和印度、日本、韩国、新加坡、意大利一起，成为"正式观察员国"。"正式观察员国"不同于"永久观察员国"，每4年需要重新审议一次。虽没有表决权，但享有参与理事会事务的权利，拥有发言权、项目提议权，还可以参加北极理事会下设工作组，从此有了一个对北极事务施加影响的有效平台。

不过"正式观察员国"终究还是观察员身份。随着北极经济利益的进一步凸显，北极理事会的排他性恐只会加强，不会削弱。同时北极8国间围绕北极主权、权益的矛盾也会趋于复杂化、直接化，这些都会影响到中国在北极经济事务的利益，给中国参与开发、合作提出更多难题。

正因为如此，笔者热烈地向往着北极。2013年12月6日，我到了南极乔治王岛。如今，我渴望北极冰清玉洁的世界，亦渴望与敦厚的因纽特人、通力特人交友！

十四、群星灿烂

是灿烂的群星，照亮中国探极的天空。

我像儿时一样多趣，喜爱指点眨眼的星星……

诗情春雷

诗人李春雷是29队的文曲星。2013年5月我在北京曾采访他，那飒利、直率的风格，给我留下很深的印象。他是河南南阳人，33岁。2008年12月，参加第25次南极考察，任长城站站长助理兼管理员。一年的越冬经历之后，又去了中山站。

在长城站期间，与韩国朋友结交亲密。2009年4月份，诗人春雷率队回访，韩方的汽艇来接。4.7公里的纳尔逊海峡，刚走500米便起了风，走了十几分钟，只前进很短距离。海浪打进了小艇，油箱竟然漂浮起来，这说明油不多了。李春雷叫大家把救生衣打成死结，潜台词就是：落海后人永远和救生衣连在一起。一股奇异的斜风把船吹上了岸，鼓起勇气一晃油箱，竟没剩一滴柴油。

2005年的一天，中央电视台要去韩站采访“生物资源”调查情况。韩国一队员驾船来接人，半道里起风翻了船，穿着救生衣的人们被海流冲上了企鹅岛，糊里糊涂地上岸得救，可驾船破浪，热情敦厚、奋力救人的韩国小伙子金载圭博士，却淹死在海浪中。韩国站塑立的他一座半身雕像，永远以那种温厚、平和、友善的神情，注视着与长城站相连的纳尔逊海峡。

乌拉圭站的站长名叫方提斯，刚晋升为上校，春风得意。他诗兴盎发，文学修养很深。长城站站长裴福余和李春雷，智利空军站站长和七岁的儿子也爱写诗，韩国世宗王站金站长是个诗迷，几位站长便心血来潮，发起并成立了一个“南极诗社”，方提斯任秘书长，这位会恭维人的诗人，尊称裴福余是“诗歌教父”。

在如诗的环境中生活，诗心最易发酵，冰雪鸥燕、极光云霞都成了诗。我在北京向李春雷索诗，三个月后，他将中英文对照的各国诗人诵咏南极的诗寄来一沓，并附有一封彬彬有礼的信札。

让我们先欣赏俄罗斯朋友弗拉基米尔·维索茨基的《白色的沉默》：

很长时间，我们梦只有白色
其他颜色都不存在
我们已被这绚烂的光刺盲了双眼
迷雾中只能看见黑色的地平线

一尘不染的雪花是没有谎言的人生
队友从未躺在雪中休憩
回报他们孤独的
是南极遇见的善良诗友

另一首诗充满童趣，小诗人伊斯都哈·康特瑞哈期·索图，12岁，智利航空站埃罗德罗姆站长的女儿，她朗诵了自己借景生情的叙事诗《丹尼尔拉和玛瑞娜》：

很久很久以前，有只海豹叫丹尼尔拉，
她独自住在南极。
其他动物都离开了，只剩一些船员，
学校的孩子和他们的家人在周围，
海豹很无聊，有趣的故事发生了：
又来了一只海豹，叫作玛瑞娜。她是她很好的朋友，到处转转。
她们有些淘气，淘气地享受在一起。
丹尼尔拉说，和玛瑞娜在一起比独自一人好玩得多！
一天，F-50学校的孩子们去参观俄罗斯站并朗诵诗歌。
丹尼尔拉和玛瑞娜也去听了朗诵会。
当海豹到达时，孩子们都欢迎它！
孩子们回到学校，丹尼尔拉和玛瑞娜成了他们的好朋友。

有趣吗？多么善良的洋娃娃！

2012年，李春雷作为29次队副队长征极，写出诗作《南极·大爱》：

不用讴歌你的冰清玉洁
不去歌颂你狂风暴雪的力量
看过了坚毅的飞鸟，迎着风，展翅翱翔
看过了悠闲的鱼儿，任海浪，拂过自己的脊梁

哦，南极，你静默地躺在那里，散发着沧海桑田的幽香
让我神往
无限神往你的静默
静默，是你最伟大的思想

我们钦佩自然的伟大抉择
把所有静默的美，汇聚在你的身上
我们艳羡你的静默
睥睨人世间昙花般的辉煌

苔藓无语，默默成长，
只为见证太阳的光焰万丈

潮落潮涨
企鹅在这里来来往往，繁衍成长
碧海蓝天
冰山走进了人类的执着的梦想

我们爱你，南极
爱得发狂

余（俞）勇可贾

二十九队多精英，
长城站长亦盛名。
余勇可贾名俞勇，
其性平和站和平。

俞勇，谐音余勇，令人想起“余勇可贾”。2013年12月，笔者在长城站和回国的途中，与该君相处半月，见君逢人便笑，悠然自得，不愠不火，然自有主见。窃想到一个南天之外，世界闻名的长城站站长，是何等威风！飞机之上，智利城内，与洋人谈笑自如，礼数周全，又在采访中知其处理急事、大事滴水不漏，便觉得“余（俞）勇”真乃“可贾”。

俞勇，1977年生，浙江宁海人，青岛海洋大学毕业。2011年，供职于中国极地研究中心，2010年任生物生态学研究室副主任。2012年入29次队南极考察，任长城站站长。

少壮官长做了许多青年人喜爱的事情，爱与岛上九国搞联谊：酒会、节会、运动会，接连不断，这在国内是非常平凡的举动，却成为南极冰雪暖融，福泽九国健儿的善举。

也就在那次春节联欢会上，美丽的女主人彭方婷婷袅袅、飘飘欲仙的主持风貌迷倒了“捷克老头”耶达。也就是那次联欢会录音，使我欣赏了中国南极考察队里的藏龙卧虎、人才济济。那男女歌唱家的洋歌、土歌能唱个色味俱全。那山东籍乡亲朱家泉的“少林拳”表演，不单有导体，前滚翻、大劈叉和旋风腿，还会在失足“屁敦儿”，展示出臀部肌肉足够的弹性。能与朱大厨武术表演媲美的是，巴西队员桑巴舞和柔术结合的表演，是用双手倒着跳舞，还将黑红脸儿贴上了地板。

在“小联合国”里，友好往来是和互助、合作相辅相成的。因此他们所过的土节、洋节，还有各国同过的“仲冬节”，一个接着一个。各国考察队员利用过节的机会，谈合作、交朋友，排寂寞、知世情，应称为“世界大学”的金玉课堂。

笔者进入长城站的第六天，阿根廷站请来了一个美国“重金属”摇滚乐队，邀请中国长城站站长参加。这是一个具有浓厚美国风情的四人演唱队，乐器有架子鼓、电子吉他和大贝斯。已享誉世界30余年，世界上有很多国家的亿万粉丝为他们着迷，为他们疯狂。而实际上，这更像四个疯人在演唱，演员有大光头、黑披头、黑白山羊胡，皆戴墨镜和雪白手套，一边敲砸，一边蹦跳，一边吼唱，能够制造出歇斯底里的具有强烈冲击力的气氛。我并不十分欣赏这种艺术风格，而是想了解一下这种文化现象和艺术形式。但是，俞站长接到邀请函之后没有带我，也没带“歌唱家”李航，而带了一位年轻的女队员于海宁去了。按理说，我不该嫉妒小于姑娘（我陷在站舍南40米处的深雪中，她还用冻红的小手，帮我挖出过一只拔掉的鞋呢！），但可惜的是我想描写这类稀罕。我讨得一张节目单，哈！一首悲壮而激昂的呼唤“保卫南极”的歌，在爱惜生命，爱惜地球的当今，在欧美世界流行如潮：

南极有一片陆地
这儿有绚丽夺目的海洋
终年白雪皑皑
冬天是漫长的黑暗
南极是充满圣洁和尊严的宝地
（它）是最后一片没有被征服的世界
午夜的太阳在这片苍茫的雪国还能持续多久
我们还要付出多少努力才能使得南极成为让我们引以为豪的圣地
南极有一片奄奄一息的陆地

南极有一片终日徘徊在被死亡阴影笼罩的陆地
虽然没有珠宝覆盖但却黄金一片
这片陆地不能被大方地施舍给任何人
那些天真烂漫的企鹅在这片苍茫大地上还能够起舞多久
这是一片仅存的南极土地！！！

如此描写俞站长的岁月如歌，未免有失偏颇，长城站的工作并不总是歌舞升平。他搬出了一堆报表，那日日夜夜、长白长黑所积累的，没有一件轻松。堪称特殊事件的例子，映照出这个长城站和长城站长的重负之苦。

长城站时间2月11日上午9点30分左右，机械师彭秦岭，在长城站码头进行吊运作业时意外受伤；北京时间4月17日下午6点，长城站获悉“开欣”号渔船在长城站附近布兰斯菲尔德海峡失事起火的消息后，及时将有关情况报告国内，在获悉船上人员已全部安全转移到其他中国渔船后，长城站主要从智利海军站获取“开欣”号渔轮救助的最新情况，并及时通报给驻智利大使馆和国内；从长城站时间8月14日下午起，长城站持续遭受8天6级以上东南风的吹袭，站上建筑和室外设施造成不同程度损坏。灾情发生后，长城站第一时间上报国家海洋局极地考察办公室和中国极地研究中心，并启动应急预案。

长城站时间11月10日晚9时50分，接到Ocean Diamond游轮呼叫，船上一名中国游客腿部受伤，需搭乘智利空军飞机前往智利蓬塔接受治疗，请求长城站提供伤员、陪同医生和护理人员等3人的食宿及医疗协助……

此事件之处理，又是沟通中外，积极有方的。数万里外的游客受伤，可得亲人救助，这是多大的天福！他们代表了祖国母亲，将慈爱、力量、安全和光明传递给她每一个儿女。

2月20日，长城站举行了建站28周年庆。智利空军站、智利海军站、智利南极研究所站、俄罗斯站、乌拉圭站、韩国站和阿根廷站队员，以及智利空管局、智利银行、驻乔治王岛工作人员，共56名外宾，与站上29名队员，共同庆祝了长城站28岁生日……

弓长国强

探极方懂“长城”长，
结识才知国强强。
此君姓张性豪爽，
管理大员副站长。
天外管事事物异，
极处处人人非常。
岛上九国浩繁景，
授人玫瑰手留香。

弓长会意为“张”，我便对张字高看一眼。窃以为造字者心中，必有弓长善射之念。因为笔者在2013年12月采访于“长城”，与张君一见如故，虽然笔者年老愚钝，唯感觉敏准，29队、30队会合，就与之对了眼光——和善，带点调皮，惜老之情流露，问寒问暖。当我仔细盘算采访对象唯缺外站有知之士时，此君便拍了胸脯说：“包给我啦！”我见过不少只“包”不干的角儿，他却是一位愿干事、会干事、干成事的人。他讲的故事美妙、清晰、没有遮掩，即使那些心中有，生活中有，而一般的正人君子不便于说的话，他也口若悬河，有声有色。

张国强，上海人。

2012年接到远赴南极任务，担任第29次队的长城站副站长兼管理员，却是国强不能离家的时候：母亲刚逝世，80余岁的老父时时需要照顾，孩子上小学五年级，需关照，他这“能人”一旦离沪，夫唱妇随的妻子不知怎样过活了。

极地研究中心为文气饱满的俞勇站长配伍一个泼辣能干、敢管敢干、路路皆通、人人能服的人物时，选择了他。小小人群，大大天地，非国强莫属！

这角色有时是一个管理员、仓库保管员、食堂司务长或总务主任，有时升华为战地指挥官，外交部次长或救灾、救人的特别行动队长……在机械师彭秦岭股骨粉碎性骨折，转智利手术之时，这位精通车技、吊车技术的副站长，干脆顶班，开动了装载机车，吆五喝六，又当指挥员，又当战斗员。卸运物资之时，叫唤最响的是他。发电栋需帮工，国强又顶上去了。

稍大的空闲，就帮 29 队、30 队的同志去智利站发信，买邮票。

智利站的邮局循国内规矩，星期天不开门。他就去找那位女局长的丈夫走后门。他是在参加智利建军节活动的时候，认识了那位名叫恰得雷斯的空军上尉。他们一块儿喝酒，一块儿吹牛。吹得顺耳了，就一块儿唱歌。国强的歌，唱得不敢恭维，但选题好：一首智利流行的歌曲，随机改了词儿，两人打着醉拳，跳着跛泥样的醉舞，勾肩搭背地吼喊起来：

切切切，咻咻咻—
比喂（加油）切俫（智利）—
比喂（加油）卡一那（中国）—
切咻—卡一那！

中国人笑，智利人笑，越是不着边际的嬉闹，越有喜剧的色彩。

因为 12 月 25 日是圣诞节，各站都来寄信，邮局只有二人工作。稍有耽误，信在元旦前就到不了国内。

完成重任，国强得意起来，说：“你跟我到智利站上走一遭，看哪个洋妹子见了咱不抱一抱？”

我逗道：“我说头顶那么黑，牛在天上飞！”

他正色道：“牛不牛，你跟我看看！”

一进温暖去处，温柔之情果然旺盛，几位胡茬茁壮的男子迎来，拥抱如摔跤用力。喧闹声引来女士，皆穿了春秋绒衫，身姿窈窕，风姿绰约，用汉语召唤“国强”，国强张开了双臂，每人狠抱了一下，回头看看我。我看出女子都是不失礼貌的。国强对他们介绍我是作家，人家过来握手，很是亲切。国强埋怨我道：“你怎么不抱？不抱白不抱，男人主动嘛！”

我说：“既然谁都可以拥抱，怎证明你更有女人缘儿？”他说：“你随我去找一个最倩的女友，看她怎样抱我？”

去了一个房间，轻叩下徐徐开门。先出来一位洋男，高大帅气，站在门边，问国强什么，皆是西语。然后有美女姗姗出门，手抚门框，并不近前。国强又“男子主动”地拥抱了人家，告诉人家：“要回国了！”人家礼貌地祝他一路平安，二人又退回房间，关紧房门。活泼的国强沉默了，我说：“咱们去俄罗斯站吧？”他答非所问道：“你看没看这女子脸有些红？”我说是。他又问：“你看没看那男的不太自然？”我说是。他说：“如果没有这男的，她会十分……她刚才看我的眼神儿，是不是特辣？”

我几乎笑破了肚皮，我喜爱拥有这种性情的国强，他的夸张和个性化的张力感染了我，他信誓旦旦地答应：2014 年的 5 月份到山东找我“耍一耍”，这是他和好朋友朱宗泉约好的日子。

真是乐极生悲，回到长城站的国强突然变蔫了，告诉我：“家里出事了！老婆太娇气……”

我答：“那叫娇妻！”他说：“她带女儿在浴室洗澡，门却打不开了。叫不应人，就去打玻璃，手扎烂了，哇哇哭起来！因为煤气炉上还烧着水哪！情急中往南极给我打电话，可笑不？”

他加了劲儿说：“上五年级的女儿个性像我，劝她妈：‘妈妈别哭，我们一定能出去！’她坚强，性格像我！”

他没忘吹牛。“后来呢？”我问，他说：“哎呀！还是女儿聪明，像我。她说：‘找 110 呀……’”

他的眼圈儿竟会发红，恐怕此时来个洋女子，也没心思拥抱了。站长那边有事，他飞跑了。回国的飞机上，还说5月份……山东人实在，5月底打电话问他，他说，7月份吧！昨天又给他电话，他说：“哎呀！厦门受伤朋友彭秦岭来电话，说你要采访他，完成了没有？”我说：“完成了！”他说：“我一定会到山东去找老哥，不见不散！”

殷　赞

提起殷赞，情长纸短。甲午“十一”，他携妻女与妹妹一家来济看我。我带他寻根微山湖，对殷微子属孔子十九世祖之历史，教导他一番，使他增强宗族自豪之感。

我“出门逢贵”的福运，约是殷代贤人，我祖殷微子保佑。风雪天涯，管通讯让我四万里通话，便是我专带了随员，亦不当赞弟半也！

他29岁，乃第29队最年轻的一位。更巧的是，他在南极长城站度过了29岁生日。

越冬队员13人中，每个人都责任重大。通信职责更为特殊，一旦通信中断，长城站便与国内外失去联系，在南极这个特殊的地方，事件可放大很多倍。气象数据传不出去一次，便认为一次事故，需要无线电波呼叫步行几公里的科考人员。长城站一年中平均风速六七级，十几级风是经常碰到的，通信保持畅通攸关生命。

与周边智利、韩国、俄罗斯、阿根廷、乌拉圭之间的通信是通过高频电台。各国之间的通信员，都是非常好的朋友，同性之间的朋友，用智利话叫作“阿米哥”。一声“阿米哥”，万事好商量。文质彬彬的殷赞，很招“阿米哥”们的欢喜。

梦乡中的一晚，“长城，长城”的高频电台呼叫响起，他飞奔过去，拿起对讲机：“长城站收到，长城站收到，请讲。”

原来是久盼的中国游客们来到身边，停靠在长城湾。但就在这时，天气突然骤变，大风突起，原本平静的海面，掀起一个个巨浪，使他们无法靠近长城站。

殷赞和站上科考人员都隐约听到，船上女记者哽咽了，她因不能登上盼望已久的中国南极长城站而惋惜，也可能想到了孤岛长城站上的科考人员，还要苦熬一年才能回国和家人团聚……

在长城站的1年，除笔者乘便拉他去企鹅岛以外，殷赞像孵蛋的企鹅一样（企鹅是雄性孵卵），坐窝守站。沉稳而精细的个性，令站（战）友称道。

2013年4月11日早上9点，他还在半醒半梦状态，俞勇站长通知，半小时后前往阿根廷尤巴尼站访问。殷赞怦然心动。

阿根廷尤巴尼站坐落在韩国世宗王站的背面，坐拥波特海湾，是一个天然的避风港。

我们的两条皮艇都被海豹“蜗居”咬毁，只能借智利海军站的汽艇来接。雨下得更大，兴奋劲儿很快就被大雨浇凉、苦咸的海浪淹灭了。虽然穿了厚重的防水服，但面对强劲的海风和迎面而来的海浪，还是显得单薄如纱。加上船速快，海风吹脸像刀割一样生疼。海水变成灰蓝色，如临万丈深渊的感觉。海面像要立起，上下抖动，一浪高过一浪。两浪间形成宽深的涌槽，似要将皮艇卷入海底。当发动机的螺旋桨离开水面呼呼空转，当皮艇从浪尖跌入浪底，感觉大脑在颅内上下颤抖。海水灌进内衣，全身透彻冰冷。手套湿透，双手失去知觉，但还是紧抓绳索不放。海浪一个个击打在脸上，又咸又涩的海水不知吃了多少口。五脏六腑也上下翻腾，呕吐不止。人摇摇欲坠，从船舷跌坐在船底。

终于转过巴顿半岛的温希普角，进入波特海湾，卡里尼站区的红色房屋隐约可见。可海面突然狂风骤起，出现了大量浮冰，密密麻麻。一座座移动的冰山，晶莹剔透，却暗藏锋利的棱角。为了躲避冰块，一会儿前进，一会儿后退。在波涛汹涌的海浪间，玩起了辗转腾挪的中国功夫。随船的副驾驶甚至骑跨在船舷上，用一只脚不断踢开靠近的浮冰。这时全然没有了晕船的感觉，只有恐惧。由于智利海军站站长担心浮冰越来越多，无法回船，就决定不再靠岸，原路返回。于是，与阿根廷站又无缘相见了。这成了殷赞等人的永久遗憾！

这就是南极，冰雪无常，风浪无情。近在咫尺，远在天涯。一次次的遗憾，使他感叹不已。这就是命运！他笑言道。

当殷赞接到第29次南极科学考察队任务时，女儿还不到半岁。他匆忙地和妻女合影，记录了这珍贵的一瞬间。甲午的“十一”节，我见过这个洋娃样的小侄女。她唤我大爷，嘴儿甜蜜，比照片还要好看。带着这张照片，远赴南极。每当想家，极夜难熬时，他便拿出这张照片，身心又一次充电。他告诉女儿，自己这样闯荡天涯，是为了祖国，也是为了她。

回国途中，殷赞与我形影不离。在蓬塔和圣地亚哥，他随我给妻儿买了纪念品，还给年老的双亲买了羊皮帽子。他的行为举止，全像我殷家人的传统，并未因出走十代而差异！ 12月21日中午抵达北京，殷赞见到了离别1年多的妻子，在这一年里，妻子林翠翠又当妈又当爹。殷赞离家时，女儿殷林才半岁，回来时已1岁半了，会叫爸爸了。下飞机时，他发现行李未能随机来到，那是“法航”故意滞留他一晚，好与迎至北京的翠翠缠绵。天遂人愿，时助殷赞！

南极哥

赵勇“龙”船做“老轨”，
秘辛全在机舱内。
亿万经纬连五脏，
千百羽翼催龙飞。
冰雪铸就南极哥，
云路翻天已百回。

在成为中国第27次南极考察中山站站长之前，赵勇原是我国“雪龙”号极地破冰船上的轮机长，又称“老轨”，曾参加过6次南极考察和2次北极考察。最近这次，是3年前他随第27次南极中山站考察越冬队前往南极，因有了网络，他写日记、发博文，记录在南极的工作和生活，解答网友对南极充满好奇的各种问题。向人们介绍了一个个鲜为人知的南极故事，被网友亲切地称为“南极哥”。

他说：“人在自然面前是渺小的，一场风就把人不知道吹到哪里去。如何在那里生存下来，团队的力量很重要。”

2005年11月，赵勇乘“雪龙”奔赴南极，母亲却已绝症在身。去是大义，留是大孝。赵勇是妈妈的乖儿子，母子连着血肉。但是，他去了南极，并在“雪龙”撞荡浮冰之时听到母逝消息……母亲咽气前唤着他的乳名，想看他一眼。她大睁着双眼不愿瞑目，她在等待心上的儿子飞回，但是，赵勇在四万里外的南天之涯……

文章千古事，风雨十年人。在“雪龙”腾飞的东海之上，他用低沉的悲声，讲给笔者一个个惊险的故事：

勇闯西风带

11月15日下午3点，“雪龙”船离开弗里曼特尔港，因前方有气旋影响，5点半在港外锚地抛锚。临时党委决定，“雪龙”船必须在28日前到达南极中山站外的冰面上，晚上9点起锚向南极进发。

16、17日“雪龙”船遭遇另一个气旋的袭击，风力8—9级、浪高5—6米。18日气象预报，在南纬50度，“雪龙”船将遭遇一个大气旋，风力10—11级、浪高7—8米。19日早上，猛烈的颠簸和摇摆把赵勇从睡梦中惊醒，最大左右摇摆达30度。赵勇忙跑至驾驶台，听到水手长吴林向袁绍宏船长汇报说，甲板上绑扎的几百桶航空煤油桶出现了松动、移动，个别油桶出现了渗漏。船长当机立断，改变航向，顶着风浪，向西航行。命令水手长重新绑扎甲板上的航空煤油桶，又对赵勇说：“轮机长，为防止船出现飞车现象，请按最佳工况航行。机舱的一切都交给你了！”虽然只有一句话，但赵勇感到身上担子的沉重。因为这次南极考察，船上机器首次使用民族品牌——长城牌润滑油，虽经过试航试验，但能否经受住西风带的恶劣环境考验，赵勇心中没底。如果因润滑油问题主机出现故障，后果将不堪设想。20 日上午，在机舱坚守了一天一夜的赵勇问船长：“气旋何时过去，船能向南航行？”船长回答说，再坚持一天。21 日，赵勇又问船长气旋情况如何？船长说，再坚持两天。看到浪打到几十米高的驾驶台，“雪龙”船就像大海中的一片树叶，赵勇想：“主机动力系统哪怕一点点的小故障都不能出现，更不能出现停车现象，否则将船毁人亡。”4 天 4 夜后，22 日凌晨 4 点，海况总算出现好转，“雪龙”船改变航向，向南极中山站直插，船长命令全速前进。23 日下午 6 点，船到达南纬 60 度，安全穿越“魔鬼西风带”。

噩梦一场。但是，“雪龙”仍在浪中，仍有噩梦。

南极抗风记

中国第 21 次南极考察期间，在南极长城湾，“雪龙”船遭遇的一场大风，危险至极。

中国南极长城站外的长城湾四面环山，只在湾东南有一个出海口，应该说，这个海湾是一个非常好的避风地。

2004 年 12 月 29 日，“雪龙”船在长城湾锚地抛锚，为长城站卸货，东南风突起。晚 8 时，风增大到 6—7 级。抛双锚抗 7 级风应该不成问题。夜 10 时，风力增大到 8 级。第二天 0 时，风力达到 8—9 级，船体左右摇摆相当剧烈，会出现走锚危险。船长要求赵勇马上启动主机，用车舵配合双锚抗风。

2 点 55 分，突然发现船体后移，有走锚迹象，马上命令起锚。风还在增大，礁石林立的锚地已非久留之地。风力很快增大到 9—10 级，想将双锚收起并迅速离开已非易事。风呼啸着，海面上的白浪花已被风撕成条状，在船头起锚的大副，几度被风掀倒在地。

锚链一点一点地收，船横在风里，快速向岛上飘去……快点绞！快点绞！“雪龙”船船员每个人的心都提到嗓子眼儿了……终于在对讲机的那头传来了大副的声音：“锚链四节甲板”！锚快要离地了。“全速倒车！”船长急促命令。此时，船头与前面的礁石已近在咫尺，随着倒车，船艉改变了方向，开始慢慢后退。在离开双峰山的暗礁后，船长立即调转船头，顶风直向口子外冲去。

口子外的风涌更大，船只能又折回湾里。风还在不停地增大。或许南韩站风会小一点，但到了那里才发现，风浪竟然更猛。“雪龙”船只能抗风航行，不进不退。风力已达到 11 级。6 点 25 分，船上测出的瞬时风速为 38 米 / 秒（12 级），云图上表现为一条东西走向，长达 2000 海里，宽仅为 20—30 公里的浓密的云带，像妖龙一般缠住了雪龙。12 月 30 日，“雪龙”从昼到夜一直开车顶风，筋疲力尽，人困船乏，危机四伏。

第三天，风减至 7—8 级，又一场噩梦历过！

惊心动魄话检修

“雪龙”船的改造任务，于 2007 年 4 月至 11 月期间进行，但此次新设备的调试、管路的错接、设备故障的事件频繁而至，大小几十起。2008 年 3 月 7 日，主机 5 号缸突发沉重的敲击声，赵勇果断决定连夜对主机进行吊缸修理。10 点 30 分，海面突然起风，风力 8 级。没有动力的大船在大风浪中漂泊是极其危险的！紧张的气氛弥漫了整个机舱！轮机长一边命令大家继续进行主机抢修，一边安排人员启动空气压缩机，以备启动主机。然而，坏消息如晴天霹雳——空压机发动不起来。万一空压机启动不了，即便主机修理完成也无法启动主机。于是，马上排查，最后确定是水压继电器的压力管堵塞，事故不小。驾驶台又传来警讯，船在大风的吹动下，快速向一座大冰山漂去，船长命令：半小时之内必须启动主机，确保

“雪龙”船有动力避开冰山。

机舱里的气氛更加紧张了，而年轻轮机工却手忙脚乱了，千钧一发之际，竟不慎将空压机海水压力继电器的水管拧断！空压机是肯定无法正常启动了。仿佛是世界末日的到来：位于机舱底层的空压机，海水冷却水泵出口管突然爆裂，大水喷涌。一时之间，海水泵出口管爆裂、压力继电器水管断裂、空压机启动不了、主机仍在故障……集控室报警声不断，驾驶台要求启动主机的电话接二连三，像战场上的求救电讯，条条逼人。害怕无用，忧愁无用，后悔无用，蛮干亦无用。赵勇想起了国歌：“中华民族到了最危险的时候，每个人们被迫发出最后的吼声……”抓住关键，充满自信，临危不乱，他当即对人员重新调度安排，机匠长对海水管堵漏、系统工程师取消空压机的 PLC 启动程序中海水压力的闭锁、轮机长亲自率领精英抢修主机。天佑中华，海佑“雪龙”，南海观音保佑赵勇，11 点 30 分，所有的故障竟一齐排除，像 800 万蒋军一瞬间土崩瓦解！主机及时启动时，“雪龙”船，离大冰山仅剩几十米距离！

赌命极地

短暂的三个月夏季一过，考察船就要载度夏考察队员撤离南极，启程回国，考察站上将留下十几名越冬考察队员，忍受南极狂风暴雪与严寒漫长的极昼、极夜，克服远离祖国亲人所带来的寂寞生活。赵勇是中国第 27 次南极考察中山站站长，他带领 16 名越冬考察队员，在“中山”坚守了 15 个月，其间的酸甜苦辣，可从故事中体会。

南极，冰雪的圣地，象征幸福的南极光，圣洁而美丽。然而，当你在极地生活 15 个月，眼见暴风呼啸着将一切撕碎，纯净的雪地隐藏着一个个陷阱，极夜的标志不是绚丽的极光而是无尽的黑夜与孤独之时，你的激情就会冷却。中国南极中山站位于南极大陆的拉斯曼丘陵地区，5 月中旬就进入极夜，见不到太阳。10 级以上大风，把站区积雪吹上九霄，把雪坝堆积得越来越高，队员越过雪坝要陷到大腿，甚至腰部。气象观测员还必须每天在5点、11点、17点、23点观测接收气象数据后，马上发送到国内和在南极的澳大利亚戴维斯站。

一次大风雪天气，赵勇跟着科研队员李海锋和李荣滨去天鹅岭。被大风吹积成的雪坝一人多高。从雪坝的低处翻爬过去，积雪陷入膝盖以上，奔气象山。到达一片乱石区，积雪被大风刮走，磕磕绊绊。到了天鹅岭上，两名科研队员先检查室外的接收器，李海锋进入大气成分观测栋，检查机器工作情况，接收数据。

到天鹅岭最北端后，李荣滨还要下到山脚下的海边：海冰辐射观测的仪器设备，都安装在海边的观测栋内，山坡距离海边有20多米，坡度在45度左右。夏天时在坡上拉了绳索，但即便有这根绳索，大风冰雪中上下坡，还是非常危险。李荣滨刚上山坡，脚下一滑就摔了一跤。下坡更是危险，滚下雪坡、陷落雪谷活埋的可能性很大。10级以上大风往回走，戴上面罩和风镜，雪霰像子弹一样尖利。

如果风雪再大一些，他俩就要用绳索连在一起前行，正像一句歇后语所云：蛤蟆拴在鸡腿上——飞不了我，蹦不了你！有一次12级大风下，回站时摸不清道路，顺雪坝走上了堆放在站区的集装箱顶，李海锋整个人陷入雪坝中，好在他俩用绳索连在一起。还有一次差点跳下集装箱去！险造又一个秦岭事件！

这一切都成了噩梦、蜜梦，成了“南极哥”赵勇的金字招牌！

妙曼之星

妙星，佛声禅韵，人也长得艺术。世界上好的东西称文化，妙的东西称艺术。参看该君肖像，长发高鼻，眼亮如荷上水珠，嗦嗦转动。谈吐亦发妙音，轻柔快捷，声色并茂，加以“云手”动作，眼眨眉动的表情，真一个俏妙书生，潇洒后生！

说妙星台上明星并非夸张，新华社、《中国海洋报》等媒体，报道他大块文章。中央电视台曾以“南极专家妙星”为题，连续播出他的专访。潇洒妙曼人人皆知，人人皆爱。笔者与他在长城站上一见中意，一语心通，妙境顿生，真乃美妙佛缘！

妙星，赴南极动物研究专家。1983 年生于陕西宝鸡市，2010 年大连海洋大学本科，海洋生物生命科学院研究生，从事海洋哺乳动物、生物学专业研究。2010 年，从业于国家海洋局三所（厦门）。2012 年 12 月，随科考队进入长城站。率性浪漫的妙星，被南极的大美弄得晕晕乎乎，疯疯癫癫。他第一次见到了初生的小海豹，可爱的小企鹅，白色和黑色的雪燕和贼鸥。他说：蓝眼睛的鸬鹚像欧洲人一样看人，胖头肿眼的海豹，会张大嘴巴，发出“打呃”样的声腔唬人。鼻音突突，发声最响的叫作“象海豹”，威德尔海豹的发声细声细气，假装斯文。但哺乳期的母豹，却如更年期的女人一样，脾气火爆，一旦动怒，吼声如母牛一般。妙星喜欢小海豹的奶声奶气，羊羔儿一样清脆、稚嫩、撒娇。成年的海豹叫声带有严重的鼻音，如发鼻炎。他扮演各类的海豹，装模作样地叫了一阵，或粗细，或美丑，皆如活物，十分逗人。他说：在岸上，豹扮的是懒汉、憨厚、蠢笨的角色。在海里，它灵敏轻捷，活泼油滑。

海豹的世界繁花似锦，它们食鱼，食蟹，主要食磷虾，但也吃企鹅甚至别的海豹的幼崽。那小眼、阔嘴、流线型的蠢笨角儿，一下到海里，立变生猛。它们从身后袭击猎物，大鱼、小鱼、鲸鱼幼崽，还曾有两个潜海的科学家遭它袭击，皆被咬死。海豹是识天象的灵物，哪个季节在哪里分布，捕食，皆有路数。夏季一到，海豹上岸褪毛，母豹上岸产崽，那是它们极有情味的幸福生活。

9 至 11 月，海豹大婚，爱事繁忙。多在水下纠缠，一前一后，女戏男追，游龙戏凤，十分的风情。喜场若在岸上，则白雪铺地，祥云为花，燕鸥欢舞，气氛热烈。大千世界，物人情似，那母豹如女人一样，羞羞答答，矜矜持持，躲躲闪闪，嗔嗔怒怒，有时还会嗤鼻怒骂，撕咬打斗得脱皮掉毛。一旦入爱，又温顺可人。

在南极动物世界，也讲究个男子主动，女子淑雅的。妙星说：凡有雄者求偶，皆死皮赖脸偎依雌豹，摇唇鼓舌，摇臀摆尾，寸步不离。只要有人、物、鸟或另外海豹接近，它便挺胸昂首，似要直立起来，还要张大嘴巴，龇出獠牙，喷着响鼻戒备，生怕别家横刀夺爱。稍有机会，便又蠢腚滑头地接近雌豹，似想拥抱。在雌豹躲开的瞬间，亦有别的雄豹试图插足，那勇士醋意大发，扭腰摆臀地冲上前去，与第三者格斗。双方都尽量把头扬高，扬高，身子竖直，好显得更加高大。猛一扬头，猛张大口，一齐下牙，口唇脖颈常被咬得鲜血淋漓，这是真打。还有一种假打，那是青年们的打斗游戏，扑撕滚爬，看似热闹，不伤皮肉，不伤和气。在这样的时刻里，若有人观望，则更添能气，逞能儿地玩下去，常出精彩。若在心烦之时，你去观望，它很响地“嗤之以鼻”，便是排斥，你识趣走开。反之，你甚可跐着鼻子爬上脸去，给他挠痒，按摩。朱宗泉那种色情按摩也可，它会仰得舒展，恣意，还伴随痛快的呻吟，与人不二。

凡软雪懒躺，便是吃饱喝好、好脾气的时候，这时企鹅们在它身旁玩耍，海鸟晾翅儿，甚至落到它身上，它都不介意。有人也凑上去，对着这豹鸟不争，人物和谐的场景照个相，录个影的动作，人家照样睡觉，而且入梦。那是对你绝对放心。妙星说：曾有一只与他相识的小海狮跑来，伏在他腿上蹭痒，那乖乖儿皮毛柔亮，眼神儿温顺，在他的爱抚中睡着了，还撒了好大的一泡热尿……

爱南极爱动物的好小伙啊！你光顾好啊妙的了，别忘了你自己的大事。的确忘了，在抱着小海狮时，他想唱的是一首儿歌：

娃娃睡喽，
娘缝被喽。
娃娃尿喽，
惹娘笑喽。
娃娃醒喽，
娘烙饼喽……

妙星忍不住要喂它一口好吃的。错了！西德科学家在死贼鸥的胃中发现了黑木耳，认定是中国人所为，告到智利去了。妙星解剖的海鸟胃中，有一片塑料。2013 年 2 月 6 日，他在智利站附近的海上发现一只海豹，腹上有一道锋利的切口，分明是快艇螺旋桨打的。它瑟瑟发抖，眼神儿惶惑、痛苦、无助地看着妙星。第二天，他拿了外伤药去找伤豹，却不见了。是饿极下海了吗？还能回来吗？他知道鼻子灵敏的鲨鱼，专门咬食受伤的海豹，他还担心它腹腔灌水……

南极的亚冬来临了，一种叫作白鞘嘴鹬的小鸟儿，会来这南极的"亚环境"中越冬。妙星的眼前飞动着7只，后来9只的小精灵，它的叫声像亮冰一样清脆。它们在长城站生活楼、发电栋、科研栋分别栖身，三二一伙，一家，十分和谐。用妙星的话说：也有协作式的竞争！因为妙星常看它们（喂没喂不好说），混了个脸儿熟，妙星一到，它们也就飞下，围他身旁，看他的脸，看他的大包（我侄女小时候也常看我的包，里头有花生、糖）。他若出站，它们跟着，学他的样子，大摇大摆地走路。妙星一回头，它们立马"定格"，眼也看地，装作并未跟踪。那雪白的小不点的俏模样儿，几乎要融入雪堆里去。

一行人（鸟）来到海边时，遇到雌雄二海豹。白鞘嘴鹬狗仗人势，去啄海豹的尾巴，啄雄的十来下，啄雌的百多口。雌豹生气，又捉不住小鸟，竟迁怒于雄豹，半嗔半咬地撒起娇来。雄豹试图安慰雌豹，短鳍扇几下，搭在雌豹背上，那雌豹依偎它，仍然咬啄，分明是变相的热吻。

2013 年 10 月 4 日，双顶岛下的海边仍结厚冰，妙星在海边调查，忽听白鞘嘴鹬的呼救声，一对轻捷的小海豹可能扑住，扑伤了鸟儿。他飞奔过去，脚下却突然一陷，一条腿已进入了幽深溜滑的豹洞。感谢那只肥笨的大包，挂住了臃肿的连体服，感谢鸟师傅教会了妙星双翅扇扑，他没有像我前章写过的"捷克老头"那样再往下陷，而像一只棉包塞在了瓶口，他翻腾出洞，一对海豹呆呆地欣赏着他的中国功夫。

这几乎丢掉性命，吓出妙星一身冷汗的大灾，在鸟儿的眼里只是一场把戏，鸟儿的乐观快乐，皆是来源如此！

妙星告诉笔者，在有关动物的教科书上，形而上学的说教看似圣明。他们说：庄子有人非鱼之说，所以动物与人之心思，大相径庭。你对它好，它不一定知好，你对它坏，它不一定觉得……如此怪论，那什么动物还认识主人，亲近亲人？那宠物救主，蛇鸟报恩，发生在眼前的故事全是假的？没有生活的教条主义，没有同情心的学生腔害死个人！妙星与笔者同仇敌忾，合骂了浑人一顿！

妙星说：“我听信了教科书言，决不犒赏追随之鸟的一天，也得到了白鸟的冷待。它们在完全无望时结队返还，又愁又怨的眼神，着实令人伤心……”

我说：“别信那一套，肝肺肠子心为主，人要有情！”妙星说：“您是我的好老哥！我信你的话！”前几日妙星发来了资料，通话的语气仍然热烈，只是还未找到对象。我暗暗骂道：“那称作女子的傻大们瞎了眼吗？缺少白鞘嘴鸟、贼鸥的灵性。”有文章评论说：“妙星易得丈母娘的欢心，但与姑娘一味谈鸟，肯定跑题！”

但是，那些姑娘们，能听懂妙星故事中的妙意吗？一个对鸟儿如此动情的人，对人的感情应该有多么深厚！

妙星说：“一些当年未生蛋的企鹅阿姨像幼儿园的教师一样，将孩子们围成一圈儿进行照看。孩子的父母便心挂两肠地下海，吞下鱼虾，以吐哺自己的孩子。每当有父母回来了，企鹅阿姨便推出他们的孩子，令其一家团圆。偶有孩子冒认别家爸妈的情况，但这种情况从未躲过企鹅阿姨的‘金睛火眼’。”妙星还说：“也有对鹅儿爱极生妒的阿姨，她把别家的娃儿藏在自己的育儿袋内，不还给人家。两只雌（雄）鹅便要为此拼死斗争一番。亲生的父母因不忍死扯娃儿，常常战败。尽管如此，但他们却是最后的胜利者——因为小娃总会想法儿扑向自己父母的怀抱。”

妙星接着说：“红堡企鹅的天敌是吸血蝙蝠，还有南美鸥。这些家伙眼神阴鸷，喙尖爪利，经常凶残迅捷地咬食、毒杀鹅娃儿。红堡企鹅的集体防御战略是，将稀泥、稀屎喷射到恶鸟的脸上、眼上。”

“小企鹅学滑冰、滑雪时，步履蹒跚，常在沟坎崖畔摔得鼻青脸肿。这时，当爹当妈的少不了要扶一把，拉一手；但对那躺下耍赖的小企鹅，则装看不见，那无赖娃儿也只得爬起来再练。还有的小企鹅为了赖父母哺食而装憨卖呆，令人想起两句古诗：‘最喜小儿无赖，溪头卧剥莲蓬。’”

妙星又说：“一个家族式的、一个团体的企鹅，会挤成一个集团，在零下几十度的暴风雪中挤簇、团结。这种密度甚至可压死鹅娃儿。在暴风雪后的一个晴好天气里，父母会在要下海捕食之时忽然儿女情长、英雄气短起来——因为这是一次永别，儿女长大了，天意告诉它们不可再回来。”

“那些蓝冰的山、红冰的山、飘着白云的天、红霞般的海星、灵怪的极光与火影，交织成美妙的天籁之音。当你看见企鹅发呆、眼睛发亮的时候，就是它们听到天籁之音的时候。”妙星如是说。

还有一些企鹅因换毛、退毛而变成光顶秃、鸡窝秃、插花秃和皮癣秃。它们不养娃儿，不下水，不管闲事，类似疗养人员。它们脾气暴躁，一言不合，便如更年期男女，嘴利牙长，飞短流长。你若用不敬的玩笑、混歌儿，如“一间小屋，尽住小秃……秃头掉进油桶——油皮滑蛋；或秃头秃头滑如水，蝇子一落劈了腿”等，戏言它，它会和你拼命。

当这只企鹅青年队伍成长至能长征时，长辈们便整编队伍，向海边出发。它们爬雪山，过冰裂，跳冰涯，滚雪坨，涉过融雪地。在整个征途中，海豹、海狮、海狗、贼鸥、巨鹱等天敌，如百万敌军般围追堵截。那些掉队落单、伤病残弱者哭号呼救，全无用处。亡命征途本是天命。说至此处，妙星唏嘘，恨自己不是上帝！

2014 年 10 月某日，我在中央电视台十套的节目中看见了妙星，红色的南极服，长长的黑头发。他迈着灵捷的步子跳跃在南极的海边，浮冰在他的身边闪闪漂过。白色的雪峰逶迤连绵，蓝色的晴空飞舞着鸥雁。播音员用铿锵的语调解说他：“妙星的精神世界是南极！”

张势正旺

张正旺，北京顺义人，北师大教授，研究动物分类，形态结构、生理、保护、开发利用等经典学科。

1993年11月，随南极10次考察队来长城站度夏，承担“鸟类在南极生态中的地位与作用”任务目标。普查该地区企鹅、巨海燕、燕鸥、褐贼鸥……一个惊人的奇遇是：他发现了一只全身莹白如玉，完全白化了的企鹅，一只白色的牛背鹭。他被她青春少女般的美丽惊呆了！大叹造物主造物的神奇，他迷上了南极，告诉我：2013年的11月，智利站区的冰盖上曾有一只帝企鹅来访，它的体重达到40余公斤！企鹅用不同的声腔表达语言，情感。以石子做窝：从远处叨来百石，块块含情。帝企鹅不做窝，鹅蛋放于脚蹼，胸腹伏在脚上，月余不吃不喝，减1/3的体重，空乏其身，瘦成干柴模样。孵出鹅崽，留几只未生产的阿姨照看儿女，自己下海捕鱼虾，吐哺婴幼，如人的爱意不二。守婴者与贼鸥、海豹搏斗，舍生忘死……

在南极，笔者与二张（正旺、庆华）同室而居，我鼾声震天，恶扰二君。话长夜短。正旺君随身携带的电脑，是百宝之囊，他探囊取宝的文章，比之我秃笔急记的，好上千倍：

环岛考察谈鸟类

11月30日，考察工作正式开始。我与中科院青岛海洋局的杨伟祥、中科院地质所的刘嘉麒以及北京师大环科所的曹俊忠3位同志一起，利用2—3周的时间，对长城站所在的菲尔德斯半岛进行了全面的考察。

在南极这个特殊的环境下，野外考察十分危险。刚才还是晴空万里、风平浪静，片刻就狂风大作、雨雪交加。我们乘小艇到菲尔德斯半岛对面的纳尔逊岛考察，出发时阳光明媚，谁知小艇刚刚走完一半的航程，风力迅速加大到六七级。我们乘坐的小艇在苍茫的大海之上，犹如一叶扁舟，一会儿被几米高的巨浪高高举起，一会儿又被重重地摔入浪峰间的幽谷，可谓险象环生。我们紧紧地抓住缆绳，拼命力保小艇不翻。经过一个多小时的生死考验，小船终于靠岸，我们全都精疲力竭，喘息不定，浑身全被海浪浇透了。考察时若遇上大雾天气，常常迷失方向，即使你手中有地图、指北针也没有用。为数不多的晴天是我们野外调查最理想的时机，然而强烈的紫外线，却会烧灼你的手脸。我们的脸都会被晒黑一层，晚上脸火辣辣地疼，用手一摸就会脱下一层皮。去海岛考察，还需掌握海水的潮汐规律，否则就会陷入困境。与我一起进行野外考察的老杨，有一次因为忙于观测海豹而忘了涨潮的时间，结果潮水漫过了连接小岛与岸边的长堤，他只好脱掉裤子，蹚着没膝深寒冷刺骨的海水回到岸边。倘若再晚一点，恐怕他只有靠手中的无线电对讲机来呼救命了。

在为期3周的时间里，我们走遍了菲尔德斯半岛上每个能够到的地方，获得了一大批第一手科学资料。在长城站及其邻近地区，共发现鸟类近20种，隶属于7个目、9个科，总数量在数万只。其中比较常见的种类是企鹅、贼鸥、燕鸥、黑背鸥和巨鹱。

企鹅主要有3种，即阿德利企鹅、巴布亚企鹅和南极企鹅。它们均以磷虾、鱼类和小型软体动物为食，在南极生态系统中占有十分重要的地位。种群总数约在2万只左右。南极地区的贼鸥有两种，即褐贼鸥和南极贼鸥。前者个体较大，体重在1800g以上，跗跖长于70mm，后者体型较小，身体颜色浅淡，呈棕灰色。这两种鸟类都营巢于远离海岸的苔原上，繁殖期间领域性很强。

它们常常盗食企鹅的卵或幼雏，是企鹅的主要天敌之一。南极燕鸥和北极燕鸥在长城站地区均可见到。其中北极燕鸥繁殖于北极，而迁徙到南极来越冬。南极燕鸥体态娇小轻盈，善于飞翔，常集群在海边的大块礁石上或乱石滩上繁殖，对于侵入其巢区的天敌常群起而攻之。黑背鸥是一种十分漂亮的南极鸟类，全身羽毛洁白如玉，仅背部呈灰黑色，橙黄色的喙的下喙缀有一块鲜红的斑点。它主要以潮间带的贝类为食，在海边的礁石上以海藻和地衣等材料筑巢。巨鹱也叫巨海燕，是一种大型的海鸟，性情凶猛，常捕食企鹅或其他鸟类的雏鸟，曾在长城站附近的生物湾见到70—80只啄食一只死鲸的腐肉。目前这种鸟的数量正在逐年减少，其状况已引起国际南极科学考察委员会的极大关注。

尚未解开的牛背鹭之谜

1994年1月12日，雨后初晴，与青岛海洋所杨伟祥一道，去西北部的华山半岛一带考察。在距海岸大约30米的一堆岩石边，一只白色的死鸟的残骸映入了我的眼帘。近前一看，发现它并不是我所见过的鞘嘴鸥。因为它的喙较长，呈圆锥状；足具4趾，趾间具蹼。显然这是一种鹭科鸟类。经过查阅有关的专业书籍最后得知，这是一只牛背鹭，在长城站地区尚属首次发现。以前未曾有过这种鸟类在南极分布的记录。南极的严酷条件也根本不适合这种鸟类的生存。那么我们在长城站地区所见到的牛背鹭（后来我又在马尔什机场附近和石门半岛各发现一个牛背鹭的残骸）又作何解释呢？带着这个问题，我与前来长城站访问的德国鸟类学家汉斯博士进行了探讨，取得了较为一致的意见，即这些牛背鹭都是一些缺乏经验的年轻个体，从邻近的南美大陆的迁徙途中，由于某种原因造成导航系统故障，偏离了原先的迁飞路线，最终错误地到达了贫瘠荒凉的南极地区而丧命。

企　鹅

企鹅是没有飞翔能力的一个海鸟类群，在分类上属于企鹅目企鹅科，全世界现存6属18种。其中体型最小的是小蓝企鹅，也称小鳍脚企鹅，体长只有40厘米，体重约1千克；体型最大的是帝企鹅，体长超过1米，体重可达40千克。各种企鹅在外形上基本相同，例如阿德利企鹅和巴布亚企鹅头部，均呈蓝黑色，不同的是后者的眼上方，有一块白斑。南极企鹅的头部上黑下白，在头侧和颏下有一条明显的黑纹，犹如帽带一般，因此人称之为“帽带企鹅”。

企鹅全部生活在南半球。而洪氏环企鹅的分布区从赤道附近的秘鲁，一直延伸到智利的中部。加岛环企鹅则全部生活在位于热带的加拉帕戈斯群岛。

在所有海鸟类群中，企鹅的游泳和潜水技能，都是出类拔萃的。有人通过观察发现，帝企鹅、阿德利企鹅和斑嘴环企鹅的游泳速度每小时为5—10公里，最高可达60公里。企鹅一般通过潜水来捕捉猎物，潜水深度巴布亚企鹅多在20米以内，南极企鹅一般不超过45米，而帝企鹅则为45—265米。大多数企鹅潜水时，在水下所停留的时间为0.5—1.5分钟，斑嘴环企鹅可达5分钟，而帝企鹅则可高达18分钟。

为适应游泳与潜水，企鹅的身体结构发生了很大变化：在体表没有羽区与裸区之分，短而浓密的羽毛，均匀地分布在全身各处；流线型的躯体可以减少运动时海水的阻力；两翼退化缩小为强壮的、狭窄的鳍状翅，可用于划水；发达的胸骨和龙骨突起，以及附着在其上面的发达的胸肌，能产生巨大的动力，可在水中快速地向前推进。与其他鸟类不同，企鹅的骨骼坚实而不充气，比重比海水略低，可减少潜水时的能量消耗；后肢三趾发达，大拇指退化，在趾间生有大多数水禽所共有的蹼，适合在水中活动。

所有在南极和亚南极海域活动的企鹅，都要经常忍受0℃以下的水温。终年留居在南极大陆的帝企鹅，甚至要忍受零下几十度的低温。因此，保持体温对企鹅来说是非常重要的。在企鹅的体表，通常生有三层羽毛，各层羽毛之间充满了空气，构成了很好的保温层。此外，其身体的皮下部有很厚的脂肪层，也可以起到保温的作用。

企鹅的后肢生长在身体的后端，在陆地上常呈直立姿势，犹如翘首企盼一般，“企鹅”的名字就由此而来。在休息时，它们常常以脚和尾羽一起支撑着身体。由于身体肥壮而腿短，企鹅走起路来摇摇摆摆，憨态可掬。

若遇紧急情况，便以腹部贴在冰面，以脚和鳍状翅为推进器，像雪橇一样快速滑行。海中游泳时，企鹅常常出现跳跃的动作。有时，为逃避天敌的袭击，它们还会跳出水面，甚至跳上浮冰。

海洋中丰富的甲壳类、鱼类及各种乌贼，是企鹅的主要食物。各种企鹅的食性有显著差别。近岸取食的种类（如小蓝企鹅、巴布亚企鹅、各种环企鹅）和潜水较深的帝企鹅、王企鹅，主要捕食各种鱼类。乌贼常被王企鹅、帝企鹅、冠企鹅及一些环企鹅取食。阿德利企鹅、南极企鹅和长冠企鹅的食物，则主要是磷虾。

每年夏季南极气温回升，各种企鹅陆续返回其传统的繁殖地，开始了一年一度的繁殖。企鹅是集群繁殖的鸟类，在一块繁殖地里，往往有大量个体同时繁殖，其数量从数百只到几百万只。

繁殖活动的第一步，是由雄企鹅在一个适宜的地点建立领域。任何其他雄企鹅进入，都将立即受到领域主人的驱逐。在领域之中，雄企鹅往往通过一系列的求偶活动，与被吸引来的异性结成配偶。配对时，多数的企鹅倾向于与其过去的配偶交配。有人发现，61% 的黄眼企鹅配偶对，能持续 2—6 年，12% 能维持 7—13 年，每年的“离婚率”仅为 14%。然而，阿德利企鹅的配偶关系持续时间较短，迄今为止尚未发现有维持 6 年以上的，其种群的“年离婚率”超过 50%。

除帝企鹅外，其余的各种企鹅都营巢繁殖。巢一般都比较简陋，常用小石块堆成，一些种类还在巢内铺垫枯草、干树枝或其他巢材。帝企鹅在繁殖时不筑巢，而是将卵放在脚面上进行孵化。企鹅卵数多为 2 枚，仅王企鹅和帝企鹅产单枚卵。除帝企鹅孵卵只由雄鸟承担以外，多数种类由雌、雄鸟轮流孵卵。孵化期因种而异，阿德利企鹅为 33—37 天，巴布亚企鹅为 35—39 天，王企鹅 52—55 天，帝企鹅 60—65 天。

刚刚孵化出来的小企鹅，全身被有灰色或褐色的绒羽，不能行走，需要亲鸟的抚养和照料。亲鸟不仅为雏鸟带来食物，而且保护其后代免遭贼鸥等捕食性鸟类的伤害。当取食回来的亲鸟来到巢边后，小企鹅立即将喙伸入到亲鸟的口腔之中，取食吐出的呈半消化状态的甲壳类或鱼类食糜。经过20—40天的抚养，小企鹅逐渐长大，其食量也急剧增加。此时单靠一只亲鸟去取食，已难以满足雏鸟生长的需要。于是繁殖地中的小企鹅便会集中到“幼儿园”里，由几只有经验的成年企鹅看管。这样，小企鹅的父母们便可以安心去觅食，将丰富的食物带回给后代。

企鹅的天敌主要是一些捕食性的鸟兽。它们的卵和幼雏常常被贼鸥等鸟类盗食。海洋中的虎鲸、海豹和鲨鱼也会攻击正在取食的企鹅，但其对企鹅种群的影响微乎其微。真正对企鹅生存构成威胁的还是人类的活动。一个最显著的例子是斑嘴环企鹅。自1497年伟大的航海家达·伽马在南非的海豹岛上发现这种企鹅以后，它们的卵就被人类捡食，平均每年有50万枚卵被捡走，这对斑嘴环企鹅造成了严重的危害。

谁能不爱，不关注企鹅小宝贝呢？在我的眼中，企鹅是天真、美貌、乖乖可爱的孩子。当我从南极归来，在欢迎我的晚宴上，一位要好的朋友问我“企鹅肉好吃么？”的时候，我心中一颤，继而大怒，我骂他不是人，他骂我是鹅爹爹！我从此知道他不善良，他说我南极人坏脾气。是的，如果能够，我愿做企鹅爹爹和南极人！

孙立广——“鹅矢如金”的证人

鹅是企鹅；矢者，粪也。夸鹅粪如金，自有它的道理。

1998年11月初，南极暖季。中国南极考察队第15次来到南极开展考察任务。生态地质学家孙立广教授带来一个崭新的科学命题——通过企鹅有机体中物质组成证明近200年来，人类的活动正在影响整个地球。

南极大陆，地球上唯一没有人类足迹的孤独大陆，它常年把自己冰封雪藏在地球的底部，注视着人类文明的进程，调节着海洋和陆地的温度，控制着地球的气候。南极巨大的冰盖，是全球气候变暖的预警系统，如果南极的冰雪全部融化，全世界的海平面将升高60米。这意味着将失去绝大多数的人类文明。这片白色的世界，是各国科学家探索的天然实验室，科学家带着梦想来到这里，希望寻找到冰封雪藏的密码。

企鹅，南极的象征，也是南极大陆的主人。探索企鹅的历史充满了诱惑，生态学家从废弃巢穴中，找到了企鹅残余的骨片，进行碳14定年。企鹅留下遗迹太少。面对难以保存的企鹅骨骼，历史学家又不能去挖掘企鹅化石，而且化石的计算年代是以百万年、千万年为单位定量的。

孙立广说：“如果要进入这个领域，就必须要有自己的想法，沿着前人的路走比较轻松，但永远走不出自己的脚印。按照中国科学家的思路，他们首先要找到可供研究的样本。我到了南极的第一天，就上了阿德雷岛，那是个企鹅生态特别保护区。因为你要找企鹅粪就要到企鹅多的地方，找企鹅多的地方就要到阿德雷岛……”

然而，一踏上这里就发现，根本找不到企鹅粪土堆积层。非常遗憾，因为企鹅在海边排粪，已被雪雨冲洗干净，流入大海了。想找到一个粪土层的聚集地，就要找滞水沟或小池塘，找个有层序的含粪壤层，这是大海捞针！

但是，他们却发现了一个濒临海湾的小湖，是涨潮时海水倒灌进的洼地。从地质学的角度判断，可能存在沉积物。更让中国科学家兴奋的是，这个小湖旁边有大量的企鹅生活，湖底沉积的大量土壤中，极可能就有企鹅的粪便。

发现的过程有趣而艰难，在规定考察的100天中，一直到第97天，才找到这个湖并发现沉积物，让中国科学家在返程回国的前三天里，在南极留下了一个传奇。这个传奇引导世界南极地质研究，打开了一个崭新的窗口，科学家从这个窗口开始破解：企鹅的演变应是过去气候变化的关键。中国考察队孙立广和他的研究团队，终于找到了累积企鹅粪便的土壤层。

孙立广向不明白的人解释：“相隔万里之遥的人类活动，正在改变这种和谐。人类对鲸鱼、海豹、磷虾的捕捞活动，使极地生态系统受到破坏，企鹅的生存也会受到不同程度的影响，这体现在鹅粪里……”

中国科学家根据企鹅粪标型浓度，来确定含粪量的相对变化，进而推测出企鹅种群数量的相对变化，得出了历史上企鹅种群数量的波动过程：在过去大约3000年中，在这片没有人类活动的冰洲上，企鹅种群数量发生过4次显著波动，距今1400到1800年数量达到最大值。而距今1800年到2300年间，企鹅数量锐减。科学家们把这种变化和气候变化对比，发现企鹅数量的高峰，和气候变暖有联系，而温度最高的时期，企鹅数量又呈下降趋势。

这就是自然，这就是如金之鹅矢带来的比金子还贵的鹅史研究结果。

曹站长

曹建军，1984年首闯南天，建起长城站，曹荣立二等功，获全国“新长征突击手”称号，海洋局标兵，全国国家机关标兵。1997年，首闯南极的建军又投身首次北极考，成为著名的“十八棵青松”。南极16次考察，最最使君断肠的，是惨痛的南极18次考察。

在亮冰白雪的照耀下，他红肿了双眼，但他的爱妻却在上海查出了白血病，住进了医院。一向斩钉截铁的曹君木然了：她得了不治之症，他的工作又无人能替。上级去做妻子的工作，她竟一口应承，放飞他去南极。他是怀着生离死别的心痛分别的，他已知她会死去，等不到他回来。她也知他远在天边，无缘再见。他掐着手心问她：“你这样了，我出得去吗？”妻脸色惨白，咬着嘴唇答：“领导说，船上需要你……”

告别的一刻到了，有赴死的心痛。她冰凉的手捉住了他，泣不成声：“我不能……等你回来了……”他无语，即便是善良的谎话，他也不会说。

天海苍茫，重洋连着重洋，怀着连天的心事，他来到南极。那时打电话要到智利站，妻在四万里外的那一头说话，声已微弱：“建军，我等不着你了……”建军哭道：“我们马上就回航……你一定等我……”妻平静地说：“太远了……你，管好孩子吧……”

是的，他们有一个上大学的孩子，是他们爱情的结晶。之前，他不认为钢铁汉子会号啕大哭，不认为人会有比死还难受的无奈。但是，两天后妻子死了……

一对恩爱夫妻，共同结晶了儿郎。他们是一双战友，为了祖国的探极事业，她耗尽了生命，也帮他挣来过勋章。

建军是一个坚强的人，但他已经磨历劫，伤痕累累。他接连下来的 20 次考察航、22 航次、23 航次，不歇气地闯荡下来，接了董利的班，在中山站越冬，做了副站长，兼任水暖技术工作。出发之前，去金华看望老母。白发苍苍的老母，仍惦记儿子的远航。

“雪龙”号才刚过赤道，卫星电话就传来了噩讯：母亲仙逝。这是又一次割心的惨痛。他唯一的办法，就是抢付母亲的丧葬费。但那是无用的，痛在心上。

笔者听到过几位队员的倾诉，他们在母亲、奶奶、姥姥仙逝的时候，人还在南极、南大洋的冰雪中，亲如同胞的兄弟们陪着丧主一同下跪，面向故乡哭号，为亲人磕头致歉。这就是中国的南极考察队员！

心红志刚

刘志刚，1980 年 5 月生于秦皇岛青龙满族自治县，奶奶汉族，姥姥满族。2003 年毕业于河北省经济学院地质部，供职青龙县气象局，任副局长。南极 26 次考，被推为队员，未成行。但在 29 次成功，到了梦寐以求的南极长城站。

关于他在南极一年的感受与耳闻目睹，有一篇他在南极交给我的网络讲座文案，标题是《我在南极测风云》。

……我从家乡出发的时候，带了一把乡土。一年来，这把土就在我的枕头边：让自己时刻感觉家乡就在身边；时刻以家乡的地力补气。不管遇到什么困难决不低头，因为我代表着中国、河北、秦皇岛。还有30天，我们就要完成这次科考任务回国了，我想带一块南极特有的石头回国……

主持人：我们经常在画报上看到南极美丽的极光，你亲眼见过吗？还有我在海洋馆见过企鹅，长城站附近有企鹅和其他极地动物吗？

刘志刚：长城站几乎没有极光，维度不在极圈里。但动物种类特多。站区附近能看到企鹅、海豹，各种海鸟。在美丽的企鹅岛，成群孵蛋企鹅的景象壮观，远眺南极冰盖，就像天边的白云一样。晴朗无风的日子里，这里真是海天一色，湛蓝湛蓝的。天上的海鸟就像仙境的灵兽，从头上掠过。

一次陪同队友考察企鹅岛，忽然从空中集聚数十只雪雁，轮番俯冲，在头上不到1米的地方疯狂展翅和发出啄喙声音。原来是我们路经了它们的巢穴，雪雁以为我们像贼鸥一样是来偷蛋的，进行自卫。我们不得不戴上帽子，蹲下身子自保，那还是有个别雪雁冲上头顶，我和小伙伴们都吓傻了！

在企鹅岛，队员们都在聚精会神拍摄岸边企鹅的时候，忽然从海里涌出一个大浪，我还没有来得及告诉队员，一头大海豹摇摇晃晃就上来了，就在离队员不足2米的海岸边上，你不知道它为何生气，小眼睛瞪得贼贼的，充满仇恨！

3月份下旬，站上突然来了一位年轻的男子汉——一头大海豹，有2吨重，躺上我们的小船不走了。我们无能为力，看着他为所欲为。4天之后，又来了一只，差不多大。挤在一起，准备越冬的架势。2天后又换了一只更大的（把小的赶跑了），我们劝了几次，不理我们，竟赖了下来。4月初他们北撤，越冬走了，将我们的2条小艇糟蹋得不能用了，太重，都给压爆了，啃烂了，你找谁讲理去？

要说惊险的事情，就是在大风暴雪中维修仪器了。赶上风雪天就很艰难，在10米高空就更难了。

风雪大，要两三个人一起。我爬上去，还要带浴霸加热灯，不方便，需要地下的队友协助。我将绳子甩下来，把所需的工具拉上去。第一次更换灯泡时，灯罩怎么也打不开，全部锈死。换了好几个螺丝刀，又上油又敲打的。在 10 米高的风杆上，看看全站的景色也是很美啊，就是冷，必须保证一只手抱紧风向杆，下来的时候，胡子冻在了杆上，扯得心疼。

主持人：想家的时候怎么办？

刘志刚：要说不想家，那是假的。大家都不说，我也不说……（笔者：他不说，但心里有，长城站的朋友说，他是个多思、善思而不动声色的小伙子。几个女人给“人人爱”的他理发，他流了一身大汗，能说没心思吗？）

主持人：我们总听说，南极的生态十分脆弱，那里的气候变化，受全球变暖等影响不断加剧。作为气象工作者，你的切身体会是什么？

刘志刚：全球气候变化从南极这里被放大，近几十年的变化很大。冰盖大面积地退缩，野生动物的尸体含有大量有毒农药。在全球大环流中，南极这片一直被认为的净土，也开始有污染了。我们不保护环境，环境就会加害于我们。我希望同学们、网友们都自觉地爱护环境，保护我们赖以生存的地球，保护大气，和南极的考察人、保卫者一起努力……

秦君为稼

我得以南天采访，极地办秦为稼书记是通天金桥。2013 年 5 月，同乡、九三学社同仁慧敏女子，带领手执中国作协推荐信的笔者，走入了国家海洋局极地办公室，见到了秦君。他豪爽的毫不客套的“天王盖地虎”式的追问，令我大呼痛快。他要我几本书“学习学习”。我送上了我的《焦裕禄传》《雷锋传》《孙家栋》三部长篇传记文学。仨月后，我获准采访北京、杭州、上海的极地科考勇士。10 月 15 日，我与他同登“雪龙”，接受他快刀快斧的采访安排，经受那大风大浪的快乐。他荐我读几本海洋、极地的书，比如《白鲸》，那是勇士与大自然肉搏的经典，我发现了他文化艺术底蕴的深厚，尔后得知，他曾编辑中国探极经典之籍，得知他铁硬的外壳下，有一颗悲天悯人的佛性文心。

关于采访何人，他提出一串闪光的名字：张炳炎、秦大河、魏文良、曲探宙、杨惠根、袁绍宏、郭琨、孙波、武衡……

他长着铁塔样的身材，四梁四柱，方方正正。大号旅行包背在身后，竟全被身体挡住。刷子样的板寸头，有着铁的棱角，一双不大的眼睛闪闪发光，冷静、近乎冷酷地盯着你……我发现他是一个严格而严厉的人。他问我为什么写探极，了解不了解两极，审问我是想投机游一次南极，还是真想写一部全景式的南极科考众生相；是准备好了吃苦，还是只为猎奇的浪漫。

他似乎看透了我笑声爽朗。

他谈到英国的极地电视剧《沙克尔顿》《帝企鹅日记》《南极大冒险》和美、日合拍的《南极物语》。

这位遍闯天涯的侠客充满儒雅情趣，四书五经、孔孟礼教、先秦文学、老庄哲学皆在爱中。30 岁爱读，40 岁善思，天马行空，经风历雪，造就了他能经天磨的个性品质。

秦为稼，祖籍安徽芜湖，61 年生。1980 年毕业于青岛海洋学院海洋地质专业。1984 年任职国家海洋局政治部干部处。

1989 年 10 月 20 日，秦为稼的命运遥接了南极，被批准参加中国第 6 次南极科考，开始了“达摩跨海”的苦征。这是长城——中山“一船两站”的行程：先到了长城站，半月后赴中山站，任管理员，越冬。56 天的永昼，白白亮亮没有尽头。秋分是黑、白的对称点。到了秋分，眼前就没有任何活物了。一位上海科技电影厂的摄影师名高翔，要拍帝企鹅的科教片。秦迷上了拍企鹅行当，敢去远离中山 28 公里的“阿曼达湾”帝企鹅栖息地探秘。此情此景中的帝企鹅，让他的心灵感受了巨大的震撼：大片的海滩上，大群的

（三四万只）帝企鹅，以奇异的生命力抵御着酷寒。它们在鬼哭狼嚎的风声里挤成一片乌云，背对风雪，昂首挺胸，即便死去，也僵立不倒。那时节的一天，只在短短二小时里出现一缕曙光，在天边冰盖的弧线处融成黄金赤金的辉煌。天宇雪原、冰盖鹅群都凝固了，那汪金水像熔红的铁汁流泻下来，烧灼、融蚀着冰峰雪坨，灿灿漫漫，波光盈盈，滔滔湍湍。默立的帝企鹅的剪影，在这华光的映照下，显现出一派肃穆。当黏稠的夜色浸沐了一切之时，鹅群形态出现了一种不易察觉的渐变：它们以一种缓慢的、细微的踏步动作，逐渐地完成着从边缘到中心，从群内到边哨的变换，这种动势不会乍起，也不会休止。是天性还是自觉如此，永远也无从解释。秦为稼在这样的思悟里，深化了哲学的意念，积蓄了人格的力量。这是 8 月中旬的阿曼达湾风景，他永远也不会忘记。

在这样的时刻里，任何一种活物都成了朋友，成了同类。人的感情变得冷峻而真诚。在 21 次南极科考中，一队员盲肠炎发作，化脓性感染，抗菌药压不住。一旦穿孔，脓液进入腹腔，此人必死。中、俄、智利站医中，没有人真懂麻醉，在杀人一般的手术中，没有人婆婆妈妈，没有人刀下留情，任凭哭嚎声在长城湾回荡，术后的队友瘦了 10 斤，却保住了一命！

在中山站上，陈站医发烧了，持续一周。秦主张送澳大利亚考察站抢救。当时的队长董兆乾听到有人猜疑，秦为稼大胆而负责地压住了一切琐谈：“人的生命第一。送澳站查，不是急病，放心了；是，就治！”秦一生强势，并非个性张扬，而是有主见，敢负责的精神。7 点 30 分，两架直升机来到了中山站，秦陪陈飞到澳站。陈自己有个判断：疟疾。抽血化验后，果有疟原虫。真是天大的幸运：因澳站女科学家研究海豹疟疾，正有此药，不然就是跑遍南极，亦不会有救！

精通南极合作的秦为稼，曾在澳大利亚戴维斯站学习一月，以掌握生活管理、运行、考察、野外活动等经验。澳站长问他介入的方式，秦答：“帮厨！”而澳站大厨却回绝道：“没有可帮处，我能胜任工作！”

聪明的秦立即改口：“学习厨艺！”澳厨仔细询问：“学哪样技术？”秦

怕再答错问题，考虑后说："学做面包。"哦！澳厨竟高兴起来：你来学我的本事！好呀！于是认真教学，一丝不苟。业余想多做一些，不准。厨房分工精细，自劳自责。看他学得奇快，澳人称赞："中国人神奇！"

期间有欧美记者采访为稼："世界应怎样看待中国南极考察？"这位有思想有准备的儒将答道："中国是欠发达国家，却干出了先进工业国才能干成的事，负起南极科考的重任！"记者问中国人为什么干得又快又好？秦答："出了英雄人物：武衡是帅，郭琨是将！他们超常、超人的努力，推动了中国科考历史进程！"

为稼没忘提及自己拜访中国冰川大师的时候，大师怎样难为他，考验他，让他到无法到达、无法寻觅的境地寻人。也牢记他开着1号车，过冰裂隙视死如戏的英雄气概。

因考察南极大冰盖的需要，秦为稼和野外机械师王新民要搭国际合作的便船，到我国的中山站。秦用笔记录了澳船"北极光"号上的花絮，其文化差异，行为意趣的故事，油然其中。这日记体美文，题为《茫茫天涯路——中国南极考察队首次南极内陆冰盖考察摘记》。

1996年9月26日

上午8点半，李军准时把我和王新民送到了南极局办公楼参加本航次考察队员大会。10点半左右，南极局租用的大客车准时接人，大家鱼贯而入"极光"号。

晚9点，送行的澳考察队家属下船，等待和亲人分别的时刻。9月下旬的夜晚，海风还带着阵阵寒意，送行的场面十分感人，亲人之间尽情地拥抱、亲吻，一切一切的祝福，这种感觉只有南极人才能体会到。寒风中的纸飘带已看不清颜色，一个小男孩手里紧紧抓住的纸带断得最晚，"极光"号已离码头20余米，终于这条纸带断了的时刻，船上、码头一片唏嘘……

船进入西风带，经一周航行，明天就到冰区了，意味着西风带过去了。虽然我们是世界上见到冰雪最多的人们，但每次到冰区，内心仍少不了激动。

1996年10月5日

这是船到凯西站冰外缘的第二天。

昨晚，副领队Jenny通知我们做好准备，今晨第一班飞凯西站，这是我在南极局第一次见领队时提出的愿望，因为知道到凯西站是完全的飞行作业，所以我一再声明“如果可能”“如果允许”。

今天天气非常好，澳大利亚人个个精神抖擞，他们是一有好天就来精神，9点半，S76直升机升空，飞行了近50分钟，到达凯西站。站长Mark在直升机坪边迎接我们，并领我们参观了考察站。在凯西站逗留到下午4点多，飞回“极光”号船。

我在凯西站仔细看了冰川断面用的8个乘员舱，收获不小。

1996年10月10日

马丁是中等个头，肤色有些发红，白发白胡须，年仿55岁左右，绅士风度，却不傲慢，身材略胖。马丁已是第三次当领队了，两次是在“极光”号船上，一次是在“冰鸟”号上，在“冰鸟”号那次，也就是郭琨带队建中山站的五次队，所以他认识李占生等人，也清楚地记着当年中国船“极地”号遇冰崩后的一些情况。

按照安排，上午全船进行紧急遇险训练，10点半拉响了三声汽笛，全体人员身着澳大利亚南极考察队连体棉服，我和王新民当然穿中国南极考察队的羽绒服，套上救生衣，到直升机平台的右舷侧集合，马丁念花名册，当念到我的名字时，迟疑了一下，老外总是把字母Q读成K。

我问冰区驾驶员，船前一千米处那条冰缝是怎么回事？他说是昨天船来造成的。原来船在冰区转了一天。

1996年10月23日

下午天气又转多云，“极光”号在冰天一色的白色世界里，继续向南。船与冰雪的摩擦声不绝于耳，现在离中山站不到300海里，下个星期就要结束这一个多月的海上生活，重返1990年我在那儿度过整整一年的中山站。一晃5年过去了，中山站！我清楚地记得，1990年2月26日那一天，二十名越冬队员站在中山站面海的最高处，呼喊着与“极地”号告别时，人人眼里闪着泪花，当我目送着“极地”的身影消失在冰天雪海，转回目光时，发现只有你，中山站——三代中国南极人的血、汗、泪的结晶——沉着地屹立在我们的身后。舷窗外是我熟悉的冰天雪地，中山站，我期待着与你重逢！

1996年10月28日

今天仍是大好天，8点30分，第一架从“极光”号飞往戴维斯站的飞机便腾空而去。马丁和戴维斯站的站长John，还有Lee Belbin和我们同飞中山站。

我看着窗下一幕幕熟悉的景色，仿佛又回到了难忘的1990年，脚下闪过磅礴的冰川，闪过我熟悉的企鹅岛，馒头山和拉斯曼丘陵。

飞机仍停在老地方，中山站也仍然是中山站。

此次中山站越冬站长王耀明，率11名越冬队员，于1996年5月13日才辗转到达中山站，他们挥手送别了11次队留守的创下在中山站越冬最长纪录的同志。

我吃惊地发现，站上一切井然，维持着最良好的运行状态，队员的组合优化是主要原因。给家里打了个电话，信号不好，只是报了个平安。

下午薛振和带领我们前往俄罗斯进步一站，查看我们的三个新雪橇，进步一站距中山站步行45分钟。是原苏联的站址，几年前，这里就只剩下一个木板房，其他东西被运往离中山站1公里多的进步二站去了。三个雪橇，两个是15吨、一个是8吨。

雪橇被雪埋着，到11月中旬，我们还得将雪橇挪挪地方，方可往上装东西，弄不好老雪橇也要用上。

1996 年 11 月 2 日

今天天晴，冰光耀眼。

下午，戴维斯站的直升机来了，除一些信件外，去年和今年在霍巴特买的冰盖考察用品都送来了。随飞机来的有飞行员 Peter、搞海豹研究的女队员 Karen，将在中山站附近进行海豹研究。

昨天为传真中的措辞，与王耀明发生争执，后觉得没有必要纠缠，故干脆不提。结果今天又收到陈永福的传真，声称配件与配件表上的一致，没有错误。下午打电话给他，称如果错了再订货就来不及了。讨厌的是，今天与北京间的短波信号不好，讲起话来十分吃力，陈永福最后答应，明天再核对订货合同。实在不放心，只好又给王德正副主任打了个电话，强调此事的严重性。

这两天脸上开始脱皮，嘴唇也脱皮干裂，上嘴唇还上火起泡，一碰就疼，鼻子上的皮肤干脆就起了个硬壳。（海豹也在脱皮。）南极的阳光确实厉害。

昨天把第一辆雪地车开到了进步一站，将三台雪橇拖到了积雪较多处。

1996 年 11 月 5 日

晴，早晨的下降风比昨天略小。上午收到李军从澳大利亚 CRC 发来的传真，又给北京打了个电话，问陈永福我们所提出的雪地车机油滤清器一事的结果。陈说：已与美最时公司联系。我又再三强调了此事的严重性，陈表示尽力解决。我还是有点不放心，从今天起，一天一个电话催问此事，直至有结果！

（笔者眉批：这就是秦为稼，犟劲儿来了，决不含糊，这是国家承担！）

妻从北京拨来电话，女儿给我念了一遍她写的作文，信号质量不好，基本上没听清楚，只知道内容是美丽的小山村，能听出来的是词汇比以前多了。听着女儿稚嫩的声音，像又回到了家中。当听到妻的声音，心里好像有许多话想说，又不知从何说起，不必说心里也明白，感情久久不能平静。这次到南极来和我五年前已大不一样，我当时是在癫狂中什么都说，而现在无言的激情中，享受感情的醇美。

（笔者插诗：此处无声胜有声。此情无计可消除，才下眉头，却上心头……）

这两天，在读医生给我的《金乃千赴南极》的日记，确有几处火花，让人感到他和她的真情表露，每到此处，让我深有感触，南极这个地方太遥远了！

（《龙江颂》唱段：近在咫尺人隔远，远在天涯心相连。）

1996 年 11 月 7 日

今天一早收到北京的传真，美最时公司补充的配件有误，正确的配件将空运至弗里曼特尔，然后上船。虽然此事总算有了一个好的结果，但让人感到，松口气之余的，是一种莫名的压抑和悲哀。（秦的担心被证实了！）

今天第二台雪地车的轮胎、履带保养基本完成。下午开始进行第三台雪地车的检修。这台车主要问题是漏液压油和方向严重跑偏。另外，1 号车在方向右转时，不时产生强烈顿挫的问题，仍未解决。

下午协助王新民，调整带吊雪地车的方向调整工作，换了个新配件，试了一下吊车，非常漂亮，这家伙上冰盖，可省很多人力，这才真正体现机械化。

1996 年 11 月 12 日

中山站被一层薄薄的新雪覆盖，空中还飘着细碎的雪花。虽是阴天，但雪面的反光仍然刺眼。今天没到发电房修车，一是车辆的维修工作因资料不全，而无法和德国方面联系上，所以暂时等待，二是明天戴维斯站的科学家要到中山站来，站上安排大扫除。

下午，妻来电话，家里一切都好。又听见妻和女儿的声音，心里暖洋洋的。亲爱的妻，你可知道？我是多么想念你们，电话里无法说很多，但愿我在“极光”号船上写给你们的信，能早点收到。亲爱的妻，我精神世界中的情人，我现实生活中的妻，我的“纳莉妮”！女儿说她的琴又有进步，心中甚是欢娱。尽管天各一方，一切都是那么美满。

（笔者眉批：读到此处，这钢铁般的汉子，诗人、骚人的一面显露了——癫狂了——有情何必不丈夫！）

1996 年 11 月 27 日

上午 9 点多，风越刮越猛，走在雪坝上，风卷着雪粒打得脸生疼。今天无法开展户外工作，风 11 级。

给家里打了个电话。妻说她很累，还说她梦见南极的冰盖融化了，让我千万注意安全。

（笔者文评：一句话说得秦君心热，冰雪皆融，水漫南极……弗洛伊德的心理学说：水象征男女之爱。）

1996 年 12 月 22 日

今天是妻的生日，一早便跟王德刚打了招呼下午通电话。我向爱妻祝贺生日。这两天电话中妻的声音很爽朗，我心慰籍，但更使我增添早日与妻团聚的欲望（删 50 字）。

晚上得到消息，“雪龙”船已在固定冰外缘漂泊。距离中山站约 11 海里。

上午，站上已开始做输油的准备工作。

（笔者眉批：待修的车，待抚的妻，轻重难分。然而车在眼前，妻离万里……站要输油！而妻……）

1997 年 1 月 1 日

上午开始安装雷达，下午去进步一站取另一台雷达的天线。晚上拉管开始卸油，累得贼死。

上午开始安装另一台车的雷达和高频。午饭后站上的油管破裂，一场惊慌。下午3点多钟重新开始输油时，被头儿叫去看着输。

由于12月31日的卸货中，没能将冰盖的物资全运到站，因此，房屋工程无法开展。下午开会，发一顿脾气。上午得到戴维斯站的通知，直升机1月5、6日两天为中山站运货，但愿还能有好天气。计划全打乱了！

（笔者眉批：有火就发，有情就抒，有事就记。一个鲜活的人物，真实的角色——命运是人物性格的发展史。）

1997年1月5日

早晨6点就起来了，因为今天戴维斯站的飞机又来卸货。7点才离开站区，这时第一架飞机已经飞往进步一站。李军和王新民按计划去了戴维斯站。

到进步一站，就忙着协助卸货。中午11点，物资已全部卸完。安装拖斗时，天开始阴，一会竟下起雪来。

今天在进步一站干活，白山杉女记者跟了整整一天，中午给我们做饭，同时，拍了不少片子。康建成和汪大力今天也上了站。

这两天在进步一站装发电房，累得贼死。今天发电房的四面墙已装起来，但还得两天才差不多完工。

1997年1月9日

今天，陈主任到进步站现场帮忙。一天工夫，两个房子的墙板都基本上完成，晚上收工回站，王新民驾驶的雪地车便陷到湖边的一个雪桥里，车的右边已完全在雪面下。前后花了40分钟才拖了出来，好在履带还没有损坏，陷车后的第一个反应就是，千万别出人命。

1997年1月10日，房子继续安装，汪大力等人拧了一天螺丝，李军装了一天铝合金条，王新民还是一会这个一会那个，叨唠个没完。忙碌和疲劳，使所有人的情绪变得很坏，同时不愿意掩饰，越发直截了当。

1997 年 1 月 14 日

上冰盖的准备工作已基本就绪。把 36 桶航煤固定在雪橇上。短波天线已经安装完毕。乘员舱的装修工程已基本完成。下午，拉着装满油桶的雪橇上冰盖，一是试试拖载的感觉，二是找寻出发起点的第一根杆。

准备工作期间，三台发电机坏了一台。目前只能再带一台汽油发电机备用。明天请陈主任行前训话。

晚上开会。陈立奇作了行前指示，讲的语重心长。李忠勤、李军、赵建虎也谈了自己的感受。出发时间定在 18 日上午 10 点半。

出发：中山站——DT003，茫茫天涯路

1997 年 1 月 18 日

车队、物资已经就位。这是中国南极考察队十几年来，真正意义上的第一次野外考察，所以准备的东西很多。3 辆雪地车，各自牵引 1 台大型雪橇，物资约 15 吨左右。为保证冰盖考察中与中山站的通信联络，冰盖队配备了 2 台 150 瓦短波电台，电台工作由中山站无线电技师袁亚平负责完成。为万无一失，小袁还准备一根用来连接双极天线的馈线。出发那天的凌晨 3 点钟，我被小袁叫起，两人步行了 50 分钟走到进步站。走在路上我困得直想坐下，连日来的疲惫，实在有点招架不住了。到了进步一站，小袁干他的活。我找了条睡袋，倒头便睡。

晚上，在连日紧张劳作造成的极度疲劳和对发电机工作状况的担心中睡去。

1997 年 1 月 19 日

今天晴。上午 10 点又出发，晚上在 LGB72 宿营。早晨一觉醒来，队伍就遇到一个不大不小的问题：辛辛苦苦就位了的发电机组，在排烟环节出了问题，发电机一夜的工作，使排烟管穿过墙壁的部位被烤煳。为了不

出问题，宿营后，要把发电机组抬到室外发电。

下降风夹着吹雪，给动车带来了很多困难。一路无话，我仍与李忠勤同车，李忠勤是中科院兰州冰川冻土研究所研究员，35 岁，博士学位，现担任冰芯开放实验室的学术秘书和中科院天山野外开放站的站长。他沿途每 4 公里挖 1 个 60 公分深的浅雪坑采样，4 个 2.5 米深雪坑采样，50 米浅冰芯钻采样。这次考察，负责冰雪工作的共 5 人，还有中国极地研究所的康建成研究员、澳大利亚南极局冰川室的李军博士、中科院兰州冰川冻土研究所的高新生工程师和中国极地研究所的汪大力助理研究员。下午 6 点 30 分，到达 703458，行程 36.9 公里。晚上与中山站的通信联络信号很好，工作时间重新约定为上午 9 点和晚上 10 点。晚上因一号发电机的油门没开，拉着后一会儿就开始喘，以为是发电机坏了，一场虚惊！

1997 年 1 月 25 日

上午从 LGB66 出发，下午 4 点到达 LGB65。沿途吹雪厉害，下午 3 点半，行程为 333 公里，这里的海拔 2320 米。因一路上 3 台车的高频电台一直保持着联系，所以大家都有一种到达终点冲刺的感觉。把车队的三台车摆在上风头挡风，开始挖雪坑支帐篷。我扛着摄像机录下这带有历史感的镜头，边录边对着麦克说着：今天，应该是中国南极考察队创史的日子，因为中国南极考察队和澳大利亚南极局派员参加的南极内陆冰盖考察，到达了预定地点……这里将是新的起点，我们还会回来的！我的声音嘶哑，喘得厉害。一到中山站就开始沙哑，一直也没缓过来。我们在采样帐篷和居住车之间拉起了一根绳子，绳是红色，白色背景下很扎眼。花了 4 个小时，帐篷总算架好。

1997 年 1 月 26 日

康健成等一整天都在雪坑中打钻分样，这两天他拉肚子。中途钻机的控制部分出了几次问题，但都解决了。在冰芯钻取过程中，钻机出问题。

凌晨2点又拉肚子，康、高、汪3人便回撤。排在后面取样的李忠勤，以为是高新生坚持不住，便说“养兵千日用兵一时！”提醒高新生，你必须给我顶下来。

晚上开始第二根冰芯的钻取。我接替汪大力的角色，操作控制箱，给高新生当助手，到第二天凌晨5点实在干不动了，回来睡觉。想起妻经常嘲笑我最怕熬夜的话……

又爬起来接着打钻，到下午2点，完成了第二根五十米冰芯的钻取，两支冰芯共用22小时。高新生的脸因牙疼肿起来了，还是忍痛坚持下来，吃苦精神难能可贵！

我将只穿了一天的一双Muklucks——雪地上穿的大白鞋，送给高做奖励。

完成这个点的钻孔，等于任务完成了一半。高新生个人累积南极打钻进尺，正好达1000米，我们称他“中国南极第一钻”。王新民、李军开着雪地车又向Dome A方向走了4公里，因为从LGB65点开始，中国人要开始走我们自己的路了。为此，在LGB65点有了一根新标杆，它的编号是DT001，并在Dome A方向的2公里和4公里处插上了DT002和DT003。为了这3个点，我们整整准备了3年；为了这条断面，我们的科学家做梦10年。

1997年2月1日

早晨起来才和中山站联系上。我们一行8人吃完饭往中山站赶，因为冰盖边缘的气温高了，我们担心珍贵样品的保存：100米的冰芯，1000多个雪样，我们必须赶紧回中山站送宝！

到站后先把11个箱子抬进冰库。晚10点，小艇运货上站，回“雪龙”时，李忠勤、康建成护送样品上了大船。

1997年2月25日

天下起鹅毛大雪。船已过西风带。连日来思家心切，只想着早日回家……想……（此处删去100字）。

为稼日记，到此休止。

笔者看见了一组图景：一队冰雪塑就、钢铁铸成的探极勇士，冰甲雪衣，眉目凝霜，胡须染白，肩扛着玉柱样的冰芯在雪中蹒跚而行。湍旋的雪花，宛如白色的幔帐缠裹了他们。凄厉的风声鬼嚎般回荡在无垠的冰盖，无际的夜空……2015年，秦任了2次南极科考的“总领队”，率队出征，邢豪小侄心好，想乘随行之方便挖点材料给我，拟助我再版“雪龙”添金，但“总领队”曰：“不添热闹”了，有点“大隐隐南极”的禅意。

大河传奇

提笔写秦大河——又一条山东好汉、泰山之子。济宁与泰安相邻，境中山岭，皆“泰山余脉”，渴饮之水，乃“泰山源泉”。因而“大河”，又一位我的乡亲。

秦大河，1947年1月生，山东泰安人。秦大河是地理学家，中国科学院院士，第三世界科学院院士。1970年毕业于兰州大学地质地理系，1990年起任中国科学院兰州冰川冻土研究所研究员。前后发表论著300余篇（部）。使中国南极冰川学研究，跃登国际先进行列；在中国西部率先开展雪冰现代过程和生物地球化学循环实验研究，建立了冰冻圈科学国家重点实验室。积极倡导冰冻圈科学概念，获得国际科学界的认同。主持《中国气象事业发展战略研究》，提出“公共气象、安全气象、资源气象”新理念，实施“科技兴气象、拓展领域、人才强局”战略和气象业务技术体制改革。曾获国际气象组织奖、美国NOAA海洋大气研究杰出科学论文奖等。

写这样一位巨人，会有面对苍茫大海，无处寻珠的茫然。笔者只能画龙点睛，从他的登峰造极，从他与世界5个传奇人物铤而走险，历时220天，徒步横穿南极大陆5896公里，被疯狂同伴称为“疯狂的科学家”开始：

一闯南极

1983年9月，秦大河到达澳大利亚。在澳大利亚国家南极局冰川研究所作适应性研究工作。

他一头扎进的实验室，十多个工作人员，对他十分友好，但把他当作一个“见习生”看待：这个勤谨的中国“年轻人”是来实习的。

1984年元月，他乘澳大利亚极地运输船前往南极洲。口中念叨着德国哲学家费希特的名言：“……因为他领受了他的使命，这使命比你们更加持久。它是永恒的，他和它一样，也是永恒的。”

承认他是科学家

1985年2月，中国第一个南极基地长城站建成。3月下旬，秦大河回到澳大利亚南极局冰川研究所，进行总结性研究。他发现澳大利亚人对他的态度大变，热情溢于言表，当他去复印一些资料时，澳人把资料抢过去，声称：“这种事，交给工作人员去干吧。你是一个科学家，应当坐下来完成你的研究。”他在南极工作的那一段，总部收到秦大河许多电传资料，发现了他的科研潜力，对他刮目相看了。他顺利地完成几份大的南极科研报告，是澳大利亚冰川局“逼”着他完成的。

这次南极考察，给他最深的体会是，科学家应具备什么样的能力。他同意美国亚历斯·奥斯本博士的观点。他指出科学家起码要具备四种能力，即：吸引力，保持力，推理力，独创力，秦大河在澳大利亚的工作，就是证明，这四种能力。

1985年10月，他回到祖国，又继续完成了十几篇论文，声震冰界。

二闯南极

1986年夏，秦大河参加了中德联合考察世界第二高峰乔戈里峰的乔戈里冰川考察工作。当他登上这座举世闻名的冰川，在白雪皑皑的山顶南望，眼前似乎又浮现出了南极的冰川——他正在申请一个南极项目。

1987年，他去联邦德国参加南极学术讨论会议，有两篇论文进入大会宣读论文之列。11月，他获准第二次到南极考察，同时获得国家自然科学基金委员会资助，对长城站附近的纳尔逊冰帽进行考察研究。这次他将在中国的长城站越冬，任中国南极考察队副队长兼越冬站长。长城站就在凯西站附近，铁皮的建筑物涂成橘红色，像一座城堡。这里有十来个人。工作条件艰苦，但毕竟是他们自己的家。南极已进入寒季，太阳低垂天边，气候寒冷，暴风雪多。他的职责是：首先保证越冬队员的人身安全，完成科学考察项目。紧张而单调的工作之余，他们打乒乓球，看电影，多次看过英文原版电影《飘》，弄懂了美国南北战争的事。他还译完了一本30万字的英文版《极地冰盖内的气候记录》专著。

很庆幸这段时光没有虚度，他在深思：他们究竟为谁工作，为什么而工作？

秦大河曾遇到一个年轻同志，工作还可以，但拐弯抹角要求领导表扬；事情还没有做成，就想得到别人的预先承认。他的想法是，你要求表扬，我偏不表扬，看你干还是不干！

罗丹说过：“工作就是人生的价值、人生的欢乐，也是幸福之所在。”当你把工作看作是一种快乐时，生活变得美好；当你把工作看作是一种任务时，生活就变成了奴役。热爱自己的工作，并把它与祖国、人民、人类的进步联系起来。

这是那个时代人的价值观，笔者因读过苏联小说《钢铁是怎样炼成的》而与他有着共同的观念！另一个亲近点就在“长城”，在那座中华族人创建的城堡里，我亲闻了他许多近乎传奇的故事。

意外的好消息

4 月的一天，秦大河和北京通话，意外地听到了一个好消息：法国人路易斯·艾蒂安正在北京访问。

这次，路易斯·艾蒂安的任务，是与中国南极考察委员会签订一个合同，邀请一名中国人参加国际探险队。他的观点是，没有 13 亿多人的中国参加，算不上国际探险队。

大河被消息震撼，认为这是千载难逢的机会，当晚就给北京发了电传报名，来了个毛遂自荐。

他声称拥有四个条件：（1）南极内陆整个是一块大冰，叫南极冰盖，他作为冰川工作者，在那里大有作为；（2）两度在南极工作，参加过澳大利亚南极考察队在南极内陆的地球物理与冰川学考察；（3）多次在国外工作，参加国际合作项目，语言无问题；（4）作为一名冰川工作者，身体适应 3000—4000 米高度。

但是，消息太迟了，南极委员会已确定派遣南极考察办工程师郭晓岗同志，秦成为第一替补队员。1988 年 12 月，突然接到北京一个神秘的电话：让他量量身体各部位的尺寸。大河预感到，将有意外事情发生。第二天，翘首以待的好消息传来：北京通知他将工作移交给课题组同志，立即回国，参加国际横穿南极科学探险考察队的活动。

取得了入场券

到京才知道，第一人选生病住院。机遇之神又一次看中了秦大河。他想起了巴斯德的那句话：机遇总是垂青那些有准备的人。

1989 年 5 月，他从法国回到兰州，妻子周钦珂却在她工作的医院门口遭了车祸，腰椎及肋骨骨折、脑外伤进入医院，而他只能在兰州待一周时间。看着妻子的伤体，他心如刀割。北京已得知他家中的不幸，打电话慰问，十分关心。他意识到要是不去，中国只好放弃。

当周钦珂清醒过来以后，他只好如实“汇报”。她说：“这已不是他一个人的事了，也不是咱们一家的事，是中国的事情。你大河不去，六面国旗中就没有中国的。”当大河听她说出“你放心地去吧，不要为我担心”那句话时，眼泪终于滴落下来。

他行色匆匆，登上了去美国的飞机。一路惦念着钦珂的伤病，祝愿她早日恢复……他的心情十分沉重，觉得抛下重伤的妻子去冒险，太不近人情。犹太谚语说：“祈求三样事物吧：一个好妻子，一个好胃口，一个好梦。”结婚以后，他得到了这三个祈求，他和妻子有着共同的兴趣、相似的经历、互补的性格。正如别林斯基所言：“爱情是两个相似的天性在无限感觉中和谐的交融。”钦珂更欣赏歌德的名言：壮志和爱情是伟大行为的双翼。她以牺牲自己来支持他实现他们共同的壮志，并把这种壮志升华到为祖国争光的高度。

北美集训

秦大河到了美国，在美国、加拿大边境明尼苏达州的一个名叫伊利的小镇报到。这里冰天雪地和南极差不了多少，与南极不同的是这里有大片的森林。其他 5 名队员和狗早已到达这里，他将在这里接受两个月的强化训练。

日程安排得特别紧，他的任务是学会驾驶狗拉雪橇和滑雪。

狗拉雪橇很快学会了。他生平不喜欢动物，在这里却第一次看到那么多的狗。那些狗张牙舞爪，样子十分吓人。可是他们的队长——美国人维尔斯·蒂克却对狗赞不绝口。大谈什么爱斯基摩种、科罗拉多种、北极种，呼叫着每只狗的名字，亲热极了。后来知道，维尔斯蒂克在他的农场里驯养了数十条北极狗，用它们去北极探险。他是一个真正的探险家，一切都为探险而准备。这些已受过 3 年严格训练的狗懂得英语口令，在寒冷的北方显得若无其事，天气愈冷，愈是活跃。

大河的滑雪水平很差：“没有体育天才”的后遗症，又在作怪。2 个月期满，仍不及格，只恨自己不是东北大兴安岭的鄂伦春人。

有一天，队长要他去看口腔科，口腔科医生在病历上写道：应拔去5颗牙齿。口腔外科医生翻来覆去敲打他的牙齿，之后说：“还要再加上5颗。秦先生，您要拔掉10颗牙才成。”他大吃一惊：他不至于拔掉10颗牙。医生说：人在极地要活下去，必须摄取足够的营养，必须吃下那些干缩食品，牙齿第一；何况，极地的医疗条件太差，如果牙出了问题，谁去医治？要么不去！难道为了10颗牙而不去南极？于是点头：“拔！”大河给周钦珂打电话，“我已武装到了牙齿！”

生死文书

西方人考虑问题周详，要他们在探险的合同上签字。合同条文是“如因探险而死亡，考察队仅按国际民航的规定付与赔偿费，不负任何责任。如你因参加横穿活动而丢失身体的某个部位，赔偿不得超过这个赔偿费用的10%。如你受伤，不能参加横穿活动，考察队只负责将你抢救以后送回你国家，不负担任何医疗费用”，等等。

这无疑是一纸生死文书。他记得好像在什么电影中看到过这种场面。此时此刻，面对这几张纸，大家都变得严肃起来，平素那种嘻嘻哈哈的景象不见了。六个人都认真地阅读那些可怕的条文，然后拿出笔来，庄重地签上了自己的名字。

谈到此节，笔者被震惊了，会有这样的巧合吗？笔者离开家乡的时候，为了另一种原因，也签订了一纸生死文书，文字比前者直截了当得多！“大河”与“云岭”同沐风雪啊！

笔者慨然喟叹！

三闯南极

1989年7月16日，探险队的6名队员，42条狗登上一架苏制伊尔76型大型运输机，机身上贴着美、法、英、苏、日、中六国的标志，分外醒目。随机乘坐了 20 名各国记者，飞机离开美国明尼苏达州明立阿卜利斯国际机场，途经古巴、阿根廷、智利，飞往南极。

中途逗留古巴时，有 2 条狗热死了，真是“出师未捷狗先死”啊。这些狗不适应热带气候，它们适应北极寒冷，到中美洲就像活鱼掉进开水中一样。

飞机于 7 月 24 日抵达南极半岛乔治王岛智利空军的马尔什基地，猛然一震，机场跑道被砸出一个 1 米深的大坑。不愧是苏联货，坚固无比，未演一场“火海余生”。后来听说，那架飞机返回后仍被迫报废了。

长城站的全体同志和一些外国科学家跑上来迎接他们。长城站就在机场附近 2 公里处。在这次行动中，中国长城站负责免费提供后勤通讯保障。

国际横穿南极探险队

6 人小组，队伍精悍。

美国：维尔·斯蒂克，1944 年 8 月 27 日生，美国著名的极地探险家，地质系毕业，现在是美国明尼苏达州北部一个农场主。这位 45 岁的怪人自小就喜爱马克·吐温的《哈克贝利·芬历险记》这本书，并学芬的榜样，15 岁就和哥哥在密西西比河上驾汽艇。汽艇的艇长是维尔·斯蒂克，这是他帮人看孩子、剪草坪赚钱买来的小艇。

他的格言是：“我总是同新的天地较量，这就是通过探险迎接挑战！”他是这次探险队发起人，队长。

法国：让·路易斯·艾蒂安，1946 年 12 月 9 日生，个头不高，又宽又亮的前额，闪着智慧的光泽。职业内科医生。多年热衷于极地探险，1986 年只身拖着小雪橇步行到北极点，使他在法国声名大振。行医挣点钱，就去探险；探险用完钱，再去行医。他长着大鼻子，蓝眼睛，一头金黄色的卷发，永远带着幽默的微笑。他的格言是：“就个人而言，挑战就是自我生存。”是他，首先请中国参加探险队，他的观点是，当他们代表着自己的国家，就想做出自己最大的努力，这是国家荣誉的需要。他也是这次行动的发起人，队长。

苏联：维克多·巴雅尔斯基，1951 年 9 月 16 日生，苏联南北极研究所地球物理研究室无线电冰川学博士。多次在南极越冬，住过南极苏联东方站。是列宁格勒市市民心目中的英雄。他这次负责气象，总是第一个钻出睡袋，打扫帐篷周围的积雪，雪浴后，向队员们报告当天的天气趋势。和秦一样，是有科学考察任务的队员。

英国：杰夫·沙莫斯，1950 年 2 月 19 日生，曾在南极工作和生活过 33 个月。这次负责导航和后勤。他是队中唯一未受过高等教育的青年，但他用古老的六分仪导航的精度，几乎与先进的卫星地面测量仪相差无几，使同伴大为惊叹。

日本：舟津圭三，1956 年 11 月 9 日生，获经济学硕士学位。酷爱探险。曾骑自行车环绕美国，还横穿过撒哈拉沙漠。他这次以驯狗师身份出现，他在少年时期就有 8 年养狗史，是狗的“司令官”。

中国：秦大河……

探险队成员自然还包括 42 条北极狗，任务是拖拉 3 台雪橇。雪橇宽 80 厘米，长 3 米，木制，上载帐篷、设备、仪器和食品。在整个极地探险过程中，有两条狗牺牲了，一条因冻伤严重，死在美国已关闭的萨坡尔站附近，另一条死在医院里。有一条叫塞姆的狗，完整地跑完了全程，后来受到法国总统、美国总统的接见。假如有人问大河，探险队谁算得上英雄，他会毫不迟疑地回答：“狗！”

日程表和作息表

队伍行动计划是经过 3 年的酝酿确定下来的，包括横穿路线，甚至每天的起居时刻表也被确定下来，事先公之于世。原订计划是 1989 年 8 月 1 日，从南极半岛顶端出发，10 月 16 日越出半岛，进入腹地，11 月 23 日到达南极点。再穿过 1250 公里长的“不可接近地区”，于 12 月 31 日赶到苏联东方站，在 1990 年 2 月 7 日到达终点苏联和平站。途中有 17 次修整，清楚地标示在地图上。

共用 220 天时间，作息表被精确地执行：

6:00 早餐，7:45 套雪橇，8:30 滑雪，13:00 午餐，18:00 寻找宿营地，18:00—19:00 搭帐篷、喂狗，20:30 晚餐，21:00—22:00 做记录、恢复体力、聊天，22:00 睡觉。

实际每天早上 5:30 他们就得起床做饭，吃得很多，喝足一天的水。大河每次要喝一、二升水。吃完早餐，就急忙折好帐篷，套好狗橇。8:30 出发。滑 4 个半小时雪，13:00 休息，在暴风雪中喝饮料。午休全身披甲，像外星人。半小时后，又开始滑雪，直到 18:00，4 个半小时。寻找营地，搭好帐篷，喂狗，做晚饭。他通常要在这段时间挖雪坑采雪样。得多花出一二个小时时间，折腾到 22:00 后入睡，睡前日记或录音。

开 拔

1989 年 7 月 26 日，秦大河和英国人杰夫·沙莫斯第一批被国际探险网的小型飞机送到出发点：南极半岛拉尔森冰架北端的海豹冰原岛峰。当晚，用空罐头盒烧起汽油，为小飞机导航。6 个队员及狗将从这里出发。

7 月 28 日清晨，探险队的全体队员，肃立在三架雪橇边，等待着重大时刻的到来。记者们不停地拍照，他们要把这一人类探险史上重要的行动传播到全世界。

9:00，队长一声号令：前进！急不可耐的北极狗，一跃而起，拖动雪橇向前冲去，他们与被狗橇带翻的两名记者擦身而过，头也不回地向前，义无反顾！

南极是一个奇妙的地方，年平均气温为零下 50℃，但在夏季，半岛沿海地区最高温度可达零上 10℃。海边生长着一些地衣、苔藓，没有一棵树木，仅在盛夏还能看到一两种显花植物。企鹅、海豹、海鸥布满海滩，但内陆几乎没有生命。那里有世界上最清新的空气，一个真正的世外桃源。

南极瞬时最大风速可达到 100 米 / 秒，暴风雪是最可怕的敌人。如刮暴风雪时从帐篷出来，先要把拉链关好，否则雪在一两分钟里就会灌满帐篷，然后被风推着走。人出帐篷要退着走，走两三步看看帐篷，如果能看见，可以继续退几步；如果发现帐篷隐约可见，目的地又无处可寻时，就必须返回帐篷，以免因迷失方向而死亡。南极考察队发生死亡的最高纪录是暴风雪造成的。1986 年凯西站，有一位气象观测员刮暴风时出去，两个建筑物相距不过 30—50 米，但他再也没有回来。暴风雪停后，人们发现他的尸体距建筑物只有 10 米。

秦大河和杰夫·沙莫斯走在最前面探路，这位黄头发的英国青年满面春风，面带微笑；而秦大河却是痛苦不堪：人种不同，耐力不同！

“优美的舞蹈家”

秦的痛苦在于没有学会滑雪。在南极徒步探险，没有滑雪板不堪设想。路，只有一条：一直朝南，前进！别无选择。要达到祖国企望的目标，不会也得会。只能在行进中学了。开始的几天，他踏在滑雪板上，跑着前进，这比起陆地上跑步来，不知要难多少倍。跑不上几步栽一个跟头。每摔一次，同伴们无声地点头，都带着面罩，不知道是嘲笑，还是在鼓励。也不知栽了多少跟头。晚上回帐篷，外衣已结成冰甲，武士一般，那是他的汗水蒸发形成。法国队长对他咧开嘴说：“秦，你是一个优美的舞蹈家。”他不会跳舞，法国人是在评论他拙劣的滑雪技术。英国人眯着蓝眼睛认真地说，据他统计，秦每小时摔30个跟头。他们友好地鼓励说，一定能学会的。因为你是中国人嘛，中国人是聪明的。

沙莫斯成了秦大河的滑雪教练，他手把手地教他，不厌其烦地点拨窍门。这位英国青年的耐心和绅士风度，使他们成了最要好的一对“先锋”朋友。

一星期后，他一天能滑行 1 小时，逐渐增加。实在抬不起腿了，只能用带子拴在狗橇上，拖一段路。等体力略为恢复，又开始“优美的舞蹈”。

他永远记住 1989 年 8 月 22 日，他可以全天滑雪了。穿过极点时，法国人改变了对他的评价：“秦，你将是中国奥林匹克国家滑雪队的佼佼者。”

秦差点掉下眼泪！

歌德说过：“人不光是靠他生来就拥有一切，而是靠他从学习中得到的一切来造就自己。”

一路暴风雪

8 月 4 日，遇到了第一场暴风雪。风速 35—40 米 / 秒，只能侧着身子前进，每小时行进 2—3 公里。整整两个月，暴风雪几乎无休止。能见度几乎为零。大家把头整个儿包入头罩，只露出防雪眼镜。只有秦例外，戴着不能丢掉的近视眼镜。风雪从眼镜框边钻进头罩。眼皮、脸部严重冻伤，眼皮肿得像门板，睫毛上的冰雪先结成一片，然后合并成几粒黄豆大的冰珠，一睁眼，打得镜片叮当作响。回到帐篷，冰珠好长时间才融化。后来，把绒裤的裤腿剪下一块，放进面罩，只留看路的一条缝，却对眼镜无用。

说来也怪，在零下 30℃的暴风雪中，他们却穿得很少。秦大河只在外套下穿了两套绒衣，仍然能够支撑。是习惯了寒冷，还是运动量太大的缘故，说不清，是人的适应能力特别强的缘故吧！

有人问：“秦大河，在这种情况下，你不觉得苦吗？”他的回答是：“没想过这个问题。”一点也不奇怪，苦乐是人在不同环境下对比的感觉。秦大河是一个地学家，自从选定干冰川这一行，就得爬山、风餐露宿、在空气稀薄的高原上生活，理所当然。苦和乐，是一种价值的自觉！

通过冰裂隙

8 月 25 日，他们终于通过了 500 公里长的拉尔森冰架，跨出南极半岛，进入真正的南极腹地。前面，有一段 150 公里长的冰裂隙区。它是冰盖在冰川运动下形成的一种裂缝，有的深不可测。冰裂隙很难被发现，积雪会形成一个盖子，把可怕的裂隙掩盖起来。他们在滑行时常感到脚下一沉，惊回首，身后露出一个幽深的裂隙，庆幸没掉进去，后来也就习以为常了。

大河和杰夫·沙莫斯在前开路，滑一步，用冰镐探一下，好像探地雷一般，后面的队员严格按他们的足迹前进。这样，一天只能前进15公里，心急如焚。

人有滑雪板，压强较小，狗就没那么幸运了，至少有5次掉入了冰裂隙里。经过严格训练的狗十分聪明，一旦一只狗掉进裂隙，一声令下，其余的狗会自动向四面八方，放射状拉紧缰绳，等待人去救援。有一次，路易斯·艾蒂安下到7米深的冰缝中，把那只可爱的狗救了上来。

天气更坏了，有十多天被迫停止前进。在能见度为零的茫茫的风雪中，从这个帐篷走到那个帐篷，身上也拴绳子。9月上旬的一天，打前站的他和杰夫·沙莫斯与后面队员失去了联络。他只好集中雪橇上的所有绳子，系成长长的一根，拴在雪橇上，像驴推磨那样转着找。足有2个小时，才找到了同伴们。

他们真正体会到团结合作的精神。六个不同国籍的人，团结得像一个人。每天出发、休息到宿营，队长没有发号施令，但大家都听指挥，纪律严明。谁有困难，其他人总是无声地帮助。周恩来有一副自题的对联：“与有肝胆人共事，从无字句处读书。”美国队长的深谋远虑、法国队长的大智大勇、苏联队员的热情执着、日本队员的精细机智、英国队员的认真周详，都深印在他心中，还有他大河的真诚、儒雅、智慧和大度呢！在最困难的时候，谁也没有气馁，友谊和团结使他们无往而不胜。

生日宴会

探险艰苦，但自有乐趣。每次修整，都举行一次“国际宴会”。大家挤进一个帐篷，饮料，热茶，唱歌，聊天。歌声打破死寂的冰雪世界。每人的生日，都在探险中度过，上帝把他们的生日安排得十分均匀：8月，美国人；9月，苏联人；11月，日本人；12月，法国人；1月，中国人；2月，英国人。每一次生日宴会，总要唱《祝你生日快乐》，然后是生日祝词。舟津圭三给法国人的祝词是：“路易斯·艾蒂安，因为你是属狗的，所以你参加了这次有狗的国际探险队。”日本人也和中国人一样讲究生肖八字。秦大河同样是“狗”的天命！苏联人维克多十分风趣，每过生日，总献上一首颂诗，歌颂你的“丰功伟绩”。逗得大家开怀大笑。维克多是一个多才多艺的人，他除了写诗外，还会谱曲。自己过生日那天，他自谱了一首歌曲，现炒现卖，领人大声齐唱这首世界上最动听的生日祝福歌。

在横穿第100天的宴会上，维克多突然宣布他“偷运”了一瓶白酒，大家兴高采烈欢呼之时，他却在一阵翻箱倒柜之后，遗憾地摊开双手：“不见了！”大家只好以茶代酒。英国人杰夫·沙莫斯带来了5张生日贺卡，每次过生日，总是郑重其事地写上贺词，恭而敬之地送上。

最关心儿子的母亲一定在家中念叨吧！秦大河想到离开家时，母亲再三说要把衣服穿厚，不能感冒受凉。但儿子没有天天感冒，一定会平安地回到老人家的身边。他想娘了……

饥寒交迫

大冰盖的九月成了灾难季节。没完没了的暴风雪，使行进日程一再拖延。雪太软，有时每天只能行进3公里。为赶在寒季来临之前到达终点，队长下令把价值十几万美元的衣物、设备埋进一个大坑，每人只留2套衣服和少量的食品前进。

他们的食品补给，是飞机预先运至“食物储存点”的。250—600公里一处。每一处存放人20天、狗15天的食品。有挂旗的铝制标记。可是，有一次两个储存点都没有找到，大雪掩埋了一切，只好无线电呼救。

一台无线电通信机一个月失灵。好不容易来了救援飞机，但因能见度太差。明明听到马达隆隆，但该死的飞机在头顶盘旋一两个小时，又扔下他们走了。飞机看不见他们，无法着陆。想着那条优哉游哉地航行在南大洋的探险船，它的现代化通信设备有什么用？大家直骂。法国队长苦笑着摇头，因为那条船是他监造的！

他们开始忍受饥饿，两个月来，体力一天不如一天，整天想着饿。滑雪的路上，梦想吃一顿兰州的拉面，该是上天的滋味吧！全队的食物只能再维持两天了，人的口粮只能维持4—5天，狗则只能维持1—2天。不得不限制到每天吃定量的1/2，狗只有1/4。那些狗饿得可怜巴巴，晚上拉开帐篷向外看去，几十双绿森森的眼睛闪着寒光，他们不得不采取防范措施，在睡觉前将它们牢牢地拴在雪橇上，谁知道这些爱斯基摩狗和森林野狼的后代会干出些什么蠢事来！雪野茫茫，云路遥迢，家在何方？还能回到家吗？无人能答。

天空突然露出几个蓝色的空洞，飞机终于在特大风暴前的间隙，带着神的旨意降落下来，探险队又一次得救。可是有16条狗严重冻伤，不得不空运回基地治疗，用新的狗替换。

飞机还给秦大河带来了北京蜂王精和一盘录音磁带。他听到了长城站14名越冬队员每人一句话。有一句话是：“大河，知道你现在饥饿感很强，我们恨不得把长城站所有好吃的东西都送你！”他咧嘴直笑，杰夫大吃一惊，以为他发傻了。在最困难的时候，同胞们没有忘记他，他感到祖国这个强大后盾的力量！

特大风雪果然来了，10月中旬，越过雷克斯山。接近赛普尔时，气温下降到零下35℃—45℃。冻伤再次加重，感到绒裤面罩也不能保温，真后悔把那么多衣物埋进了雪地。

第一次看到自己

又是半月大风暴，11月7日，到达帕特里山，远远看到两顶巨大的帐篷，那是国际探险网的营地。队伍将在此休整3天。维克多格外高兴，哼起了俄国民歌，那天是苏联十月革命节。

营地准备了丰盛的晚餐，有热水洗澡。说起洗澡，104天了还是第一遭。六个人中只有维克多有用雪擦澡的绝活，无论天多冷，睡前都敢赤身站在雪地，用洁白的雪猛擦熊一样的身体。

大河看见自己的身体，吃了一惊，往日的秦大河不见了，眼下是一个瘦骨嶙峋的躯壳，灰包着皮，皮包着骨，他感到了泄气的滋味。房顶的热水兜头浇下，畅快无比。人也清醒过来：秦大河还是秦大河，一条山东硬汉。合同有这样的规定：任何人只要说一声回家，飞机就可以送你走。他会说这孬种话吗？绝不！因为他代表着中华民族。中华民族绝不走回头路！82公斤的体重，减少了15公斤。于是拼命大啖鱼肉，恢复体力。在那最困难的日子里，他把自己当成了中国的一条河流，滔滔不断地流向世界！

到达极点

短暂的3天休整过去了，他们精神抖擞，又上阵了。

以最快的速度，比原计划提前8天，于12月12日到达到南极点。

南极点是地球最南端的地理零点坐标。称它天涯海角最为恰当。这里比海南岛的“天涯海角”朴实得多，冰雪高原上，树立着一个1米高的树桩似的金属标记，顶端是一个地球模型。它的周围环插着1959年参加国际南极条约成员国的12面国旗，喇喇作响，分外鲜艳。200米远的地方，是美国建立在南极点的阿蒙森—斯科特站，这是为纪念两位人类最先到达南极点的勇士而命名的。

六名国际探险队员各自拿出自己国家的国旗，一字儿排开，站在雪地，面带胜利的微笑，一任提前赶到这里的记者们拍照。

这是一张多么珍贵的照片！伟大祖国的五星红旗，第一次出现在南极点上！大河在心里默念着：中国，中国！！！

美国人热情地款待他们，吃到了对虾、牛排和猪肉。这时候，沙莫斯突然拿出一个假面具，戴在脸上，让记者照相，大家哄笑不解。他说，这是专门准备送给侄儿、侄女的礼物。可见这位英国青年用心之细。

秦大河急忙与妻子通话，报告这一喜讯：

“我们已到达极点。”

“我已在广播里听到了，很高兴。”钦珂平静地说。

“你好吗？”他急切地问。

“我很好，你怎么样？”

仍是平静。

“我身体很好，你不用担心。”

“那我就放心了，你好了大家都好；你不好，我们也好不了。”这是她常说的一句话，此时听来很不是滋味。

他急忙转过话题，大谈这里有多美，报喜不报忧。其实在他的面前，还有更艰辛的路途。

“不可接近地区”

12 月 15 日，探险队从极点出发，向北方前进。已经走过了 55% 的路程，登上地球之极点，亲眼看到了那永远在同一高度，绕着天边转圈的太阳的奇景。横在面前的是 1250 公里长的所谓“不可接近地区”了。

“不可接近地区”，吓人的称谓，这里从来没有人徒步进去过。1959—1960 年的暖季，苏联派出一支机械化考察队到达过这里，返回后，再没有谁敢进去。这里海拔 3000—4000 米，处于南极高原的顶部，空气稀薄，年平均气温在零下 70℃—零下 80℃之间。1983 年 7 月，苏联东方站测得一个世界最低的温度记录：零下 89.2℃，所以人把这里称作“寒极”。要想穿越这个地区，必须在寒季（4—10 月）之前。探险队精心制定的计划，是要在 12 月 21 日前后的 20 天，南极的盛夏日通过这里，这就是他们急如星火赶路的原因。

当他们穿越该地时，温度是零下 40℃。1 月 18 日，到达苏联东方站。这个站设在“不可接近地区”的端部，苏联人用传统的方式欢迎客人到来：

彩色照明弹升上天空，黄色的烟幕弹冉冉升起。东方站站长萨沙手里端着一只盘子，上面放着巨大的面包和盐。全体越冬队员列队欢迎。他们享受到了桑拿浴，那是一种烧红卵石以后，再泼上水，利用蒸汽洗澡的方法。所有的苏联南极站都有这种设备。

当他们离开时，东方站派出两台拖拉机“护航”，使他们神气十足，信心大增。1990 年元旦那天，他们在帐篷里举行宴会，祝贺新的一年万事如意。

1990年2月1日，到达苏联共青团站。这里的气温为零下49℃，狗大量冻伤。那些勇敢的北极狗，来到了地球另一端的比它们家乡更冷的地方，整天奔跑不停。除了厚密的毛以外，只能披上一件薄薄的狗衣，小小的脚掌在几千公里的路程上磨破了，流下了鲜血。无情的冰粒将鲜血凝结成冰球，挂在它们的小腿上。一到休息，它们想要用嘴巴咬去那些冰球，却连冰带皮一起撕了下来。人们个个心痛，把受伤最重的狗放在雪橇上。晚上，驯狗师把重伤号带进帐篷精心护理。有几条狗，是放在苏联人的拖拉机上治疗的。它们的性格也是从不服输，伤势一旦好转，又立刻拖起雪橇勇往直前。

在这里引用萨迪的一段话不知是滞恰当："从外貌看来，人最高贵，狗最低贱。但圣人一致认为：重义的狗胜于不义的人。"他们的这群狗，是真正重义的狗。它们的精神体现了人与自然的搏斗，动物与人类是最好的战友，特别是狗！

"疯狂的科学家"

探险队里，只有苏联人维克多和大河负有科学考察任务。论起劳累程度，大河的更大些。因为他要沿途每55公里采集一次雪样：在雪地挖一个宽约1.2米，长约2.5米的雪坑，用专门仪器，每隔2厘米取一点雪。装入塑料小瓶中。采样的要求很严格，手套是一次性的，口罩只允许用10次等等。在长达6000公里的路上，共采得800多个雪样。

美国队长非常照顾他，为了在精确距离上采样，不得不一再改变日程表。挖那个长而深的雪坑时，队员们都主动前来帮忙，你挖一阵，他挖一阵，2小时才能挖好坑。维克多是科学家，他常帮助大河进行细似绣花的采样。

在"不可接近地区"的前段，花了整整6个小时才挖成一个雪坑。那里的雪又硬又厚，挖上几十下，就得停下来喘口气。等回到帐篷，手指已完全冻僵，笔都拿不住，关节全都肿起来。钻进睡袋，感到浑身发热发冷。原来发烧了。路易斯是法国医生，急忙找出药片让他服下。美国队长想到第二天还得赶路，直耸肩膀，摇头苦笑。昏昏沉沉的一夜过去了。第二天5：30，该起床了。他挣扎着爬起来，这里不准有病号存在，他向帐篷外走去。不能行走，只好用腰带拴在狗橇下，任它们拖着走。这天计划行进32公里，到37公里时，他终于倒在了雪地上，美国队长命令宿营。又是昏昏沉沉的一夜，不知人在什么地方。第二天早上5：30，又习惯地清醒过来，竟发现病已好了，不知道又出了什么奇迹！他们又上路了，真的好了！做梦一样。

在东方站，他采到了最珍贵的雪样。维克多发现大河带来的3把铁锹全裂了缝，二话没说，用电焊结结实实地焊了一遍。

雪样和考察日记如同生命重要，但在跨过极点以后，他们不得不再一次精减装备。“国际会议”上，大家一致同意忍痛割爱，丢弃了许多东西。维克多最为难过，不得不丢掉一件与他伴随一路的气象测量仪。

大河却多了一个心眼，把备用的衣物丢掉，偷偷把采样的小瓶塞满了睡袋，通过了“严格”检查，同伴们担心秦的衣物带得太少了，法国人摇摇头说：“真是个疯狂的科学家！”大河想起了斯科特，他在南极点遇难的几十年后，人们发现了他的遗物。雪橇上，竟还有几十公斤岩石标本！他的队员却是饥饿致死的！在最后的岁月里，他们仍然没有丢掉石头标本，斯科特的精神是他的榜样！

日本人失踪了

风雪中，他们以每天47公里的速度前进，越过了1250公里的“不可接近地区”。2月13日，到达了苏联少先队员站。这里地势开始下降，雪更大了。但依稀嗅到了海风的潮湿味道。

3月1日，晚上宿营不久，突然感到事情不妙，舟津圭三出去喂狗，很久不见回来。大家一起跑出帐篷，在茫茫雪原上呼喊着舟津圭三的名字，作推磨式寻找。苏联的极地“护航”拖拉机，也隆隆地来回绕圈子，车灯在大风雪中闪闪发光。那一夜大家都在外面来回奔跑，整整13个小时后，忽然听到舟津的微弱的回答声，找寻过去，发现雪地上有一小小的洞。挖开雪堆，舟津笑眯眯地钻了出来，当他看到仅距 50 米的帐篷时，连他自己也觉得吃惊。

他昨晚走出帐篷不久，暴风雪就加大了，能见度立时成零。舟津看不到目标物，也看不见开着大灯的拖拉机。这位机灵的日本人从口袋里找出一把钳子，学大河挖坑的样子，挖了一个洞钻进去，只露出一个呼吸孔。雪花把小孔堵起来；舟津就在里面挖，整整挖了一夜，竟然等来了救兵。

看他的衣服，仍是那套单薄的防寒服，惊奇这零下几十度的严寒为什么冻不死人？人们热情拥抱，祝贺他的成功，舟津说：有神保佑他，到不了和平站，他算什么日本人？

雪洞没成为舟津的墓地，真是“幸运儿”！维克多专门为舟津编歌一曲，以示纪念。此地距和平站还有 26 公里。

胜 利

1990 年 3 月 3 日，按照总指挥部的命令，一分不差地滑行到终点——苏联和平站。一辆苏制拖拉机隆隆开来，有点像坦克。录像机达达作响，穿过写有“终点”的横幅，各国记者纷纷拍下珍贵的镜头。当他们解下滑雪板时，看到了各国国旗环列四周，大河找到了五星红旗。

6 名勇敢的人，代表着各自的国家，代表着全人类，经过 220 天徒步行程 5986 公里，完成了人类历史上征服大自然的又一壮举！大河激动万分。卫星已把他们胜利到达终点的图像传遍了全世界，祖国 11 亿人民正在分享这一欢乐；全球几千万华人也在分享这一欢乐。世界人民在称颂这一代表“和平、合作、友谊”精神的伟大成功。沙莫斯的一段话说得非常好：“我认识到这并不只是我个人的事，它属于成千上万帮助过我、时刻关心着我的人们。”现在的大河才觉得，这次探险考察就像一场扣人心弦的电影，也有点像观看人类首次登上月球的电视录像，他们创造了人类的历史！

秦大河，为了祖国和人类，你们成功了！

中国人的骄傲

3 月 3 日当天，他们接到了中国总理李鹏、美国总统布什和夫人、法国总统密特朗的贺电。他们又先后收到了日本首相海部和英国首相撒切尔夫人的贺电。

3 月 8 日，他们乘坐苏联极地考察船"祖波夫教授号"离开和平站，8 天后到达澳大利亚港口城市富兰蒙特尔。澳大利亚外交部部长设宴欢迎六国队员。

3 月 23 日，法国总统密特朗接见了全体队员及工作人员。

3 月 27 日，美国总统布什和夫人，在白宫玫瑰园接见了全体队员。当晚参议院通过决议，将此举载入美国史册。

4 月 8 日，秦大河回到了祖国的首都，受到国家南委会和中科院的欢迎。

5 月 7 日，六国队员去了日本，在东京受到日本首相海部俊树的接见。

5 月 9 日，探险队的全体成员：秦大河、让·路易·艾蒂安、维尔·斯蒂克、维克多·巴雅尔斯基、杰夫·沙莫斯、舟津圭三和辅助队员：沙特阿拉伯科学家穆斯塔法·毛阿马拉、伊布拉海姆·阿拉姆在中国首都北京的人民大会堂受到了中国国家主席杨尚昆的亲切接见。杨主席说，中国有句话："不到长城非好汉"，应该改为不到南极、北极非好汉。杨主席还说，6 位英雄中有中国的一分子，这是中国人民的光荣。

考察探险队向杨主席赠送了一件橘黄色的南极服上衣，上面绣着中、美、法、苏、英、日六国国旗。杨主席穿上这件衣服，高兴地说："我也成了南极考察队员啦！"他热情地为我们题词："为南极科学考察事业努力奋斗！"

还有一朵惹眼的花絮，宜作"大河传奇"之凤尾：美国广播公司记者采访他读高三的儿子"对你爸爸勇敢地横穿南极，有何想法"时，他回答："我爸爸能征服地球的最南端，我已无处可去，只好上月球去！"

美国记者瞪大了眼睛，大河说："好小子！"

李果况味

李、果会意，是一个美妙的名词。

初见这位朋友，是在2013年的5月，海洋局极地办楼上。他严肃的态度和不苟言笑的风格，让我的采访态度谨慎：他说出一句话，我在记录时读错了两个字，他立即声明，“我没这样说”。12月2日，在为30次南极科考队送行的会议上，他为我们讲授“南极须知”之类的教训之时，我在台下向他颔首招呼，他似乎可以看见，却不搭理，是他借给我郭琨的书，但要借条。

李果，1956年生于北京，祖籍河北。中国在南极建站前，乘日本“白濑号”二万吨破冰船到南极“昭和站”。中国跟随的18名科考队员，分别去了日本、智利、阿根廷、新西兰站……建自己的长城站，李果和队友用自己的小船，装载搬运了十六昼夜物品。站上有一个四面环山的西湖，冰雪的融水泻进湖里。没有鱼儿，只有山的倒影和天上的云影，无声地印在湖里。夏季是美好的日月，冰融雪化，各种鸥燕在湖边、海滩飞翔。有海豹爬上滩了，又蠢又鬼的样子。

后来，他的征程延往南极内陆，雪地车、越野车越过了茫茫雪原，没有尽头，没有参照物，车像是走着，又像是停了。天是一样的天，雪是一样的雪。常年不化的冰，形成无边冰盖，与天相接。

1989年 × 月，到了拉斯曼丘陵，可怕的暴风雪，原子弹爆炸似的冰崩。山体滑坡，处处暗藏杀机的冰裂隙，四面八方地威胁考验着这位年轻的越冬队队长。他担负着重大的科考任务，亦担负着队友的宝贵生命安全。

在那个奇异的黑夜里，李果看到过大洋上漂来一条闪光的彩带，她飘飘柔柔，浮浮荡荡，像霞落大海，又像极光幻现。那是一层密集游移的磷虾，在黑夜里发出诱人的光。三月里，中山站的夜空闪现出真的极光，条条带带，空灵诡异，绞扭翻滚中，幻现出几何体貌。极光的曼妙下，是黑暗的恐怖。5—8 月，墨黑浓稠的夜色浸染来了，风声像鬼嚎一般，雪墙中挤出一个个的队友。邻居俄罗斯站只点一二盏电灯，风雪中眨闪，鬼火一般，智利灯多一点，又看不见。暴风雪的一夜，站房咣咣大晃，二层进雪了，人刚撤下，房顶飞了。给国内报告，请“雪龙”带一房顶来。

仲冬节到了，太阳出世，三个多月不见的曙光，在遥远的东方透出；水一样透明。一丝金线闪现了，一天变粗一点，变出一个赤金孤顶儿，再露出一个小的圆头（李果语，我发现这貌似语迟的人极会状物），赤金样的。天海的交界处，黑云蓝天十分鲜明。黑云有城堡形体，厚重肃穆，蓝天透亮晶明，忽然出现的阳光照射进去，那是城头失火殃及鱼鸟的景致。

月光闪亮是南极会友的日子，俄罗斯朋友来访了，有酒就行，度数越高越好，韩国朋友亦是。智利朋友可带家属，企鹅般双双对对。荷兰站曾有两个猛男争一女友，决斗起来，那是极地里自然力量的爆发，没什么奇怪！大多的情感挥发是热烈拥抱，唱唱跳跳也管用。美国人架子大，他不找谁谁也不找他。他们有丹麦童话般的美丽小城，小城里灯若星海，自有热闹。喝过酒、唱过歌的各国洋朋友很仗义，互相帮助，澳大利亚船出问题了，我们救，芬兰船也救。我站有病人，送俄站医治。

1999 年 15 次科考，一辆车陷入冰缝，车上载 8 人，车头过去了，车身猛然一沉，卡在了冰中。一瞬间，车头朝天仰起，全部重量集中车尾，一旦陷入，深海无底。司机名徐霞兴（徐霞客的族弟），艺高胆大，不惊不乍，加油挣扎。在车头下落的一刹，崭新的橡胶履带啃住了凝雪的冰沿，竟然蹿跳上去，捡回了一车八命。

还有一摩托冲冰，冰陷，飞车带起 5、6 米高的水花，又跃上 2 米外的冰沿，如玩杂技一般。驳船卸货时，一队员解绳，船一摆甩他入裂，扑腾上冰，速冻个梆硬，被人抬树般抬走解冻。2003 年 26 次队，有一车整体入裂，司机从天窗逃生。此之大幸，概因天窗未及加装天线，才留逃生出口，真是撒尿冲出了钻石（比那更贵）！

他说：站房温度自测，以桶装水，冻透20公分零下2度，40公分4度。笔者接言："80公分8度，零下80度，要冻6米4么？"他不笑，说："没试过。"

画到神情飘复处，未有真像有真魂！深沉的人，深刻的人，大都如此。极地探险者中，此类兄弟多矣！

小诩广生

写起广生弟来，感情洋溢。"雪龙"号的雪中送炭，小诗中已有概述，而娓娓道来的探极之经，正若"八达岭"上的雪水，潺潺流入明净的长城湾。郭广生，生于1956年，北京人。1985年11月，参加中国第二次南极考，长城站越冬，专事发电。

那是8位队友难熬的极夜，终于等到了太阳出世，大家都想上一次冰盖，开开眼。领队原就不想让去，过了海湾到了纳尔逊冰盖，被狂风大浪堵隔彼岸，白色的狂浪似和白云相接。天很快黑下来。所幸带了一个不足十平方米的小帐篷，钻睡袋卧于冰上，用罐头盒小便。又尴尬又感欣慰的是，帐篷中有一女子，在墨泼的黑夜中，听凄厉的风雪声，倍感到咫尺天涯和天涯知己的复杂情绪。不眠的一夜，无语的一夜，让人品透了人生，认识了南极的凶险。

天亮的时候，大家甩甩冻僵的腿脚，腰拴着绳子连在一起，开始返还。未想队友平祖庆真的陷进了冰裂。大家一齐卧倒，以增摩擦力，拖住老平，队友用竹竿搭成"井"字，拖拽他出来。人救出来时，脸已如冰雪煞白。那时刻，步话机的电已在彻夜耗尽，假若自救不成，没有另外指望。

1989年11月，广生到中山站越冬，仍是发电技师。酷寒风雪，冰原千里。摄影师名高翔，教他技艺，广生穷追不舍：拍企鹅，拍鸥燕，和企鹅假打玩儿，企鹅也与他玩耍，学太极动作。日出而发，却有暴风雪突至。几人在澳大利亚人建设的几平方米避难所中度夜，幸有睡袋，煤气炉、火种、肉干等物品，过了一夜，可吓得董兆乾队长一夜无眠。

在冰雪风暴中，野趣诱人。北京气象局派来的队员名王星，酷爱冒险。11月份，队长命令：不许上冰。郭只见王对他招手，并未说外出。中餐王未回，队长问：“王星呢？”有人答未起床。队长又问：“床上没人？”郭未在，没人答。王星未带对讲机，大家在冰盖上拉网寻找一天，未果。夜至风起之时，竟回来了，言自己掉进了海豹洞，一漏到水，开始还撑着四肢坚持，后来支持不住，准备认输，可突然出现一双特大的黑手，将他一点点拉出了豹洞。这是一次天命的关照，两位澳大利亚地质学家考察返回，正巧走到了这个地方，又正巧走近了这个豹洞，又正巧毫无必要地伸头看了看这个豹洞，竟千蹊万巧地发现了这一活物，侥幸遇救。

1990年1月的中山站，广生参加第7次南极考察队，与秦为稼一道，住进俄罗斯机场的小房里。考察冰盖时，本没有他的任务，他争着去了。队伍向冰盖进发，一公里插一标杆。但在插下一杆时，上一杆已看不见了，冰盖的弧度太大。天晚，广生要提前回营做饭，却迷失了方向。找车印儿，雪盖住了，找标杆，夜色来了，坐骑的雪地车也快没油了。天太冷，对讲机蓄电也耗光，完了！此时广生的意识，恰似豹洞中的王星。

忽然（中国小说中多有“忽然”之转折）有一亮点，像星星，像月亮，却又模糊。他开车飞追过去，生怕那亮点一熄，他入地无门。15分钟追上了，竟是返营的队友，还惊奇地问他，你怎么才回？这说明大家并未发现他迷失，如不追来，等拉网找他一夜，早成冻鱼了！近零下30摄氏度的酷寒，人会站着冻死而依车不倒！濒临死亡的感觉还来自极地号上，17年未遇的大风浪，扑掉了后甲板的铁门，把绞盘上紧盘的缆绳解脱下来，打到了海里，假如缆绳缠进推进器中，船失去动力，只有坐船待溺！他记忆了那悲壮的场面，一船的老科学家、少壮专家与船员相搀相扶，跌跌撞撞冲上甲板，以绳互拴，绳牵缆杆，拼命2小时，才把缆绳拖入后舱。此时的广播中又传来声调苍凉的命令：

全体人员穿上浮衣！这就是说：船有翻沉的可能。大家都懂得一个事实是：人在零下20摄氏度的水中，只能活5分钟，浮衣便是寿衣。

1992年，郭广生领命，到乌克兰赫尔松船厂接“雪龙”号，千辛万苦，前章有述。站上购置了一台摄像机，他跟了北大教授贾国强学习使用，拍企鹅的时候，很受鹅们欢迎。拍贼鸥时，母鸥红起脸啄人，公鸥盘旋俯冲，往人头上拉屎，抓人。但是，他们仍拍到贼子们偷、抢鹅蛋的录像，与贼鸥结怨至深。

他全凭着业余的爱好，跟着人家在冰盖风雪中学会了摄像，做成了第一个工作汇报片儿，没有解说词，后加进了音乐。拍冰山雪海、霞光日影的奇美壮丽。许多专业记者夸赞说：十分震撼！十分专业！

没有他的拍摄，我在“雪龙”号上无戏，友情难忘。我在之后的故事中还会写到他。那是我文章的文眼。

卢成故事

山东烟台小老乡与我神聊，很觉畅快。

卢成，32岁，2010年第27次南极科考队队员，在中山站越冬，任站长助理。时年冬，在日本长野冬训，日、中、朝三国合训，北国风光，千里冰封，万里雪飘。诗人“南极哥”赵勇骚性大发，吟诗作歌，惹得日、朝朋友伸颈侧目，以为妙绝。提起冬训，那是苦中之苦，日人有尚武精神，绝早出发，带一份含米饭团儿、小菜的“便当”，踏上滑雪板，抓起雪爪，背负帐篷爬雪山，下雪坡，攀冰崖，过冰河，倾其耐力，逼其极限，汗湿内衣，风割肤裂。

风雪之夜，雪山宿营，以油炉化雪煮面，吃不饱，但说能量已够。零下几十度里，学习各种课目：登山项目、自救项目、滑雪课目，皆有专人辅导，所幸日人耐心，专业而友好，卢成、赵勇各课得分较高，给日友留下顽强聪颖印象。

次年，卢成又参加了韩国的夏训。中日训练，注重知识、技巧。韩人却专练体能：游泳、快跑、俯卧撑、引体向上，又在冰凉的海水中长时浸泡，并不科学。是年8月，队伍拉到中国羊八井训练，海拔4093米，冰天雪地，高寒缺氧，为征服南极大陆最高点作准备。

南极最高点距中山站1300公里，中国知难而进。美国则选择在最具象征意义的南极点上建站。俄罗斯人亦喜挑战，选择在南极最低温地区建起了东方站，测到世上最低的温度。法国选择在南极磁点建站，大国强邦，各占一面，以示实力。

2010年11月2日，“雪龙”自深圳出发，遇到特大风浪。怕船摇断电，烂了鲜菜水果，卢成一日数巡。船过赤道，呼唤同志全上炎热的甲板整理蔬菜，除烂择叶。大白菜、胡萝卜、大葱、大蒜、卷心菜，全来自山东，闻着都有家的气息。一箱箱装罢再入舱冷藏。终于到了中山站临近的海岸，开始“扒箱”卸货。冷藏的菜蔬要趁夜间低温卸运，也就陪着菜睡，陪着菜吃。显示权力的一大串钥匙全无用处，因为所有的门都不用锁，连贼鸥也不偷青菜呀！

在笔者去过的南极，大家过的是一种共产主义生活：有钱没处买东西，东西再多也拿不走一件，吃多了还会腹胀。食堂内、仓库里，到处是水果、牛肉、蔬菜、罐头、鲜果、花生、腰果、蚕豆、小点心。会议室的墙根里垛满茶叶、干果，红、白、啤酒。你不需要贪污、贪欲和贪吃，因为你既拿不走也吃不完。门厅的墙壁上，挂着短、中、长的各式防寒服，板座下放满大、中、小各式长筒皮靴。从拖鞋到运动鞋，半高、高腰鞋那儿都有，以备你踏雪、远行、近走、锻炼之用。穿一次和不穿它都备在那儿，没有先有而后无的问题。

我们体验了真正的共产主义社会，体验了没有贪污、没有穷富的大同世界。钱再多也没有用处，把它扔在地上都没人拾，因为没有花处！连阳光、空气、风雪、寒冷、紫外线都一样地公平待你，公正待你。让你觉得，连那苦寒的日子，都是你应得的一份儿！

卢成在和我讨论这些心得的时候，俨然一个小小哲学家的味道。回国后，又有天外来客的脱俗：上街购物，选好拿起就走，想不起给钱，惹人取笑。想吃什么就要，妻揶揄道："你以为是在南极吗？"

过惯了干净利索、少心思、少欲念的生活，人变得纯情纯谊，谁会干活谁威信高，谁会讲黄段子谁讨人喜欢，谁会做豆腐、泡黄豆芽、绿豆芽谁就是牛顿、爱迪生。在南极不许种菜，连水仙花也不许带去，不然，勤劳的卢成不把大葱种进中山站才怪！

度夏期间，鸟儿又来做客了，落上房顶、天线。贼鸥永远是贼溜溜的样子，企鹅永远是绅士派头。一支几十只企鹅的队伍来参观了，正值换毛的时辰，这里秃一块，那里顶一撮，十分滑稽，大家就给它们取外号：大秃子、二癞子、一撮毛、大灯泡儿，还要唱出一支戏闹秃子的歌儿：

秃子头，光溜溜，
一心一意留背头。
剃头的大哥犯了愁，
我的乖乖！
你没毛儿咋给你留？

众人笑，企鹅笑，扇开了双翅儿，拍着屁股坏笑。有一次打冰钻，一队友滑倒了，它们拍着屁股笑的样儿，分明是戏弄人，调皮捣蛋的坏笑。

海豹生崽儿时，聚在了海湾里。那时它不要声音，雄豹严密守护，谁接近便扑扇着短鳍，扭动着肥腰，甩摆着短尾、嗤嗤地打着响鼻，冲将过来，那竖起身子，仰起脖颈，刺出獠牙的凶劲儿，活活赛得过山豹。动物学家想拍摄生小豹的录像，但那厮们害羞，瞪圆了小眼睛，十分警惕。但终是人类狡猾，轮班儿候着，隐蔽了摄影机，终拍下它完整的生育过程，成为人与自然栏目的瑰宝。

卢成驻中山站 17 个月，经历了南极内陆包括极夜在内的各种气候。青年人爱挑战，在十一级的暴风中，故意体验行走起卧的各种感受。在迎风而立时，背后有人对背支持，仍然败退。前进之时，迈开的前腿落不下去，人要后仰。

原地不动前倾，倾斜至 45°，人仍不到，拍下来就像魔术节目。

在漫漫长夜里，《南极之光》出版了，大家都成了编辑，姓杨的简称“杨编”，姓马的简称“马编”，姓牛的被称为“牛编”。“十一”节、“仲冬”节，和“进步”站俄国朋友玩雪地足球、篮球、乒乓球，赛完再赛喝酒。俄人量大，成瓶的白酒，喝凉水一般，也是谁喝得多谁是哥。中国人会唱《莫斯科郊外的晚上》，俄人听得愣愣怔怔——这本是俄家的祖传，却被中国人唱得出彩——好像日本人背诵《琵琶行》，中国小伙一愣一怔一样。酒酣耳赤之际，敢闯南极的中俄小伙子没有不敢干的事，俄罗斯人脱个光光，用雪团儿擦澡。中国小伙子不甘示弱，扒个精光，围着中山站飞跑起来，活猴一样，小鬼一样。滕州老乡朱宗泉就给了我一盘裸奔的录像：风雪中，冰盖上，裸跑者的硬蹄踢飞雪雾。那裸体冻成红色，像明火里烧烤的胡萝卜一样近乎透明，鸡儿都缩进了肚皮。一方水土养一方人，到哪座山上唱哪支山歌，这就是人！在南极，这就是被严酷环境压迫，尔后反弹，酿成雄性、野性勃发的男人。

与这样的男人恋爱，女子要受得住那种率性、野性的冲击。中山队队员白磊便做出了惊人之举，利用一次中波连线的机会，向女友、向世界讲出了火辣辣爱的嗥叫，那女子亦是性情中人，学火中之凰的鸣唱，2012 年 12 月已结连理，震动南极。

受白磊激励，卢成如法炮制，在北京国际中心科技展活动与中山站连线的时机里，他突然向参展的山东姑娘求爱。该女恰是西藏羊八井集训时的队医，认识卢成，二人干柴烈火，与白磊一样，抢在 12 月结鸾。

美女爱英雄，南极的探索者都是英雄。冰雪中弄险的故事，连环成套。一车呼呼生风前行，突见前有冰缝，不但不能刹车，反而一加油门，冲了过去。车轮下冰凌咔咔塌陷，害怕是以后的事，冲冰的人头皮绷紧，头发是竖立的。还有人过冰缝的凶险，作撑杆跳远状，竿头一滑，人欲落缝，双腿劈叉，前脚前冰沿，后脚后冰楞，弹弹颤颤，滑滑蹭蹭，脚蹬手扒，竿撑腿撑，竟然过去了，没有讲得清的理儿！

还有人滑入豹洞，上身悬着，下身坠着，队员拉上，见洞里有豹。猜想那饿豹猫咬尿泡——空欢喜一场，唇边好肉又丢的怨恨，不知以何种方式表达！卢成打冰钻的一日，钻头卡了，双手抠出，脸沾了雪屑冰碴，活像熊猫，人又被雪埋住，狼狈不堪。这样的照片竟传到了网上，偏偏又叫妈妈看见，妈妈哭成个泪人儿。脸皮也真厚，掉了一层又一层，生物学家说：掉的是表皮，真皮有牛皮厚呢！西藏的奴隶主还用人的真皮做鼓，敲起来威吓农奴。真皮晒成水牛的黑皮，风镜挡住的却又煞白，媳妇认不出人来，戏说道："白的是癣，黑的才叫脸呢！"

脸黑不要紧，最怕大雪深。队友李海峰回营，大雪筑成了山样的雪坝。攀上坝脊前行，不觉就上了集装箱顶，箱下深沟，一旦掉下，轻则摔伤，重则埋葬，大雪纷纷中，找到的可能几乎是零。

难忘的黑五月，到黑七月底，天上有了星星，稀而贼亮，一颗一颗，像要坠地。月亮很近、很大，用天文望远镜看，可见环形山脉。有人看见极光了，大呼小叫，指天画地，形象描写她像 ×× 媳妇的绿裙，×× 女子的头巾，×× 的 ××，越说越小。月亮最圆的一日，是祖国的中秋节，吃月饼、喝酒，但全无心思，赶紧散席，回房联系家人。卢成叫一声妈，哽咽着哭起来。媳妇一接电话，心颤骨酥。没有人能写出那滋味的诗和歌，应该把文人骚客弄到南极越冬，叫他出好文章！

中秋节后的日子里，队友杜玉军的奶奶走了。中山站北方有个"望京岛"，一群人带了供果、供酒，摆在了冰上，烧几张纸钱，一齐跪到了雪地，砰砰有声地给奶奶磕头，为奶奶的在天之灵祈祷。那是一次感情宣泄，一次抒情的机会，一群人像狼一样嗥叫，呼天抢地，声嘶力竭，无休无止。他们哭念着无边的歉意，给奶奶，也是为所有的亲人。

探极的队友胜过战友，越冬的同志亲如兄弟！卢成的故事，是我听得最舒心的故事。

大鹏之梦

梦之所以具有诗性，概因它祛除了理性，解放了约束，使理想如实呈现，譬如“做梦娶媳妇”“梦中登天”。我做过多次登天的梦，亦梦见云彩暄软、柔暖，且具有新棉暧昧的芳馨。2013 年 5 月我访戚鹏，这位 26 岁的山东郯城小子向我娓娓道来，听得我心惊肉跳。

他的冰雪之梦，做在第 28 次南极考。163 天的随船数据管理员，风浪同舟，日夜伴船，与世隔绝。过赤道时，140 余人的队伍，分作赤道南北两队，拔河比赛。

之后便航长城、中山两站。卸中山站物资时，内陆队一个雪橇连同集装箱一起陷入冰缝，他们一起“扒箱”抢运了 9 吨物资，时刻都有“入裂”的危险。那是真正的命悬一线！

每天开着雪地摩托车“护路”，从海冰到中山站，十公里冰雪之路，危险来自天上、地下，和看不见的虚空：晃眼的冰盖雪原，天是白色，地是白色，风是白色，太阳一动不动，没有标识，没有比照，极度的孤独中，你不知前进了还是后退了，也看不见前程多远。没有时空感，没有距离感，车驶向虚空，没有底线，无影无根，永无真境。

梦幻来自那次“白化天”气象，下降风形成了“地吹雪”，坚利的风锋，将地上的雪粒铲扬至半空，使其湍旋、弥漫，撞击破碎成铅粉般的冷雾，重压过来，迷眼呛肺，层层缠绕，让你眼睁不开，呼吸困难，寸步难行。在这样的危险中，三个队友只得围抱住一辆摩托车，冷凝于雾团之中，等待救援。

他们用对讲机一次次地呼救，但是，直到耗尽了电，大本营也听不到电信。在这块凡人不可闯入的极地，人间的一切宝贝都失效了，犹如进入了太空：电流、粒子流、质子流都轻而易举地击穿了它，干扰了它，甚至屏蔽了它，让你找不到因由，或毫不讲理。一个明显的物理因素便是，撞击、粉碎了的雪的籽粒，变成了细粉，一千次、一万次地雾化后，不再是平常的雪，平凡的雾，它的物质特性形同陈年的蓝冰，或有更多的蹊跷，你那个砖块似的对讲机又算什么?

三个年轻的队友，被雪粉雾絮缠裹，冻结成了一体，变成一组冰雕。不发抖，不咳嗽，无言语，一动不动。从看不见一切，感觉不到一切，到神志逐渐恍惚、模糊、麻木，在无边的困乏中，人或深入地底，或漂浮虚空。不知过了多长的时间，亦不知是睡着了，还是被冻死了。整整的6个小时，天地和世界已淡出他们的意识，使他们与冰雪化为一体。在这样的时刻里，大鹏觉得身体变得很轻，仿佛要随风飘起，随雾浮起，眼前的一切都不再真实。恍惚间，雪地摩托车像冲锋舟一样荡动了，飞驶了，银亮的天空闪露出一个蓝色的空洞，如同彩霞，如同深海。一股无法抗拒的吸引力，将一组人、车吸向深蓝，吸向无际。在这悠长的旅途中，他看见了许多幻景：葱茏的山影，婆娑的绿竹，白色的鸟群，银亮的瀑布，大群的人物——如卖火柴的小女孩擦着火柴时的幻见：白发的奶奶、慈祥的妈妈、美丽的女同学……真的，看见了，向他诡诡一笑而逝，像十年前不可捉摸……

梦很长……不知不觉中，铅粉样的冷雾开始变暖，像羽绒的被褥，又像桑拿浴的蒸气。风如流水，哗哗有声地淹沐全体，柔滑而清亮。他突然有了想要脱掉外衣的冲动。如同40年前，笔者在小水泥厂40摄氏度的高温中，在水泥热粉烫润中突感寒冷，浑身生出了鸡皮疙瘩一样——这是一种极端的反应，一种濒临死亡的幻觉呈现！危险降临了，但是，在一曲天籁乐音的合鸣中，他突然听到了真实的大本营的呼唤声，天空突然大亮，蓝洞消逝，铅雾散尽，风雪顿停。在一片闪亮的纯银般的海冰上，红白对映的“雪龙”船像火团一样突现眼前。熟悉的队友欢呼着奔跑上来，面目清晰至可数清睫毛！队友们抱抬着他们登上龙船，眼泪像冰雹一样闪亮晶重。

尚志尚勇

杜尚志，秦皇岛人。1995 年 11 月，跨上“雪龙”参加十二次南极越冬科考，负责中山站车辆装备维修，卡车、轿车、越野车、吊车、铲车、雪地摩托车，驾、修皆精，一手包揽，为王耀明站长得力助手。

庆祝二战胜利的日子，俄罗斯站请酒，烤肉、沙拉、红肠、好酒，只是缺女人。俄国朋友说：澳大利亚站上有女人，金发女郎哦！说着说着又唱起来赞美姑娘——像白桦树，像红苹果！俄国人真是浪漫！于是他们结伴，到澳大利亚的戴维斯站去，那站建得果真漂亮，那儿的美女高额、挺鼻、金发碧眼。酒酣时还演奏小提琴曲《蓝色的多瑙河》，人的风姿、曲的绰约，令他们情乱神迷。

尚志尚在年轻，正是讲故事的时候。他说站上有一位医生，界首人士。他在夜间给妻子打卫星电话，小偷也恰好此时潜入家门。电话一响，小偷疾逃，虚惊的倒不是差点少了平板电脑，他想的是：这贼子是偷电脑，还是想偷人？这一个电话，该值多少银子？那时的海市卫星电话，十二元一分钟。小青年谈恋爱，越洋、越球地打，银子也就哗哗流下去，工资加补贴也不够，但不心疼。心疼的是那本《天涯日记》：杜尚志详记了天象、海象、极地之象、各类险象，还有人心万象。可那宝贝被一个冒牌的记者要去了，他像一个不识字的农妇那样糟蹋了那本天书——未写出一篇文章。而今的杜尚志叫我捎给他骂讯：你要了干什么？知道那是一位南极探险者生命搏击的符号吗？看得懂那是一部血染殷红的天书吗？真不是个东西（我帮他骂了！但也知道打马惊骡的道理。用过的资料，一定完璧归赵！）

“勇”“刚”组词

“勇”和“刚”是两位探极队友的名字。

先说卢勇，祖籍山东沂南，高级工程师。1997年，随“雪龙”十四次考赴南极，主研海水化学分析。“中山”建站五年，“长城”建站十四年了，国际上有人监督中国，组织人来清垃圾，卖我们的难堪。这激励了我们的自尊心，老少齐上，粗细不分地清理建筑余料，破车烂舟，废弃“坦克”，集装“雪龙”，运回国内。

都是研究人员，也学鸭子上架，浪又加大，小艇一头拱到大船腚下，东西落水，一件件去捞，浪舔胸背，水凉沁心。大洋队有一好汉，眼看如山的集装箱甩来，飞身跳海，零下十几度的海水，人会速冻僵硬，他竟一个鲤鱼打挺，又爬上小船，捡一条活命。

也有心旷神怡的时候，到澳大利亚的戴维斯站做客：轻盈的澳艇接他们来了，蓝水清冰，冰山白雪。站的周遭有一圈岛链（澳人真懂风水），围成了天然的船坞，四面八方的冰山，屏蔽了这颗亮丽的珍珠。开初的时候，我们也想紧邻着澳站建站，澳人不同意，推荐了中山站址，但是，正是这退而求其次的中策，使中国队因难得福，占据了在南极大陆寻找最高点的最佳基地，使我们后继的多项大陆探研有了坚实的依托。

走在中山站的冰原上，夏日一阵好太阳，雪软化成浓稠的浆汁。冷风一至，凝成了玉片。新雪覆盖了，再化一层，再冻一回，脚踩上去，咔咔有声地分层下陷，多层的玉片，卡住小腿的腓骨，硬拔不出，越捣腾越深，手脚并用脱陷了，还有下一步等你。那时候，人巴不得学会轻功，在水皮儿上轻捷如鸟。这就要羡慕企鹅了，看人家一摇一拽的样子，自在自得，终于找到了优越于人类的骄傲，那仰脸嘲笑的群相，好气又好笑。

有一次陷了一串脚印，还往前爬，姓李的队友喊：“回过头来，从陷下去的地方上！”迷途知返啊，爬上来了，小腿红肿，手掌滑皮，气急之时，见企鹅主动近前观赏狼狈之相，便令它滚开！滚开！它们互会了眼神儿（也许有私语），反而更近，看人气急败坏的窘态，两只短翅扇着，喝倒彩的样子。人都有自尊心，卢勇一时火起，抱起一只就走。它像大姑娘害羞，象征性地忸怩了一下，任着他抱。到了船上，他开始交流感情，它不理，拿来冻鱼喂它，不但不识好心，还啄他腮上一口。众朋友帮鹅骂他：“叫你不要脸？叫你不要脸？人家是南极姑娘，随便抱的？”有人扮英雄救美角色，送鹅下船，它紧走雪上，又回头盯他两眼的样子似乎在说：“你们有纪律，敢把奴怎的？”

又一次去企鹅岛，看见了一种比贼鸥还小的鸟儿，大概正养娃儿，凶恶得不讲道理：你只是从那里一过，又不动它的窝，它却追着人啄，一次次俯冲下来，恶号连连。你跑到鹅群里，它才停战，再看企鹅的样儿，笑得浑身哆嗦，似乎爱看这样的笑话，也似乎告诉卢勇：看，还是我们友好！

2008 年的第三次北极科考，一次晚餐中，船上广播：北极熊来了，一只公熊正在破坏冰面上的考察设施。人往船上撤，它跟着追，一直上了船头，躺下便睡，竟睡着了。直升机赶它走，天一明又来了，只好收起龙船舷梯，不然又来睡觉。下午的阳光赤金颜色，一只母熊带着三只幼崽来了，母子们走走停停，好像是听说了这里的风景，带孩子来看一看，玩一玩。在一台测量仪器前，母熊仔细地研究了它，还让孩子离得远些。摆弄不出门道，便拍了几掌，悻悻离开，朝船的方向走来。母熊站在船下，看出出进进的队员。小熊们则一齐坐上雪地，有的用手捂住鼻子，偷眼看人。有的搬起脚丫，研究被冰碴碰坏的厚皮。所有的队员在看到可爱的小熊扯着衣襟跟着妈妈的时候，都想起自己的小宝贝。尤其是搬起脚丫的一招，太像自家的孩子，甚至连白熊温柔的眼神，也比作相夫教子的老婆。这是幽默的比喻，然又是辛酸的比照。拟人化的表演和类人化的情感，总能激起诗人倾情的文思！

再说刘诚刚，江西省吉安市人。2000 年，毕业于厦门大学，任职于海洋二所生态中心，副研究员。2001—2002 年参加第 18 次队首考南极。远征路程为上海—新西兰—长城站—中山站—澳大利亚。担任南大洋浮游植物生态调查工作。

大风大浪，冰山雪原，冰裂雪雾，不误现场采水、拖网、浮游植物培养。在普利兹湾调查，站位密集，样品处理量大，上一个站样品未处理完，下一个就已到站。海况好的时候，连续两三天不休息，连一口长气也难喘匀。最后坐在马桶上睡着了，队友全船寻找，以为他落海。其实，落海的危险时时存在：以吊桶提水取样，绳子缠到手上两圈，面对黑水白浪，头晕目眩。巨大的冲击力猛勒了绳子，差一点就会拉下海面，以至多回蹭掉了皮肉。大自然太雄伟了！去过南极的人，心胸都变得开阔，视野也变大了。

海面上的冰太亮了，在太阳下走火入魔。长城站“西湖”的雪，如玉脂的美人。队友们发泄心火，跑到了雪地上踢足球。几个聪明的企鹅看出了点门道，便不甘于球迷的角色，一齐踉跄入场，追着足球又踢又抱。充当看客的鹅们哇哇喊叫，比球迷还疯！于是有人把足球给它们，结果它们抱跑了不还了。那只足球被它们玩了多日，直到被海浪冲跑。

年轻的伙伴们寻找刺激，一起钻冰洞，为避免意外，在腰里系上安全绳，冰洞在阳光的折射下透着幽幽蓝光，光滑的冰，坚硬的冰，被大风雕琢出拧劲曲凸，奇形怪状的冰，美妙而又神奇，像无底洞，又像通着天。他们对比着西游记的故事，对比着九妖十八洞，也对比着《张羽煮海》里的水晶宫，觉得无论如何也没有眼前的冰洞神奇。他们幻想着洞里能飞出妖精，像白骨精那样美，那样娇娇昵昵。像高老庄的村姑那样纯朴、善良，像敦煌“飞天”之女那样的才情，横吹着竹笛，反弹着琵琶。没有人害怕真的妖精出来，在那个缺少儿女情长、爱情干涸的所在，用队友们的话说，就是“没有怕尼姑的和尚”！

美女的形象也是看得到的，春晚的演出上，真妮儿斯斯文文，假妮儿的演出却有十足的浪气，但仍觉得如看人妖的表演，别别扭扭。有一个饿狼似的小伙儿对大家吹牛：“等我回到家！哼……出不了三天，就叫我的小媳妇……哼！生出个娃儿来！”

能吹出这样大牛的人，干起活儿亦有邪劲儿，刘诚刚说：大洋队有个张永山，他护送最后一批物资上“中山”，冰面却突然一齐融化，他们像孙悟空那样驾着云，蹚着水冲上岸来，身后的冰咔咔塌陷，真是妖精也爱的英雄！这也和打仗一样，怕死的准死，不怕死的反而闯荡出来了！

十五、气象万千

气象万千，
玉破天惊。
宝石陨雨，
极光彩虹。
雪崖裂谷，
冰峰凌洞。
琼楼玉宇，
天籁霞影。
端庄诡异，
娇氛神灵……

笔者这样诗歌南极，是为神秘怪异之章写作导语。南极探索之大美大壮、大奇大怪、大惊大恐、大喜大悲，如一幕幕精彩绝伦的戏剧，日夜上演，时时上演。我不断感慨：有幸到了信息爆炸，媒体多维的当今世界。洋洋三十集的《中国南极记忆》多角度、广角度收录，再现了中国民族精英探极的林林总总。它像存入博物宝库的稀世文物一样，随着年代的久远而愈加弥足珍贵，勾魂摄魄！

玉破天惊

2007年12月7日上午10时，执行南极科考的“雪龙”号破浪航行。一位长发的美女坐上驾座，用唱歌样的声音高叫：“啊！看见冰川了！再靠近点，再靠近点儿吧！”

一座巨大的冰山，通体晶亮，冰山的80%潜在水下。这是第24次南极科考遇上的第一座冰山，它巍峨、陡耸而峻峭、银光闪闪、华美高贵而又玲珑剔透。长发的具有艺术家品质的轮机长赵勇拿起了望远镜，以一位作家、艺术家的眼光欣赏着他心中的美呀、妙呀。但是，冰山之后便是无边无垠的浮冰，在波浪的鼓舞下撞响着叮咚的琵音。耀眼的太阳的辐照，影响着这个蓝色星球角角落落的气候。南极海冰是星球气候系统重要的组成部分。科学家认为，它是星球大气和海洋环流变异的天然预警平台，海冰的变化影响着这个世界。初夏里，海冰融化，大量浮冰在风和洋流拂梳下，大群的企鹅乘着冰块，神闲气定，作诗唱歌。如有郭广生那样的摄像机，最美的景致将是企鹅家族的表演。如果有赵勇的才气，也将会写出一车南极的天书。小小企鹅的眼中含着稚气，向着大企鹅询问什么，那是专题的询问。大企鹅昂首挺胸，比“雪龙”号上的领队还要深沉。晴明的天光、轻柔的白云、剔透的冰晶、活泼的浪块组合在一起，似是香甜的冰饮，清凉一下、甜爽一下心热的队员们。有大企鹅下水了，小企鹅跟着，不知她是跟随了妈妈或娘舅，或是本家的三姥姥四姨娘。

浮冰在微风和洋流中，愉快地向北漂流，时速达到 15—20 公里，乘客便是幸福至极的企鹅，地球气候变暖，海冰日益减少，反射的阳光辐射亦会减少。地球便因接受更多的热能而加速变暖。揭开海冰消融对于人类之影响，已成为科学界研究南极的重要课题。

“雪龙”已经进入浮冰区域，冰山高度和厚度考验着龙行的每一步。沈权船长站在驾驶台上，他已经与我处成好友。

巨轮像《圣经》中描述的“迷途的羔羊”，充当上帝的直升机高高在上，指点着“雪龙”的航向。这艘具有强大抗冰能力的极地巨轮便如生气的野牛，发威地铿锵前进——“雪龙”有了一个逞能的机会。回想我国早期使用的“极地”号轮，曾在这片海域历尽了坎坷，留下谈冰色变的惊悚。

1989 年 1 月，在南纬 65° 的浮冰区，中国的“极地”号——第一艘冰区运输补给、考察船，任务是完成我国在南极大陆建设中山站计划。大大小小的浮冰呈椭圆形、六棱形、狗头形，不规则几何形的载雪浮冰，纵横交错、堆挤狼藉。由于连续不歇气地冲撞，铁棒磨成了针。每一声咔嚓，都让人心疼。到达南纬 66° ，刚入极地圈的时候，船艏竟然被撞出了一个破洞。探险者停下来，面对着纵横裹绕的浮冰，堆叠刺戳的雪坨：攸关生死的境地。

蓬头垢面、寒衣臃肿，眉须结冰的探险者们哈着如云的雾气，聚首分析前景：在坚冰的密集处，连续的冲撞、挤压，使船艏钢板伤损凹陷。在不断的冲撞下，伤疲的钢铁，开始皲裂，破损的积累，一点点，一片片，一回回……千侥万幸的是，被坚冰撞破的部位是“极地”号一个压载舱，它独立的结构性能，致使这艘伤船有惊无险。但是，十指连心的道理，还是给勇士们带来巨大的心理压力，等待冲出冰围的时候，“极地”号已是战伤累累。

当比“极地”号更坚固，更有力的“雪龙”号来到了大片浮冰区之时，云团样的、雪屋样的，千姿百态蜡像样的浮冰，在乌克兰铸造的特种钢船的撞冲下咔咔玉碎了。那是美丽爽心的场景，新结成的初成冰鲜嫩清澈；白云样的奶油冰，滑腻甜软。浑圆多纹的荷叶冰，显现出华贵的光彩；古玉样的陈年冰，富含柔柔的絮状物，炸出裂隙。大自然雕琢了冰球的圆滑、晶莹；还有草原的乖乖羔羊、憨憨熊猫样儿……每一块陆缘冰都是凛冽的峭壁，从高高冰山垂下的冰挂，像巨大的刺猬抖乍了刺毛，威风凛凛，锋芒毕露。这样的精怪与乖巧、鲜嫩宝贝成伙儿，阻碍"雪龙"，叫你的软硬法儿都不顶用！

南天冰多雪无涯，
天王海帝恰有暇。
鬼斧琢玉雕冰山，
仙手凝银刻荷花。
酥油雪塑"奶油冰"，
水晶巧叠玲珑塔。
想我婴幼少奶粉，
不知南极多荣华。

奶油冰、荷叶冰，多么淋漓尽致的宝贝啊！我真的无端地想到了家乡的婴幼，做一回画饼充饥的好梦！

夏季 2 月左右，冰面呈最小值，积雪一冬的浮冰，被风削浪撞，碎成了无数的琼阁玉塔。闲散的企鹅徜徉其间，有一种旅者观景的雅性，很有文化。毛泽东没见过这样的景致，亦未听谁描述此景。不然，他的诗词一定会将这种雪光烧灼、云絮扯天、冰山凝玉、玉龙腾飞、翻云复雾的气势描绘出彩！

着燕尾服的绅士迈着方步踱过琼塔，发福的企鹅，皆是一副腹有诗书气自华的傲象。它们看着几只海豹笨拙爬山的蠢相，像长舌妇那样嘲笑它们，俄罗斯诗人将这样有趣的情景写在诗中，诗之题目作《羡慕》，作者扬·昆金：

一座冰山漂浮着，卧着企鹅。
许多海豹在靠近，蠢笨的样子。
冰山是休憩好去处，

海豹试图爬上冰山，与企鹅做伴。
可它们的腿游泳很好，爬山就不行。

一些海豹已爬上冰山躺了下来，
一些只是望而却步，回到水里。
嘿，回去的海豹，
你们是否羡慕山上的企鹅？
还有，嘿，躺着的海豹，
你们是否认为，在水里的比你愚蠢？

从南极大陆断裂入海的庞大冰体，冰山扮出千奇百怪的凶相或媚态，体量从几百米到几十公里，最大达200公里方圆，冒出海平面几米至几十米乃至百米的高度，那么浩浩荡荡，巍巍峨峨，颠连相接。有的扮中西人形，仙气逼人。亦有婀娜淑女，玉树临风，阳光之下，彩霞照中，那霞底火裙，美艳惊人；还有酥油白荷的芳香，那冰雪下的海水，清亮成虚无的空灵。雪山的倒影如梦，变幻成雪龙形状：龙头是由冰上雪坨塑造，有鼻有眼，有须有唇。在躬起的长长龙腹之后，甩出了一条龙鳞斑驳的有力的尾翼。它的头上有一条长云，云下是雪冰映出的倒影，影影绰绰，组成了双龙同舞，双龙戏珠的妙景。

云霞折射，海光晃荡，你若以为冰是清的，雪是白的，那便大错特错了。我发现了一片鲜亮的城堡。楼阁呈翡翠或蓝宝石颜色，城墙却闪紫光。落日的水影熠熠飘动了，便似火苗呼呼蹿跃起来，照亮了城外陡峭的冰山冰崖。那险峻的冰山造型，非人工能及：它的顶部平坦、光滑，甚至可作直升机的停机坪。依势望去，那些二三百米高的崖顶，竟也现出了平顶。这在山形上称为“崮”，那犄角插天、刺破青云的叫作“峰”，参差逶迤、曲岖嵯峨的称为“岭”，真乃横看成岭侧成峰，远近高低各不同，不识冰山真面目，只缘身在冰海中。无论崮、峰、山、岭，都在海流和风的推动下，每日以10—30公里的速度游移。在暖风的吹熏里，它会进一步翻转，拥挤，坍塌，融溶，分崩离析。这些美丽的奇妙的表演或装扮，给了人们美好的、如入仙境的感受。但使人心惊胆战的是隐于海下更加庞大的山根。冰山水下部分的体积，是水上部分的6—7倍，通常有尖锐的棱角、边缘，船只一旦撞上，便大祸临头。在《泰坦尼克号》那部被诗化的电影里，虽有爱情的点缀，但仍是惨烈至极的结果。

沈权船长说：冰区航行最怕大雾天气，晚间能见度差，2月底从中山站撤出时，天黑雾大。一入浮冰区，冰山、浮冰都在雷达上，同样不好分辨状态，行船就万分紧张，你可能临近冰山才发现，躲闪就为时已晚。

2007年12月初，在南极半岛附近海域，一艘加拿大邮轮为给游客游兴刺激，在接近冰山的过程中，不幸被庞大的冰山底角撞破船底，游船倾覆，差点上演又一幕“泰坦尼克”号惨剧，幸有智利军方出动了一架大力神飞机和大批军队前来搭救。

也是这样的天光、海光和水晶城般的冰景瑰丽中，谁也不会想到，一场不可预测的冰崩，险些把中国考察队推向死神的怀抱——1989年1月14日22时35分，“极地”号前方800米，突然发生特大冰崩。蘑菇云腾空而起，大量的冰山山体崩裂解体，海荡天摇。落海的山体溅起冲天的浪墙，真是“四海翻腾云水怒，五洲震荡风雷激”的气势。浪墙冰山排山倒海，向“极地”号倾压过来，一股遮天盖地的冰雪合体，喷到空中一两百米，卡车大小的冰块，云朵样的凝雪，啸叫着倾落下来，天塌地陷！船毁人亡就在眼前！

时任“极地”号大副的腾征光，这时发出了紧急指令：各就各位，立即起锚，撤离险区。锚启时冰山正往下压，船随着冰涌的挤压往后撤，稍慢一步便会被埋盖。但是，偌大的冰块一个个堆叠，船已经没有离开的可能了，湾口已经被冰山围堵，而倾崩的冰山又压迫过来，中国考察队面临了灭顶之灾！

时任考察队队长郭琨说：“真像是天方夜谭，一座巨大的冰山翻滚过来，它的底部是深蓝，顶端是玉白，那一白一蓝，一白后蓝呼啸着，排山倒海地倾轧过来，却在距船一两米处戛然停住了，奇迹般凝固在眼前！避免了一场大难。大概是冰山的底部触着海底，搁浅卡住了！上天在关键时刻眷顾了中国人，死神在‘极地’号前咫尺停步。”

这多年罕见的冰崩，惊动了普里兹湾周围各国考察站。各国的直升机一架架在船上盘旋，又一架架离去。事后从国外信息得知，南极的此地此季最易发生冰崩，但从未见过强度和规模如此之大的冰崩。这罕见的灾难，被初次到来的中国人赶上了。这是对中国南极考察队的一次毁灭性的打击！他们 6 年也出不去！这真难界定，是悲观失望，还是幸灾乐祸！

在残酷现实面前，为避免人员损失，这支中国南极考察队被迫下达了撤离命令：全体考察队撤上陆岸，只留 8 人守船。这就是说：这 8 人将被锁在钢柜冰堆之中，如冻鱼待在库中！

陈德鸿少将说：“我看着大家带着设备，扛着铺盖撤离的时候，心里很不是滋味。有同志为国家的利益置身冰海。”将在雪野上冰餐露宿，等待命运的安排，一切都是莫测。陈德鸿少将说：“我是写了遗书的，给家里交代如何处理后事，在南极牺牲甚至是不可避免的！”

“极地”号船长魏文良说：“冰雪封锁了我们，我们又封锁了受难的消息。那时船长不签字，你这报道就发不回来。为作好长期被困的准备，考察队也把一日四餐改成两餐，并限量供应开水。远离祖国、亲人，面对寂寞、饥寒，每前进一步，都要付出高昂的，甚至是生命的代价。”

附近的俄罗斯考察队、澳大利亚考察队向中国考察队伸出了援手，为部分离船队员提供了食宿，同时还提供了附近的避难所和食品供给，给危难中的中国人人道主义的支持。

熬人的时间一天天过去，“极地”号周围的冰情没有丝毫变化，希望越来越渺茫。再过一个月，南极的暖季就要过去，那时这片海域还会有新的海冰形成。“极地”号依靠自身的力量，已经无法冲出这方圆几十公里冰区。唯一的希望，就是等待大风大潮的到来。难道“极地”号的突围，真如外国人所言，需要 6 年吗？

2013 年 9 月 12 日晚 6 时，从不看电视的我，浏览到“老故事”栏目，我惊喜地发现了梦寐以求的冰海、大船……

时在第 5 次考察：浮冰叠叠挡住去路，无法破解。苏联破冰船来到，却望而却步，又退出去了。正在此时，突然有一缝裂开，齐齐崭崭……船挤了过去。

船长魏文良、队长郭琨语：远处冰盖爆炸，像原子弹。冰山塌下来了，罕见的冰崩：1.5 海里的冰盖断裂，冰山向“极地”号科考船挤压过来。临近的一座冰山上，一只红色的不祥之鸟蹲坐在那里，冷冷地望着船，幸灾乐祸的样子，看着眼前的一切。

果然有一巨舰样的冰块翻滚过来，一蓝一白、一蓝一白，翻滚着，耀得眼发花。迸溅出粉白的冷雾，几十米高。队员脸立刻煞白，齐叫：“队长，完了完了！”有队员照相慌得忘了打开镜头盖。冰山滚近了，伸手可及了，却在一二米处突然搁浅了。它高山样耸立在那里，挡住了后边滚滚而来的浮冰。大量的冰山包围了“极地”号，各国的考察飞机在我们头上飞来飞去，又悻悻离开，束手无策。卡车样大的冰块一堆一堆的。有些冰块滚跳到冰面上。冰丘、冰山交错，中国、外国的直升机都来拍照——这是世上罕见的冰险。船帮、船体被撞得像麻脸的坑窝。队长决定：把 22 个老弱病残船员送到岸上去！一老同志有病，他哆哆嗦嗦拿出一封信交给一位姓李的同志：“我的小儿子叫我捡南极石头，拍张照片。老婆叫我在路上买电视机，看来我不行了，你就帮我办吧！”

一公里外的苏联站发来紧急预报：当晚有 13 级的大风。如此等待，定是船毁人亡。历史上苏联船却有被围困 1 年的经历。

船长魏文良问高登义：“冰山的运动情况怎样？”这位自信的敢承担责任的气象班长回答：“会围困一周！”一周后 1 月 21 日，风向改变，冰山、冰块慢慢疏散开去。幸运再次眷顾危难中的中国南极考察队，奇迹再一次发生了：1989 年 1 月 21 日，横在“极地”号退路上的两座冰山开始移动了！渐渐形成了一条 30 多米宽的水道，在潮汐作用下，给“极地”号打开了一扇起死回生的大门。

考察队总指挥陈德鸿少将说：“突破这两座冰山也是过鬼门关，也要随时准备牺牲！他们认为，可以在两座冰山之间突破。但如果在穿越两座冰山时冰山再次发生崩塌，后果就是船毁人亡，葬身于万年冰底！”船对着冰山中间闯去。转了一个 90°，整整转了 8 小时。船被浮冰压得死死的，只能前拱后倒一点点地哨。好险啊！老天爷，“极地”号刚闪身冲出，那冰山竟又合起来了，如果船在其中，便会被挤成铁饼！真是老天爷救命！

政委朱德修说过一句话：这是咱们民族的万幸，中华民族不但是世界认可的，也是上天眷顾的！

拉斯曼登陆和泰山站

在第二次世界大战中，有一个著名的战役，叫作诺曼底登陆。朝鲜战争期间，美军有一个仁川登陆。中国南极考察队的拉斯曼登陆，也是战斗。

1989 年 2 月 25 日，南极普里兹湾，刚刚逃离三次巨大冰崩围困的“极地”号，重新选择登陆地点。登上这片拉斯曼丘陵，再次全力挑战建设中山站的任务。

考察队的决策者从“极地”号起飞，来到东南极拉斯曼丘陵，通过实地的再考察，确定新的中山站建设地址。这里不但有淡水湖，且面向大湖的一面，地势平坦。当时，摆在考察队面前的首要难题，就是如何在最短时间内将“极地”号上的 2300 吨物资，运到新的建站地点。2 月底必须离开，否则南极冰会迅速扩张，往一处集结，抗冰船要离开就困难了。

几位决策者走过大片浮冰区，找到了新的登陆地点。可是在他们准备返回“极地”号时，多变的南极天气，又一次翻了脸：在下降风的作用下，浮冰又漂了过来，小艇走不动了，回不了船。只得第二天再去小艇接人，把小块冰推开，去的时候一个小时，回去走了两个多小时。乱冰加被冰阻乱的浪涌，“极地”号徘徊在一片浮冰群中，海深 800 多米，不具备抛锚条件，唯一的选择就是漂泊卸货。小艇通过随时可能被堵死的狭小航道，运货到卸货点，面临的是困难重重的艰巨挑战。

魏文良说：“风浪影响，大船随时会撞向冰山。指挥台上就留一个水手，一站就是 20 多个小时，他在台上报告有冰山，我在甲板上左舵右舵，前进还是后退，离开冰山。一招不慎，就出灾祸。”

这些货物大到建设用的钢结构框架，小到建筑用的水泥、沙子、食品，都是必需品。船在大晃，在吊卸大件的时候，用三条绳索拉着，再有个人拉一条绳索稳住货物。如果我们损失一件货，中山站建设就缺一个设施，因为运货没有多余，每件都是南天孤宝。

夜晚，下降风强烈，白天刚刚化开的海面，早上又重新结冰。远远超出了小艇的排解能力，曾在冰里把推进器桨叶打掉。有时小艇跑着不动了，再派另一小艇把它拖回去，将小艇吊上船，再换备用的螺旋桨。没有备用舵，就割一块钢板焊上，小艇时常陷入冰山和浮冰的纠缠，冒不出头来。

小艇是在后面操纵，放上集装箱以后，驾驶员根本看不到前头，需要一个人坐在集装箱上，用手比画，比画错了，理解不及，船就乱撞。

在与冰山和浮冰的抗争中，小艇艰难地往返，最长的一次走了近30个小时，困在冰里走不动了。有时船困一夜，没吃没喝，冰围雪困中，下降风很冷，小艇的人员冻得很惨，直升机送来一锅面条，欢声雷动，俄罗斯的船又过来了，给开了条道，跟着人家的船出去了，真是救世主！

1月下旬，来自南极冰盖的下降风越来越猛，气温骤降，海面的新冰也越来越厚。冰块有我们小艇的几倍大，岸边没有码头，小艇只能靠在大冰块上。卸货设施是几个汽车吊，地点随时变，哪块冰可用就上哪一块，但哪一块也不可靠，翻转倾歪是常事。

搅拌水泥的，一天要干20个小时。

黑龙江体委的一个运动员19岁，扛着水泥袋睡着了。被拍醒了再干……

1989年2月26日，中山站正式落成。大家喝醉了，哭的、唱的都有。

队员没有一个不落泪的，落成时也正好赶上度夏队撤离，所有人都在欢呼，庆祝中山站建成，这是一件非常值得骄傲的事情。

1989年2月27日，考察队返航，与越冬队员告别。

2009年1月27日，中国在冰穹最高点建成了中国南极昆仑站。

神妙的极光

极光，两极上空耀现的五彩光影。极光，人世惊艳的神奇之光。南北极的神光——专家杨惠根孜孜以求的，是与冰岛人合作建立观测台，梦想捕风捉影以求真谛的那种天花乱坠的灵物……它在南北极的夜色中，盈满了光彩。数十万米高空上炫舞的神奇之光，把人类思维带入了一个五光十色的世界，这就是世界自然界最大奇迹——极光。它是人类肉眼就能看到的唯一超高空大气物理现象，它飘逸在极地广袤苍穹中，用斑斓的色彩，装点着寂寞孤独的冰雪世界。

加拿大的丘吉尔城，一年有 300 个夜晚都能见到极光。极光五彩绮丽，婀娜诡异是任何彩笔都难以描绘的神奇之光，拱形的极光弧，皱褶飘逸的极光带，云朵状的极光片，帷幕状的极光幔……沿磁力线发射的极光光芒，是最为人类熟知的极光形态。这些高空的彩色发光现象，给远古人类带来莫名恐惧，自有文字记载以来，极光一直是人类猜测和探索的天象之谜。中国的神话，曾描绘大熊星座飘出神奇光带，萦绕北极星周围，而诞生黄帝轩辕的故事。两千多年前的《山海经》中，形容极光为触龙：人面蛇身，长约千里，为钟山之神。北极的因纽特人认为极光是引导灵魂进入天堂的火炬。而欧美人则一度坚持极光仅是冰原的反射光，直到 17 世纪，这种自然界的神光才被人类赋予了正式名字——极光。

极光出现的高度，一般距地面 100 公里到 500 公里，趋于真空。而极光频繁出现在地球的南北两极，主要源自地球磁场的构造——地球磁场终端对着南北两极，形如漏斗，钻入大气层的带电粒子，在没有碰到大气分子发生碰撞致使能力消耗前，它们更多会沿着地球磁场这个漏斗沉降，进入南北两极。当沉降的带电粒子愈加增多时，磁力线能量遇到地球内部的磁感抗，于是在电离层处爆发灿烂的、奇妙的、灵怪的、诡异的极光。

绮丽壮观的极光色彩缤纷：氧气分子和带电粒子相撞，就会发出绿色和红色极光。与氮气分子相撞，则发出紫、蓝和深红色的光。与氖气分子相撞，会发出粉红色的光。与氩气分子相撞发蓝光，与氦气分子发黄光，与其他分子之撞也各呈颜色。科学家还发现，极光颜色还取决于带电粒子自身的波长，以及它们与气体分子碰撞的空间高度，它们的强度，也和沉降粒子的能量步调一致。地球上空的极光，主要以红绿二色为主，因为大气主要是氮气和氧气，其余色彩之现，为天象之妙中之妙！

美丽的极光景象是太阳、磁场和大气层共同表演的作品。南北纬度 67° 左右附近环带状区域，成为著名的极光区。有北极光首都之称的阿拉斯加费尔班，一年之中发生极光之现象超过 200 天。

极光不但浓妆淡抹，以盛大场面示人，在它旋舞之时，往往伴随尖利的音乐，这种音乐被科学家们称作大气哨声，往往和极光伴随一起。南北极漫长的夜晚上空，是极光展现的舞台，在酷寒和孤独中的南极寒季里，整个天空都是一幅极光景象，变幻莫测的极光动画，在黑漆的天幕上演，伴随原始的哨声鸣奏，给越冬科学家们带来乐趣，抚慰着他们漫长冬季的压抑。上帝真是太仁慈了！

天幕的舞台、追光的观众、奇妙的观赏地，抒写着一部作品的前奏。地球自转与垂线成 23.5° 的倾斜角，造就南北极的极夜，把这种神奇的表演推向大美，推向奇妙！

但是，不要让极光的婀娜多姿迷惑，只顾欣赏它的美丽，忘记了它带来的危机。只以为原子弹爆炸的蘑菇云出现才预示着灾难，太阳释放的带电粒子如同气流飞向地球，进入北极上空磁场时，又形成若干扭曲的磁层，带电粒子的能量在瞬间释放，这种被称为地磁风暴的杀手，以每分钟 650 公里的速度掠过高空，威力相当于芮氏 5.5 级的地震。

可能有的卫星在太阳风暴里直接被摧毁，有的卫星的姿态被改变，地面的测控找不到、抓不着了！ 1989 年魁北克事件，在很强地球空间暴发中，该市停电 9 个小时。

极光是美丽和灾难的化身，玛雅人曾经预示，2580 年一遇的地球磁极倒转和太阳风暴，将使地球遭遇浩劫，此时天体出现太阳黑洞与地球同处一线的罕有景象。人类或许能够看见极光这个双面的娇娃，有史以来最狂妄、最狰狞的表演。

当黑洞、太阳风和地球一线时，假如黑洞吸引力、太阳风很强，黑洞在地球上产生很强的作用，就会像历史上发生过很多次的、很强的太阳风暴之灾。

极光不是地球独有的景象，其他星体上也能见到它的仙影。在南欧天文台的红外线望远镜里，科学家可以清楚地看到距离地球61000万公里、以10小时为自转周期的木星上，那里的极光烟雾缥缈，五光十色。在拥有高等动物的地球上，极光不只是一道美丽的风景，让仙女施以仙法：利用她产生的能量为人类造福，已成为当今科学界的一项大胆尝试。

南极和北极各自冰封雪藏在地球南北两端，亿万年来，却有一条神奇纽带，将它们梦幻般联系在一起。极光展现的舞台不仅局限于天空，它瞬时仙游的旅途，往往横跨南北两极，天马行空。

南北极是对应的，叫共轭。当太阳风吹来，使磁层发生变化的时候，南北极变化有时一样，有时不一样。

为此，中国在南北极考察站设立研究极光的专业机构，南极中山站和北极黄河站，我们希望通过对极光的研究，实现空间天气的预报。

命悬极地

中国极地考察的每一步都是初试，都是命悬一线的高风险，牺牲精神是我们中国人的本钱。

中国决定要横穿南极大陆，不但要到南极点，不但要到DOME-A，还要到美国的阿蒙森—斯科特站。

首次内陆考察冰川学家康建成回忆说：“我们三个人当年第一次去的时

候，就在那儿遇险了，碰到暴风雪，被困了三天三夜。那件事惊动了李鹏总理。当时李鹏总理下了指示，要运用外交力量，想办法把我们营救回来。”

中国人独立尝试的南极内陆之行，留下的却是尴尬的心跳。这使我们更加深刻地认识到：在南极，缺少国际合作是不行的，不科学和不现实的。

2004年12月18日，东南极大陆冰盖，中国第25次南极考察队派出了一支由13人组成的南极内陆野外考察车队，任务目标是前方1300公里南极冰穹海冰最高区域，被称为“白眼巨人”的冰穹最高点——DOME-A点。“白眼巨人”，寓意就是希望那里是打开冰雪世界科学奥秘的亮眼。

时任考察队总领队的张占海说：“从出发点至500公里这个范围，冰盖有了裂缝，历史上有不少考察队员掉进去失踪了，这是一个很大危险。”

内陆考察机械师崔鹏惠说：“走到500—600公里时出现多道冰裂缝，大家很紧张，开着车走一走，停下来，拿着竹竿捅一捅。为了避开冰缝隙，艰难摸索，步步是险。”

冰裂隙是冰盖运动中受力不均产生的断裂带，有的可深达2000米—3000米，在表面冰雪的掩盖下，冰裂隙是张开大口的魔鬼，等待着猎物到来。

2005年1月7日，凌晨4时，气温 -44.6℃，海拔3990米，机械师盖军衔突发强烈高原反应，呼吸困难。经后方紧急求助，联系了美国极地站前来营救，美国决定空中支援，美国大兵乘直升机从天而降，既专业又迅速。盖军衔化险为夷，后来顺利归国。

2009年4月9日，“雪龙”号极地科学考察船抵达上海长江口锚地，标志着中国第25次南极科学考察任务圆满完成。

12日11点多，中国极地科考船“雪龙”号租用的一架船载直升机在转场过程中出现事故，起飞1分钟后即坠入海中。机上共有4名哈飞公司机组人员，其中3人及时获救，机械师杨永昌经过多方搜救，仍未找到。第二天23时03分，失事直升机被打捞上来，初步判定直升机因机械故障出现事故。

12日11时左右，“雪龙”号水手长吴林正在餐厅中吃饭，失事直升机当时正准备从甲板上起飞。

吴林表示，耳中传来的是异常的“嘭嘭”声，好像是直升机机翼拍打到水面的声音。敏感的他立即起身朝外望去，映入眼帘的是直升机已经坠入海中的情景。

在那一刻，吴林什么也没有多想，马上奔到船舷边拿起一个救生圈甩了出去。直升机坠落的地点也就是 60 米左右，看见有人冒出了水面，在海水中漂浮着。

正是吴林及时扔出的这个救生圈，让直升机驾驶员杨华获得了第一个逃生的机会。随之而来的船员们也纷纷采取了一系列救生措施，有抛出救生衣的，有放下舷梯的，“雪龙”号也拉响了警报。

救起 1 人后，风带着潮水，把另外的失事人员不断地往远处推，此时赶到的民船和搜救船只一起，把人捞了上来。

出事机组人员名单：

飞行员：李宝辉（获救）、杨华（获救）。

机械师：唐立军（获救）、杨永昌（失踪。50 多岁，哈尔滨人，曾随“雪龙”号参加一次北极科考、一次南极科考）。

经 8 天的搜寻，“雪龙”号极地科考船失事直升机失踪机组人员杨永昌的遗体，于 20 日上午在长江口水域振华港机 0 号码头附近被发现，并打捞上岸。

在地老天荒的南极，船、机事故不断，1978 年，新西兰飞机失事冰原，200 余人丧命。

最惨痛的失事莫过于 1978 年新西兰的一架“DC—10”型飞机在飞往南极的途中，坠毁在埃里伯斯火山上。该机载有 257 名旅游者，全部遇难。

1979 年 11 月 4 日，美国驻新西兰海军陆战队的大力神客机从新西兰的美国海军南极支援基地起飞，当飞机飞到埃里伯斯火山上空时，突然不明原因地一坠而下，几乎垂直地摔在坚硬的冰原上，140 多名乘客和机组人员全部遇难。自那时起，前往南极的旅游飞机再也不允许在埃里伯斯火山上空飞行了。

神秘的南极，原本是神仙的领地，她们不爱听飞机的吵闹。还有“泰坦尼克”号式的沉船故事，听来令人难以置信：

2007 年 11 月 23 日，在智利空军发布的照片中，在阿根廷以南靠近南极圈的南设得兰群岛附近海域，失事的“探索者”号邮轮正在下沉。

现年 63 岁的女子吉莉恩 · 李说：“在睡梦中感觉到，船体与什么东西相撞而摇晃，随即听到一阵尖锐的警报声。我实在吃了一惊，客舱里一片漆黑。有些船舱进水了，所以我们尽可能快地穿上保暖衣、厚裤子和夹克外套，戴上帽子和手套，抓起一些照片和护照等随身物品，跑到甲板上。”

“探索者”号当地时间 23 日零时 50 分在穿越乔治王岛外布兰斯菲尔德海峡时，船艄与一座漂浮的冰山相撞，船体发生破裂后进水。

事故发生后，船上广播通知全体乘客在甲板上集合，船员试图用水泵排水。场面很吓人，因为船正朝一边倾斜，一些东西从甲板这端滑向那端。

“我们试着在水中把洞堵上，”“探索者”号大副彼得 · 斯文松说，“一开始我们能够对付得了，但随后发生一次小停电，舱里开始涌进更多海水。”

船体已呈 25° 角倾斜，面临沉没危险，船长被迫下令弃船。在船员示范后，游客 8 人一组，登上圆形的橡皮救生筏。或 20 人一组，登上救生艇。救生艇和救生筏随即被缓缓放入海中。

海上波浪有时挺大，人都被打湿了……旅客身处各种奇形怪状的冰块包围之中。我们看到船倾斜得越来越厉害。

救生艇上，一对丹麦恋人甚至当场订婚。“潇洒勇敢的男子原本计划那晚向女友求婚，”普兰特夫人说，“不过他居然就把戒指带在身上，于是就直接在救生艇上求婚，船难帮助了他！”

“她接受了。现在他们两人也许正前往某个温暖的地方享受蜜月吧。”一位夫人说。

数小时风中等待后，所有 154 名乘客及船员终于被挪威邮轮“挪威北方”号及其他救援船只救起。

但是，“探索者”最终沉入南极冰海。这就是南极！海神要没收闯祸的铁盒子！

因为我们的长城站也参与那次救援，还救援了亲爱的同胞，布赖恩的赞美里，也应有伟大的中国人！

极夜——与黑魔、寒魔共舞

谈冬色变的南极，比虎还恶的黑夜，像鬼捂住了人的口鼻、眼睛。厚重的黑暗，比泼墨黏稠，比煤山黑重，比十八层地狱更无声息和人气。呛肺的寒风、透骨的雪暴，可使人血凝晶！

在长达 3 个月暗无天日的时间里，这片白色世界上有最为猛烈的暴风雪，每年 300 天左右有 8 级以上的大风。法国考察站曾在南极冬季观察了 100 米 / 秒的飓风，风力相当于 12 级台风的 3 倍！还有冰寒，俄罗斯人测得了最寒冷的记录：零下 89.6℃。

严酷的自然环境，使这里成为生命禁区。唯一的生命，就是这里的主人——企鹅。

夜色悄然降临，寒季即要到来，越冬队员面临着全方位的生存的考验。极夜从每年 5 月中旬开始，纬度越高，极昼和极夜的时间就越长，这里的极昼和极夜的时间接近半年。在浓稠的极夜里，严寒和暴风雪这对恶魔合伙发难，越冬队员的一切痛苦由此开始。

取暖是生命保障线。必须确保发电机 24 小时不间断输出电力。冬季的中山站，消耗在发电上的油料超过 200 吨，但冬季却时常出现用电缺口。5 月下旬到 6 月中旬，气温降到零下 35℃以下，各取暖设备频繁使用，发电机组持续过载，冷却水温高达 96℃，发电房热浪滚滚。遇到强力降温和风暴，考察站的水管极易发生冻裂或冻堵，事故一旦发生，发电机就会死机或者严重故障. 一旦出现这种问题，考察站的取暖和照明就没有了，整个站区心脏停止了。我记得很清楚，1998 年 7 月 29 日，因为连续的低温，水管道发生堵塞。得果断排除，不然就是大难临头。

据逯昌贵回忆："没经验，不小心记录本掉了，却没法追。40 米 / 秒的风，刮起铁板来像一张纸一样轻飘，更别想去追个小记录本儿。这算是事故。后来如有大风，我就只带一支笔，数据全抄在手上；看你再刮！或者两个人观测，一人室外观测，通过对讲机报，一个人在房内记录。憨人有憨法儿嘛！”

中山站越冬后勤队员胡帮龙回忆说：“中山站来的船少，我们的船或澳大利亚船带来的都是冷冻食品，来后赶紧入库。肉类较多，蔬菜少。为了协调队员们的伙食，和厨师商量调剂，不然，日子就不好过。”

考察队后勤人员程言峰：蔬菜一般到 7 月份就没有了，水果能吃到第二年船来。蔬菜保鲜是防冻，防霉变是做好通风换气。鸡蛋要转 180° 圈儿，防止蛋黄和蛋壳粘连。为弥补蔬菜的短缺，创造了一套自力更生的技能，学会了泡发芽苗菜，比如萝卜苗、豌豆苗、黄豆芽、绿豆芽、香椿苗，这些技能被一代代考察队员传承下来。

清脆的开饭钟声，每天三次回响在宁静的中山站。是考察队员耳际的美妙乐音，时时盼望。啤酒、黄酒、葡萄酒和香烟都是按需分配，茅台、五粮液较少，却在节日或队员生日供应，为解馋所备。

南极考察站配备了专业厨师，小小厨房不但关系一日三餐，更直接影响着每个人的心情。让每位队员吃得好、吃得香成为厨师最大的愿望。那位文艺细胞丰富，言谈举止慢悠悠的郭广生说：“在南极，一年来一个厨师，365 天做下来蛮烦的，想尽点子，做尽花样，众口难调而又要顾及众口，不是容易事儿！”

而越冬大厨师陈玉彬之所思，更比别人深了一层：“技术不是最重要，重要是职业道德和心态。”

善写故事脚本，善录像、照相艺术的郭广生说：“24 次越冬队时，天津来了个机械师，谁知道他还有三级厨师证！开始他没露出来，露出来大家都惊讶，没事的时候，他来做搭档，做饭又做菜，和厨师配合得很好，那日子就有味儿！”

不管是厨师、机械师、医生、科学家，还是后勤保障人员，分工明确各司其职，共同维护考察站的运行。但在这个世界的冰雪角落，压力和挑战面对着每一人，无休止的暴风雪，每天侵蚀着队员们的心理承受能力，挑战他们承受的极限。你想，除了亲如兄弟，相依为命，相助为国的他们，在这永夜的酷寒天涯，鬼都见不到一个，狼蛇虎豹都见不到一只。人世之情，谁比他们更近？

冰寒夜话　儿女情长

队员已经离家10个多月了，对亲人和外部信息的渴望，无人能与他们相同！早期的南极科考站上，还没有互联网。仅有的几部卫星电话，由站长统一管理且收费不菲。通信手段的缺失，使远离家乡3万余里的越冬队员们，在这个与世隔绝的冰雪世界，思乡心焦，望眼欲穿！

越冬期间，为了收听世界信息，用短波电台接收转播信号，整个气象房坐了一地人，抓住讲话机会的男人们，争抢着、语无伦次地向孩儿倾吐着心语："爸爸和越冬队的22名叔叔阿姨都在这里……都在收听这个通话……爸爸想通过你，还有海洋局、中央电视台的同志们，向全国人民问好，我们有一个共同的祝愿：祖国好，想念祖国，想念亲人……"

南极越冬首批女队员赵萍急切地发话了："希望得到外界的信息，包括世界新闻、国内新闻，包括朋友、家人的……同志们好，孩子好。"这个国家海洋局极地办公室的女处长，她稳重、大方、具有温文尔雅的成熟气质。第30次南极科考队启程的动员会上，笔者与她相识。我们约好，将在南极采访后赴京访她。我手中已有了同志对她美好描述的资料：

赵萍，南极长城站越冬队队员，当时中国越冬队的亮点，就是因为第一次有了两名女性队员。这是南极考察向欧美国家人性化学习的一次尝试。在南极越冬的人员结构上，关于是否安排女队员参加的课题，在国际上一直存在不同的声音。笔者认为，科技进步，民主化进程已至文明时代的今日，仍不能决断这样的问题，简直成一则笑话！

健壮的乌拉圭南极考察站站长站在海湾边，他的身后是闪亮的雪野和冰盖。他的话像冰雪一样晶莹透亮：“我们站上的医生是女性，她的工作很出色！大家应该改变南极不适合妇女工作的观念，我们认为妇女完全可以在这里工作，而且会工作得更好……”他摊开双手，以身体语言，补充他言犹未尽的意思。

在1996年的南极条约国协商会议上，以挪威为首的一些国家，向会议提交了议案，明确要求各国在选拔考察队员时，要考虑到性别的平衡。但是一直以来，女性越冬都像是带有实验性的意思，各国对女队员之安排行为褒贬不一。在选拔女越冬队员时，都非常慎重。但是，慎重的选择都呈现出一个结果：每个国家站上都拥有了女队员！

卞林根无奈地说：“下一次雪，就要挖一次仪器，以保证我们的气象仪器暴露在真实的天气中。一年要挖雪大半年。每次观测，都要有两三个队员帮忙挖出放温度表的百叶箱，挖出道路。”

这样的辛苦，带给两名女队员的挑战就是高强度的体力劳动。

在这一点上，赵萍很有心得，她说：“女队员在体力上不如男人，但是你一定要出现在现场，无论是端茶倒水还是慰问队员，还是并肩作战，你是要到的。只有这样，你才能保证不给其他队员太大压力，保证大家能够心态平和……”从赵萍这番话中，笔者发现她是一个懂心理学的秀外慧中的女子。无论从中国传统文化中的“阴阳”说，还是西方心理学家弗洛伊德的学说中，你都能看到阳刚之气和阴柔之美的绝妙融合。它是玄妙而无形的，又是唯物而实在的。“男女搭配，干活不累”的俗语，是一句深入浅出的至圣名言！

对于南极考察站上的女越冬队员说，他们还要面临一个特殊的挑战，怎样处理和异性队员的关系。聪慧透顶的过来人、女队员赵萍的话让人百思而意蕴无穷：“我走的时候，有人告诫我，在南极那个男多女少的地方，你一定要站在圆心上，在圆点上跟所有的男同志保持一个同心的关系，这点挺难的……”

难啊难，难若上青天。这是个好说不好做的难题——像一辆车跑在热闹的街上，你和所有逆行的、直闯的、突然转向的车同行，你的同心圆，等距离如何做到？如何能做？况且，人是感情动物，感情之活泼，如一朵荡飞的浪花，激越的火花。什么可以括约，可以规定?

在繁重的站务工作中，与异性队友在长期封闭的环境中生活，让女队员承受了特别的压力，别离亲人，天各一方，对每一个队员来说，都是个无法弥补的情感缺失。

当时，担任长城越冬站站长的孙云龙说："去站上大概一个礼拜的时间，父亲就去世了，心中非常难过，记忆深刻啊！作为站长，又不能将悲痛太表面化，影响同志，非常纠结。为了摆脱苦痛，就在外面转，雪地、冰上。晚上在屋里坐一会儿，又到外面转了，常常整个晚上睡不着觉。"

相对于男队员，女性的细腻情感，使得她们的承受更加繁多，这就是天生的母爱情怀。民间俗语云：不要做官的爹，留住要饭的娘！世界上最真诚、最伟大的，便是诗歌不尽的母爱。难道粗心的男人就不会发现吗——再大的男子，也有孩子气。再小的女子，也有母性的慈爱……

朱宗泉是我同乡，一个小兄弟。在南极长城站相见，多了许多话题，少了许多顾忌。他说："大哥，一年多了，真的很想女人，是人都想。你别看×××脸板得结实。他给我说过实话，他想得最狠。在我们厨房里，这种话题最多。在漫长的冬夜，站长、工程师的话都不如女人的话有理、好听。只要坐在那里不说话也行……男女围到一处帮厨，荤的、黄的、花里胡哨的都有。只要去一个女的，满场活了，欢了！大伙儿精神头儿来了，什么话都能嫁接到'那上头'，上说下答，话掉不到空地儿，活干得风快。你当女的不爱听那故事吗?错！她装作害羞的样儿，有时还骂谁一句，但把那好呱儿学了去了，没人时讲给女伴儿，笑傻笑疯！你讲故事，她脸红了，也不要怕，那才叫有感觉呢！别笑！我们都是一年多没见老婆的人了，没听说过？当兵三年，老母猪赛貂蝉！我有好几个外国朋友，智利的、俄罗斯的、乌拉圭的，他们才想哪，人又直爽，不像咱们，拿着捏着！人家男女见面儿就抱，那个狠劲儿！去年开联欢会，我趁着酒劲，抱了一个××女队员，她吸住不丢，摔跤似的。周围的人给我们鼓掌，不瞒人，公开的……"

今年夏天，朱宗泉带着媳妇来济宁找我，他媳妇说："大哥，他在那边没好作，朝我吹，今天亲了这个，明天抱了那个……你在南极看没看见？”

我忙说没见。宗泉说：“大哥只去了不到一月，井里的蛤蟆，能见多大的天？”说着又吹起智利的女子开放、漂亮。从他的故事里，我得知南极存在着性荒问题。也听到过男队员和女同事交好，在回船的码头上，男队员的妻子拥住了南极女，亲得抹泪。笔者被感动了，多美的人情，如果去除了嫉妒和猜忌，月光下的景物，原本比阳光下更有诗意。

我欣赏郭广生弟那逗笑不笑、言之有物的沉稳态度。他说：在南极科考比我们发达的 × 国，越冬队里没有女子，黑暗寂冷的长夜里，男队员不干了。于是政府在第二年安排了女性。男人的一半是女人，女人的一半是男人。黑暗被照亮了，凉雪被烤化了。原本的发着怒火，滴着苦泪的天涯角落，传来男欢女乐的歌声。得咚咚、得嗒嗒，舞蹈声敲击着白玉的极地。抑郁症没有了，孤寂病、疲劳失眠症没有了，连感冒也没有了。但是，另一方面的问题又出现了：队员在分班、生活之间产生了争执，没有人能把握平衡。同事间的嫉妒、猜忌，无名之火出现了、燃烧了，令他们的站长和考察队长一起叫“难”！但是，事件内外远近的每一个人都承认，这种“难”和那种“难”是不一样的。这是超越了精神、孤寂、饥渴，面对文明进步的“难”，到了共产主义社会也会存在！正像跳舞不等同挖粪的“累”。有谁要混用“难”字搅浑男女搭配的活水，还不是要回到男女大限的封建时代？

郭广生的故事发生在中山站上：一天的早上，开来了一辆雪地车，下车的年轻男女来自俄罗斯进步站，男子的潇洒，女子的美丽正是红花绿叶的搭配。友好的俄罗斯人和中山站队员处成了挚友，除了公事，在私事上也来找中国朋友帮忙。雄壮的俄小伙拥抱了郭广生，求见中山站的医生。在那间小小的卫生室里，苗条而美貌的俄罗斯姑娘突然羞红了脸，托她的男伴讲出了她的恳求：她怀孕了，求助流产。她只有 19 岁，怀孕是犯纪律，想求好心的中国朋友帮助……

但是，中山站没有妇科大夫，帮不了忙。当尴尬而无奈的一对青年离开之后，郭广生连同我们的医生，都因无力帮助而难过。你想，她一个 19 岁的姑娘，远在四万里外的天涯，不是想走就走得了的冰天雪地。在之后的日子里，她的遭遇会是什么？有人承担责任吗？不会推诿塞责，当脏水泼掉吗？朱宗泉、张国强讲的许多故事，都不似此例的典型，一旦出现此类纰漏，女人比男人更难，世皆如此。我怀着沉重的同情心写出此节文字！

另一个故事听于长城站上，我所认识的那个白面书生刘志刚，气象观测员。越冬的三位女队员将他按上座椅，齐心合力地为他理出一颗蛋青的光头。他在三名美女的酥手下哆嗦、颤抖，满头满脸都冒出了热汗。口鼻额唇都明珠闪闪的美女，这是多么温柔、温馨、温暖、温情的恶作剧？这比装成美女与中山男队员热拥的游戏还要精彩，现代的青年人，多一点益智怡情的幽默多么可爱啊！这难道不是那个黑暗苦寒的漫漫长夜需要的游戏吗？

南极越冬女队员赵萍说：“有一次，我做梦梦到孩子，在怀里冰凉、冰凉，醒后惊恐万分，我就违反了一次纪律，天黑的时候，我们两个女人就跑到智利站打电话了。风雪夜行啊！但是我和林青去了，她拿着一根绳子，一头拴在她的腰上，一头拴在我的腰上，昏黑里跌跌撞撞连滚带爬。电话的那一头说，孩子老抱着你的红毛衣，在屋里转呀转，小孩的表达方式不一样。他是心里有话，又不会讲出来……可能如今提起这事情，娃儿已不记得了，但在那幼小的心灵里，一定会为母爱的亏欠受过伤……”

听了这一段的描述，笔者的眼泪掉下来了。

小儿思妈

儿郎尚幼年，
会想不会言。
思妈无良方，
抱衣转圈圈。
毛衣留妈味儿，
毛衣妈心连。

怜儿沾妈泪，
啃妈儿流涎。
儿妈隔万里，
迢迢衣线牵……

黑夜和狂风暴雪，是南极漫长冬季的主旋律。永恒不变的白色，是队员们面对的唯一色彩。恶劣的天气限制了活动范围，在绝大多数时间里，只能待在房间里。寂寞、孤独在侵蚀考察队员的情感和意志。对着灯光，同志们一天到晚地说话儿，把该说的，不该说的话都说完了的时候，便是相对无语的无奈……

还在有亮光的日子，对黑暗的恐惧就已经开始。说话慢悠悠的郭广生描述：“天越来越短了，外出时间少了，大风来的时候，你只能在宿舍里面，转来转去就这十几个人。渐渐地，人都不爱交谈了，连人家姥姥的姥姥家的事都问完了，没啥可交流的了！这时候人就感觉枯燥、烦躁，站坐都不是。”

越冬队后勤人员曹建西说：尽量不想事情，什么可以消磨时间就去做什么。唱卡拉 OK 可以唱一个通宵。

再就打一天的乒乓球，球不赢嘴赢。后来有了创造，就是疯跑到无边无垠、白茫茫的雪地里踢足球，裸光身子踢，给越冬生活带来发泄烦闷情绪的机会，如果中国足球队到南极练球，说不定是一条出路！

最难受的是天天算日子，做梦都在算，臆想能有个什么方法回家一趟，比如坐飞艇、飞机、火箭、气球什么的，再返回到人类社会，饱享凡间的热闹……

白色的风雪，漆黑的夜晚，透骨的寒冷，贫瘠的语言……难怪担任中山越冬站长的徐霞兴说：“长期于这种环境中，人的心理会变化，难听点就是变态。心态一变，爱钻牛角尖了，大家相互之间看不顺眼，话不投机。这样的日子叫熬冬，那是非常的艰难，一旦爆发就要滋事。”

为防止越冬的男人们借酒滋事，考察站有一种不成文的规定：烈性白酒被严格管控，只在节日里，才给每四五个人发一瓶白酒，即便这一瓶白酒，也会给队员带来一些意想不到的激动。

小老乡，“雪龙”号驾驶员邢豪告诉我，在漫长的远航时日里，寂寞的队员都到驾驶台寻乐子。有几位“吃了枪药”的伙计，专爱顶茬儿抬杠，什么话都能找到插杠的眼儿。这实际上成了一种变态的演绎，男子的口斗，就像森林中猛虎狮子的决斗，要分出个雌雄。好斗的台湾作家李敖，在离开香港凤凰台时事评论员一职时曾对他的对手们预言：我在你们盼我死，我死你会盼我活！

你想，如果在死寂的南极冰雪里出现一只老鼠、一只小蛇，或者一只苍蝇，它一定会被心疼地喂养起来，成为公众溺爱的宠物！

最难忘的还是每个人的生日，在队友们的祝福中，给这个寒冬带来家的温暖。在远隔家乡万里的南极度过自己的生日，容易想到母亲、兄妹、妻儿，心中充满了各种愿望。但有一个愿望是共同的，就是祝愿完成南极考察任务，盼望下一批队员到来。

每年的 11 月，南极迎来夏季。温暖的洋流聚集而来，融化着海面的坚冰，一直躲在海平线下的太阳也每日升高，照亮了这个已被黑夜统治半年的冰雪世界。南极又恢复了生机，长达 13 个月的越冬考察接近尾声了。

在这片大洋的正北方，新一届的中国南极考察队正在日夜兼程奔向这里，梦中期待的相聚就要到来。大家燃放信号弹，拉挂横幅、气球，喝白酒，迎接“雪龙”号到来。可就在那个晚上，刮起了暴风。一阵风过去，全都没有了。

2007 年 12 月 8 日，中国南极中山站新的一批南极考察队领导，提前从“雪龙”号乘坐直升机来到考察站，几句暖心话说罢，同志们早已热泪涟涟。3 个月后，他们将乘坐“雪龙”号到家，与亲人相聚，有人会迎娶他的新媳妇！

格罗夫冰山——寻找神女遗珠

南极大陆荒凉辽阔的程度，从各种渠道得到的浅显认识，都不足以引导想象。一踏上这片白色世界，才会顿觉自身渺小。

俯瞰南极广袤的洁白冰盖，各国科考设立的路线坐标点遍布其中。“DT085”点，正是中国南极内陆考察队员分别的一个三岔点。从这里开始，考察队员一分为二，一支前往冰区A，研究冰雪，一支深入格罗夫山区。

在15次考察中，我们两支队伍在这里分手，一支第一次往南延伸，格罗夫方向也是第一次往西延伸。约好了两个月后，又在这里汇合。DT085位于中国南极中山站以南464公里处，与格罗夫山区地质探测科考活动息息相关。

格罗夫由64座美丽岛峰组成险峻奇观，从一被发现就成为科学家竞相探索的焦点。但是，它与生俱来的险恶和无数暗藏的冰裂隙，阻挡了探险家的脚步。

1998年，中国第15次考察南极时，俄罗斯、德国、澳大利亚都要前往格罗夫。当我队正准备进入时，山地车出现了故障。单车深入冰雪野外被视为大忌，考察队就会陷入孤立无援的状态，数小时内，队员就可能被严寒夺去生命。更何况中国还没有进入格罗夫的经验。

考察队机械师徐霞兴说：“直升机超过500公里就飞不到了，所以我给队员说，从明天开始，我们全部要靠自己了，我们没有后援。当时我给中山站李果说，如果我们再不进入，我们就没有机会了，不知道还要再过多少年，这是我们唯一的机会。”

艰难的抉择，摆在首次格罗夫考察队面前，重新整装出发会相对安全，但可能是格罗夫山区永远的迟到者，考察刻不容缓，压力给了中国科考单车冒险的勇气。在充分配备所需之后，他们决定向未知区域进发，去冒犯那个“大忌”。

格罗夫考察机械师李金雁说：“在中山站准备的时候，我尽量把配件多带些，胶带、螺丝都多准备一点，就这样下定决心出发了。”

在DT085点前往冰穹A时，考察队伍分开了，开启了中国首次单车考察格罗夫的序幕。西行120公里，进入了南极壮观的蓝冰区域——格罗夫。单车进入还意味着空间减半——4个队员挤在一个六平方的小车厢里。如今的格罗夫已经是世界熟知的陨石富集区，他们一边地质勘测，一边寻找陨石。在常年大风呼啸的冰山上，陨石最容易从雪层中剥落到山崖外，科考队员跪在冰冷的陨石带上，小心翼翼地搜寻陨石。

中国南极考察地质学家林杨廷博士称：“从 15 次考察开始，每一次找到的陨石都是递增的，第一次找到 4 块，这 4 块意义重大，是零的突破，弥足珍贵！”

格罗夫考察机械师李金雁说：他多次向国家海洋局极地办报告，格罗夫陨石特别多，我们应该再次派队伍去寻找。这样，我们第 19 次考察，成立了第一支陨石猎人队。

对陨石迫不及待的向往，常常让科考队员们热血沸腾，但这种沸腾却也捂不热冷漠的南极冰盖。在一次风雪考察中，险些酿成一场生离死别的惨剧——一辆雪地摩托车无论如何也发动不起来了！时任考察队长的地质学家刘小汉博士日后回忆：“我当时感觉到这下完了，可能要死人了，因为一辆雪地摩托车只坐两个人，可以再挤上一个人，但四个人无论如何都挤不上去。恶劣的环境让大家形成了一种患难与共的默契，我们不会、不容丢弃任何一位队友。面对愈加狂妄的暴风雪和更加低温的黑夜，进入格罗夫的四位考察队员，唯有更加冷静地找到故障原因，才是生路……原因找到了，加油的时候进了雪花、冰粒，堵住喷油嘴。仿佛是赌命一场：用一个队员的暖水瓶里仅存的一点儿热水往里浇去，咬起牙来启动，哈！竟然发动了。那真是老天保佑……最危险的时候，仅凭了几滴热水……而且还有热水……”

当科考队员们从危机四伏的格罗夫山区归来时，满意的地质勘探结果和闪光的四块陨石，让队员们忘记了赌命冒进的危险。历尽艰险的格罗夫探险，也标志着这里将是中国取得瑰宝的标志性基地。

告别了美丽的格罗夫山区，下一步就是前往预定的汇合点 DT085，与另外一组考察组碰面。此时，危险又一次逼近：极寒使运输车再一次发动不起来了，他们用掉了两瓶仅有的启动液，老天爷和格罗夫山神又一次保佑车子发动起来，并与另外一组胜利会师。

言语很难描述首次进入格罗夫的惊险，正是这次非常情形下的探险，让中国人打开了解格罗夫的窗口。格罗夫山中陨石的发现，成为中国科考的既定项目，名不见经传的 DT085，也成为中山站延伸至格罗夫山区的大本营。

今天，在南极风雪中鱼贯而行的运输车队，和天空翱翔的运输机，代表中国的南极考察，已处于世界前列，从 DT085 点向西 40 公里，就能瞥见格罗夫山区若隐若现的山峰。也知道隐藏于雪中的冰裂隙，会毫无征兆地崩裂开来。也盼望一辆无发动之虞的运输车，让科考队员无忧地一次次捧回珍稀的南极陨石。

风雪中冒险和脱险的神话，每个科考队员都不愿再提，此刻值得他们去做的，就是如何找到更多的陨石，可能是自然科学探索中屈指可数的与运气有关的工作。陨石深埋冰雪层里，需要冰雪搬运，和强风剥蚀才能露出地表。在茫茫无边的南极大陆，陨石露出的概率，往往与漫天飞舞的雪花一样缥缈。但是，吉人天相的中国人来了！

自喻为陨石猎人的勇士们，此后的数次格罗夫考察，猎人队每次都带回不一样的惊喜，在欢呼声中，珠玑般的陨石富集起来，在水晶宫中堆成玉山。第三次，19 次队的猎获达到了 4448 块陨石，综合前 4 次考察，共觅得 9000 多块陨石，令世人瞪大了蓝眼、黑眼。

搜寻陨石充满了诱惑，天外的宝贝握在手中，增强了他们的成就感，忘记了寻找陨石的危险。对格罗夫考察者来说，得到陨石是一种运气，更是一种智慧。

1921 年，澳大利亚探险队首次在南极采集到第一块陨石，此后 48 年间，仅采集到 4 块陨石。直到 1969 年，日本南极考察队在大和山区蓝色冰川地表，同时发现 9 块陨石。此后，日本考察队员仅在这一区域，又采集到 520 块陨石。至 1989 年底，科学家已在南极内陆采集到 11000 块陨石。迄今为止，全世界的南极陨石总数，超过 3 万块。

中国南极格罗夫考察队长琚宜太告诉人们："19 次队的时候，我们找到 4448 块，22 次队的时候是 5354 块。"

南极考察地质学家林杨廷："5354 块，重量也比他们多，大概 62 公斤，上次队捡到 9000 多块，差 100 块就 1 万块了。"

到了中山站站长李果介绍的时日，他的表述就成为："我们国家的陨石收集，达到了 1 万多块，现在成为世界第 3 位，仅排在日本和美国之后。"坠落在南极的陨石成为幸运儿，可经历万年，等待人类到来。陨石当然越多越好，天上掉下来的东西，数量多了才有足够的样品，才有各种不同的类型，因为陨石不是完全一样的，有各种各样的陨石。

尽管全球收集的陨石三分之二来自南极，好像陨石遍布整个南极地表。但大多数陨石存在于被山脉阻挡的、裸露于南极山脉周围的冰面和碎石带中。刚坠落的陨石会深入冰雪以下，埋藏在南极寒冷洁净的环境里，并随着冰川运动而流动。运动冰川遇到隐蔽山脉拦阻而搁浅，同时受到挤压不断攀升，藏至冰雪中的陨石，也被挤压至冰雪浅层。表层冰雪不断风化蒸发，加上下降风的层层剥离，埋藏至深的陨石，最终暴露冰雪之上，逐步聚集在阻拦冰流的山脉处，黑白分明。

南极大陆九成以上是厚达 2300 米的冰雪，直接露出冰面的陆地，仅限于沿岸部分地区和高耸的山脉，统称为裸冰区。南极最大的裸冰区面积 4000 平方公里，存在于日本人最早踏足的大和山区周围。美国则雄踞南极横断山脉周围巡视勘查。尽管南极没有领土界限，但区域的先来者，还是成为意识上的主人，后来者是默认的宾客。这条不成文的潜规则，像森林中的动物墨守成规。

最早发现格罗夫山特性的澳大利亚人，称这里为壮观的冷冻库，冰盖下面的陡峭山峰刺穿冰层，露出山尖。在他们眼里这是贫瘠山地、骇人的冰雪荒野现今的见解不同以往。“GROVE”英文意指山村森林，在这片崎岖的山区中，散落着珍稀的天外来客——陨石。

中国科学家涉足在南极寻找陨石的场所绝大多数就是格罗夫地区的碎石带，俯瞰这片 3200 公里的蓝冰区，冰川起伏，岛峰凸现，是南极大陆壮美的森林。机械师徐霞兴描述道：“……地貌高低不平，遇到山要分流，冰缝最发达，有的冰缝像一条河。有的冰缝像农田一样，一条条，一垄垄，密密麻麻的，接天连海……”

美丽背后是无尽危机，格罗夫山区一年 300 天处于暴风雪肆虐中，雪花在这里变成冰粒。周遭坚固的花岗岩，也被风雪雕刻成奇特的风凌石。

风凌石是什么？是鬼斧神工的大自然造化，寒风为刀，千琢万磨，千年万代，无比耐心地雕刻。现仍在创作的过程中……风凌石有多美？观遍世上的珠宝妆饰、皇宫玉器，也找不到如此绮丽的景致。

格罗夫山区是个美丽的地方，有山，有蓝冰，有风凌石，非常漂亮，还有64个岛峰，是走过冰老天荒后，很难形容的一种美景。大家散开捡陨石，全靠徒步，全靠眼睛识别，很累，一天要走几十公里，而且在蓝冰上走，冰滑得让大家常摔跟头。

陨石，黑黝无泽，糙而无华，在审美层面是丑陋的石头，考察队员挑选南极石作纪念品，甚至看不上陨石，但在地球化学家和宇宙地质学家眼里，却是珍贵的宝物。陨石逃脱星际劫难到来，居地年龄可达千万年，南极陨石居地年龄一般可达95万年，更有两颗陨石存在500万年。

耗资亿万的阿波罗登月，仅能从月球正面采集样品。月球的背面，人类还无从涉足。而南极发现的9块月球陨石中，竟有8块来自月球背面。在已经发现的南极陨石中，有更为珍贵的两块来自火星，它们将为探索火星历史和探索火星生命，提供实物证据。人类乐此不疲在南极采集陨石，无异于以物美价廉之方猎取外太空的样品与信息。

格罗夫山区除有恶劣的天气，最可怖的冰裂隙隐藏在冰雪下面，与无冰缝地带没有区别，科考人员经过时，冰桥不堪重负，崩裂后可落入200米深的冰裂谷。雪暴来临时，冰晶雪雾光线完全散射，使人失去正常的视觉，称为雪盲。考察人员方向感全无，每一步都危机四伏。因为蓝冰很多，人站不住。科考队员同情陨石有着同样的磨难：它们是星球爆炸、崩裂或星球碰撞时的碎块，宇宙中逃逸的尘埃。从宇宙空间，携带其母天体原始信息而来。它们九死一生，寂寞万年。一朝遇救，便造福于人类，是个有良心的好东西！

科学家曾一度对陨石的身份发生误解：认为它们只可能来自小行星，不可能来自月球或者火星，根据是月球和火星质量很大，引力巨大，陨石要坠落到地球，首先要逃离这种引力，而理论计算分离出来的石块，是达不到足够速度的。人类从月球带回来的样品证明，这个认识是错误的，月球样本和陨石比对，有几块如出一辙。美国航空器穿过火星大气层，得到火星大气成分的分析结果，与南极陨石里包裹的气体比对，完全一致，证明陨石的确来自火星。

陨石是最古老的星际岩石。地球上最古老的岩石年龄大约38亿年，而多数陨石的结晶年龄，平均达到45亿年，接近于太阳系形成的时间，这对于确定太阳系内固体物质的演化年代，无疑更为有效。科学家对南极陨石的研究将超越太阳系，延伸到更遥远的宇宙空间。

至于南极之瑰宝，笔者跟随第30次考察队伍，在乌拉圭站的海滩，拾到过红铁玉；在企鹅岛山崖，捡到了美纹石；还在碧玉滩上捡到一种色泽墨绿，满是麻坑的宝贝，据信都不是陨石。只有朱宗泉送我的一块，言是来自格罗夫雪山。那宝贝奇形怪状，似多种流汁混成，含糊不清。有焊烧般的结缘，粘贴般的拼图：白一块，黑一坨，紫一斑，绿一抹。这宝贝送给族中的一位长者，窃以为寄爱于他，便如文物存入博物馆中，收藏更妥。

记者评述：中国女性越冬南极

——赵萍、林清在长城湾

这里选载的是一份记者采访录加评述，他是在赵萍、林清入列之后，再访南极有感而发的，这位笔下生花的记者名叫袁力，文章读来令人感叹：

1999年中，中国女性赵萍、林清在赴南极越冬的报名表上郑重地填上了自己的名字，这一次她们采用了书面报告的形式。直到年底，她们才突然获准参加17次南极越冬队的冬季训练。事态并没有因此而明朗化，2000年8月，她们的申请才得到了正式批准。

对此，陈立奇曾对新闻界表示：“南极的自然条件是残酷的，年平均气温只有−56℃，最冷可达−89.2℃。风速最高可达96米/秒。所以，批准女性越冬必须慎而再慎。”

对于最终决定选派女性在南极越冬，国家海洋局陈连增副局长说，中国的南极事业发展到现在，作为女性要求介入是一种正常现象，到目前为止，已经有37位女性在南极成功度夏。他说，极地工作没有性别之分，女性介入是必然的。

在告别长城站的前一天晚上，赵萍的心惴惴的，像是那些担心有一天也会失去家园的贼鸥。茫然地在房间里忙着，重复做着手里的活计。这一整天我都很失落，像是丢掉了表达能力，默默地吃饭，默默地回到房间。女人，我想是因为女人的缘故。

女人是喜欢多愁善感的。就像赵萍在刮着9级大风的那天，仍独自从100米开外的综合库搬回一箱劳保用品，为的是第二天外出该不该穿那件白色的毛衣。林清快乐地从集装箱里搬出十几只印有“文体栋”字样的纸箱，里面装的是书或是药品，每一只都有几十斤重，而之后的一天中午，我看见她在餐厅里用纸巾盖住了脸，她在偷偷地流泪。

赵萍、林清正穿着比她们身体大出许多的工作服，在站里站外干着她们爱干和不爱干的活。闲暇下来，林清总会把她的头发重新梳理利索，赵萍则很可能又再整理着她的柜子，或是重新摆摆桌子上那几件装饰。

女人是水做的。即使在南极，即使那些敢于挑战生命极限的女人们，她们的性情也柔似水。

赵萍已经在智利弗雷基地旅馆餐厅的椅子上坐了近半个小时。她没有太大的变化，只是科考服大了一点，让人觉得她的身子更单薄。她实在是应该待在一个温暖的环境里，那是一个被柔和的东西包围的环境，而不是南极。

终于看见我了，记者张开双臂。我设计过我们的见面场面，像小说里描述的老朋友相见时的情景一样，先是大声尖叫，然后是热烈地拥抱。我们确实是抱在了一起，但却是默默地，甚至连招呼都没有。喉咙像是被刚打来的葡萄酒木塞堵住了一样，眼泪就像断了线的珠子，一串接着一串，在别人相见的欢叫声里。

半个月前曾通了一次电话，是在北京时间的大年初一，长城站的年三十。他们正在准备过年的饺子。到底是中国人，即使在南极，即使在蔬菜不太富余的地方，仍然坚持着中国人的生活习惯。赵萍说她知道我会打电话的，刚才还在想，电话就来了。她说她很好，感觉像是在大西北的一个什么地方，她叫我放心。青海是赵萍的出生地，她在那儿读完了小学和中学。

站区餐厅还保留着春节时的气氛，天花板上缀着几盏红灯笼，窗户上贴着中国剪纸，它们是赵萍从北京带来的。有了家庭气氛，人在餐厅里也变得闲散了，大家找到合适的位置坐下，沏上一杯浓茶，谈着随便捡来的话题。一天的疲劳也就顺着指尖、脚尖慢慢地散去。

见到林清是在到站 3 个小时以后，她把 6 个人文学者和 2 名记者送到机场，她是目送“大力神”离开乔治王岛才返回站上的。那天她穿的是天蓝色的科考服，离开时的短发已经能扎在一起了。她快步走进来，说着谁哭了。她说如果不是谁一直泪流不止，她是不会掉眼泪的。

但当晚，在她的房间，在没有人流泪的环境，她却大哭了一场，直到第二天上午她的眼睛还是肿肿的，她不说别人也不问。但后来她告诉我，她是看起来坚强，实际上却是多愁善感。

记者：中国人参与南极科学研究已经 20 余年了，其中也不乏女科学家，她们不仅仅是研究者，而且还颇有建树。据了解，早在 80 年代就有女性要求在南极越冬，但长城站建站已经 16 年，中国为什么在 17 次队才批准女性在南极越冬？

陈立奇：早在 80 年代，就有中国女科学家参与国际南极考察。1983 年 11 月，中科院地化所的女科学家李华梅，应新西兰政府邀请，参加了新西兰斯科特站的度夏科学考察活动。李华梅在罗斯岛和维多利亚地干谷区考察了第四纪沉积物、火山岩系，回国后发表了一系列科学论文。

随着女性参与南极考察，在南极越冬的请求也就相继出现，李华梅也多次表示希望能到南极越冬。但考虑到南极的生存环境艰苦，且远离大陆，以及站上的各方面条件还不完善等，而没有批准女性的请求。

到16次队，长城站的建站任务基本结束，初步的生存环境已经形成，所以，2000年，女性越冬的考虑才正式纳入选派计划。

记者：社会上就女队员在南极越冬的说法很多，其中一点认为中国迟迟没有同意女队员在南极越冬是怕出现性问题，您认为主要的担心是在哪个方面？

陈立奇：心理学家也建议，适当的性别搭配也是解决“孤独”心理的有效的办法。所以，有些国家正在积极进行男女混合编队的越冬考察试验。目前从国际上看，男女混合编队在南极越冬已是大势所趋，势在必行。

记者：中国有句老话叫“三足鼎立”，既然如此，中国为什么选派的女队员是两名？如果此次仅仅是一种尝试，为什么不只派一名女队员？

陈立奇：在女性越冬上，西方国家确实先行了一步。德国曾试验全部9名女队员越冬，但是并不成功。

根据有些国家主管后勤工作的官员推荐，在不具备大规模配备越冬女队员的国家或考察站，试行的最好方式是选派2名女队员。其根据是，2人间可以相互通气，又不至于形成多个中心而出现太多的矛盾。

记者：中国在决定派出女越冬队员前都做了哪几方面的准备？

陈立奇：首先，我们确定选派2名女性，之后确定站务岗位，认为管理人员和医生更适合女性。然后对主动申请赴南极越冬女队员进行选拔和考察，测评条件分敬业精神、心理素质、身体条件等几个方面。然后到亚布力的中国极地训练基地进行南极越冬训练。回来后再进行心理测试，并进行女队员越冬有关问题的培训。

在我们整个测评中，对心理素质的要求更严格。根据心理专家们的实验，把一个人单独关在屋里，即使吃喝不愁，这个人还是无法坚持一个星期。冬季，长城站要有一个月左右，即使是正午也是黑蒙蒙的，因此，要求考察队员有很好的心理承受能力。此前，由于心理出现问题而不得不中途送回国内的考察队员已有数人。

记者：前不久您随中国政府南极视察团到达长城站，您觉得女队员在那里的工作情况是否令人满意？您认为她们的精神状况如何？

陈立奇：到目前为止，两名女越冬队员的精神状态还都不错。她们工作称职尽责，赵萍除了做好管理员，同时还协助站长做好全站的管理工作，并承担与外站的联络。林清在当好站医的同时，还负责图书管理和娱乐工作，并且是站上的环境官员。

她们热情大方，但又不失东方女性的典雅，受到外站队员们的好评。当然，3 月以后，南极将进入冬季，暴风雪增多，气温急剧下降，自然环境更加严酷，应该说，更大的考验还在后头。

我个人对她们越冬成功是抱有信心的，她们会遇到困难，也会有灰心的时候，她们会流泪，甚至会出现自闭现象，这些都是正常的。我也曾带女队员度夏，她们有时的表现会让人感到莫名其妙，但到了工作的时候，她们仍然一如既往，我甚至觉得她们在有些时候比男队员还要坚强。

记者：假如出现了一些令人尴尬的问题，中国会不会就此中断女性在南极越冬？

陈立奇：女队员在越冬期间出现某种问题是正常的，不少国家都遇到过这种现象，但还没有哪个国家就此否定这一做法。出现问题只能敦促决策层采取更谨慎的态度，更加努力寻求好的解决方式。中国也会如此。

1993 年 8 月在澳大利亚的霍巴特召开了一个题为“女性在南极”的会议。会上曾带领 8 名女性队员越冬的女队长表示，她的所有女性队员都抱有再赴南极的希望，但最好是参加男女混合队。她说，就她本人而言，与其说是进入越冬前的压力，不如说是越冬后回归社会时的压力更大。据她透露，在越冬回来后不久，她即与越冬期间的通信伙伴、南非的话务员结婚。

南极既不是男性的世界，也不是纯粹女性的世界，成了大家的共同认识。

笔者：刚刚离世的张贤亮说：“男人的一半是女人。”孔子曰：“饮食男女，人之大欲存焉。”伟大领袖毛主席教导我们说：“妇女能顶半边天。”世上若无女性半边天，整个天便会塌下来！古今中外，概莫能外……

冰穹 A 惊魂

有资格谈论征服的，是南极诗社的诗人瓦尔特·蒙罗。但是，他的诗《白色的征服》中的结论和《白鲸》中的主人公一样——成了一位敬畏大自然的被征服者！

美丽，神奇，可爱，多彩
又凶残，可怖，不屈

你的法则不容宽恕
很多人已受罚
未敬畏你的人
如今只能活在我们的记忆中

给你写诗的诗人
与你交好的人们
还有祈求的人们
正受着你的保护和关爱

我们从他们那儿继承了
征服你的激情，但是
在今天的诗中我终承认
我是被征服的征服者

笔者高度评价他：真是一个明白人！中国科考队要出征冰穹 A。冰穹 A，又称为 DOME-A 点，位于南纬 88° 22′、东经 77° 27′，是南极巨大冰盖海拔最高点，海拔 4093 米，被称为人类不可接近之极。

从南极中山站到冰穹 A，这段考察线路被称为世界上最凶险的野外考察线路，世界最为猛烈的暴风雪、酷寒、暗藏杀机的冰雪路面。这里的空气比撒哈拉沙漠还要干燥，局部气温甚至低于火星。

1997 年 1 月 18 日 10 点 30 分，中国开启了南极冰盖考察的序幕。冰山障眼，妖雾弥漫。考察队的 5 台雪地车，拖载了 157 吨的各种物资前进。

2007 年 1 月 25 日，南极内陆冰盖，在距离中山站 174 公里处，中国 24 次考察队出现了车辆机械故障，车队停止了前进。时任南极考察队队长糜文明说："因天气冷，车履带和液压缺少配件，考察队决定，派出直升机，把配件送来，我们像企鹅一样望天等待。我们看到了云层里面的飞机，当它往下降的时候，突然又钻到另一个云层里面去了，有气流。"

一个小时后，直升机送来了车辆配件，考察队机械师进入紧张的现场维修。经过生死攸关的 10 小时的维修，车辆又运行起来。

在这片冰冷高原上，长途奔波带来无尽的寂寞。永远单一的白色，高强度的颠簸，没有参照物的景象，像是永远没有尽头，又像原地没动行进，耗损了人的耐性。

海拔不断上升，队员们的缺氧反应越来越强烈。南极大陆被平均厚度超过 2300 米的冰雪所覆盖，使它成为地球上海拔最高，是包括青藏高原在内的亚洲大陆平均海拔的 2.5 倍。在这个世界上最寒冷干燥的荒凉大陆上，没有任何植被，进一步减少了空气中氧气的含量。南极大陆海拔 4000 米，只相当世界屋脊 5000 米高度的含氧量。

内陆考察队副队长金波形容说："睡着睡着，就感觉被人掐住喉咙似的，喘不过气来，不自觉地就坐起来了。有时候，要使劲喘几下才清醒，才知道自己在哪里……"

内陆考察队队长孙波说：进入南极内陆以后，白化天气非常多。风夹着细小的冰晶体，让人感觉到进入了乳白色的水里，能见度不到10米。我们8辆车，车头跟前面车尾，间距四五米，像一头钻进牛奶瓶里，不知道天在哪里，地在哪里，东西南北一点感觉都没有。极地办李果处长的形容也十分形象：他说人从风雪里回来，像是从白色的幔帐里挤出来一样。出发后的第17天，距离出发地中山站1026公里冰盖深处，海拔3700米，气温 −36℃，一辆卡特彼勒雪地车被陷入雪中。车一起步就要陷进去了，原地转一个大坑，走不出了。

这个区域的冰盖累积率很高，而且松软。全体队员挖雪开路。经6个小时的努力，被陷雪地车终于拖拽出来。队员们却出现了严重的体力透支现象，能够得到的安慰是，这里开始出现DOME—A结晶雪。

空气突然凝结掉下，好像铺在雪面上一片针一样。有时候，你不敢踩下去，觉得踩下去就会被扎透靴子。天非常干净，很深，很亮，也很蓝，非常漂亮，一种鬼斧神工的仙境！

2007年12月15日午夜11时，南极普里兹湾，冰封一片，白雪茫茫。为赶在冰面变软前抢运2000多吨物资，决定把MT865卡特彼勒重型牵引车，从冰冻的海面上开进中山站。

队员报来消息：从“雪龙”号到中山站，中间有三道冰裂隙，其中两个较宽，约1.2米。这样就要在冰裂隙上铺上木板，防止冰面断裂和塌陷。但如果卡特雪地车从侧面滑落木板，车、人将葬身冰海。

时任中国考察队总领队的魏文良说：“选择驾驶员的标准是，技术强，胆子大，身体好，头脑灵活，必须是党员，大家自愿。”

考察队从各个岗位选拔了18人担当这次充满危机的冒险行动。担任驾驶4辆卡特车的任务者分别是，1号车驾驶员，考察队副总领队秦为稼。2号车，考察队助理糜文明。3号车，内陆考察队队长徐霞兴。4号车，中国极地研究中心机械师崔鹏惠。

度夏考察队员刘笃彬说：“其实你掉下去是很快的。如果说真要发生意外，那就是车毁人亡，掉下去就不可能再上来，地裂有多深？谁也不知道！”

乌云笼罩了普里斯湾的天空，强烈的东北风夹带着雪花呼啸而来，机车开动了：第一车速不能太快，要均匀。第二车距不能太近，第三车不能失速。4台车在行驶中必须打开车门，一旦发生冰面断裂，车体坠落，人尽可能地逃生。但是，大家心里都明白一个现实，时任“雪龙”号政委汪海浪说：“车门开着是一个常规的说法，一种安慰。现场不是那回事！一旦冰断裂，重车下沉在眨眼间。你在驾驶室里，能跳出多远。你可能没地方跳，因为车轮很大，心里都明白……”

第一车的秦为稼短发直竖了，我甚至可以想象“第一车”驾驶员拼死一搏的形象——像项羽，那是他家前屋后的一个历史人物。如果是怕，中国极地考察不会有明天。敢死队迎来了决战的时刻，第一个冰裂隙是一个典型的潮汐缝，自东南向西北方向炸裂。秦为稼开始冒险一冲，厚重的木板在23吨的车体冲击下，产生了剧烈反弹，前端高高翘起，但被毫不犹豫，猛冲过来的重车宽大的履带，牢牢地压盖下来，只在一瞬间，23吨的卡特车就冲过了潮汐缝。但是，木板下的冰层发生了明显的上下浮动，承重已达到了极限，断裂仿佛就在眼前，连离1号车300米的4号车上的队员，都感觉到了冰面的颤动、南极洲的颤动、人心的颤动。

卡特车依次开始了冒险的冲击，胆大、心细、手稳啊！一定要对准前面那两个跳板，一旦走偏压滑，后果不堪设想，因为两边的冰没有承重力！对准冲过去，眼前是冰光闪烁，一片茫茫！四辆车闯险过关，等待在侧的中山站男女考察队员欢呼起来！好奇而惊恐的海豹扭动着肥胖的身体，跳起了舞蹈。远远地看热闹儿的企鹅啊啊地叫起来，加入了中国队的狂欢。狂欢，太值得狂欢。假如冰之极限被打破，则人们只能到地球的那一面打捞英雄，正如诗云“只能活在我们的记忆中……”

这一节有许多“说时迟、那时快”的细节，而今已不堪细想，真是生死一瞬间！还有冰原五壮士的故事，也是惊心动魄。又是发生在南极大陆冰盖深处，海拔最高处，国际上称DOME—A地区，拥有世界上最恶劣的环境。

2008年1月22日，中国南极内陆考察队第三次来到这里，经历了22天的艰难跋涉，走过了1286公里的冰盖行程。此时，−76℃的可怕低温，随着狂风和暴雪吞没了天地，队员们必须在15天后返回中山站。唯一的选择就是奋力一搏。

17名考察队员中的5名接受了一项重要的任务，用两天时间，围绕海拔4093米的南极冰盖最高点，完成6000平方公里的冰盖观测，并为中国即将建设的第三个考察站，完成选址工作。

内陆考察队队长孙波说：“尽管我们是科学考察，但是表现出来的更多的是一种探险，风险摆在我们面前。”

2007年1月14日凌晨，5名队员离开大本营。考察队员之一的副队长金波说：“孙波队长跟我说过两遍，万一……一定来救我们！我说你放心！但过了一两天就出事了，我们离开大本营最远的点，120公里的位置。雪地车出现了无法修复的故障，整个车失去了动力，我们用随身携带的铱星手机与大本营联系。接到小分队被困野外的消息后，考察队马上提出营救方案，实施营救工作。”

孙波队长说：“在冰盖高原，温度低，又失去了支撑体系，你不知能撑多长时，非常危急。”

大本营的12名队员，分成营救组和留守组，两个组都承担了巨大的责任和风险。

三个小组都存在隐患，如再发生意外，每一组实际上都是孤立无援。更让人惊慌的是，救援小组只有一个出了问题的GPS卫星定位仪，在没有标志的冰盖上，失去方向的后果就是一头拱进牛奶瓶里……

内陆考察队长孙波事后述说：“队伍被困在冰盖上，5个人能坚持多长时间！好在有个非常优秀的测绘专家，利用他的测绘技术，通过有问题的GPS，引领救援小组到达了救援点。”

在经历了11个小时的搜救后，救援小组终于找到了被困的5名队员。用了整整3个小时，才把瘫痪的雪地车吊上雪橇。

东南极时间2008年1月16日6时30分，营救小组和被困人员安全返回了大本营。这次营救行动历时23小时，避免了一次八面临险的灭顶之灾。

以500平方公里冰雪冻结地称为冰盖，超过此冰盖覆盖面积称为冰原。但是，科考队员仍称面积达千万平方公里的冰雪地为冰盖，因为在他们眼里，千古不化的冰层，更像倒扣在南极大陆上的盖子，任何其他命名都不如冰盖二字来得形象！永无停息的风雪展示神力，冰盖上呈现出地球上奇特冰川地貌。悬浮中气堤、冰核金字塔，都是非常难得的奇景。冰川地貌的现象，在格罗夫山区非常典型，险峻嶙峋的冰形地质，组成了南极一道道亮丽的风景线。

貌似安静的南极冰盖，其实一直处于无形的运动中。学术界的领航者，开始剥开禁锢南极亿万年的白色铠甲，透视它冰冷的胸内。他们发现，南极很多区域都有险峻的奇观，在冰盖之中，众多的，形同人体动脉血管的构造。这些变化不均的活跃营构，以快速流动方式，将冰盖上不同地区的物质，运移到冰盖的边缘，排入南大洋中。

在格罗夫山脉，满眼是威力十足刺穿冰面的尖峰，貌似刚健的山岩，也会被冰盖运动中流动的冰雪剥落外皮。流动冰雪甚至会把整个山尖削平，或夹带山石移向大海，失去尖体部分的山岭袒露冰雪之外，形成奇特的羊背石。

在深深的冰盖下，竟然发现了湖泊，震动了整个科学界。一场探求冰下湖泊的科学发现之旅，拉开了帷幕。累计探测到150多个大小不一的，冰盖下神秘液态水系。数千米之下存有星罗棋布的平静湖泊，冰下湖里的生命存在形式、生态系统、微生物系统，在人类眼中同样遥远和古老。

神秘的冰下湖的面积和分布位置，尚无任何规律可循，一类与黑暗冰下世界步调一致，成为科学家眼中亘古不变的静态湖泊，平静宛如玻璃镜面。而另一类并不安于封尘现状，它们拥有不断循环的自身水系，在这类冰下湖的附近，可能存在连续的数十个冰层，融水进入湖泊参与循环。湖水流到另一位置再次冻结，周而复始中，冰层里的物质也就源源不断供给到湖水里。

水道互通联系湖泊，湖水间互相迁徙形成连绵水系，遇到山谷落差，就转变为势力强悍的瀑布。同样，与南极冰盖下，与山脉共存的冰下湖，貌似独立，但在特定时期，冰下湖水也会相互贯通。那么，南极的冰下湖泊，便是一个盛气凌人的复杂而庞大的冰下水世界。

东方湖被称为冰盖下隐藏的绿洲，穿破东方湖上层的冰面，外界细菌就可能污染湖水，同时湖里未知生命也将染指地球。假若东方湖里存在着新的生命形式，它将展示地球在冰河世纪之前的生命形态和演化过程，这也会从另一个角度解释火星极端环境中存在生命的可能。在冰下湖泊里边，也可能孕育着非常丰富的，与我们当今知道的生态系统、生命体系、完全不一样的一种远古生命的存在。

冰洋烈火——磷虾

在南极的南大洋上，海洋产品中有一种南极最重要的浮游生物——磷虾。个头细小的磷虾蕴藏数量惊人，科学家普遍的估计值是 4 亿—6 亿吨，甚达 50 亿吨，但成规模捕捞磷虾，一直是人类的禁忌。人类有很多教训，比如对南极鲸鱼的捕捞，在 20 世纪 30 年代，是非常红火的行业，导致鲸鱼数量急剧减少。磷虾是南极生态系统中重要的一环。全面开放磷虾捕捞的大门，将使得磷虾急剧减少，使磷虾资源面临枯竭，危害南极整个食物链，给南极生态系统带来灾难性后果。

要知道磷虾的捕捞量，就要先知磷虾的生命周期。南极的冬季是非常残酷的，因为没有光照，可吃的东西很少，寒冷的冬季过去，磷虾身体就收缩了。有些地方能找到东西吃，有些地方找不到，没有办法找到统一标准。

传统的虾龄是测量虾体，虾的身体越大，虾龄越大，但是，南极的磷虾在饥饿状态下身体会越变越小，有时候看起来像是幼虾的磷虾，其实是一种成年老虾。这种特殊环境影响下的磷虾，用传统测量方式来测量缺乏科学依据。

考察队员、海洋生物学家孙松说：“我们买鱼买虾，看它的身体有多长，可能 5 厘米是成熟的，3 厘米是中间的，还有 1 厘米半厘米的。但发现磷虾收缩体长，却不能代表年龄了。”

南极考察试图从其他方面找到答案，如树有年轮，鱼有鳞片，磷虾是否有界定年龄的印记？

它缩小的另外一个原因，是壳老就蜕皮，没东西吃，个头越来越小。磷虾的生命周期，或许只能从了解磷虾本身去寻找答案。每年1月下旬到3月下旬，磷虾开始产卵，数量可达上万粒，雄虾将一对精荚留在雌虾的储精囊内，一旦雌虾卵子成熟，便开始受精。南极磷虾一般生活在50米下的浅水层，磷虾卵的孵化，一般是在下沉一二千米的过程中进行。受精卵一边下沉，一边孵化。下沉到200米甚至2000米才孵化出幼体。受精卵如不迅速下沉，将成为许多动物的饵料。

刚孵化出来的磷虾幼体脆弱，此时处于海水深层，有效地躲避了更多的天敌。幼体以卵黄维持生命，随着生命需要，必须赶紧离开暗无天日、没有食物的深水区。幼体边上浮边发育，当发育成小虾时，它也几乎到达海水表层了。此时，小磷虾的消化道已经形成，可以主动摄食，不会因缺食物而饿死。

为应对多变的南极环境，磷虾采取了不同的应变方式，把自己演变成为一个多变的个体。科考队员悟出了个中道理，既然不能从变数频繁的机体中得到一个标准答案，那么磷虾身上是否存在不变的，或者变化很小的部分？如果存在一个变化很少的统一体，就可从这个统一体中找到答案。

海洋生物学家孙松说："生物有自己的策略，一定是对它的生存或者种族繁衍有利才行。比如它首先把生殖腺消耗掉，能得到更多能量。"

带着这种启示，科考队员开始关注磷虾的眼睛。生物的眼睛都是由很多生物组成，晶体本身积聚的能量极少。磷虾也没必要在这里消耗能量。再者，如果磷虾把眼睛用于消耗，它就变成了瞎子。磷虾其实是一种没脑子的笨虾。它能够进行觅食求偶、定向休眠、生育等活动，很多时候是依靠外界光的变化，做出的本能反应。考察队员确认，磷虾的复眼是它多变的机体中，一个不变的个例。不变，就意味着存在某种统一的规律。科学家们决定，从研究磷虾的复眼入手，揭开磷虾生命周期的大门。

磷虾的生存需要消耗能量。磷虾的脂肪很少，只能消耗蛋白质，首先把身上没有用的东西消耗掉。磷虾的眼睛，是很多小眼组合成的复眼。如果将磷虾的一只复眼纵向刨开，多棱的小眼聚集在一起，就像一个奇妙的万花筒。磷虾复眼中小眼繁多，数起来并非易事。科学家利用一种省事的办法：把磷虾复眼放到水杯中，用超声波将眼体震动开，但是，在显微镜下还是堆在一起，没法数。如果把它挑开，几千个挑来挑去，最后又加在一起。中国科考队最后找到了简便的办法，把磷虾的复眼，放到一个小试管里，加100%的酒精，再加超声波震动，把散掉的复眼摇匀，再把酒精和震散的小眼倒在培养皿里，此时奇迹出现了：高浓度的酒精，因挥发而扩散，把复眼很均匀地推开，小眼便一个个地剥离开来。然后，又用图像分析仪处理，小眼一个个变成清晰的图像，在显微镜的图像中分析拍照，就可以把小眼的数目算出来。算出后我们发现，随着磷虾生长，小眼的数目也在增长。还有一个很重要的方面，磷虾身体收缩的时候，会不会变化？我们测量了身体收缩磷虾的复眼中，小眼的数量与正常磷虾比较，得出结论是营养正常，磷虾小眼会随着生长而增多。但磷虾收缩时，小眼个数也不会变少。磷虾的复眼，是随着虾龄变化，最明显的代表性器官，简单而又直接地告诉我们它生命周期的秘密。后来我们想到，数小眼睛的办法效率太低，不好测试，既然是小眼的数量不会减少，眼睛的直径也不会改变，所以用电脑图像分析测量，测量的结果和小眼的数量是一样的。同样，磷虾复眼直径也按照比例增长，但磷虾变小时，因其小眼数目不变，复眼直径也保持不变。从而为研究磷虾的平均生命周期，提供了科学依据。

远方冰川巍峨壮丽，金色阳光射入眼帘，这是南极浮冰区相对风平浪静的时刻。赤褐色的海水区域，磷虾起伏群游，海鸟欢腾雀跃，须鲸不停地露出海面换气，有经验的考察队员知道，这些南极动物并非为美好的日子歌舞，而在为捕食水下的虾群热身。须鲸用呼吸产生的旋涡，把虾群高密度地聚压在一起，以便大口吞噬。它一口吞下的磷虾量，竟达半吨以上。面积1400万平方公里的南极，生活着全球五分之一的鸟类，还生活着3500万只海豹。它们的主要食物就是磷虾。

磷虾体内富含50%蛋白质，还有其他元素，是迄今为止所发现的，蛋白质含量最高的生物。专家论证，磷虾的营养价值，远远高于蛋类和牛肉。每10只磷虾所含的蛋白质，与200克烤肉的营养价值相当。磷虾无疑是巨大的蛋白质宝库。人类对南极磷虾的遐想，用虎视眈眈来形容决不为过。

孙松说：“现在发明了一种抽水的办法，而不是网捕，效率很高，就像一个吸尘器把水吸进来。过滤磷虾，效率很高，但对资源破坏非常大。”

南极磷虾主要生活在南极复合区以南的海域中，它的眼部、头部和胸的两侧，腹部的下面，长着粒粒金黄色、略带红色的球形发光体，当它们受到惊吓时，发光器就会发出萤火虫那样的磷光来，故名磷虾。

磷虾是食物提供者，也是食物猎取者。

简单说冰藻养活了磷虾，磷虾养活了企鹅，企鹅又为冰藻提供了有机营养，这种依赖关系放大到南极同样适用，是这座生物大厦的基石。南极任何一种生物剧烈的增多或减少，都会给整个生物系统造成破坏，都会使南极这座生物大厦砰然倒塌。

孙松说：“如果把南极磷虾破坏掉，南极整个生态系统的顶梁柱就塌下来了，生态系统就没有了。磷虾尽管数量很大，但是没有合理开发的话，南极生态系统就会遭到巨大的破坏。”

南极磷虾活动能力很差，它们只知成群结队聚集在一起，虾群多时，可长达半公里，宽几百米，密集程度，可达每立方米海水中就有10—16公斤虾。白天，虾群使海面呈现红色。夜晚又会发出大片强烈的磷光，如烧霞落入海面。虾群中的每一只虾，都朝同一方向排列，即使有船只从虾群中穿过，也不会扰乱它们的队形。被冲散的虾群，很快又聚集在一起，仍然按照原来的方向游动，那种集体主义的精神，闪烁着迷人的光彩。

根据这一规律，中国队每年都去南极采集样品，采集了20年。这样，我们可以通过负生长的曲线，反过来推断今年环境怎样，和气候变化挂钩，又找到了一个生物学指标。

科学家考察得出结论：环绕南大洋磷虾资源非常丰富，但离开高纬度的海域，磷虾资源量就显著减少，远离南极的海中，更是找不到南极磷虾的踪迹。

磷虾的成体适合在低盐度的海域生活，温度大于 1.80 度，就可能给它带来致命的危险。南大洋低温的环境，和恒定的盐度，使磷虾变得娇嫩，应变能力差。南极磷虾适应环境差和浮游能力差的特点，致使它的生存范围，有了很大局限。

根据它的复眼和生命周期的关系推算出，正常情况下，磷虾寿命为 4—6 年。对磷虾的捕捞量，应该是其保有量的 17%—25%。南极须鲸每年吃掉磷虾 1.9 亿吨。由于大量捕捞，须鲸数量变少，每年只有 5000 万吨磷虾被吃掉。科学家计算得出：对磷虾的捕捞量，可以为保有量的 10%—20%，约为 1 亿吨。

如此，磷虾的优质蛋白，就不能全为捷足先登的日本人独获，中国与世界，都应当合理利用！

十六、捷克老头

冰雪破屋，
风浪险舟。
缺衣差食，
少车无油。
八方探索，
九站乞求。
整个南极世界啊，
都传说疯狂的，
捷克老头！

在南极，你看见那晃着虚光、卷着茸茸毛边、好似云朵游走着的东西，恰是漂流在海上的浮冰。再看那形若玉雕、银锭般不飞不动的光亮之物，却是垂挂天底的凝浓的云朵。天与海柔柔地融合了，无边无缝。海风海流率性地合欢了，推催得冰山雪坨恣意漂游。骇人听闻的“鬼船”几乎在你面前神秘地消失。那不过是一座冰骨分崩、雪肉离析的雪坨瞬间的消解，连装扮乘客的企鹅也随波逐流，另寻靠山了。亦真亦幻的奇象，虚虚实实，本来比春梦绚丽啊！

在乔治王岛的长城湾边，若沿凝冰的小径西行，可见得一片雪白的鲸骨：房梁样伸长，一端插入雪堆的，是鲸的脊骨。那弯如牛肋，又比牛肋大出多倍的几枝，我想用之作檩，盖一所翘檐的瓦屋。瓦须青色，与白骨比对着，形成审美的反差。鲸骨东首坡下，是长城站的车库，宽履带的雪地车、推土机、铲车开进开出，卷起团团雪雾，煞是威风。车库地桩下有一艘旧皮艇，以两只羊皮气囊简单拼合，装一台三马力马达。艇上放一行囊，早已破旧。殷赞说：皮艇与行囊已在此二年，主人是一个名叫“亚大”（又译为“耶达”）的捷克老头，这个六旬模样的神秘人物在此留下成串的故事。

“勇士”诞生

“亚大”称自己是捷克共和国人，1968年8月，苏联入侵捷克斯洛伐克，坦克开进了首都布拉格的大街。一腔热血的亚大和他的朋友们高唱着国际歌，一个个扒开了上衣，对着坦克高叫：“你们有大炮！我们有真理！”但是，捷克的总书记乌布利希举起了双手，被苏联军队带到莫斯科，签下了一纸协议，扼杀了“布拉格之春”。

捷克人纷纷逃进深山老林，亚大和“自由战士”们，在苏联红军的追剿下作鸟兽散。在最艰难的时刻，这类人靠着吃野果野菜苟活，体验了一种“极端环境下生存”的淬炼，立志要做“世外桃源”的隐士和职业革命家。诗情画意的男女们唱着二战时期东欧革命者创作的悲壮战歌，抒发着他们的书生意气：终于忍受不住的青年，又回到了社会。亚大当了一名专教克罗地亚语的教师。后来，他另寻仙境，立志做一名在极端环境下体验生存极限的探研者！他将理想的环境选择在南极。这是捷克政府无力支持也不主张的事业，更谈不上南极建站。于是亚大卖掉家产，再加朋友们募捐，千方百计、千难万险地来到了南极乔治王岛。

他成了一名乞丐探险者，一个充满传奇和神秘色彩的怪人。在天涯海角里，这只老鼠投靠了狸猫，向历史上与东欧国家意识形态一致的苏联科考站求援，用各站捡来的废料，在西海岸的“纳尔逊”冰盖上筑造了一间十平方米的“百家衣”木屋：智利的板墙、苏联的钢架、中国的保温材料、乌拉圭的旧门窗。还有捡来的纸箱、桌凳、床板、油炉、睡袋、防寒服、长靴……更宝贵的是纸箱的内容：面包、红肠、奶油、蛋卷、苹果、橘子、罐头，还有中国馒头干、米面、食用油、酱、醋、盐。在一般的情况下，他舍不得动用箱内食品，只用钢丝钩在海里钓鱼。那是姜子牙钓鱼的神话：不加饵料的钩上，竟然常钓上墨玉一般的鳕鱼。

他用短刀剖开鱼腹，将滴着鲜血的鱼肝吞下去，在门前雪堆上擦净血手。他不舍得点燃那只保命的火炉，而是从油亮的背囊中掏出捡来的木块、竹条和其他可燃物，费力地点燃它，于是，那个被包裹得严严实实的冰疙瘩里，便蹿出一缕白烟，一团红火。这是捷克老头最幸福的时刻，铁条上的鳕鱼吱吱地响着，每滴下一滴鱼油，爆放一团光彩，都有着节日礼花的亮丽。鳕鱼的肚皮烤焦了，他扯下一大片香脆多汁的鱼肉，在满盛中国酱油、米醋的瓷碗中饱蘸一下，仰面朝天地吞下，发出口舌被烫时痛快的唏呵声。喝一大口冰雪融化的热水，满意地打出一个喷嚏。鱼脊两侧的肥肉，他常常不待烧熟，半生的鱼肉更有营养。在嚼碎鱼头骨的咔嚓声中，腥热的脑浆呛得他咳嗽起来，脊和肋的嫩骨，有一种类似坚果的香酥。同时吞下的，还有智利安第斯山的木材和中国新竹的薰香。

他用袖口抹抹嘴边的鱼油烟黑，想喝上一口威士忌或伏特加。要是喝中国的烈酒或智利的葡萄酒更加解馋！但是他不舍得，只用熏黑的毛茸茸大手取几只馒头，填入死火残烬，小心地翻转着，烤成俄国“大列巴”般的干硬，留待下一顿、下一天的生活。他算清这一小堆火灰所能担当的任务，然后用鹅卵石埋盖了它，穿上大衣，提起空油桶，小心地爬上他的小皮艇。

他总是乘着饭饱的时机行动，就像是汽艇加满了油。那是个晴朗的天气，从韩国站的旗帜上，判断出三级的风力。顺着这样的风力和海流，他可以不开马达、划桨到长城湾去。这是中国人自取的名字，世界地图上的名字应是——菲尔德斯半岛南部海湾。长城站上的中国国旗像一团新燃的火，照得他心里发暖。身围是冰凉的莹莹海水，每个大一点的动作，都会惹起雪坨样的浪花。他必须躲开海面浮冰，特别是浮冰上的海豹，倘若它全无歹意地捉弄你一下，小艇便会沉入黑黑的海底。浮冰只露给你洁白晶莹的面貌，而水下潜隐的巨大躯体上，还长着锋利无比的边角棱刃，割破这皱褶的气囊只需一触。还有似从天降的霉运；小艇小心地走着，海风和海流也不发难，远远的冰山却破裂开来。它的硬块并未迸压小艇，巨大的浪涌却排空而至，小艇做不成海中的树叶，而只似海藻一芽！在这水天茫茫的冰雪海中，别指望有人救他的性命！

千百次领教了南极天气的多变：平和晴明的暖日，风说来就来了。每一朵看似美丽的浪花，可能都是摧垮小艇的灾星：泼湿它、浸透它，冻僵冻坏老头儿，或直接扑翻小艇的结果，似乎都是那个死字。倘若过了暖夏，浪花带来日暮秋声，抑或春日的寒冰半解呢？小艇成了群鸥口边的一只磷虾。它在流动、漂动的冰缝里游走，路线是一条缠蛇的迷阵。在他还没有全晕的时候，冻云密布了，一阵突发的雪霰降临，砂粒般的击打有着足够的重力，他捂住多毛的脸腮，却无法睁眼找到上帝或圣母，连意识也在冷冰里冻僵，等待是多么的盲目和无望！但是，也有雪暴突停，玉宇乍晴，连海冰也咔嚓裂隙的时候，这才是真正的神话，无论是捷克老头或中国的“雪龙”号，都曾在绝望之时突现过这样的幸运。在南极真正的冬天来临的时候，从纳尔逊岛到乔治王岛的海面全部冰封。捷克老头竟敢背起油桶和脏污的行囊，踏着冰凌跨海而行。

满眼的雪光雪坨，无数的冰裂冰坝，被皑皑白雪虚虚遮盖，幽深无底的海豹洞，穿透了蓝莹莹的冰层，直通海下。无论踏上冰裂或豹洞，几乎要到地球的那一面才能找到尸体。但是，他手中的一支中国竹竿，将多次陷落的自己棚架在冰窟。他拖拉着水湿的长靴，几近爬行，如果无力到达长城站，就在企鹅岛或海豹滩上的避难木屋过上一夜、一昼夜吧！这是又一类型的幸福生活：他会在木屋的上檐摸到火柴，点燃智利人常备的火油炉，烧开一锅滚烫的雪水，木屋里便漫开了热雾。他换上公家的长靴，披上臃肿的大衣，饕餮大块的蛋糕、面包、香肠和罐头食品。然后钻进睡袋沉沉地睡去，梦里跌入了冰窟，却觉得海水温暖。倏忽又爬上冰裂，脚趾和手指的灼疼令他喊出声来。也有海豹鲨鱼的追杀，他逃入鲸鱼的巨口，享受着被消化前的那种湿漉漉的温润。当他从噩梦或好梦中苏醒的时候，已过了一个昼夜或更长的时间。木屋外呼啸着狼嗥般的寒风，他撒泡热尿还会再睡。如果门外晴天朗日，他会像野兽那样蹿出木屋，站上高点，看那条沙坝是否被海冰封盖。只要有了通行的希望，他就会背上行囊、油桶，向着红旗招展的长城站疾进，耳边奏响着曾流行于世界的《捷克斯洛伐克骑兵进行曲》，他成为一位英雄的骑兵，挥动着竹竿的利剑，在接近生活楼的时候才放松脚步，换成笑脸，以夸张的热情与每位相见的中国朋友拥抱。他提出的要求永远不多不少：一桶汽油，一囊食品和水果，还有必需的药品、日用品。如果这一次收入可观，再吃上一两顿中国热面，他还会去智利站，先寄出要紧的信件、资料，再遍访乔治王岛的每一站去碰运气。他将丰收成果装上一块板皮，像雪橇一样拉向对岸。冬前若有如此的几回，极夜的生活将幸福无比。他珍惜分毫的猎获：一只死燕鸥，一条死鳕鱼，还有风干于海滩的磷虾或海藻……

然而，严酷的南极从来不只给美梦。在 13 级的大风里，长城站的科研楼被剥去了钢铁外皮。捷克老头的小木屋也几乎被掀翻、吹飘入海。既要做生存极限试验，居安思危的他也就未雨绸缪：搬来海滩上、山崖边的石块，在木屋外的墙根尽量叠高，培上雪泥，又在联体的屋底排满石头，像压艄一样使小船的底盘尽量加重。海浪的碎块和着砂石射击着木屋，狂风的吼叫，似是成千上万的野狼嗥声一片。他确切地感觉到木屋晃动，似要翻起身下地板。钢铁框架扭摆出呀呀的呻吟。他清楚地听见，企鹅或其他鸟类撞上木屋的嘭嘭声和鸟蛋碎裂黏糊糊的钝响。也能分辨出海豹或其他巨兽拱撞木屋，硬毛与铁皮蹭擦弹拨出的琶音。风暴稍息的而后，他感觉无数的兽类、鸟类爬满了木屋。它们在撕咬、冲撞、吞吃着什么，时而怒吼、咒骂，对话则像一场互不相让的谈判。终于到了更加疲乏的时候，它们的语速变慢，音量降低。仔细听来，仿佛有见识过的狐狸、鼠狼、刺猬、花蛇、蟾蜍、山雕与野獾，尽管他坚信，南极不会存活此类……

感觉又在与他对抗了，他想将这一切解释为梦，却又确信自己彻夜无眠。在真的梦境里，企鹅岛的雪岭山上，曾走来一位美女，她穿着绿色的冬裙，黑色的长靴，透红的丝带系成美丽的蝴蝶结，扎在她飘冉的长发上，苗条的体态柔成一枝翠竹，标致的东方美女形象！她以中国京剧的做手儿，推开小屋的木门，带着满身的芳气，无声地望着他。屋角的木柴正燃着，红火里烧烤着枣木般结实的鹿肉。他听见屋顶群鸟飞至，窃窃私语，又发现来自美女口中，朦胧中问起许多关切的话。

醒来的他感觉万分的惆怅，这是一首中国诗词的意境，当中国朋友翻译与他的时候，都认为这是大隐文士的大美梦想：“雪岭山上高士卧，明月林下美人来……”但是，待他在数月后……数年后，真的在雪岭山上，幸遇到形若梦境中的美人之时，他才相信这冥冥之中，真有天设地造的奇妙！这是后话。半梦半醒的混沌中发生的，他说不清也不愿述说于人的故事，宁可永远不说！

南极的仲冬节是6月21日，也就是北半球的夏至日。从6月22日到9月23日的时段，世界陷入了无底的黑暗。在这块小小的方寸间，他大多数时间都是穿上所有寒衣，钻进睡袋取暖。他不舍得点燃火炉或中国蜡烛，只可以回想这些好东西与他的交情：中国朋友的酸菜炖鱼太好了，俄罗斯朋友的烤牛排、智利朋友的葡萄酒太美了。还有长城站提供的气象资料、南极环境研究资料、乌拉圭朋友的木化石研究资料、韩国站的冰盖冰雪资料……他还要思考、试验、记录自己“极端环境下生存体验”的资料。他将一切资料发给捷克各研究单位，得到的是如潮的欢呼和崇高的赞誉。好几所大学聘他为客座教授，并向政府提议建立南极考察站，这都说明他的坚持是多么的值得！

生死之间

在这样的激情中，他敢于走出木屋，贪婪地望一阵韩国、中国站上的明灯。中国站的明灯啊！在极昼的夏季也不熄灭，与日月同辉。在这极夜的墨染下，连冰雪都变成了黑色。长城站的碘钨灯却放射出熠熠红光，点燃得海冰漾出几溜火河，灿灿漫漫地烧淌过来。这是天涯的奢华，甚是南极的太阳。他像“卖火柴的小女孩”一样，眼望着这样的太阳，心里暖和起来，进入一座明亮的厅堂，厅内火树银花，烤得他皮热肉燥，想扒掉皮衣。

他知道，这是在极寒下濒死的征兆，便摸索着退回木屋，喝下两口中国的“孔府家酒”，同时想起孔子的隔代弟子——亚圣孟子的教言：“天将降大任于斯人也，必先苦其心志，劳其筋骨，饿其肌肤，空乏其身……”事实上，他已经身临绝境，木屋里的箱、囊内，再没有一点支撑生存的食物，更缺少对外求援的卫星电话。他将最后的一块干肉吞嚼下去，半瓶白酒掖进皮衣，关上铁门，向长城站灯光照耀着的海冰摸索而去。

竹竿和手脚并用，触摸出了雪堆、冰沟、冰坝。那障眼的物体，必然是雪坨冰墙。顺着灯光的汪漾前行是他的希望，每一步都是脱离或迈向死亡。还在几天前的恍惚中，长城站探照灯的闪掠里，他似乎梦见、看见百米外或千米外的冰面上，有一块深深的黑色。而能够点燃他生命之火的，也只有这一个墨玉黑点儿了！当他的围巾被呵气濡湿，又冻成瓷瓦凉硬的时候，他惊喜地摸到了那个黑点儿！哈哈！竟是半条海豹的尸体！那么温顺而仁慈地冻结在冰上。他抽出短刀，切削着石头般坚硬的内脏和脂肪，塞满了皮衣的囊囊袋袋，然后在胸前画着十字祈祷：“阿……”字还没说出，他便一脚踏空，陷入脚下冰洞。

眼前是一团漆黑，身围是坚硬冰墙，靠着竹竿的横支，才未继续陷落。他突然冒出了急汗，心里明白，穿得再暖，呼吸也似冰刀插入气管、肺脏，当肺脏冻硬不能缩张时，死期即到。他用力撑开四肢，以钢刀挖出一只脚窝、一只肘窝，点燃了火机察看……啊！果然是海豹的洞穴，它死在了洞外，却诓引他死在洞内。他陷在洞穴的弯处，头上是直直的竖井。再需十分钟时间吧！他便会冻僵、滑落海底了，而爬上的希望应该为零。既然已死过百回，这一死也不再怕。但上帝是叫他来冲破极限的，刚刚唱过的歌儿，背诵过的孟子圣言，还萦回在耳边。他解下了围巾拴于竿尾，向冰洞底部探去。围巾竟蘸上了海水。他挑着围巾举过头顶，让滴水的围巾搭落在冰面，掏出“孔府家酒”的扁瓶，将酒一气灌下肚去！他拉了拉竹竿，觉得围巾已牢牢地冻结冰面，竹竿也冻得牢固，便唤了声：上帝！一刀刀开凿起攀壁的脚窝。他惊叹自己竟有如此的镇静和耐力，当他紧抓着竹竿，脚蹬着冰窝爬上冰面之时，便跪伏冰面，亲吻着半条海豹，流出了感激的老泪。

在他事后的述说里，人们得知海狼或什么神物吃掉那半只海豹，纯粹是为了帮忙，不然，他的短刀根本破解不开冻成石头的全豹。他一天天、一趟趟往返于木屋、冰面，用石头捶击着钢刀，砍削下它的脂肪，燃上柴火，烧软红肉，烤酥豹骨，吃光了一切之时，又用火灰熘软豹皮，一条条切割下来！这是世界上绝妙的烧烤，灵丹妙药，供他一直吃到乔治王岛上空显出熹微晨光，度过了极夜！

“复活节”诗境

忘不了那个被他称为“复活节”的日子，天光光，海茫茫，他踏着海冰来到了长城站。人们听着他近乎《聊斋》的故事，请他吃热面，喝“孔府家酒”，对他的钦佩又加了敬意。他洗了澡，换上中国站赠送的新装，并参加在此举办的“九国联欢会”。那是恍若春梦的场景，一群群潇洒、美丽的各国男女相拥问候，热烈谈笑，互相打趣。他发现自己已不习惯这一切，发现所有人看他的眼光都是怪怪的，好像在看半头死豹。他试着与人交谈，但不知口中说了什么。想乘着欢乐气氛愉快起来，反而喉口发热、发紧、发哽。他想躲入楼后的“西湖”边痛哭一场，然而无泪。当他被中国朋友拉进场内，节目开演之时，却猛然发现春梦的开始：他看见自己在无数次梦中，无数次诗诵中思念着的那位“明月林下”的美人——果然穿着绿色的长裙，袅袅婷婷地走上舞台，以标致的英语，磁性的柔声，主持联欢会的开幕式：“先生们，女士们，朋友们，你们好！南极洲、乔治王岛九国联欢会，今天在这里举行，就像是四海之内的兄弟姐妹回到家中，共度欢乐的佳节！在这片冰雪世界里，我们的歌声、舞蹈和诗诵，武术、球赛和表演都化成春花的芳香，冰雪般晶莹的友谊……朋友们！我们拥有着永驻的青春！”

随话音飞来的，是冰光闪烁的一瞥，照射于角落里的他……是啊！梦中的她推开“明月林下”的屋门，初见他时，也是这样的眼神，也是这样的……他语无伦次地询问着身边人：“她，她是谁？”答曰：“中国武汉大学的生物学教授，彭方。”啊！在接下来的发现里，她用包括俄语、西班牙语在内的几种语言主持节目，她的形象——像仁慈的上帝将他这只迷途羔羊交给了天仙牧女——好心肠的中国站长同意他的请求，介绍彭方认识他，帮助他，做他的语言金桥，让他的探极事业插上翅膀……

他老泪纵横，深深鞠躬了。之后的交谈中，她轻松的回答，解开了梦中人一道道疑题：她初见他的凝神，不过是敏感的女人发现了角落里不寻常的眼光。她愿意帮助他，是圣人孔子的教诲，也是中国人发扬南极国际协作精神应尽的义务。她作为同专业的人与他合作，不过是茶壶盖放到了茶壶上，无须多想。至于那些“高士卧、美人来”的诗句，她夸奖他具有浪漫的诗人气质，却讲了一个可以圆梦的中国故事：几十年前，一个女教师带一群娃娃游园，守门人是个麻脸，孩子气的女教师多看了他一眼，麻小伙感觉来了，每见女教师领娃儿来玩，便梳头抹香地凑上，废话连篇。一日，女教师当着他的面儿向娃娃提问："孩子们，我们为什么看公园？"

娃娃答："公园里有花，好看！"

她又指了指麻小伙："为什么叫你们看叔叔？"

娃娃答："好好种牛痘，不长大麻脸！"

哦！原来如此！捷克老头被调皮美女惹得哭笑不得，却依然用最美的文字赞扬她，感谢她。这样的日月似乎很长，直到彭方回到了武汉大学，还介绍这位传奇老头儿去武汉、广东等大学讲学。直至而今，他们真诚的友谊，还在共同事业、南极精神和儒家教言的基础之上发展……

"助手"疑云

如今，在捷克和东欧，"亚大"早已名噪一时，特邀教授、名誉教授的头衔已可堆计。他行为的方式，也随着时运的变迁而变化。当我来到乔治王岛，闻听各位专家讲述此人的时候，他已有二年未见踪影。他艰辛探索南极的标志之物——简易皮艇和那只破旧行囊，像一条忠诚的老狗一样，蜷缩在长城站车库桩下，任凭冰封雪掩。老站长董利告诉一个令我纠结的事实：这条皮艇并不是"亚大"一人寄放于此，还有他"成名"后雇佣的一个副手。在乔治王岛各国人的眼中，那是乞丐雇了个叫花子。他是在捷克比"亚大"更穷的人。除了像狗一样忠实地跟随或受使四处求援、汇集资料和发信之外，没有任何文化表现。在董站长眼中，副手是一个使役，一个奴隶，或更准确地说：一个被放在极端环境下的试验品！自有了副手，"亚大"只在每年的夏季来此一度，将漫长的堪作生死考验的日月交给了他。在副手的眼神里，人们读到的是忠诚、坚韧、可怜和无奈，他不但不具备表现意愿的英语、汉语或俄语功能，甚在讲用捷克俚语，因而无法判断他来南极的自愿程度和从事这一切的合法、合理性。也无从知道"亚大"离开的意义若何、负义几何！

记忆都是“助手”的固定形象：油渍的皮衣，龟裂的长靴，巨大的、多处脱毛的皮帽遮盖了几乎全部脸腮，只露出尖尖的长鼻、毛茸茸的胡须。他用嘶哑的声音与人说话，伸一双鹰爪，说不清手黑是油灰还是墨染。在走热了或狼吞虎咽汤饭的时候，他会脱下沉重的帽子，露出盖过额头的黄发，一股狐臭味儿也会喷发出来。但是，人们都愿意帮助这个可怜的人，因为他的诚实和自持力明显高于“亚大”。他要的东西似乎很少，几乎不烧柴油。有人亲眼看见他生食漂在海湾的死鱼，并用海水洗漱。

张国强是在一个风雪天最后一次见到他。他踏冰而来，背着一只褡裢。因他已多日未来，人们给他留下不少的烤肠和馒头。他吃下三大碗加了果酱、肉汁和奶油的面条，那么满足又不满足地舔着嘴唇。调皮的大厨小厨们往他的皮衣里掖满罐头、葱头、蒜头和馒头，唤他孕妇、伙计、老伙计。他鲜见地笑起来，露出了尖尖的虎牙。在一级级走下综合楼铁梯的时候，他竟然挺直了腰杆。人们议论着他一冬的艰难，长夜的生存状态，一直目送他走到“长城石”下的时候，却看见他停下脚步，手搭额前，仰望着我们的国旗，慢慢地脱下帽子，佝偻着身体，头深深低下去、低下去。然后，他踏着深厚的积雪，踱到海冰上，像一只肥笨的企鹅一样，晃晃荡荡地走了。在天光、冰光的合照下，他的身影拉得很长、很长，晃悠了很久、很久，直到天黑的时候，黑点儿似乎仍在晃动。他要绕过长长的冰裂，绕过幽深的海豹洞，还有根部凹凸的一个个雪坨。从此，人们再没见过他……

海冰融化的夏日来了，中国站的朋友前去看望他。木屋里没有，雪坡上没有，大家不知道他的名字，只是齐声地呼唤着：“哎——伙计——老伙计，你在哪里？”浮冰下没有，雪坨边没有。人们开始审察那个木屋：没留一撮柴灰，一滴火油，没剩一点食物、一件衣物。也没有一块人骨，一块破衣，一滴血迹。看来，他是带着所有的家当出门的。他们找遍了那一片海湾雪地，仍不见“伙计”踪影。朋友们流下了眼泪：“老伙计”没有了！没有生命的迹象，也未有死亡的迹象。看来，他是在冰冻开化之前跨海，掉入冰裂、豹洞，而被海豹、鲸鱼、海狼等等的动物生食了的。

也在那日后的不久，捷克老头来到了南极。人们已不愿搭理他，他却流着眼泪四处喃喃：多好的朋友，多好的兄弟啊！他没有了……他争着留在这里，说比我年轻二十岁（先前，人们认为他们年龄相仿）。他寄给我许多有用的资料：气象、天象、海象……动物趣闻，形象活泼，富有文采。还有描写他在极寒中突发热感，想要脱掉皮衣，和在极度饥饿后突然厌食等濒临死亡的经历。他写下在缺油断食的无望时刻，吞下了烧焦的蛋壳和木灰，获得了出门求食的力量。他曾与不知名的海兽搏斗，双方流血，两败俱伤。在深不见底的黑夜里，他看见大灯突亮，看见或梦见大群的海盗从轮船跳下，高高扬起铁棍，夯击着海豹的后脑，然后像拖死猪一样运走。还用巨大的网笼捕走企鹅，在企鹅爸妈面前生喝着鹅蛋、生吞刚孵出的小鹅……最后，他们要带走他，逼他交出所有的探考资料……

助手的日记很长，有错行和叠压，说明是在无灯的黑夜写下。他说不清事情发生的季节和日月，却能对一些细节叙述细致入微。令人大为惊讶的是，他写道美丽女子的出现：她来自屋顶，月亮样光洁的面庞上，有一双冰珠般清亮的眼睛。她的头发金黄，像阿德利企鹅一样，插饰一支金黄的菊花。当展开金色的长裙款款落地的时候，整个的木屋都璀璨炫目，温暖无比。她俯身望着他，将戴着镶钻手套的小手抚在他额上，像唱歌一样说了许多关切的话，最后的话语似天鹅绒的温柔：“跟我走吧！我们……一起飞进天堂……”

于是在木屋顶端开出一口天窗：明亮的阳光瀑布般倾泻进来，灿灿地灌满每一个角落。他写道：仙女飞出天窗，那么轻盈地提携着他。穿过了海豹洞般的幽深隧道，千折百回。不知道洞的那一端还有多远，却可以感觉到，橘汁样的金光灿灿漫漫，流泻入洞……

他的老泪洒落下来，灌满了脸上的千沟万壑，他捧托着大叠的失踪者手稿，一遍遍讲述。听可恶的人讲诱人的故事，是心理的奇怪折磨。人们宁愿相信，“老伙计”跟着仙女上了天堂。正像希望当年失踪于罗布泊的中国科学家彭加木——是外星人绑架了他，让他去整治天外星球的荒漠。这要比任何结局更符合中国人皆大欢喜的文化心理！在中国朋友猜疑、品味和长久的无语中，“亚大”多毛的双手开始抖动，摸索，摸出一小块书写着“孔府家酒”的彩绘商标。在商标的反面，分明地现出了像中国一年级学生——幼儿园学生用圆珠笔书写的五个童体汉字：“我爱中国人”。“爱”字写歪了，“国”字框太大，而那“人”字的一捺，则像“功夫朱”的踢腿动作，上扬过高。也因用笔过猛的缘故，戳破了厚厚的纸面。他说纸片儿是在火柴盒中找到的，火柴盒掖在木屋的顶角，还有两根未用的火柴……

天使还是恶魔

人们再也忍耐不住了，一齐流出了酸楚的泪水。2013 年的 2 月，捷克老头乘着夏暖，又一次来到长城站。他做出老朋友的姿态，仍向长城站讨要资料、材料、油料和食品，讲述着他在中国的武汉大学、广东的中山大学和世界各名牌大学讲学的风光，传神地描绘着他梦中的仙女——武汉大学生命科学院彭方教授与他合作的愉快情形。他向人们介绍他的新聘助手—— 一位酷似前助手神态的半老男子，并让助手向每一位中国朋友鞠躬。新助手脸上露出讨好的笑，仍然是一位训练有素、骨轻肉薄的洋丐形象。

在海峡雪飘、寒潮来到，乔治王岛又将是冰封雪裹的前日，候鸟般的捷克老头，果然又要离去。他带着助手，向长城站朋友告别，请求人们像信任他一样信任他亲密的朋友。他捧出了一枚刻有“捷克共和国南极科考站专用章”的大印，要求第二十九次南极科考站副站长、管理员张国强代他保管印章。这是一种朋友的信任，一件跨国的重托，令国强不敢接受又不敢不受——因为他此次的迁徙，也一起带走助手，让他和自己一样在安全舒适的祖国度过冬天。他们将水淋淋的简易皮艇抬上岸来，只求在库房的桩柱下存放一年，连同那位助手的破旧背囊。他信誓旦旦地保证：2014 年的 5 月，他将会带领助手，准时返回长城站，面谢朋友。

张国强讲给我这个故事的时候，是在2013年12月14日，离他的返还有五个月时间。我不能等待他，但似乎又确凿地看见他躬起腰，仰起笑脸，平平伸出双手，捧托着一只闪光的宝贝：“站长先生，我以祖国和您的朋友——‘亚大’的名义，将它重托于您，在我离开南极期间，您可以全权使用此印……”

啊！一个信任中国朋友的“亚大”，两个不止费解的“助手”。我费力地解析着这一现象，也想要准确定位“助手”的属性：主与奴？师与生？官与兵？朋与友？老板与雇员……倘他不聘助手，独自闯入这远离人世的天涯，忍受着旷世罕见的天磨，便是合理？便是大义？学唐玄奘拉扯三位或一位弟子同行，而弟子遭难，便是无情？即便这浪漫之徒，是对南极仙境奇景产生艳遇般的迷恋，因追随清风而绝尘、仗冰魄雪魂、独阅天书而扬名世界，但见弟子（助手）与他苦难同当，生死相随，同做探极之梦的悲壮，不也十分可叹吗？倘若助手不曾失踪（或升天），有机有缘与之“苟富贵”，同成功呢？倘若他们不因贫穷、无奈而学中国古人武训行乞求助，与乔治王岛九国队员八字难合、又因屡求常乞，有来无往，惹人生厌，而潇潇洒洒披云并驾呢……还有百般的假设，千般天问！族叔殷宪恩听罢故事，笃信“亚大”真仙，赋诗而赞曰：

捷克英杰旷世雄，一生九死守初衷。
破衣褴褛行怪异，壮志凌云觅真经。

十七、三十立极

孔子曰：三十而立。立若达三，便是古圣先贤所倡的立德、立功、立言之“三立”。“立”，已达极致，为世立极也！古人云：天撑四柱——立极之意。三十年中国探极立起了撑起南天的玉柱，炼化了千千万万颗女娲补天的彩石，中国“雪龙”之师探极三十春秋，面世而立，顶天立地。侠肝义胆，搭救了“院士”号俄罗斯舰，绕南极大陆一周，探研探险。回航中又承担了搜救失联“马航”的特殊重任，更赢得举世赞誉。

笔者八字占幸，列编为国家第30次探极队员，实乃祖上有德。全体队友，除“雪龙”海试结识的大部，又在长城站、回国之后的诸多场合热聊，时至今日，亲缘不断。约一小时前，第31次探极的驾驶员（已提为三副）邢豪小侄又从新西兰发来有骨有肉的电传和要闻花絮，这在说明，笔者的“雪龙”之作根植有源之水，有养之土。身边的精神鼓励，如赤道天火，璀璨亮丽：

百代好梦在南天，
三十而立是人寰。
厚德载物重洋渡，
两肋插刀救俄船。
驮负泰山玉万块，
绕探南极成一圆。
功成该唱凯旋歌，
为觅“马机”又担肩。
此行未负天地意，
“雪龙”“而立”歌永年！

中国第30次南极科学考察队于2013年11月7日从上海出发，实施“一船三站”（长城站、中山站、伊丽莎白公主地泰山站）航行计划。此次考察是“雪龙”首次实施环南极考察航行，考察队由256人组成，执行科学考察任务30项，南极后勤保障及工程建设项目15项。总航程约3.15万海里，总时154天，预计 2014 年 4 月 10 日返回上海港。

在对多年观测数据综合分析的基础上，我国在南极伊丽莎白公主地，将建立第二个南极内陆夏季站——泰山站。将主要满足我国南极科考科研观测、运行指挥、生活医疗等需要，可供 20 人居住、工作，40 人临时住宿。

这将是我国极地考察史上的又一个里程碑，是我国在南极建立的第 4 个科学考察站。

笔者展开了考察队员名册，包罗万象的各类人杰惹眼耀目：地球物理学家、地质资源学家、土木工程、能源建设、海洋科学、大气科学、环境科学、生物科学、测绘科学等等学科的大家巨匠如群星璀璨。笔者以“随队作家”的身份列第 82 位，如诗的陶醉，如火的豪情一腔生发。我加入这样一支英雄队伍，去记述一代英豪所创造的历史，乃非人人可有的机遇！

邢豪日志

2013 年 11 月 7 日

“雪龙”船自上海基地码头起航，航线为上海港—弗里曼特尔港—中山站—罗斯海维多利亚地—乌斯怀亚—长城站—南极半岛附近海域—中山站—弗里曼特尔港—2014 年 4 月 15 日返回上海港。

天空晴朗，海浪叠叠。如丝的长云横扯天际，与送行人的红色横幅适成对照。上海市副市长致辞后，向刘顺林总领队发放队旗。“雪龙”长号一声，驶离码头……11 时 54 分，船员各就各位……下午 2 时，大洋队矫玉田队长率全队开始物品固定，清理实验室……新的征程开始……

2013 年 11 月 15 日

阴有小雨，船接近巴厘岛，手机有了信号，大家纷纷给家里打电话。

（笔者：邢豪给我了电话）船长告诉大家，在太平洋和印度洋交汇处会有一道明显的分界线，大家纷纷到驾驶台去观看。

那是一条神奇的分界线：无边的海平线上，一幅是瓦青色，一幅是蔚蓝色，连天上的云彩，也被映成了不同的色调。这没有风的天气，很难遇到。

2013 年 11 月 17 日

过变更线：17 日晚时针 19 点 32 分——拨回 16 日晚 19 点 32 分。船长过生日：王建忠的生日真有幸，生日骑在了国际日期变更线上，在日期变更线的这一侧，大家喝了酒，吃了好菜。第二天，过了日期变更线，日子却回拨了一天，别人赚了钱，他赚了生命的一天，真是万金难买的喜事！人人称羡。

2013 年 11 月 19 日

晴，船停泊在弗林曼特外，马上就要靠港了，附近海豚一直在游荡。这又胖又亮的家伙们，如果不爱跳爱玩儿，一定会得冠心病……

（这小子，他把海豚拟人化了。至于海豚会不会得冠心病，笔者缺少知识，大概是妙星、张庆华一类专家的课题。）

16 点 12 分，南纬 32° 01.1′、东经 115° 40.4′于澳大利亚弗里曼特锚地抛锚，傍晚钓上一条直径 1 米多的大鲽鱼，是用一块猪肉作饵，它像黑色的蝴蝶一样扑扇翅膀，晶黑油亮，波光闪闪。人们从未见过如此大、如此美丽的鲽鱼，它在甲板上扑扇开来，又像随着船行恣意飞翔。

一米多见方的鲽鱼似在表演，它柔软的翅膀像水波荡漾，眼睛像彩灯那样明亮，墨玉的光影映着蓝天、蓝海和红红的人影，很是上镜。

2013 年 11 月 21 日

听说要提前离开的消息以后，很多华侨到码头来送行，送来了各种好吃的，再一次有了从国内出发时离别亲人的感觉。现在真的感觉到，建设一个强大的祖国是海外华侨华人最大的愿望。

就在水手们做离开码头准备的时候，突然看到一条橘红色的破冰船缓缓地开进了港池，我看到了船首两侧5003的舷号，原来是日本海上自卫队“白濑”号——世界上最新的一条极地考察船。在拖轮协助完成掉头后，正好船尾对着“雪龙”的船头，飘扬的太阳军旗，再一次深深地刺痛了每一位队员的心。想起初到集美学习航海技术时雪耻甲午的誓言，看现在的对手就在面前。“白濑”号的船员着白色海军制服，笔挺地站立两舷，听到广播命令后，整齐有序地跑步进入岗位。靠码头后，所有科学家都是西装笔挺，和自卫队官兵在直升机甲板集合，军乐队奏日本国歌。除了船尾的海军旗、持枪的水兵、又在桅杆上挂起了日本国旗。“白濑”号完全按照军舰的模式管理和配员，和海上自卫队的军舰实现了情报共享与统一指挥，将一条科考船搞成这样，充分暴露了其军国主义的野心。

“雪龙”号在两条港口拖轮的协助下离开码头，看着码头上前来送别的不是亲人胜似亲人的华侨们，眼睛突然湿润，难道真的是海外华人更爱国吗？我看见“白濑”上的日人在偷看我船，如日机的鬼鬼祟祟……

直至2013年12月15日，直升机在天上团团转，队员们在船上、冰上团团转。螺旋桨一扇，海冰上的积雪飞溅起来，雪屑像弹片一样散射，队伍全体卧冰，几被雪浪掀滚，冰碴打在衣帽风镜上噗噗作响。如站立不卧，被风吹倒，落入冰汪的可能性很大，众人埋头卧冰，想象着美国、日本飞机轰炸的情形，也想“卧冰求鲤”的故事。大家玩笑说：人不如北极熊勇敢，那楞种一手掩住口鼻，一手遮住熊眼，在几米高的冰屑雪涛里踉跄，摔倒爬起，脚蹬手刨的疯癫劲儿，真真令人服气！

“雪龙”回家，邢豪带了几位铁哥儿们，来找大爷，透露邢豪找了上海洋妞儿。又有一说是南美洋妞儿。还有人说是一个本乡的“大辫儿”。我希望是山花样的本乡的“大辫儿”，家乡泗水流传着一支很美的民歌：

大辫子甩三甩，
甩到了青石崖。
娘呀娘呀他几时才回来？
小妮你别哭，
哭也没用处，
八路军打仗不兴带媳妇……

大方的邢豪一律不辨，只和我约定，倘若结婚，便在“雪龙”船喝喜酒。我将以乡中“大爷”身份，带一车“孔府家酒”重返“雪龙”。

义救“院士”

12 月 25 日，是圣诞节。“雪龙”开始进入不平凡的日月。在圣诞之辰的霏霏小雪中，5 时 50 分正，“雪龙”船收到了遇险俄船的求救信号。当时，“雪龙”船正以“090”度航向，行进于南纬 66° 52′，东经 144° 19′。值班二副肖志民收到澳大利亚搜救协调中心紧急通知，请示王船长，船长当即表示，同意救援。7 点 30 分，“雪龙”修改航向为 100°，前往遇险地点。此电话后，又接到协调中心发来海事卫星 C 站电传：

通报“院士”遇险，请过往船只前往救援。

12 月 27 日 12 点 05 分，到达遇险船外围冰区，距船（俄）16 海里。开始破冰作业。13 时，法国破冰船“星盘”号也到达外围冰区，却因主机故障，无法破冰前进，被迫返航。这是从未见过的冰围，五六米厚、最大面积几千平方米。小的也如院落，犬牙交错中，风吹挤爬一堆。船自夹缝挤蹭前行，浑身哆嗦。浮冰上的厚雪覆盖，感觉如撞棉一样，无声无力。太阳照在冰山上，金光闪闪，我船被一座十几米高、二百米长的冰山挡住，距俄船576米，再也动不得了，围在冰中3天。如此，船只得往前走百米，再退百米，怕被凝住。

12月29日18点35分，澳大利亚船“南极光”号到达遇险现场外围的浮冰边缘，开始破冰前进，2014年1月1日9点4分，接澳搜救协调中心的消息，俄船取消遇险求救，事件级别降为“紧急”。俄船与我船保持甚高频电台的联系。大洋队时刻报告着潮汐情况。12月31日上午，我船收到俄被困船船长正式发出的求救信。我船答复启动紧急救援。16点51分，飞机回船，送《海洋报》社记者采访。“救援”，这不是一句心血来潮，可以拍起胸脯随便讲出的豪言。孟子曰：“穷则独善其身，达则兼济天下”。在南极那种人难生存、船难平安的险恶冰海，以王建忠为代表所承担的“启动救援”，是一种国际主义、南极协作精神，一种为救人“两肋插刀”的义举。

“雪龙”冰搏

“雪龙”选择了一条陌生的海路，进入更加陌生的海域，展开了一次置自己于险地的陌生的任务——这是“雪龙”参与的第一次极地营救。斯科特、莫森、沙克尔顿……在“雪龙”的周围，冰川和海洋，以及这些伟大英雄一座座虚拟的墓碑，正庄重地注视着来自不同国家不同种族的舰船，它们会见证：东方大国以无畏的牺牲勇气，继承了他们的极地精神。

“绍卡利斯基院士”号建于1982年，1988年始用于极地研究工作。受困时船上载有74人，除22名船员外，还有一支澳大利亚科考队以及一群来自多国的游客。

此行是“绍卡利斯基院士”号建造22年以来的第一次，自11月27日起航，计划重走100年前澳大利亚探险家道格拉斯·莫森的南极探险路线。

发出求救信号之前，“绍卡利斯基院士”号已被困在浮冰之中一天一夜。它像一只陷入糨糊的蚂蚁，在连天的浮冰间无谓地前行、倒车、倒车、前行，试图自行脱困。但作为一艘“冰间航行级”船只，文弱的“院士”基本不具备破冰能力。而且风向已转为逐渐加强的西南风，这使得浮冰慢慢聚拢、堆积，冻结，疲惫的发动机最后停止了工作。

船长伊戈尔·基谢廖夫告诉中国朋友，在发出 MAY DAY 信号时，由于受到浮冰挤压，“院士”号外壳吃水线附近已开始出现裂缝，水手们拿着焊枪在船舱里补漏。而澳大利亚搜救中心的卫星云图上显示，暴风雪将于 12 月 26 日再次来临。而距“院士”距离最近的，是 600 海里外的中国极地科考船“雪龙”号。

“这不是考虑有没有经验的时候。”王建忠对质疑者回答，眉头又一次拧起。

“必须前往，因为我们有这个能力。”中国海洋局“极地办”主任曲探宙说。

而“院士”号的处境却正在继续恶化。救援船只没到，冰山却慢慢漂过来。26 日，船长伊戈尔·基谢廖夫看到冰山压迫过近，由于缺少探测设备，无法判断其具体规模如何，他摊开两手，抖索着双肩说：“我们的确很危险！”

虽然俄船外壳吃水线的裂缝被迅速焊接，但再次的撞击极有可能使其进一步开裂。“由于情况不乐观，船上的俄国乘客开始互相指责，将被困的原因归结于在冰盖上耽搁时间过长。”澳大利亚游客珍妮特·赖斯描述这些，她余悸未消的样子，大眼里汪满了蓝水。

“为保证安全与加强联系，三艘救援船以及澳大利亚搜救中心，互相之间每隔 6 小时便会互相交换一次信息。”澳大利亚海洋安全局局长约翰·杨对中国记者说。

12 月 26 日，是“绍卡利斯基院士”号上被困的人们最恐慌的一天：暴风雪果然来袭，“院士”号上视频显示视距几乎为 0，而风力竟高达 11—12 级。“院士”号上的气氛变得紧张了，尽管有科学救援，物资储备充足，但人在大自然面前，真是太渺小了，他们只有呼唤各自信奉的神的保佑。科考队领队克里斯·特尼说：他不禁想起南极探险家们遇险的事例，开始想象沙克尔顿面对的绝境……100 年前的 1914 年，英国探险家欧内斯特·沙克尔顿的遇险故事，就发生在“绍卡利斯基院士”号被困的另一端，威德尔海，几乎与“绍卡利斯基院士”号同样靠近南极大陆的地方！沙克尔顿所率的“坚毅”号，在冰中被困 11 个月后，被浮冰撞毁，英雄群体如星陨灭。那是怎样的南极天日啊！12 月底的极昼，暴风雪却使“院士”号所在的海域变成了极夜。咆哮不止的风声和轰隆作响的浮冰撞击声，如闷雷，如连连炮声。天似乎塌下，海似乎倾歪，日月星辰皆被淹灭！

元旦惊魂

相互守望在南极的人类船只，在风暴中度过了他们焦急而挫折的 2014 年元旦。在天崩地裂中，在大自然的淫威里，无论是中牛、澳牛，都在冰雪中难以牛起。

当五星红旗出现在“院士”号的高倍望远镜里时，遇险船上的每一个绝处逢生的人都开始欢呼。一个小型的庆祝 party 自发形成。游客们开始唱自己国家的歌曲，开始呼唤“卡一那”！释放几天来的恐慌和困苦：鲜红的中国直升机飞过来了，绕着“院士”号转了一圈，又飞回去了。

张建松在 12 月 27 日的日志中记录了“雪龙”到达救援区域后的细节：当他们在望远镜里看到“绍卡利斯基院士”号——坚硬的大块浮冰已铺满了海面，看不到清水，浮冰上还有厚厚的积雪……救援并不顺利。“雪龙”号最初的救援方案是通过破冰，靠近“绍卡利斯基院士”号，然后带着他穿过浮冰，幸运脱险。但是，“院士”号被困海域靠近东南极冰盖，气候变化无常，冰层厚，且易发生浮冰堆积。

12 月 28 日，暴风雪仍在持续。“雪龙”号上的“雪鹰 12”直升机无法起飞。救援行动从 28 日上午 9 时开始实施。8 个小时里，救援进展不顺利，天气状况持续恶化，东南风将碎冰挤得更紧，前面的碎冰实在太厚，一整天“雪龙”船都在尝试着破冰，为了不把自己也陷在里面，“雪龙”船前后左右冲开一片水域，等待澳大利亚破冰船的到来一起设法救援。“雪龙”号只能以1.5节航速在浮冰区破冰前行，靠近俄罗斯船。

下午15时，“雪龙”号前进至距“院士”号6.5海里处，被南极的冰龙完全阻挡住了。船上海冰监测仪器显示，冰层厚度为3—4米，远远超出“雪龙”号破冰能力。随后又出现了降雪和白化天气。为避免被困，“雪龙”号调头返回清水区。

这对“院士”号上的人们来说是残酷的：他们大睁双眼盼来的救星抽身离去。克里斯·特尼说：“当‘雪龙’号破冰前进时，所有人都难以置信地看到它出现在地平线，并试图靠近，我们都非常感激，当看到它知难而退时，希望破灭了……”

“这一天我们在希望中开始，又在失望中结束。”澳大利亚游客布兰登说。卫报制片人劳伦斯·洛珀姆在房间里对着摄像头哭诉：“我第一次感到要崩溃，真的很想家，很想……”

坏消息接踵而至。和“雪龙”号同时抵达的法国“星盘”号的一个主发动机，在抵达后出现故障，宣布破冰失败。也不得不停留在浮冰边缘的清水区。一天之后，发动机竟然损毁、物资储备不足的“星盘”号在卫星电话里告诉“院士”号和“雪龙”号，它必须放弃救援返航。“非常抱歉，希望每一个人好运。”

这好像对一个病危的人说：“您好自为之……”

12月29日，强劲的东南风裹挟着暴雪袭来，救援工作被迫推迟。但是，“雪龙”号的存在就是“院士”号上人们最大的安慰，“看见‘雪龙’号仍在那里，我们就深受鼓舞。”船长伊戈尔说。

早上广播通知，推直升机出库，到受困船只附近查看冰情。据机组人员介绍，快到被困船只时起了大风，下了大雪，能见度不高，为安全起见，绕飞了一圈后又回到“雪龙”船。

晚时，破冰能力优于“雪龙”号的澳大利亚“南极光”号抵达该海域，并于12月30日凌晨开始破冰作业，试图进入。但“南极光”号前进到距离被困船11海里附近，便被浮冰的严阵阻隔，也不得不退回边缘的清水区待命。“这像是开着汽车撞向城墙。”船长多伊尔形容道。

第二次救援也告失败。紧张进一步加剧。“我开始想起沉没的‘坚毅’号”，克里斯·特尼说。100年前，开辟了“院士”号此次行进路线的道格拉斯·莫森的极地之旅也不顺利，在其1911年—1914年历时三年的南极洲探险中，3名队员中的2人丧生，莫森本人也被困一年侥幸获救。

斯科特、莫森、沙克尔顿……冰川、海洋以这些英雄的名字命名，现在，如同一座座无形的墓碑，注视着万里冰原上四艘可怜的危船。

“原来‘院士’号是请求帮助破冰，但我们建议将‘院士’号上的乘客转移。”约翰·杨对记者说。这无疑是一个明智之举。

冰城龙吟

如果不亲眼看见邢豪小子的航行日记，你无论如何都不会想象到“雪龙”上被困的勇士们以如何超人的乐观精神度过元旦：

> 明天就是新年了，来自海洋三所的张麋鸣和肖钲霖两位同学，将从家乡带来的水仙花送到每个队员的房间，他们计算好了，现在泡上水，春节前就可以开花。
>
> 多功能厅里，在举行一个小型的元旦联欢会，热烈的气氛达到了沸点。驾驶台上却是另外一种气氛，“雪龙”船直面从未遇到过的浮冰，寸步难行。船长几次都快累倒在驾驶台上，面对着坚冰，冲撞，钻挤，为了找出一条开往遇险船的通道，真是楼上楼下冰火两重天。

就在这个时刻，“院士”号船长发函至“雪龙”号，请求提供直升机救援。同时，澳大利亚搜救中心也提出建议，采用直升机转移人员，实施救助。

王建忠在乘直升机勘察情况时，发现“院士”号右舷冰面十分结实，可以考虑作为直升机应急救援场所。科考队员们协助直升机出库、入库、加油、探冰、翻译工作。

“雪龙”号上搭载的“雪鹰12”号直升机，最大载客量为14人，具有较强的抗风能力。但直升机救援也存在着较大风险，天气变化无常、浮冰承载能力是否足够、旋翼吹起积雪，是否会影响视线，都威胁着直升机的安全。“雪鹰12”号主要作用在于吊重运输，并没有专业救援设备。而上一架极地科考直升机“雪鹰11”号，便是在2011年12月9日，于南极海冰区上空失控坠毁。但是，这不是彷徨的时候，更大的暴风雪随时可能再来。为直升机降落场地的安全，“雪龙”通知“院士”号，在船右舷处平整场地，压实雪面，以便降落。

救援成功

新年吉日，“院士”号上的乘客们终于看到了救星，克里斯·特尼和其他51名乘客，来到右舷浮冰上，他（她）们是一批有自持力、有修养的文明人，手挽手唱着歌踩雪前行。这天晚上，他们在冰面上搭起帐篷，创作出这首根据被困经历改编的自嘲歌曲，庆祝新年；浪漫的澳大利亚人，勇敢的俄罗斯人，便是在灾难之中也未忘诗意：

我们是澳大利亚南极探险队，
不远万里做科研。
雪多，冰多，企鹅多，
食物伙伴都不错，
遗憾的是我们还困在这……
中国人从天上来，
飞了一圈儿又离开。
澳大利亚人从海上来，
冰层太厚也靠不近……

歌者的感情是复杂的：有庆幸，有委屈，有感恩，有激动，也还有几分的担惊。歌者的表情是丰富的：足履薄冰的谨慎，面对恩人的感激、冲动、敬佩、惶惑、歉疚，也还有几分的腼腆。他（她）们给世界添了麻烦，给中国朋友添了辛苦劳累、危险，但他（她）们没忘自尊、自爱！

“主要是大家放松了，每个人都异常积极。”特尼对中国记者说，这是主调。还有笔者30里近邻小侄许浩的诗作，他表现出一派大义凛然，不像只是个水手的气魄：

夜半闻惊铃，俄船困冰城，国际大援救，“雪龙”当其冲。
纵有万般难，愿取义舍生，敢受冰雪寒，万险心不惊。
南极精神赞，祖国在心中，一夜西风至，“雪龙”变飞龙。

2014年1月2日，天气终于转晴，52名“院士”号被困乘客都聚在右舷甲板，等待直升机的到来。布莱登记得，“雪鹰12”号先是运来了一组工作人员，用木板搭建了直升机临时平台。直升机的左轮刚落下便陷下去一大半，驾驶员赶紧将直升机提起来，保持住平衡，悬停在冰面。飞机停稳的同时，“院士”号上便传来了欢呼声！

布莱登介绍：52人根据船舱位置决定了登机顺序，随后的撤离是迅速而有序的。登上飞机后，特尼向下望去，呈现在他眼前的是茫茫无际的冰海，3艘科考船像惊魂未定的小鸟般静卧其中：“那一刻我才明白，自己被卷入了多么人的一个事件”。

鲜红的直升机飞过“雪龙”号，将乘客送往远处等待的“南极光”号旁的浮冰上，随后，救生船将机上乘客运上“南极光”号……

一个花絮是回国后，“院士”号上的澳大利亚游客们，开始在网上互相抱怨，纷纷指责是俄船游览时间过长，导致船只被困南极。他们点名埋怨领队特尼：“都是他们那帮人待的时间太久，船长着急也没用啊！”

20时30分左右，经过六架次飞机的运输，救援圆满完成。张建松在日志中写道：“雪龙”号驾驶台的甚高频里，先后传来“绍卡利斯基院士”号和“南极光”号的感谢，他们不约而同地说：“感谢‘雪龙’号，感谢中国朋友，你们完成了一项令人难以置信的救援工作……”

“院士”号获救人员共74名，包括澳大利亚、英国、阿根廷、荷兰、新西兰、智利等多国游客，是世界感谢中国！

船长王建忠则冲回房间大哭了一场，他的泪水酸甜苦辣，五味俱全。

龙困冰城

哭，这也许是他对更大灾难的预感——同样是一夜之间，“雪龙”已被困浮冰之中，更大的冰山，正摩肩接踵漂移而来。

这是1月2日夜晚，“雪龙”船所在海域冰情突变，厚达三四米的浮冰，在东风和东南风裹挟下，像群牛，像群象，像群山拥压而来，似要将“雪龙”埋葬，1公里大小的冰山已经靠近。

“雪龙”号副领队徐挺号召大家节约淡水，并列出节水计划。

王建忠说：“更为紧张的是远在北京的后方应急指挥部。”

北京又传来中央领导人做出的批示，希望科考队沉着冷静应对，务必在确保安全的前提下，等待有利时机，积极稳妥设法突破海冰围困。

万国千舌

与此同时，整个的世界都为这次罕见事故而议论纷纷，甚或飞短流长。有多家外媒批俄船南极事故，评论中澳被迫取消全部科考计划的“性价比”。

俄新网4日称：“一艘俄罗斯科考船的冒失行动，居然把那么多国家的科考破冰船都难住，这么多国家出动这么多船，谁来承担救援成本？”法新社5日称，“绍卡利斯基院士”号上搭载22名科学家、26名付费游客、4名记者和22名船员。除“雪龙”号，澳大利亚的“南极光”号，法国的“星盘”号破冰船也中断南极科考任务赶来营救。法国极地研究所所长伊夫·弗雷诺表示，这场救援大戏，迫使法国科学家放弃为期两周的海洋科考活动，中方不得不取消全部科考计划。澳大利亚同行非常生气，因为他们整个夏天都完蛋了！

《澳大利亚人报》以“极地救援耗资40万澳元”为题称，纳税人将为营救俄罗斯科考船上的科学家、游客和记者支付40万澳元大单。

对于外界的批评，“院士”号科考负责人、澳大利亚新南威尔士大学气候变化教授克里斯·特尼在英国《观察家报》上撰文辩解：这次科考并不像有些人说的是一次轻松欢快的旅游活动，受挫主要是运气不佳，而不是人为失误……

中国“雪龙”号通过直升机将俄罗斯“绍卡利斯基院士”号上的52名乘客和科学家成功转移到澳大利亚“南极光”号破冰船上，但“雪龙”号随后也被困。在“南极光”号上的英国广播公司记者说，目前局势具有“吊诡”的意味。这种意味大概出自美国与西方各国的政治立场：为意识形态相左的中、俄之船解困，做何戏法？持何心态？

【环球时报综合报道】“随着中国不断探索，南极变成另一个边疆”。香港《南华早报》5日称：这次挫折不会阻碍中国探索南极的雄心，中国在“雪龙”号被困后，马上宣布将建造一艘比“雪龙”号更先进更大的新破冰船。随着中国不断探索，南极成了另一个边疆。

伦敦大学地缘政治学教授克劳斯·多兹在英国《每日电讯报》上撰文说：“现在中国已成为主要的极地探索国，中国认为南极为全球共有，它主张在南极拥有利益。”澳大利亚等国担心中国的探极脚步：“中国南极大救援也许是时代正在发生变化的迹象。”世界多国的媒体尖刻指责：“俄南极之行被质疑是伪科学探险，52名乘客中，半数为付费乘客，那里有冰川奇观、帝企鹅和无际的白色莽原，是天下奇景的大观……”

不止外国，国内的网络言论，也各个不同地发表了对“救援事件”的心态：

“雪龙”号救人被困，国内大多数人都很担心——这是爱国的悲观者。

“雪龙”号救人被困，没有金刚钻就别揽瓷器活——这种人属于幸灾乐祸和恨铁不成钢的混合类型体。

“雪龙”号救人被困，美狗一片欢腾，美国天下无敌的破冰船要来拯救“雪龙”号了，真给美狗涨面子——看到美“北极星”来救“雪龙”的消息，有人兴奋若狂。

“雪龙”号被困，自信的爱国者说没事，会自行脱险，世界上哪艘破冰船没被浮冰困过?

“雪龙”号被困，忧国者忧心忡忡、纷纷出谋划策，虽然计谋有点可笑，包括用轰炸机轰炸冰层，但无论如何，善意可嘉。

“雪龙”号被困，崇洋者忘乎所以，纷纷出笼狂吠，比如岭南之流，无耻之尤。

爱国的中国人，不要受美日豢养的群狗蛊惑，海角天涯让我们携起手来，共同复兴一个伟大的族群！四海之内皆兄弟。

“雪龙”万岁！“雪龙”之师万岁！

久违的阳光斜照冰海，在雪上留下一抹红光。奇异的浮冰静静地塑在那里，有如楼，有如墙，有如象群、牛群和羊群。浮冰上散布着一些活物，似乎越来越近，那是喜好热闹的企鹅汇聚而来。“雪龙”像一只玩具船，困卧在乱冰之中，既无威严，亦无气力，在晃眼的冰光里，眼睛一眨便可忽略。这是龙困浅滩的时节，英雄救过了俄船，已空乏其身，承受着义勇带来的重压。

又一首好诗《无边的力量》，来自《南非48次南极科考新闻通讯》，作者Johann Jamneck。它以浪漫主义的激情，歌颂着南极勇士的坚强：

它埋藏在我们内心
用希望填补灵魂
挣扎着要描述
什么叫南极精魂
你在冰雪中找到力量

像高塔一样沉稳
那绚丽的火花
开启了万物
金子般的精神
……

冰围赋

“雪龙”号困在了南纬66° 39′、东经144° 25′的密集浮冰区。部分浮冰厚达3—4米，距离最近的清水区约21公里。王建忠描述了那般景象：船被浮冰、冰脊包围，前方、右后方有冰山阻挡，海冰堆积很高。天空晴朗，在白雪的覆盖下，胡乱堆叠的浮冰遍布冰海。阳光晒融的雪水，在寒风下重新凝结，粘连成奇形怪状的形体，冰挂排排，晶明闪亮。危如累卵的一堆形成雪洞，蓝幽幽深不见底，冰面的边痕翻卷成长辫，又被风刻成沙浪样的波纹。雪与奶浆又加了白糖的样子，塑成蛋糕的破块。阳光散射过来，静止的冰堆如犁翻的垡地遍布冰洋。大若火车头，小若枕头或坷垃的冰雪凝块，堆砌海面，裂纹勾拐成几何状的奇怪形体。大方块、小三角、多棱体，五花八门。有蓝冰点缀其间，有冰脊蘸着晚霞，一半红、一半儿蓝，五光十色。不知何处是诈的平静冰面，让你不敢轻信它的美丽。因为它从来不爽快地陷你入海，而是以酥糖那样柔绵的弯折先夹住你，叫你像粘鼠板上的老鼠那样挣扎一会儿，冻僵你，使你筋疲力尽时再慢慢吞下。那时候，或许有美丽的阳光照在你脸上，有活泼的企鹅唱歌送葬。在进入天堂之前，你已经欣赏了天宫外的美景。这可能已经够了！

7日凌晨4时45分，“雪龙”号启动主机开始“动车”，向船头右前方进行尝试性破冰，试图避开前方的小冰山，向右转向突围。但在连成一片的无垠坚冰中，身长167米、体重2.1万吨的“雪龙”号，转身十分艰难。由于浮冰太密集，冰上积雪太厚，被船“咬破”的碎冰无处可去，只能漂浮在狭窄的航道中。

经过几个小时的反复倒车、加速、破冰后，航向由320°转到350°，身边的“水塘”范围有所扩大。在努力调整航向、拓宽航道的过程中，“雪龙”号自身也危险丛生，船上舵机被海冰“别”了两次。

领队刘顺林十分担心“雪龙”号自身的安全。为了缓和紧张气氛，大洋队队长矫玉田开玩笑地说：“如果船坏了，我们就成‘雪龙村’了，我们大洋队就是‘渔业组’，可以破冰捞鱼给你们吃。”大家听了都哈哈大笑。但谁心里都明白，如果船在南极坏了，那船上101人的安危就真令人担忧了。在“雪龙”号船尾的地平线的尽头，白色的天空下有一抹淡蓝色，那里就是清水区。看上去近在咫尺，却因“雪龙”号难以转向而显得十分遥远。

中国的勇士，在“卡拉OK”厅唱一支歌儿：

花开在眼前
已经等了很多很多年
生命中如果还有永远
就是你绽放的那一瞬间……

也就在“一瞬间”之后，“雪龙”的红运发动了！

神奇的“天窗”

是叫作神奇的“天窗”，还是称作神奇的天路？韩红唱的《天路》很好听，不过在40年前，在中国的航天事业发展之始，这样的“天窗”屡屡奇现，帮助我的族人发射了卫星，试验了火箭与导弹。叫天路似乎更准确，但“天窗”一词，是40年前所取，具有了先入为主的“注册”效应。

没有人能感受万里冰海，浮冰四围、孤立无援的困苦。病中乱求医，一切方法都可以尝试希望。一丝动力，都可以带来心动。邢豪小子向笔者讲述：

> 冰山挡住了“雪龙”去路，浮冰堆叠。当时大雪，雷达无法近距离测量冰山的距离。当时我值班，正巧遇到地质科学院的陈虹博士上来，也就不知天高地厚地问他，有没有带激光测距仪？他说有，马上下去拿。但是当时谁也没有用过这种仪器测量冰山，不知道激光投在冰山会怎么反射。在寒风中试了很长一会，却终于测出了距离。从这以后，每隔15分钟，陈虹都要爬上最高的开敞的罗经甲板，测量冰山距离船最远点、最近点。

“如果出现极端情况，面临长期被困，就把人接出来，让船舶在冰区越冬。船上的燃料食品充足，支持下去不成问题。”曲探宙说，“但那种情况是百年不遇的，出现的可能性非常小。”

中国南极科考队领队介绍说，根据气象预报，6日至7日有一个热带高压将影响这片海域，有可能带来“雪龙”号期盼的西风，将密集的浮冰吹得松散一些，给“雪龙”号突围打开一扇“窗口”。

据俄塔社报道，在本月7日出现的西风，将反方向驱赶这些浮冰，使浮冰的密集程度降低，浮冰间将出现较大的空隙，有利于俄中受困船只自行冲出包围圈。

德国《明镜》周刊5日刊《南极的救援大戏》写道：“雪龙”号救出俄罗斯“院士”号乘客，但“救世主”自己也被南极的坚冰封住。现在又一艘救援船在赶赴南极的路上——美国“北极星”号破冰船。美国有线电视新闻网称，应澳大利亚、俄罗斯和中国方面请求，美国海岸警卫队的“北极星”号破冰船，5日从澳大利亚出发，前往南极海域营救被厚冰围困的中俄科考船。美国海岸警卫队太平洋区司令祖昆福特说：“我们一直在为地球表面最遥远、最艰苦的环境之一提供协助、做好准备，我们对此义不容辞。”

同日，中、美、俄三国气象预报均认为7日凌晨至8日中午，受气旋影响，“雪龙”号所在海域将出现偏西风，有利于吹散浮冰进而使船只脱困。而9日转为东南风后，海冰将加速堆积。脱困窗口期只有7、8日两天。

船只突围最大的困难，是船头方向密集浮冰中的一座小冰山，位置多日没有改变。对于最终确定从哪个方向突围的问题，会议现场一度争论激烈。

1月6日23时，海域风向转为西风，到凌晨，风力达到53米每秒。同时浮冰开始整体快速东移。7日4时45分，由于浮冰开始移动融化，应急指挥部决定向距离最近的东南方向突围，“雪龙”号启动主机开始向船头右方转向。但在浮冰遍布的海域上，“雪龙”号只能反复倒车腾挪，试图避开冰山转向船头右侧。

“雪龙”号又接到一个消息：被困南极浮冰区的俄罗斯客船“绍卡利斯基院士”号，7日已自行从密集浮冰中成功突围，驶出密集浮冰区，目前航速为7节（1节航速约合每小时1.852公里）。

这就是说，落水者已爬上海岸，并且有路可行。救溺者还挣扎在冰围之中。

7日，期盼已久的西风终于吹到“雪龙”号所在海域，久违的阳光照耀着银色冰面。在被冰包围的狭窄空间，“雪龙”号缓缓地倒车、加速、前进、破冰、转向，小心翼翼地循环往复，百折不挠，努力调转船头。

“雪龙”号船尾的冰平线尽头，耀眼的天空下有一抹淡蓝色清水。“雪龙”的转身令人郁闷，它像一条困于泥塘的巨龙，呼吁大喘着挣扎。它的头紧抵住厚冰，冰山挡在头前。它的尾蹭擦着冰沿，嗦嗦颤抖而屡屡滑脱。

17时20分左右，“雪龙”号船头刚刚调转到100度左右，在破冰力量冲击下，横亘在前方的一块大浮冰突然裂开，豁然现出一条清晰的水道，如同一道闪电在眼前蜿蜒。这就是说：如中国卫星发射时的奇景天窗又一次出现，上天开始眷顾中国人。半小时后，“雪龙”号穿过清晰的水道进入清水区，成功破冰突围。

刘梦坛告诉《南方周末》记者，那一刻船上的紧张气氛也一扫而空。酒吧开放，驾驶台上人们高喊“卡拉 OK 搞起来”。但是，也有人哭，只是无声。

“绍卡利斯基院士”号与“雪龙”号一同驶入清水区。

人们又想起了 100 年前，斯科特在丧生南极前的最后一封信中对妻子说：“关于这次远征的一切，我能告诉你什么呢？它比舒舒服服地坐在家里不知要好多少！”王建忠给笔者的文字中也反复咏叹此调。

但是，就在那封信发出去的航次里，斯科特遇难了。如果他的灵魂尚在，我相信他会说：这样地升入天堂，它比舒舒服服活在世上不知好多少！

“龙”归大海

“雪龙”冲出冰围，才有痛定思痛的时间。在这片天神预留的冰海上，闯入者要小心，没有什么事情不能发生。关于“雪龙”冲击坚冰，而冰围突裂“天窗”的细节，颜小平以见证者的身份进行描写，描写翔实：

……“雪龙”继续转身，经过一个多小时的前进倒车，船艏指向 110° 左右，此时活动空间增大，加速距离增加。20 点 15 分，“雪龙”船再次倒车，然后加速前进，接近密集冰区时一大块浮冰横在前面，“雪龙”船继续向右转身冲向大冰块右侧，大冰块突裂开来，船头正直指冰裂缝，冰裂缝迅速扩大，扩至二三十米，足以让“雪龙”船轻松通过。在冰裂缝间行驶了 10 多分钟后，清亮的水面越来越宽，“雪龙”突围成功了！那一刻是船时 22 点 10 分，外面能见度不高，偶尔还有浮冰出现，但船速已经达到 12 节，航向 26°。

透过舷窗，海天阴沉，能见度不高，没有风，水面特别平静，和过赤道时的水面一般。稀疏的浮冰看起来非常漂亮，偶尔还会有一两只海豹趴在浮冰上，“雪龙”船经过时惊醒了它的美梦，它伸伸懒腰，向远处逃去，有的扭扭脖子回头望了一眼“雪龙”船，又懒懒的趴在冰上。在这片海域里，海豹根本没见过人，从它老辈里都不知人为何物。对于人，它是近也不敢，远也无理，所以看看热闹才是收益。企鹅明显少了。但一只只都是妖精，不怕人，追看人，象国人围观刚进中国的西人。

驾驶台的气氛依然紧张。消瘦的“雪龙”号船长王建忠戴着墨镜，一会儿在左舷窗向后观察冰情，一会儿又跑到右舷观察，一边指挥值班船员操舵。夜以继日的拼命，使他看上去很憔悴，但精神饱满。这是一种胜者不骄的姿态，他临危不乱、得胜不矜的儒将风度，是中华文化的深厚结晶。

清冰在钢铁的压迫、冲撞下断折、开裂，如玉崩碎，如弹片飞溅。掺着水声的闷雷，从冰海直震天边，无奈浮冰太厚、冰上积雪太多，被“咬碎”的浮冰无处可去，只能淤积在狭小的航道中。在倒车的时候，“雪龙”号船尾挤压着浮冰，发出巨大的声响。船舷边，还有许多小企鹅在好奇地观望。它从来未见过这样的景致。开裂的海冰水道直通天边，连长云也裂开一道道长缝。长缝里的蓝天与冰裂里的海冰联袂荡动，这十分刺激，十分震撼的场面引得它们目瞪口呆，短翅抖抖。

7日下午，大家欣喜地观察到，“雪龙”号船尾方向出现了两个小小的“清水塘”，转身后“雪龙”船头方向正对着其中一个，象窄巷里冲出的大象遇到了广场，象胡同中撞出的烈马踏上草地，眼望了无边草原！

“雪龙”突围的故事跌宕曲折、引人入胜。唯此风采，它才引动整个世界瞪大了蓝眼睛、黑眼睛，还有白多蓝少、黑少的奇怪眼睛。

在千险万难的冰洋中，溺水困冰刚刚获救逃脱的“院士”心有余悸，它幸遇了一位救命的勇士内心称幸，而自然产生的依靠、依赖心理使得他像一个弱冠的小弟，再一次向“雪龙”号恳求：“雾大路险，希望可以伴行。”

美国破冰船还赶在救援的路上，中俄船却已破冰突围。应俄罗斯“绍卡利斯基院士”号请求，将会短期结伴前行。尽管“短期”，“雪龙”和“院士”的心情也是温暖的：一双战友与难友，结伴前行的挚友——如同今日中俄两国不结盟的结伴！

龙行健

“天行健，君子以自强不息。”“地势坤，君子以厚德载物。”龙行健，海势坤，“雪龙”百炼成钢！笔者由衷慨叹！

2014年1月8日，“雪龙”号驶向东侧罗斯海，他们将路过道格拉斯·莫森、罗伯特·福尔肯·斯科特、欧内斯特·沙克尔顿曾航行过的海域。前方，是世界尽头的星辰大海。王建忠船长在他的《南大洋考察任务》一文里写道：

30次队南大洋考察是极地专项实施以来的第二个航次，以南极半岛海域、普里兹湾海域为重点，开展了物理海洋、海洋地质、海洋地球物理、海洋化学、海洋生物与渔业资源等多学科综合考察，完成了全航程表层海水采集系统的SBE21、万米测深仪、鱼探仪、ADCP、DGPS等常规走航观测数据收集任务；完成了极地环境综合专项——南极半岛调查的六个段面33个站点和普里兹湾调查两个段面14个站点及罗斯海总长度为300公里的地球物理测线调查任务。为全面认识南极周边海洋环境、地球物理场与地质构造、气候特征及其演变规律，深入了解极地海—冰—气相互作用过程及其对气候变化影响，收集了大量的、系统的第一手资料，同时初步开展了南极磷虾、油气等重要资源潜力考察与评估，又一次填补了南大洋断面大纵深综合观测的空白……

南大洋考察实现了多个“首次”：首次在南极普里兹湾海域成功布放一套旨在研究海洋中的碳循环过程的防冰山碰撞结构的海洋潜标系统；首次获得海蜘蛛样品；首次实现环南极大陆科学考察，取得大量宝贵的海水化学和大气化学样品数据；首次在南极半岛附近海区和普里兹湾海域进行海底热流测量，共完成 5 个站位的热流测量，进行了海底原位温度测量以及柱状样甲板热导率测量……

泰山凌绝顶

第 30 次探极，豪气冲天的“雪龙”船，“雪龙”之师，要在伊丽莎白公主地，垒起一座新的泰山，以身心之壮，龙子之勇，斗魔搏妖，莫非真有西天如来、玉皇大帝的撑腰不成？

笔者此次入编 30 次考极之队，也真是风光占尽，幸遇同乡、同宗，亲友罢了，又建了以山东“泰山”命名的南极考察站。杜甫吟咏的泰岱诗章，笔者自幼熟稔，那“造化钟神秀，阴阳割昏晓。荡胸生层云，决眦入归鸟。会当凌绝顶，一览众山小”的意境，果真是“巍然挺立傲苍穹”的境象。

这就是说：“雪龙”要在数万公里之外的祖国驮来建材，垒一座新的泰山。

首席科学家刘顺林介绍说，新建的泰山站位于我国南极中山站与昆仑站之间的伊丽莎白公主地，距离中山站约 520 公里，海拔高度约 2621 米，是一座南极内陆考察的度夏站。建成后将成为我国昆仑站科学考察和南极格罗夫山考察的重要支撑平台，进一步拓展我国南极考察的领域和范围。

泰山是五岳之首，在中国历史上具有非常重要的地位，并被联合国确定为世界自然与文化遗产，在国内外享有极高的知名度。南极新建内陆站命名为“泰山”，蕴涵深厚、稳固、庄严、国泰民安等寓意，代表了中华民族巍然屹立于世界民族之林的含义。在此前昆仑站的全国征名活动中，“昆仑”排名第一，“泰山”排名第二，所以这次选择了“泰山”。

选择“泰山”我最爱！尔后的南极科考站，最好会有“天山”“火焰山”“微山”。“微山”不是小山，不单有我与殷赞的家村，殷微子还是孔子 19 世祖呢！（取笑！）

泰山队所有队员都斗志昂扬于12月26日正式开始建站。队员们发扬连续吃苦、敢战必胜的精神，经过45天的艰苦努力，于2014年2月7日完成主体建筑工程。2月8日，国家海洋局在北京利用远程视频连线的方式，为泰山站举行了开站仪式。

环南极大陆航行

本航次“雪龙”船，安全航行3.19万海里，冰区航行2200余海里，航时2850多个小时；破冰13.3海里，破冰用时142小时，遭遇风暴、白化天气；战胜滔天大浪，奇寒南极，变幻时差；环南极大陆航程约1.15万海里，成功实现了中国极地科考的首次环南极大陆航行。

在执行环南极航行中，虽然“雪龙”船遭遇了罕见的严重冰情，但大洋考察取得累累硕果，获得了大约80G的完整环南极海域科学鱼探仪调查声学数据，高速采集器作业121个站，获得了121个站位的水深、温度数据，走航表层海水分析作业121个站；海洋化学专业组取得大量宝贵的海水化学和大气化学样品数据。在这样传奇的航行中，王建忠、王硕仁、刘顺林的“雪龙”驾驭技术，出神入化。矫玉田的大洋队、邢豪的“驾台俱乐部”在文韬武略的开打中，绽放着中华文化最美的奇葩。

天花乱坠

“天花乱坠”是一个形象的词、逼真的词。看得见的雪雨风雹、雾霰冰凌、极光霞虹，奇形怪状。看不见的电流、寒流、粒子流、红外流、妖氛魔障，无处不在。完成环南极考察重新回到中山站外围时，晚上看到了绿色的光在天空翻滚变幻、扭摆。用“天花乱坠”来形容此等南极奇观再合适不过了。我所见证的南极 30 次科考便是创造出的“天花乱坠”的人间奇迹。花开百树，分枝而叙：

创长城站最快卸货纪录

第 30 次队考察运输物资总量 2200 多吨，分为 3 个阶段，作业 23 天。中山站第一阶段卸货历时 15 天，实用 12 天，确保内陆队物资于 12 月 14 日全部到位，为泰山站建站打下坚实的基础。在第二阶段卸货任务中，他们仅用两天就将 100 多吨货物安全运至中山站，并回收了站上 100 多吨物资。

86 小时完成新站址地勘任务

受救援活动及船被困影响，维多利亚地勘工作在保证质量的前提下，执行时间由 8 天压缩为 4 天。地勘队反复策划、精心设计、科学组织，所有队员不分昼夜，团结协作，经过 86 小时的日夜奋战，圆满完成了既定的 8 项工作任务，为后续站区建设、码头选址、功能布局和站区规划等提供了翔实的科学数据。

格罗夫山考察发现 583 块陨石

格罗夫山队多次细化研究野外实施方案，安全顺利，共发现陨石样品 583 块，获得陨石富集规律信息；初步摸清格罗夫山中心地带哈丁山地区的冰下地形；安装 10 台地震仪，并对格罗夫山地质与矿产资源进行了调查。

填补南大洋断面大纵深综合观测空白

以南极半岛海域、普里兹湾海域为重点，开展了物理海洋、海洋地质、海洋化学、海洋生物与渔业资源等多学科综合考察，完成了全航程表层海水常规走航观测任务；南极半岛调查 6 个断面 33 个站点和普里兹湾调查 2 个断面 14 个站点及罗斯海总长度为 300 公里的地球物理测线调查的任务，为全面认识南极周边海洋环境、地球物理场与地质构造、气候特征及其演变规律，收集了大量一手资料。初步开展了南极磷虾、油气等重要资源潜力考察与评估，填补了南大洋断面大纵深综合观测的空白。

站区度夏科考成果丰硕

长城站开展了植被观测、南极鸟类保护与管理问题研究、海洋和陆地生物生态资源的本底调查等 16 项科考任务和 4 个调研项目，获取大量的研究数据和样品。

中山站开展了有机物污染分布状况、中山站站基冰冻圈综合考察、GPS 常年跟踪站观测和验潮等 7 项科考项目。

站区后勤及运行保障顺利

中山站完成新发电栋、新越冬宿舍楼、新水泵房及相关外管线的建设，于 2 月 26 日通过验收；完成越冬宿舍楼家具安装和收尾工作；扩容升级卫星传输设备，建设完成中山站天翼 3G 网络；更换 7 台新风力发电机，实现向中山站主电网并网送电；利用现代温室种植技术，有效解决了考察站的新鲜蔬菜供给问题。长城站完成 1 号栋、科研栋、生活栋加固改造维修及青铜唐钟安置工作；建造了码头两侧的集装箱支架平台。

国际合作

本次考察实施履行了国际公约相关项目。泰国朱拉隆功大学在长城站开展了南极地区微生物多样性与功能研究。考察期间，考察队派 KA32 直升机飞行两个架次运送了印度站部分物资和人员。

先后帮助智利空军站、海军站和俄罗斯别林斯高晋站吊卸物资、油罐；协助韩国站接送考察队员；接待了乌拉圭、智利、俄罗斯和韩国政府代表团；多次接待友邻站队员的拜访。同时，也应邀参加乌拉圭站、智利空军站、智利海军站、智利南极研究所站和俄罗斯别林斯高晋站等站的交接仪式及建站周年庆活动；参加智利南极研究所 Escudero 站组织的乔治王岛国际研讨会；同时在智利海军站和韩国站的帮助下，开展了泰国科考队员潜水作业和“海洋环境监测系统”回收工作。

中山站度夏期间帮助俄罗斯进步站短期存放 900 公斤食品，接待了俄罗斯进步站、印度站队员来访，多次协助俄罗斯和印度站队员进行科考工作，并访问了澳大利戴维斯站、俄罗斯进步站等。

孔子说：“四海之内皆兄弟。”毛主席引用古诗说：“海内存知己，天涯若比邻。”山东省人民政府说：“好客山东。”连乡中老人也经常教育我们：“小小的孩儿，大大的肚，一定善待外来户……”

搜救马航

马航 MH370 飞机与机场失联的噩耗炒翻了世界，因为乘客多是国人，大灾临头的感觉真实而悬疑。许多同胞都怀疑，在卫星雷达的分辨率达到 10 公分的今日，还会有这样大的铁鸟会失踪无迹。许多的网上君子甚至猜测，这是一个天大的政治疑案，它的玄秘性可超过任何一宗世间谍战。在二百名失踪者中，我市占二，其中有画家侯先生，我的一个熟人。我极尽了奇思妙想，却也未想这会牵连到漂荡大洋的“雪龙”队友。

"雪龙"号在澳大利亚锚地已经抛锚3天了，明早进港，大家对陆地充满了无限的憧憬。搜救马航的事一出来，消息马上在全船传开，大家的内心极其复杂，前往搜救中国人是我们义不容辞的责任，但是"雪龙"船不可承担过多任务。自11月7日起航执行30次任务，已经过去了5个多月，无论人和设备，都已经极度疲惫，离回家的日子越近，大家越急切地盼望回家。如果真前去搜救，那么回家的日子就遥遥无期了，所有人内心都充满了矛盾……

《齐鲁晚报》捷足先登了这则消息——《专访搜救行动，中方指挥船"雪龙"号船长王建忠》：

3月20日，承载刚从零下20℃的南极回国的科考人员和船员的"雪龙"号，驶往澳大利亚温和舒适、气温只有20多摄氏度的弗里曼特尔港补给，所有人紧绷的神经，即将迎来4个月来的第一次放松，他们计划在"雪龙"号补给的四五天内，去购买澳大利亚纪念品。

王建忠神色凝重地告诉访者："2014年3月21日，刚刚离开西风带的'雪龙'船抵达澳大利亚弗里曼特尔港口，还没来得及洗去一路风尘，便接到紧急命令，再次奔赴西风带海域执行搜寻马航失联客机的任务，并临时担任中方船只的现场指挥船。当日18时，'雪龙'船完成紧急补给，搭载87名队员离开弗里曼特尔港，驶往澳大利亚公布的目标海域。"

第二天一早，广播通知各个队的队员分别到会议室开会。领队宣读，听到名字的靠前站。念了几个船员的名字后，大家都说，船员就不用念了吧，反正全体留下；机组十多人的机票已经订好，本来准备马上下船，乘飞机回国。宣读完留船参加搜救的队员名单，听到自己名字的队员往前挤去。中科院青藏高原研究所的赵俊猛教授和桂林理工大学的廖炳奎教授，还有几个研究生，主动表示要留船参加搜救。

然后准备靠码头加油加水，下午3点以前，所有队员必须回船，疯狂的一天就这样开始了：下午2点半，所有队员回船，接临时回国队员的大巴也到了码头边上，就这样，匆匆离别了一起奋战近半年的战友们，踏上了新的征程。

码头上挤满了自发来送行的华侨们，因为本来计划5天的靠港时间，熟悉的老朋友已经为我们安排了各种活动，就这样，连一顿晚饭都没吃就匆匆别过了。

船开出了平静的航道，第3天到达了疑似失事区域。在澳大利亚期间，临时采购了整个港口小城的所有望远镜，加上以前就有的，驾驶台上的望远镜达到了14台之多，所有考察队员开始分班，轮流上驾驶台瞭望……

如此，我的30次南极考察队的随船队友都成了侦搜员、指挥员。我留下了邢豪手持望远镜的照片，他很有派儿，身后背景大有寓意：铅灰色的大海上，一排排的浪花恰如象形的字母，在黯淡的天光下，向世人述说着失联者的不幸和搜救者的艰难。

立意清晰、境界崇高的是当事者王建忠与《齐鲁晚报》记者的对话。这位“天堂”城市孕育出的江南才子，一贯地拥有出口成章的本领，他说：

我们熟悉搜寻区域的优势独一无二

齐鲁晚报：作为非专业搜救船只，“雪龙”号为什么会接到搜寻任务？

王建忠：中国船只只有“雪龙”号与珀斯西南疑似海域距离近，搜寻区域是咆哮的西风带，只有常年往返于南极的科考船才熟悉这一海域。3月8日，我们就曾过西风带，我们熟悉搜寻区域的优势是独一无二的。

齐鲁晚报：当时是否对这一命令感到意外？

王建忠：是有些意外，搜寻工作本来与我们的专业方向是不相关的，当时刚完成第30次南极科考任务，建立泰山站，“雪龙”号不久后还要参与北极科考任务。

齐鲁晚报：有没有感觉到压力？

王建忠：长达4个月的科考期间，每天都是高强度的工作，在近似封闭的恶劣环境中工作、生活。因此，每次到澳大利亚补给时，心情都是愉悦的。

接到任务时，我和其他人都非常有激情，我们代表的就是中国，必须为中国人努力。由于补给有限，为减少船只压力，160人只能留下80多人，大家都踊跃报名希望参加，人数都报超了。

齐鲁晚报：往搜寻区域赶是怎样的一个过程？

王建忠：我们并不是专业搜寻船，没有搜寻黑匣子的声呐设备。3月20日上午，澳大利亚协调中心接到发现珀斯西南海域存在疑似残骸漂流物报告，当天我们就接到国家海洋局电话，要求做好准备。21日一早命令正式下达，要求以最快航速到达澳大利亚弗里曼特尔港进行补给。

齐鲁晚报：如何理解这个命令？

王建忠：国家还是希望尽早发现MH370航班，不放过一切可能，给乘客家属一个交代，“雪龙”号是搜寻行动中方指挥船。

齐鲁晚报：与澳大利亚方面的沟通有没有困难？

王建忠：完全没有，“雪龙”号是澳大利亚海上搜救中心的老朋友了，这也是我们作为中方指挥船的原因。另外，我们与澳大利亚海上搜救中心经常合作，比如参与救援“绍卡利斯基院士号”俄罗斯科考船、法国“星盘号”。澳方非常配合，我们一到岸他们就优先补给。

齐鲁晚报：作为中方指挥船，“雪龙”号在搜寻过程中主要做什么？

王建忠：我们主要负责与澳方海上搜救中心、中国海上搜救中心、中国海军、参与搜寻的商船及飞机进行沟通。每天会收到澳方海上搜救中心、中国海上搜救中心指示，然后我们根据指示分派任务。

齐鲁晚报：澳大利亚划定的搜寻区域值得相信吗？

王建忠：澳方聚集了全世界最优秀的航空等方面专家，我们是信赖对方的。我们船上的技术手段有限，只能根据澳大利亚来确认疑似区域。

搜寻是我们国家的义务

齐鲁晚报：搜寻中会遇到哪些困难？

王建忠：这一海域经常有大风大浪，涌浪最高达到6米多，影响搜寻进度。船上很多人因常年科考，视网膜黄斑受损，挺让人心疼的。

齐鲁晚报：海军方面的搜寻区域也是澳方划定的吗？我们与军方接触有没有压力？

王建忠：是的。我们主要与海军指挥所所在的“千岛湖”舰联系，海军没有很强势的感觉，反而非常配合，沟通起来比较顺畅。大家都是为了寻找失事飞机。

齐鲁晚报：网上对中国一些设备过于落后产生争议，您怎么看？

王建忠：我国搜寻设备确实与国外存在差距，我们在搜寻中利用现有设备，竭尽全力地搜寻。比如，只要看到漂流物就必须进行现场确认，有时只是从眼前晃一下，不管你是否真的看到，我们必须过去确认。

齐鲁晚报：这次搜寻没有发现残骸会不会觉得不值？

王建忠：不能以搜寻成果评价搜寻行动。搜寻是国家的义务，任务交给我们，就是我们的义务。人命关天，生命价值是无法用任何价值来衡量的，我们努力搜寻了……

驾驶台上一片欢呼，中国的编号20541飞机，飞临顶空。在遥远的南印度洋首次听到了中国空军的声音，十分骄傲！10点整，再次响起空军的呼叫声。因为油量原因他们返航，又通过我船上空。飞机并未发现疑似物体。另外一架飞机，也从珀斯起飞朝这边飞过来。啊！天使般的中国飞机！愿他们能够越飞越远。感谢笨重的望远镜，大家用它看到了中国的军机，抿着翅膀，灵巧得像一只燕子。

高山仰止

一开始，望远镜大家都抢着用，慢慢地觉得是手握了枪，要打仗；手握了镐，要刨冰。无边的大海、失事飞机在哪里？遇难者在哪里？远天的云堆，有时会看成仙山。西天的霞光，有时会看成火焰。古诗中有“却有一峰忽然长，方知不动是真山”的奇句，大家的眼中就出现了一座海上仙山，它是一艘名叫“韶华”的中国巨轮，当它加入了我们的搜救队伍，游移于大洋之时，看惯了海面的人们产生了一种高山仰止的震撼：

2014年3月27日，中国海上搜救协调中心通知我们，有一条中国海运集团下属的超级散货船，英文名“CSB BRILLIANT”中文名中海韶华，在今日加入我队。当它和我们汇合的时候，才知道它是什么样的庞然大物，近400米长，50多米宽，甲板的面积接近三个足球场。我们的“雪龙”连货、加油、加船、自重、满载排水量还不到两万吨，这条韶华轮，光是谷物就可载30万吨。我们在一起并排航行，就像是一辆迷你小汽车伴一辆集装箱卡车。韶华轮准备绕过好望角去南美拉铁矿石，接到搜救中心命令，直接赶来同我一起搜索。

韶华轮船长刘祖宾说：超级谷物船一天的租金要几十万，加上燃油消耗和船员工资，绕道这边来搜救，损失不在少数。韶华轮船长说，这么慢的速度他们的主机受不了，和王建忠协商后，两条船决定稍微提高了船速。每天海军和韶华轮将结果告知我船，然后再由我们统一向澳大利亚搜救协调中心汇报。现场协调，现场指挥。

后来又有别国的飞机加入，这些飞机都要受“雪龙”的协调。南极诗社的朋友写过名曰《探险者》的诗句，此处吟咏，或者适宜：

为了寻找
为了探求
充满冒险精神的水手
牺牲、进取，是海洋和生命的守护者
生活充满冒险而不随意
勇敢的船员带着传奇的梦想
装进胸膛使命和回忆的勋章
去拯救灵魂
寻找生命之根蒂……

十八、玉树金果

30 年的两极科考，是一部撼天的诗，是一部探险史，是一场可歌可泣的经典戏剧，是一部记录历史人文悲喜的动地天书。

30 年南极陆基科学研究成就

南极陆基科学考察与研究活动早在英雄探险时代就已开始，迄今已经有 100 多年历史。随着中国南极中山站的建成，中国南极陆基科学考察与研究活动快速发展起来，研究领域也从初期的亚南极环境，滨海与海岸带环境逐渐向内陆扩展。秦大河横穿南极的雪冰环境研究、普里兹—格罗夫大地构造演化研究、格罗夫山的古气候环境研究、南极陨石回收与研究、无冰区古生态环境的地球化学研究、东南极冰盖起源与初期过程研究、冰穹 A 的天文观测与研究、极区等离子体云的形成过程与机制研究等领域，均获得了国际一流的科学成果。目前，中国南极陆基研究在国际科学刊物发表的数量已居世界前列。南极泰山站顺利建成，新的考察船、固定翼飞机亦指日可待。

30 年来我国南极陆基科学考察和研究的发展历程、研究现状和主要科学成果如下：

南极大气观测与研究进展　1985 年和 1989 年中国在南极建立了南极长城气象站和中山气象台，1993 年在中山站安装国际标准的臭氧光谱仪，开始了大气臭氧总量和紫外辐射的观测。在中山站建成了大气本底站，开始了温室气体长期观测。2002 年以来，在中山站到泰山站和昆仑站的断面上，先后安装了 6 套由卫星传输资料的自动气象站，获取的资料在国内外研究中已得到应用。对南极地区近代气候的变化规律、大气边界层物理和海冰气相互作用冰雪、能量平衡过程、温室气体的本底特征和臭氧洞形成过程、南极考察气象业务天气预报系统、南极大气环境对东亚环流和中国天气气候的影响等方面开展了一系列的研究，加深了南极气候在全球变化中作用及其对我国天气气候和可持续发展影响的认识。

南极冰川学考察与研究　我国南极冰川学考察与研究历经学习、自主建设及快速发展阶段，目前已经初步形成了涵盖雪冰物理、雪冰化学、卫星遥感等多学科综合发展体系。长城站、中山站、昆仑站和泰山站的建成，逐步完善了冰川学考察后勤支撑体系。经过了40余年的发展，我国南极冰川学一系列重要成果的获得及研究队伍的建设，使我国成为世界南极冰川学研究中的一支重要力量。

南极高空大气物理学观测与研究　日地空间环境易受太阳风暴的作用产生灾害性空间天气，而极区是太阳风能量进入地球空间的人口，因此成为开展日地空间物理观测和空间天气监测最理想的地区。自1984年以来，我国在南极长城站开展了电离层和地磁观测。在中山站建立了国际先进的极区高空大气物理观测系统，观测要素涵盖极光、极区电离层和地磁，并与北极黄河站构成了国际上为数不多的极区共轭观测对。以极区观测为基础，我国在极光、极区电离层、空间等离子体对流、空间等离子体波和空间电流体系等方面取得了一系列研究成果，首次得出日侧极光多波段强度综观统计特征；首次观测到极盖区等离子体云块的完整演化过程；较好地解释了南极中山站的“磁中午异常”现象和极盖区等离子体云宽的形成与演化过程。

南极天文观测与陨石研究　从2007年开始我国在昆仑站逐步建成的冰穹A天文观测基地，获得了大气湍流、透过率、天光背景等关键天文台址参数，以及一系列时域天文学研究成果，在国际上受到广泛关注。台址监测分析表明，冰穹A具有优越的光学/红外和太赫兹观测条件，是目前地面上最好的天文台址，有可能实现在光学/红外和太赫兹波段国际领先的天文观测能力。此外，5次格罗夫山考察共回收陨石12017块，跃居世界第三。大量南极陨石的发现，为我国陨石学和比较行星学提供了极为珍贵的其他天体样本，也为我国月球和火星等深空探测工程科学目标的制定和实现发挥重要作用。

南极大陆地质地球物理调查与研究　我国在南极不同地域进行了考察研究。随着中山站的建立，我国地质学家在中山站所在的拉斯曼丘陵及其附近区域考察研究和矿产资源调查，同时对东南极西福尔丘陵东南侧分带状冰碛物进行了统计分析，对威尔克斯地温德米尔群岛冰碛物及典型基岩进行了研究。1998 年中国开展了首次格罗夫山多学科综合科学考察，获得丰硕成果。在地球物理观测与研究方面开展了地磁研究，古地磁研究，重力研究，地温特征和岩石热物理性质研究，以及地震观测研究。

南极古气候环境与古生态地质学研究　在格罗夫山综合考察中对新生代土壤、冰碛沉积岩砾石、孢粉化石开展了冰川地质分析、沉积环境分析和宇宙核素暴露年龄测试。东南极兰伯特地堑两侧新生代沉积物具有相对丰富的孢粉化石，对这些地层的孢粉研究不仅可以提供年代学证据，还可以恢复当时的古植被和古环境，是研究气候环境变化及东南极冰盖历史演化的直接证据。

南极站基生态环境监测与研究　中国科学家在潮间带群落动态生态学的系列演替、南极生物的生态分布、生物生产力、食物链等方面获得了大量数据和丰富的研究成果。研究内容包括：潮间带生物，藻类区系，底栖动物，冰雪生物，陆生植物，飞行生物等领域，同时也注意到人类活动对南极生物的潜在威胁，认识到保护南极的生物资源与环境已成为刻不容缓的任务。

南极测绘与研究　30 年来，中国的南极测绘考察和研究取得了丰硕成果。我国完成了东西南极站区附近的大地测量基准建设，在南极中山站、长城站建立了导航卫星跟地面跟踪站、常年验潮站以及绝对重力点。从 1992 年开始开展了南极航空摄影测量工作，获得了拉斯曼丘陵和菲尔德斯半岛地区航空影像图和航测地形图。测绘和编制了覆盖南极近 30 万平方公里的各类地图 400 多幅，命名了 300 多条南极地名。

考察队员生理心理适应性研究　我国南极医学研究随建站起步发展，

迄今已对长城、中山和昆仑站的454名考察队员进行了系统的生理和心理的适应性研究，获得了不同环境、考察时间和任务的我国队员生理心理适应模式，为考察队员的选拔、适应、防护、站务管理和有关政策制定等提供科学依据，并探讨了南极特殊环境下生命科学的一些问题。

30年南大洋科研成就

我国自1984年南极考察以来，迄今已进行了30次南极考察活动。其中，南大洋作为历次考察的主要内容有力地推动我国南大洋研究的开展。自“八五”以来，我国立足全球变化制定并实施多项针对南大洋的考察与研究的计划。围绕“南大洋环流与水团变异”“生物地球化学循环与碳通量”“南大洋生物生态学”“南极海冰观测与研究”“海—冰—气相互作用”等，以普里兹湾及其临近海区为重点调查区域，进行了长期固定断面的调查，使我国成为这一地区掌握资料最全面的国家之一。如在南极大磷虾基础生物学研究上，解决了困惑国际学术界多年的大磷虾年龄判断指标问题，及用磷虾体长与眼径比率作为检测南大洋生态系统动态变化的指示因子；利用资料的优势，我国学者在普里兹湾及其以北洋区的水团和环流研究做出了与国际水平可比的重要贡献，不仅揭示了南极布兰斯菲尔德海峡的东海盆和中心海盆深层水和底层水的来源，而且发现全球气候变化的最强信号出现在南大洋，进一步揭示了全球变暖已经减缓了南大洋的基本过程，垂向反转环流、水团特性、海盆间水交换、与低纬度海洋的水交换和海冰等均发生明显变化，且发现这些变化与全球大洋热盐环流和ENSO等具有紧密的关系，引起国际学术界的高度重视。在南大洋海冰研究方面，利用卫星遥感海冰资料，我国科学家开展了一系列针对南大洋海冰季节变化、年际变化和区域性分布特征的研究活动。并在研究南极海冰自身变化规律的同时，还结合其他资料，对南极海冰变化与地球气候系统其他子系统的变化，特别是与中国气候的关系进行了研究；南大洋是全球典型的高营养盐低生产力地区，我国持续开展了南大洋生物地球化学的研究。重点对南大洋普里兹湾及印度洋伞区相邻海域的 C、N、S、P、Si 等生源要素的生物地球化学循环进行了深入的探讨，揭示了该区域主要生源要素生物地球化学的作用特征和行为方式，建立了海洋 C 循环和 C 通量估算的技术和方法，对极区 C 循环的变化及其气候效应做出了初步的评估，对全球气候预测模式的优化提供了重要的依据。我国还对南大洋生物生态学、海洋渔业资源、地质地球物理等方面进行了广泛与专项的研究，为深入开展南大洋科学研究奠定了良好的基础。

15 年北极科研成就

我国北极考察自 1999 年开始，迄今已经 15 年。考察范围从白令海和楚科奇海开始，逐步向北深入并在 2010 年首次抵达北极极点开展了科学考察活动，实现了我国北极考察历史性的突破；2012 年“雪龙”船成功首航北极航道。2004 年，我国在斯瓦尔巴斯群岛新奥尔松（78° 55′ N，11° 56′ E）建立了北极黄河考察站。随着研究范围扩大，我国北极考察研究水平已从有限的学科发展到今天的多学科的综合考察，国际合作伙伴不断增多。

20 世纪 90 年代中后期，北极冰层的厚度已经减少了 20%—40%，到 2100 年夏季北冰洋的海冰将全面融化。我国历次北极科学考察确定了与此相关的科学考察目标，1999 年首次北极科学考察确定了以“北极在全球变化中的作用和对我国气候的影响、北冰洋与北太平洋水团交换对北太平洋环流的变异影响和北冰洋邻近海域生态系统与生物资源对我国渔业发展的影响”作为三大科学考察目标，开展了多学科综合调查。2003 年第二次北极科学考察把“了解北极变化对我国气候环境的影响，以及北极对全球变化的响应和反馈”作为两大主要科学目标，开展了多学科的考察和研究。2008 年第三次北极科学考察确定“阐述北极气候变异及其对我国气候的影响机理”“阐明北冰洋海洋环境变化及其生态和气候效应”“认识北冰洋及临近边缘海晚第四纪古海洋演化历史，了解北极海区重大地质事件对区域乃至全球变化的制约”“开展北冰洋及邻近边缘海深海微生物资源极地基因资源的多样性研究，与地质年代结合，阐明生物多样性变化演变与海洋环境变化的关系”作为科学考察目标，开展了综合考察和研究。2010 年第四次北极科学考察以“北极海冰快速变化机制、北极海洋生态系统对海冰快速变化的响应”作为两大科学考察目标，开展了海冰及生态系统多学科综合考察和研究。2012 年第五北极科学考察确定“海洋环境变化和海—冰—气系统变化过程的关键要素考察、极区海洋环境快速变化的地质记录及其对我国气候的影响、极区地球物理场关键要素调查与构造特征分析、海冰快速融化下西北冰洋碳通量和营养盐要素生物地球化学循环、北极海域生态系统功能现状考察及其对全球变化的响应、北极航道自然环境调查”。

第一次至第五次北极科学考察，均邀请了部分国家和地区的科研人员参与现场考察：第一次考察有中国台湾、香港地区和韩国、日本、俄罗斯等国家的 5 名科考人员参加；第二次北极科学考察有来自美、加、日、芬、韩、俄 6 个国家 13 名科考人员参加；第三次北极科学考察有来自美国、法国、芬兰、日本、韩国等国家的 12 名科考人员参加；第四次北极科学考察有来自美国、法国、芬兰、爱沙尼亚等国的 5 位科考人员和 1 位中国台湾地区的科考人员参加；第五次北极科学考察有来自美国、法国和冰岛的 4 位科学家和 1 位中国台湾地区科学家参加。

随着气候形势进一步变化，北极的科学问题更加突出，亟须探讨和回答的问题有：一、北极在全球气候变化中发挥重要作用，但它在调控全球海洋环流以及在水循环中的作用仍未清楚；二、过去的 10 多年，北冰洋发生了重大的变化，这种变化的性质和长期性需进一步认知，我们面对如何取得预测北极长期变化的能力挑战；三、北冰洋的地质记录是全球地质研究的空白，要有北冰洋大陆架下资源的开发预想；四、北冰洋的生物地球化学循环很大程度上可能与全球生物和大气相关元素的循环关系密切，北冰洋陆架碳、氮、硅和其他物质在全球生物地球化学循环中的具体作用以及北极环境变化影响全球生物地球化学循环的过程需要进一步探知；五、北极作为全球变化的窗口，展现了海洋酸化从工业化以来百年际向未来十年际的快速转化。有关酸化示踪技术和方法，可能产生的影响需要在今后的考察和研究中加以重视；六、北极生态系统的健康状态至关重要，除了极端气候赋予北极生态系统脆弱性外，当前北冰洋的生产力和高营养级的生产力的变化、北冰洋有机污染物污染的程度以及增强的紫外辐射对北极生态系统健康的威胁仍需深入认识。北冰洋亚洲陆架上低盐影响海区的能量流动和物质循环、白令海和楚科奇海对进入中部北冰洋的颗粒物生物的生产和消费过程及影响已经成为亟须破解的知识断层。北极的科学问题关乎当代和将来数代人类生存环境、社会和经济等方方面面，将来气候变化的方向是我们国家政策取向的基点。从这一观点看，当前北极考察目标宏大、任务艰巨。可喜的是我们的北极科学考察已经朝向这些目标做了不懈的努力，获得了丰硕的成果。

十九、中国探极史

世人探索极地的真意，“南极诗社”洋才女弗瑞蒂·如尼歌·玛尔德娜德诗为心曲，在《南极洲》一诗中诉说得有情有义。她在替举世的科考行动代言明誓，人类文明进步的渴望，总在奔向一个目标——理想中的天堂：

南极洲，我们的处女地
在你的岩石和冰川中
隐藏着历史的秘密

在你寒冷荒凉的土地里
航海者留下了他们的遗迹
你把悲剧记在心底
只展示冰和雪的壮丽

在寒冷的极昼和极夜
风雪的魔鬼哭号着
连越野的卡车
也迷了眼睛
在魔嘴的地裂中
已吞噬了累累白骨

我们来了
作为好朋友
不会毁掉花草的一叶
不会拔下一根鸟翎

我们将爱护您
像对待不可执渎的圣母

只会将您的赐福
带给世上的万物……
（峰蒂斯　译）

中国人最早的极地认知

据史料挖掘，中国人早期对南极大陆的最初认知来源于明朝万历三十六年意大利传教士利玛窦（1552—1610）所绘《坤舆万国全图》，其中明确画出地球南方由海水围绕整块陆地，大陆上有各种动物图示，甚至包括类似恐龙动物图像。

该图非常先进，以地球为一圆球，把东、西方两个已知世界汇编在同一幅地图上，并引进了南极洲、南北美洲、太平洋、大西洋、印度洋等地理概念，并且第一次在中文地图上，使用了赤道、回归线（图中称“昼长线”“昼短线”）、极圈、南极、北极等名词。

在南极大陆上，则绘有陆上动物8种，其中就有犀牛、大象、狮子、鸵鸟、恐龙等等。对于南极大陆为什么会有这些动物，专家推测，当时尚未有人真正去过南极大陆，这也许是利马窦本人的一种臆测。

中国南极科考的历史

自明朝以来，虽然最初利玛窦所绘的“世界地图”已包括了南方一片极大的陆地，但中国人一直没有真正地思考过寻求极地探险的问题，这可能与中国人“农耕社会”追求安稳的思想文化氛围有关。

清朝鼎盛时期之后，随着西方列强的侵略以及国内军阀混战，旧中国频遭战乱，根本无力涉足南极。1949 年中华人民共和国成立后的前几年，国际关系紧张、因抗美援朝无法参与极地科考的各项工作，在西方各国热火朝天地开展南极探险、讨论南极条约时，新中国未能参与到南极事务中。1957 年，中国科学院副院长竺可桢曾提出，中国人应该研究南极。1964 年 2 月 21 日，中共中央批准“将来进行南极、北极海洋考察工作”。但不久“文革”发生。1977 年 5 月 25 日，国家海洋局党委提出“查清中国海、进军三大洋、登上南极洲”，到 20 世纪末在海洋调查科技上接近、赶上和超过世界先进水平的宏伟目标。

1978 年 8 月 21 日，国家海洋局向国家科委提交了《关于开展南极考察工作的报告》。

1979 年 1 月 15 日至 2 月 3 日，新华社驻智利记者金仁伯访问了智利在南极半岛上建立的三个考察站,以及苏联的别林斯高晋站和阿根廷的奥卡达斯站，拉开了中外南极科技合作的序幕。同日本、澳大利亚、新西兰、法国、阿根廷和智利进行了广泛的合作。1979 年 12 月 29 日至 1980 年 3 月 20 日，应澳大利亚科学与环境部南极局的邀请和国家海洋局的派遣，国家海洋局第二海洋研究所研究人员董兆乾和中国科学院地理研究所研究人员张青松参加了澳大利亚国家南极考察队。此后，新西兰、日本、美国、智利、阿根廷等国多次邀请我国的科学家在南极考察站协同工作。1981 年 9 月 15 日，南极委的办事机构——国家南极考察委员会办公室（简称南极办）正式成立，南极委副主任、国家海洋局副局长律巍兼任南极办主任，郭琨、高钦泉担任副主任。由此中国南极事业走向正规。

1983 年 5 月 6 日，国家科委、南极委、外交部、财政部、劳动人事部、国家计委和国家海洋局联合向国务院提出了《关于我国南极科学考察的筹备工作报告》。6 月 8 日，中国驻美国大使章文晋向条约保存国美国政府递交了加入书，至此，中国正式成为《南极条约》缔约国之一，但不具备南极条约“协商国”的资格。9 月 13 日至 27 日，由外交部和南极委组成的以司马骏为团长的三人（司马骏、郭琨、宋大巧）代表团，首次以观察员的身份参加了在澳大利亚首都堪培拉举行的第十二届南极条约协商国会议。在进行大会表决时，中国等非“协商国”的代表被请出会场，安排到咖啡厅“喝咖啡”，连表决结果也无从知道，这给中国代表乃至全体中国人以强烈的刺激。

1984年2月7日，王富葆等32位获得竺可桢野外科学工作奖的科学家，以“向南极进军”为题，联名致信党中央和国务院。国务院领导批示，同意在南极洲建站和进行科学考察。2月24日至26日，国家海洋局在京召开“我国首次南大洋和南极考察总体方案论证会”。4月13日至15日，南极办在北京主持召开了南极装备技术研究会。5月28日，国家海洋局二所成立了南极研究小组，由董兆乾任组长，颜其德任副组长。5月31日，国家科委和国家计委批准在上海组建中国极地研究所。6月12日，国家海洋局、南极委、国家科委、海军和外交部联合上报国务院、中央军委“关于我国首次组队进行南大洋和南极洲考察的请示”。25日被批准。国家计委批准在黑龙江省尚志县青云滑雪场建立南极训练基地。8月6日，国家海洋局、南极委下发了“南大洋和南极洲考察总体方案”的通知。9月11日，中国首次南极考察编队领导班子组成，陈德鸿任总指挥，赵国臣、董万银任副总指挥；郭琨任南极洲考察队队长，董兆乾和张青松任副队长；金庆明任南大洋考察队队长，沈毅楚、王建文任副队长。26日，中华人民共和国外交部向澳大利亚、新西兰、阿根廷驻华大使馆发出公告，公告声明：中国南极委决定在1984—1985年南极夏季派出中国南极考察队赴南极考察，“向阳红10”号远洋科学考察船和“J121”号打捞救生船将于1984年11月20日前往南极半岛海域进行南大洋科学考察。11月20日，中国首次南极考察编队（591人）乘“向阳红10”号和“J121”号从上海港启航赴南极洲建站并进行科学考察。12月31日，中国首次南极洲考察队（54人）登上南极洲南设得兰群岛的乔治王岛，中华人民共和国国旗第一次插上了南极洲，中国南极长城站的奠基典礼在乔治王岛上隆重举行。

翌年2月20日，中国在南极洲乔治王岛上胜利建成中国第一个南极科学考察基地——中国南极长城站。10月7日至18日，南极条约协商国举行特别会议，一致同意接纳中国为南极条约协商国成员。我国对南极事务拥有了发言权和决策权。1986年，中国被接纳为南极研究科学委员会（SCAR）正式成员国。

自1984年，中国已在南极洲建立了中国南极长城站、中山站、昆仑站和泰山站，在北极建立了中国北极黄河站，拥有了“雪龙”号破冰船，在上海建立了中国极地研究中心，形成了“一船、五站、一中心”的中国极地科学考察研究的支撑体系和保障平台，获得了令世人赞誉的科研成果，赢得了对国际极地事务的合法权益。

对30年南极科考发展历程进行系统梳理，具有里程碑意义的重大事件或具有长远影响的战略事件进行提纲挈领式的梳理编排，举例如下：

1980年，我国派出首批科学家参加国外南极站考察

1983年6月，中国成为“南极条约”缔约国

1984年11月，中国首次南极和南大洋科学考察

1985年2月，建成中国长城科学考察站

1985年10月，中国成为“南极条约”协商国

1986年6月，中国成为国际“南极研究科学委员会”成员国

1989年2月，建成中国中山科学考察站

1995年5月，中国首次徒步远征北极点科学考察

1996年，中国成为“国际北极科学委员会”成员国

1999年7月，中国首次北极和北冰洋科学考察

2004年7月，中国第一个北极科学考察站——黄河站建成

2005年1月，中国南极内陆冰盖考察队到达南极冰盖最高点，完成了人类首次探秘南极冰盖之巅的神圣使命

2009年2月2日，我国首个南极内陆考察站——中国南极昆仑站正式开站

2014年2月8日，我国南极泰山站正式建成开站

中国北极科考的历史

中国正式以官方形式与北极发生关系，是在 1925 年。那一年，当时的中国政府签署了《斯匹次卑尔根群岛条约》，根据这一条约，签字国的公民均有权利自由出入北极圈内的斯匹次卑尔根群岛。

1950 年，加拿大多伦多大学的中国留学生高时浏进入北极地区进行科学考察，次年到达当年的北磁极，成为有史可查第一个进入北极的中国人。1958 年，新华社莫斯科分社记者李楠进入北极采访苏联的科学考察站，并成为第一个到达北极点的中国人。

1990 年，美国、苏联、丹麦、冰岛、挪威、瑞典等环北极国家发起签署一项条约，决定成立非政府的国际北极科学委员会。中国于 1996 年加入该组织，成为第 16 个成员国。

1995 年 3 月 30 日至 5 月 11 日，中国首次以民间集资方式对北极进行考察，25 名科学家、记者等从加拿大进入北极地区并最后由冰面徒步抵达北极点，沿途进行了海洋、冰雪、大气、环境等多学科的考察。

1999 年 7 月至 9 月，中国政府组织了对北极地区的首次大规模综合科学考察，极地考察船"雪龙"号搭载着 124 名考察队员首航北极，历时 71 天，航行 14180 海里，对北极海洋、大气、生物、地质、渔业和生态环境等进行了综合考察。

2003 年 7 月，中国政府组织了第二次北极科学考察，"雪龙"号搭载 109 名考察队员远征北极，破冰挺进北纬 80 度，全程历时 74 天，航行 12600 海里，开展了海洋、大气、海冰和生物地球化学等多学科的综合考察，并运用了水下机器人等高新技术，深化了对北极海洋、海冰与大气相互作用的研究。

2004 年 7 月 28 日，中国首个北极科学考察站——中国北极黄河站在挪威斯匹次卑尔根群岛的新奥尔松落成并正式投入运行，从此结束了中国在北极没有科学考察站的历史。

2008 年 7 月，“雪龙”号搭载着 122 名科考队员奔赴北极，开展中国第三次北极科学考察活动。8 月 30 日沿西经 147 度方向抵达北纬 85 度 25 分的北冰洋海域，这是中国船舶目前到达的最高纬度纪录。

目前，中国已进行过第五、六次北极科考，成果斐然。

二十、新船图谱

关于探极的破冰大船，"南极诗社"的社员卡罗斯·卡斯蒂罗·图乐都也曾有梦——《南极船梦》：

众生都讨论你的威猛
像一座山
你的富丽堂皇
高天样的钢蓝
蹭响了苍穹
在你的腹下
你可以翻转大海
碾碎冰筑
你呼吸的气流
像一朵朵白云
霞尉云蒸……

（峰蒂斯　译）

再造新宠

我国作为联合国安理会常任理事国和极地考察大国，为适应极地考察的需要，添置破冰船的工作已迫在眉睫。2008 年 12 月，完成《新建现代极地科学考察破冰船项目建议书（初稿）》。2009 年 4 月 24 日，国家海洋局向国务院主管领导提出了"关于购置、建造新极地科考破冰船建议"。2009 年 6 月 11 日，国务院办公厅主持召开"关于添置极地考察破冰船会议"，发展改革委员会、财政部、工业和信息化部、海洋局的代表参加了会议，就相关问题形成一致意见。

2010年7月24日国家海洋局向国家发展改革委报送了《极地科学考察破冰船项目建议书》，提出建造新的极地科学考察破冰船，并配备船载直升机、极地海洋科考设备等。

2010年11月至2011年2月，国家发展改革委委托中国国际咨询公司组织专家对《极地科学考察破冰船项目建议书》进行评估。项目责任人是杨惠根同志，项目总投资暂按12.5亿元控制。

2011年10月17日国家海洋局委托国信招标集团有限公司面向国际范围发布了招标公告，最终评审出芬兰阿克北极技术有限公司为本船基本设计中标单位。中芬双方有关单位通过4轮3个半月的谈判，于2012年7月31日签署了本船基本设计合同。中国船舶工业集团公司第七〇八研究所为详细设计中标单位，本船详细设计合同于2012年10月22日签署。

新龙形容

该船将配备国际先进的极地海洋科学综合调查手段。

（1）将集成国际先进的现代化造船技术和航海技术，设计建造一艘具备20000海里续航力，载员90人，自持力60天，满足无限航区和南北两极海域航行和科学调查作业要求的“绿色”极地科考破冰船。

（2）结合采用最优的破冰船和海洋综合调查船船型设计，使用国际先进的电力推进系统，船舶结构强度满足PC3要求，满足在两极水域混有陈冰的次年海冰中周年作业的要求，破冰性能同时具备艏向在厚度不低于1.5m加0.2m雪的极区海冰中达到2—3节速度连续破冰航行的能力和艉向破冰航行能够在较厚的堆积冰中不被卡住的机动能力；装备中国船级社（CCS）DP-2级英国劳氏船级社（LR）DP（AA）动力定位系统；配备船舶减摇系统；配备中型直升机搭载系统；采取相应的减振降噪措施，满足现代海洋探测设施和声学探测要求；保证较高的船舶建造和使用的性能价格比。

（3）具备在全球各大洋区进行大范围水深内的海洋、大气和海底等综合要素的观测、探测，样品采样、处理、分析和保藏能力，具备数据系统集成和信息传输能力，满足环境、海洋地球物理、海洋生态综合调查的需求。具有装备缆控深潜器（ROV）、无人遥控深潜器（AUV）和水下探测系统的支撑平台。

（4）具备一定的考察站后勤物资运输能力。

本船首先在科学调查功能上要落实海洋综合环境调查、海洋生态调查和海底科学调查的这三大调查功能，并且在落实中要结合适应极地环境的特点。

（1）在破冰船型的设计上以考虑作业区海冰环境的适航性为首要条件，提出 1.5 米加 0.2 米雪的连续破冰指标；

（2）考虑作业区海冰的实际状况，优选双向破冰的船型，以保证实际破冰性能与敞水航行经济性的统一；

（3）采用箱式龙骨的底部结构，保证破冰航行与船底声学设备安装和工作之间的协调；

（4）采用全回转电力推进，以实现高机动性能、较为紧凑的船内空间、工况差异大、使用成本经济性之间的有机协调、统一和优化；

（5）选用 DP-2 动力定位，既保证一般海况动力定位的冗余也保证在恶劣海况动力定位性能；

（6）采用大实验室格局，实现调查实验功能柔性最大的兼容与共享；

（7）采用大空间垂直作业车间结合月池系统，保证极地寒冷条件下开展调查作业的实用性；

（8）采用较大面积的调查作业甲板，保证地球物理等重要战略性调查功能的实现；

（9）设计直升机系统，扩大我国南北极考察范围和保障能力；

（10）设计适当的集装箱和站用油舱，提高我国极地考察站科考、后勤物资保障能力和安全性。

如此，中国两极科考新一代破冰船之形容渐露。

后 记

梦 想

像小说中的小音乐家扬科一样，我在水荡天摇的微山湖畔看见过鹳如仙女般舞蹈，从而梦想做一个舞蹈家；听到过水鸟天籁般美妙的鸣唱，梦想做一个音乐家；像卖火柴的小女孩一样，我在一堆苇火的光照里，幻见过仙山琼阁、火蝶纷飞的影子；也在南海的深潜里，亲见过海底世界的奇境——便梦想有一日，在仙境的灿烂里飘摇一回，一赏天外胜境、天上宫阙的神奇。我还梦见一枚枚拖着凤尾的飞弹穿透深空，灿然爆裂，光照天地。我生身山川湖畔，满蓄的泼野性情，时时想找个迸泼的机会。

因写过航天，我见识了人神交界的电光流火和族中智者；写过焦裕禄、雷锋这些世间好人；写过微山湖长、短篇小说，散文，电视剧等；之后，就想写比海角更远的天涯了。于是，我获得了曾两次探索南极的慧敏女子的引见，山东省作家协会、中国作家协会向国家海洋局合力的推荐：铸成我文运发动金链的第一环。之后的幸遇环环相扣，为我造极梦想之实现，拉起了一条闪光的金链。

运 遇

在国家海洋局“极地办”，我遇到严肃的秦为稼副书记。他强势的考查，渐变为强势的支持。省九三学社主委、副省长王随莲促办我造极的外事批件，抢在队伍出发前的三天完成，而再过十天，我就跨过过六十莫可造访南极的年限。在天旋海转的“雪龙”号上，我幸遇了海洋局领导，大批的鲁籍探极功勋专家，还有六位亲邻晚生。在南极长城站，对门而居的通信专家，竟是十世前外迁的我同村同宗的兄弟殷赞！幸运的金链仍在延长……

采访如鱼得水，每一位受访对象都是一座金矿。在一位接一位的乡邻中，竟然会有一位亲戚。山东人闯关东，山东兵打海南，现今竟又有这样多的山东勇士探险两极——我获得了骄傲，并将这种骄傲变成了种种方便。

在我作品付梓之时，我得知，出版了包括我的《雷锋传》《焦裕禄》《湖人琐记》等多本长篇著作的中国青年出版社的王钦仁主任，竟也是距我家五十里的乡亲。我并非离不开亲人的阿斗，而叹我“出门逢贵”的幸运！

更大的幸运带来金链的延长：亲爱的赵树国主席向全国人大常委会副委员长许嘉璐介绍了我的探极奇缘，恳请他为我所著的《“雪龙”纪实》一书作序。这位关怀探极事业，思考儒家文化、“儒释道”三教融合，最宜于南极合作，弘扬南极精神救世意旨的文界巨星、国家政要的盈怀仁义欣然开放了——副委员长吩咐秘书收接我的书稿，审读两个月之后，写出了洋洋数千言序文，点画出“雪龙”的眼睛。

好 风

在感动、感恩、感慨之余，我心生感悟：允岭何德何才有此大幸，百思悟之，皆因我选了一条正路，做了一件善事，才得到天地人合的关照。我走上时代情感敦化的金桥，天光地气的多彩极光笼罩了我：一本《中国当代南极考察事业》如天书神典，本正源清；一本探极功勋郭琨亲著的《首闯南天》，写得人有精神、船有灵性，叙事娓娓，道情如歌，西哲东贤，那一首首、一篇篇描述探极、描写“雪龙”之魂的诗文，如极地雪蝶纷飞，天花乱坠！我学他们，为创造历史的英雄写史，为“登峰造极”者立传，以文以载道的真诚，南极精神写好“雪龙”之师、“雪龙”之魂，是我为人为文正确的选择。

幸运的金链还在延展——《时代文学》的谭好哲、李春风主编，连载了《“雪龙”》，鼓我士气。感谢张九韶严师对文稿的指教、督审，感谢一切关心探极大业、关心《“雪龙”》创作的师与长同志！

诗言志，歌咏言，律和声。笔者于性情之中，故为文多有乡诗民歌，如励人率性的“竹枝词”“李有才板话”，顺口即可的“山东快书”。能以乡俗地域文化凝成“边缘”文学，恰是我文若其人的真实写照吧：

身生岛下号“湖人”，
苇荷鱼鸟情殷殷。
渔猎农工三十载，
春梦悠乎学作文。
《焦》《雷》传记入红典，
敢为航天歌功勋。
老来竟成达摩徒，
飞越海角闯天门。
拙笔画龙神点睛，
幸得附着南极魂。

后后记

赴南极前,我带三支心爱的支架护卫。亲友皆惊时,我借裴多菲诗安慰:“生命诚可贵,爱情价更高……我爱南极!”诤友质问:回不来怎么办?我以鲁迅诗答:“花开花落两由之……”而面对儿女家妻的哭阻怒吓,我无比耐心,写六条保证。手机内私留多条信息,在北京下机即删,中留小诗一首解怀:

生于圣地是万幸,
成仁南极亦光荣。
安生乐逝谁为美?
数据太大未算清。

此乃后后记。